KB089060

튜토리얼 탑의 고인물

튜토리얼 탑의 고인물

방구석 김씨 장편소설

2

해피북스투유

차례

괴력난신怪力亂神

지반이 떨리는 듯한 느낌에 헌터들은 저마다 긴장하기 시작했다.

그들은 제각각의 무기를 잡고, 금방이라도 튀어나갈 듯 몸을 긴장시키며 미리 걸어둘 수 있는 강화 스킬을 몸에 걸었다.

그 순간 지반의 떨림이 멈췄다.

그리고.

"……?"

그 안에서 나온 것은 한 명의 소녀였다.

날갯죽지까지 내려오는 백발에, 홍안을 가진 소녀.

이마 위에 길쭉하게 나 있는 두 개의 붉은 뿔과 입안에 보이는 상어의 이빨과도 같은 뾰족한 이는 그녀가 '인간'이 아니라는 것을 노골적으로 전하고 있었다.

그렇기에 헌터들은 금방이라도 달려들 듯 준비를 취했고. 그런 헌터들의 최전선에 있던 남자, 슈바이거 길드의 길드장인 애릭 브래든은 흑갑 속에서 눈을 번뜩이며 자신의 흑창을 들어 올리며 입을 열었다.

"만약 이 목소리가 들린다면 투항해라, 괴물."

애릭 브래든이 혹시나 해서 끼고 온 반지가 도움이 되었는지 그가 입을 열자마자 소녀는 그를 보며 재미있다는 듯 답했다.

"투항?"

"그래, 투항해라. 그렇다면 목숨은 살려주도록 하지."

인간이 아닌 것과 대화를 하는데도 불구하고 침착하게 묵직한 톤으로 목소리를 내는 애릭 브래든.

그의 목소리에 소녀는 놀랐다는 듯 두 눈을 휘둥그레 뜨고 입을 열었다.

"뭐라고 했느냐?"

"투항하라고 말했다, 괴물."

"그다음엔?"

"……순수하게 투항한다면 목숨은 살려주겠다고 했다."

브래든의 말을 들은 그녀는 어처구니없다는 표정을 짓더니 이내 키득거리며 웃어댔다.

정말 재미있는 소리를 들었다는 듯 웃어대던 그녀가 이윽고 입을 열었다.

"살려준다고? 네가? 나를?"

그녀의 목소리 안에 숨겨져 있는 노골적인 비아냥거림을 느낀 브래든은 자신의 흑창을 높게 들어 올려 돌격의 자세를 취하고는 말했다.

"이 숫자가 보이지 않는 건가?"

"숫자? 숫자 말인가?"

그녀의 붉은 눈동자가 주변을 훑는다.

적어도 100명은 넘어 보이는 헌터들.

"그래, 아주 잘 보이는구나. 근데, 설마 내 앞에서 숫자를 내세울 생각인 게냐?"

"이곳에 있는 헌터는 전부 S등급이다. 혼자인 네가 이 S급 헌터들의 포화를 뚫을 수 있을 거라고 보나?"

브래든의 말에 헌터들이 일제히 공격을 준비한다.

수많은 병장기가 헌터들의 손에 의해 날카로운 예기를 흩뿌리고, 각각의 무기에 마력이 담긴다.

하지만.

S급 헌터라도 오금이 저려 다리가 풀릴 법한 그 상황에서도 그녀는 그저 입가에 웃음을 머금으며 재미있다는 듯 주변을 둘러보고 있을 뿐이었다.

소녀의 빨간 혓바닥이 날카로운 이를 핥았다.

베인 혓바닥의 아릿한 혈향을 즐기며 그녀는 입을 열었다.

"네 '자신감'은 그 알량한 머릿수에서 나오는 것이로구나."

"……정말 그것뿐이라고 생각하나?"

브래든이 대답했으나, 그녀는 입가에 지은 미소를 지우지 않고 여유로운 표정으로 말을 이었다.

"그래, 내가 보기에 넌 그저 알량한 머릿수에서 나오는 저열한 자신감으로 내게 덤비고 있는 걸로밖에 보이지 않는다."

그러니까.

"나도 재미있는 걸 하나 보여주도록 하지."

"뭐?"

브래든의 입이 열림과 함께.

쿠구구구구구구궁!

그녀의 주변에서 마력이 터져 나오기 시작했다.

누가 보더라도 진득한 살기가 담긴, 기묘할 정도로 소름 끼치는 마력에 헌터들은 저마다 기겁하며 움찔했지만, 브래든은 곧바로 소리쳤다.

"연습한 대로 공격해라! 적은 혼자다!"

그의 외침에 순식간에 정리되는 전열. 그는 노련하게 헌터들을 진정시킴과 동시에 마력을 폭발하고 있는 그녀를 향해 도약했다.

"가속, 초가속, 기동, 극점, 폭발, 화력, 괴력, 집중!"

그 짧은 순간, 열 개도 넘는 스킬이 그의 몸에 중첩되며 소녀와의 거리를 순식간에 좁힌다.

그리고.

"부스터!"

그는 자신의 고유 스킬을 사용했다.

그 능력은 바로 브래든이 사용하는 모든 스킬의 효과를 강제적으로 3배까지 끌어올리는, 일종의 도핑 스킬이었다.

S등급 헌터로서는 평범했던 그를 전 세계 랭커 순위 45위까지 끌어올려주었던 그 스킬은, 이번에도 그의 기대를 저버리지 않고 그의 신체를 극한까지 강화했다.

브래든의 몸이 일순 인간의 동체 시력은 쫓을 수도 없을 정도로 빨라졌고, 콤마밖에 지나지 않은 그 짧은 시간에 소녀의 앞에 도착했다.

그리고.

그는 자신만이 할 수 있다고 여기는, 빛과도 같은 일격 필살을 소녀의 머리에 꽂아 넣었다.

꽈아아아아아앙!

창끝에서 나는 거대한 폭음. 순간적으로 귀에 이명이 들릴 만큼 커다란 쇳소리는 헌터들의 귀를 마비시킬 정도로 거대했다.

그래, 거대했다.

거대했었다.

"무……슨……?"

"정말, 내가 혼자라고 생각하는 게냐?"

그녀는 움직이지 않았다.

브래든의 창이 빗나간 것도 아니었다.

다만, 그의 창은 어느 강철로 된 거대한 손에 막혀 있었다.

소녀를 가릴 정도로 거대한 손이 그의 창을 아무렇지도 않게 막아내고 있었다.

그의 일격을.

아무렇지도 않게.

"내 소개를 하도록 하마."

불현듯, 소녀가 입을 열었다.

아무것도 없는 곳에, 무엇인가가 생겨난다.

"나는 너희의 오랜 공포이자, 또한 오랜 상상력이라."

그녀의 뒤에 온몸을 검은색으로 칠한 괴이와 수백 개의 손을 가진 관음이 나타난다.

"나는 너희가 어둠을 직시하였을 때 느꼈을 첫 번째 감정이며."

그 뒤를 따라 수많은 괴이가 나타난다.

"나는 너희의 용기를 잡아먹어온 괴이의 현현이니."

던전에서는 볼 수도 없었고, 또한 보여서도 안 되는 기괴하고 기이한 것들이.

"나는 너희들의 원초. 너희들의 상상력."

자신의 자리라는 듯 그녀의 뒤에 하나하나 자리를 잡는다.

"너희가 어둠을 보며 상상한 모든 것들의 지배자."

괴이들이 웃는다.

마치 먹잇감을 탐색하듯, 탐욕스러운 눈동자로 주변을 돌아보며 미소를 짓는다.

"그렇기에 이렇게 불렸다."

관음은 수백 개나 되는 손을 자유자재로 움직이고, 검은색의 괴이는 어둠을 먹어 치우며 거대해진다.

"나는 백귀야행百鬼夜行의 두목."

그들의 뒤에 있는 미궁을 통째로 덮을 정도로 거대한 지네는 뛰쳐나가고 싶은 듯 몸을 움찔거리고.

배가 고픈 아귀들은 금방이라도 머리 위에 있는 부적을 떼기 위해 손을 들어 올린다.

그리고 그런 괴이들을 뒤에 둔 그녀가 입가를 비틀어 올려 입을 엶과 함께.

"괴력난신怪力亂神이다."

모든 계층에 공포를 흩뿌리며 세상을 먹어 치우던 백귀야행은 완성되었고.

히죽.

"공포에 먹힐 준비는 되었느냐?"

그녀의 목소리와 함께, 괴력난신의 일보─步가 세상에 드러났다.

그리고.

"아…… 아아아…… 아아아악!"

브래든은 자신에게 다가온 수백 개의 손을 본 그 순간을 마지막
으로.

콰직!

더 이상 눈을 뜨지 못했다.

◆ ◆ ◆

"오빠."

"응?"

"쟤 지금 뭐 해요?"

"……마법진 그려."

"저건 또 무슨 마법진인데요?"

"순간이동."

"순간이…… 뭐요?"

"순간이동."

"순간이동이라고요?"

이서연이 이상하다는 듯 김현우를 바라보자 그는 어깨를 으쓱하
며 입을 열었다.

"왜?"

"세상에 순간이동 마법진이 진짜 있다고요?"

"원래는 없는 거야?"

"제가 이런저런 마법진은 다 들어봤는데 순간이동 마법진은 진짜 처음 들어보는데요? 순간이동 마법진이 있으면 사람들이 너도 나도 다 순간이동으로 이동하겠죠."

"……그렇다는데 이건 어찌 된 일이냐?"

김현우의 물음에 아냐는 마법진을 그리다 말고 말했다.

"거짓말 아니에요! 진짜로! 제 고유 스킬이 '순간이동'이라, 그걸 마법진 술식으로 구현해서 순간이동을 사용할 수 있게 하는 거예요!"

"……그래? 그럼 고유 스킬이 순간이동이라는 거네?"

"네…… 맞는데요."

아냐가 수긍하자 김현우는 새삼스럽다는 듯 물었다.

"그런데 너 왜 안 도망갔냐?"

"……그야, 저도 굴뚝……이 아니라, 제 마력으로는 순간이동을 발동하기에 턱도 없거든요. 마법진의 보조를 받아야 스킬을 제대로 사용할 수 있거든요."

"……그렇다는데?"

김현우의 말에 이서연은 잠시 아냐를 바라보더니 이내 무엇을 이해하려고 하다 실패한 듯 한숨을 내쉬고 말했다.

"그래서, 마법진은 왜 만들고 있는데요?"

"잠깐 갈 데가 있어서."

"……갈 곳이요? 어디?"

"독일."

"……독일?"

"왜? 무슨 문제 있어?"

김현우의 말에 이서연이 잠시 김현우를 기묘한 표정으로 바라보다 말했다.

"아니, 안 그래도 제가 여기 내려온 이유가 그 독일이랑 연관되어 있어서요."

"……뭔데?"

"독일의 헌터협회에서 재앙의 출현으로 지원 요청을 보냈는데, 저번에 일본 재앙 사태를 막은 게 오빠라서 그런지 오빠한테 지원 요청을 보냈더라고요."

"그래……가 아니라, 어떻게 네가 나한테 지원 요청 온 걸 알고 있냐?"

"지금 인터넷 뉴스에 대문짝만하게 떠 있거든요. 김현우 헌터, 또 한번 재앙을 이겨내나? 이런 식으로요."

김현우는 곧바로 스마트폰을 꺼내 인터넷에 접속한 뒤 아냐를 바라봤다. 자신의 일이라도 되는 것처럼 열심히 마법진을 그리고 있는 아냐.

김현우는 사실 아냐가 마법진 수리를 전부 끝낸 순간 그녀를 가차 없이 처리하려고 했다. 그도 그럴 것이 어떻게 포장해도 그녀는 결국 자신을 죽이러 온 헌터였고, 김현우로서는 이 이상 복잡한 일을 만들고 싶지 않았으므로 그녀를 처리하는 게 최선이라고 생각했기 때문이다. 혹시라도 동정심에 살려줬다가 나중에 무슨 일이 일어날지는 아무도 장담하지 못하니까.

그런 그녀를 살려둔 이유는 바로 그녀를 처리하려던 순간 그의 눈앞에 뜬 로그 때문이었다.

독일 작센의 라이프치히에 나타난 등반자.

독일까지 날아가려면 최소 하루 이상 걸리는 엄청난 거리에 김현우가 신경질을 내며 골머리를 앓고 있을 때, 아냐가 생존을 위해 김현우에게 딜을 걸었다. 자신에게 여덟 시간을 준다면 곧바로 독일까지 보내주겠다는 딜을.

"흠."

김현우는 곧 독일까지 날아가야 한다는 그 끔찍함에 아냐의 딜을 받아들였고, 그게 아냐가 저렇게 열심히 마법진을 그리고 있는 이유였다.

인터넷에는 아니나 다를까 이서연이 말한 대로 대문짝만한 뉴스가 박혀 있었다.

[대한민국의 영웅 김현우, 이번에는 독일의 재앙까지 막아내나?]

자극적인 뉴스 헤드라인을 클릭한 그는 곧 하나의 사진과 함께 내용을 확인할 수 있었다. 사진은 굉장히 자극적이었는지 여기저기 모자이크 처리가 되어 있었으나, 대충 독일의 상황이 얼마나 심각한지는 모자이크 너머로도 확인할 수 있을 정도였다.

현지 시각 10시 23분에 미궁에서 나타난 재앙은 미리 진압하기 위해 투입한 A급 헌터 68명, S급 헌터 32명과 S등급 세계 랭킹 45위인 애릭 브래든, 51위 티라멜을 전부 살해한 뒤 라이프치히를 공격했다.

라이프치히는 현지 시각 11시에 대피 발령이 났지만, 헌터협회장 게오르크의 도주로 인해 늦어진 대피 발령으로 현 시간 추정 2만 3,000명에 달하는 인명 피해를 입었고, 재앙은 실시간으로 도시를 파괴하는 중이다.

이렇게 일본보다 더한 상황의 재앙이 일어나는 와중에 헌터협회 독일 지부는 한국의 '김현우'에게 지원 요청을 보낸 것으로 알려져 있다.

또한, 이번 재앙은 놀랍게도 미궁 상공을 찍고 있던 헬기의 카메라를 빼앗아 우리에게 메시지를 전달했다.

잔뜩 늘어져 있는 기사 밑의 영상.

김현우는 망설임 없이 영상을 클릭했다. 그리고 얼마의 로딩이 끝난 뒤에, 그는 영상으로나마 그곳에 펼쳐져 있는 재앙을 엿볼 수 있었다.

그리고.

내기를 하자.

곧바로 나오는 목소리에, 김현우는 슬쩍 인상을 찌푸렸다.

◆ ◆ ◆

영상을 통해 보이는 것은 재앙이 강림해 완전히 박살 난 라이프치히의 중앙 광장.

뭐 하나 제대로 남아 있는 것 없이 폐허가 된 그곳에서 한 소녀, 아니 이곳에 실질적인 '재앙'을 가져온 괴력난신이 그 부서진 잔해에 앉은 채 입을 열었다.

그리고.

내기를 하자.

영상 속의 소녀가 본격적으로 말을 시작했다.

지금부터 24시간, 나는 이 도시에 체류하겠다.

그와 함께, 그녀는 누군가의 '손'을 자신의 한쪽 손에 꺼내 들었다. 피가 뚝뚝 떨어지는 그 손에는 검은색의 손목시계가 걸려 있고, 그녀는 그것을 덜렁거리며 아무렇게나 흔들었다.

룰은 간단하다. 내가 체류하는 24시간 동안 만약 너희들 중 누군가가 나를 쓰러뜨린다면 정복을 멈추고 얌전히 돌아가도록 하마.

하지만.

만약 24시간 동안 아무도 오지 않거나, 설령 온다고 해도 나를 막지 못할 땐 나는 이어서 다음 도시를 파괴할 거다.

괴력난신은 그렇게 말하며 아무렇지도 않게 흔들던 손을 바닥에 내버리곤 날카로운 이빨을 내보이며 씩 웃으면서 말했다.

그러니 누구든 와봐라, 나를 막기 위해서. 혼자라도 좋고 무리를 이끌고 와도 좋다. 그 어떤 방법으로 도전해도 나는 '혼자' 너희들을 상대할 테니까.

기다리고 있겠다.

그렇게 끝난 영상.

"후…… 미치겠군."

독일 헌터협회 부지부장, 아니 지금은 지부장인 '게오르크'가 죽었기에 임시 지부장으로 올라 있는 '크리스탄 베르겔'은 진한 한숨을 내쉬며 유튜브에 돌아다니고 있는 영상을 보았다.

"쯧……."

독일 협회 지부장 게오르크는 이번 일로 자신의 입지를 더더욱 끌어올리려는 생각으로 일을 벌였지만 이미 그 계획은 철저하게 실패했다.

'실책이 너무 크다…….'

독일에 있던 여덟 명의 랭커 중 중상위급에 해당하는 헌터, 애릭 브래든과 티라멜이 이번 재앙을 막다 죽임을 당했다. 그 외에도 독일에서 꽤 알아주는 대형 길드 두 개가 순식간에 대부분의 전력을 날렸다.

그러나 그것보다 더 골치가 아픈 것은 독일의 랭커가 죽고 헌터들이 무참히 죽어 나가는 그 모든 모습이 게오르크의 욕심으로 인해 부른 방송용 민간 헬기에 찍혔다는 것이다. 정부와 협회 쪽에서 힘을 써 서둘러 영상의 유포를 막고 있기는 하지만, 이미 다섯 시간도 안 된 사이에 영상은 뿌려질 대로 뿌려진 상태. 애초에 인터넷을 안 하는 사람이 아니라면 안 볼 수 없을 정도로, 영상은 퍼져 있었다.

'이런 젠장.'

완전히 망했다, 라고 베르겔은 짧게 탄식했다.

안 그래도 이전 재앙을 제대로 막지 못한 터라 국제헌터협회에서 독일의 권력은 여러모로 낮은 편이었다.

'하지만 이번 일로⋯⋯.'

안 그래도 없던 권력과 발언권이 극도로 축소될 것은 두말할 것도 없는 이야기였다.

'씨발, 도대체 저딴 걸 어떻게 막으라는 거야⋯⋯!'

일은 본인이 벌여놓고 자신에게 모든 책임을 넘기고 뒤져버린 게오르크를 원망하며, 그는 이미 꺼져버린 화면을 바라봤다.

'하, 도대체⋯⋯.'

사실 처음부터 베르겔은 게오르크를 몇 번이고 설득했다. 일본에서 일어난 재앙을 언급하며, 독일의 힘으로만 제압하는 게 아닌, 협회의 힘을 빌리자고 거듭 제안했다. 일본이라는 선례가 있었으니까.

그때는 이미 협회에서 따로 하이라이트로 편집한 영상을 빼고는 전부 사라져버렸지만, 아직도 그 영상에서 보았던 '천마'의 무서움이 머릿속에 각인되어 있었다. 일본의 도쿄를 완전히 핏빛의 길로 물들인 천마.

지금 독일에 나타난, 자신을 괴력난신이라고 소개한 저 소녀는 일본에 나타난 천마보다 더하면 더했지, 절대로 못해 보이지는 않았다.

그가 이 상황을 어떻게 타파해야 할지 골머리를 앓고 있을 때, 문이 열리며 한 남자가 들어왔다. 베르겔은 그가 협회원이라는 것을 알아보고 가볍게 고개를 끄덕이며 물었다.

"말했던 건?"

"네, 우선 말씀하신 대로 전부 처리했습니다."

"결과는?"

"……그게."

묘하게 눈치를 보며 뜸을 들이는 협회원을 보며 베르겔은 한숨을 내쉬었다.

"이 개새끼들……."

그는 라이프치히가 박살 난 그 시점부터 긴급 대피령을 내리고 곧바로 전 국가에 지원 요청을 보냈다. 하지만 네 시간이 훌쩍 넘어 다섯 시간이 지난 지금, 지원 요청에 응하는 국가는 하나도 없었다.

"독일 내 소속되어 있는 랭커들은?"

"그게…… 34위 스나이퍼 '게르노프'는 딱 봐도 자신이 죽일 수 있는 녀석이 아니라며 거부 의사를 전달했고, 그건 순위권에 있는 다른 랭커들도 마찬가지입니다."

"전부 다 무서워서 도망쳤다고?"

"……네, 아마……."

"이런……. 후……."

'그래, 그럴 만하지.'

분하지만, 그는 헌터들의 생각을 이해했다.

'괴력난신'이 보여준 그 압도적인 힘과 그녀의 뒤를 따르던 수많은 '괴이'와 '괴물'의 현현은 그저 민간 TV의 송출 영상으로 보기만 해도 오금이 저렸다.

헌터들도 인간이다. 두렵지 않을 리 없겠지.

"그렇다고 해도…… 나라를 버리고 그렇게 쉽게 도망가다니……!"

쿵!

베르겔은 저도 모르게 탁자를 치고는 인상을 찌푸렸다.

'이해'와 '인정'은 다르니까.

그는 당장이라도 꼬리를 말고 도망친 녀석들을 끌고 오고 싶었지만 그러기는 쉽지 않을 터였다. 이미 다들 어딘가에 꼭꼭 숨어 있을 게 분명하니까.

한동안 그렇게 탄식과 신경질을 번갈아 내며 마음을 진정시킨 베르겔은 이내 후, 하는 한숨을 내쉬며 다시 물었다.

"그렇다면 국제협회는 어떤가?"

"국제협회에서도 연락이 오기는 왔습니다만……."

"……왔습니다만?"

"국제협회에 속해 있는 'TOP 5'는, 아무래도 연락이 닿지 않는 듯합니다."

"뭐? 연락이 안 된다고?"

어처구니없다는 듯한 베르겔의 반응에 협회원은 저도 모르게 고개를 숙였다.

국제헌터협회의 TOP 5.

그것은 전 세계에서 국적에 관계없이 S급 헌터 랭킹 10위 이내의 헌터들만이 가입할 수 있는 집단이었다. 가입한 인원은 다섯 명뿐이지만, 그들은 의심할 것도 없이 모든 헌터들 위에 군림할 수 있는 존재였고, 그들 중에는 S급 헌터 랭킹 1위 '무신武神'도 있었다.

"씨발, 지금 독일 민간인 피해는 몇만 명에다 헌터들은 있는 대로 죄다 죽어 나가고 있는데, 민간인들 세금 빨아먹는 새끼들이 출타라고? 출타!"

자신의 신경질에 협회원이 움찔하자 베르겔은 더 이상 말하지 않고 그저 씩씩거리며 분노를 죽였다.

헌터협회의 TOP 5. 단연 최강의 전력이지만 모든 헌터들 위에 군림하는 그들을 통제할 수는 없었다. 국제헌터협회도 그저 같은 집단 안에 묶어놓는 것이 최선일 뿐. 그렇기에 연락이 닿지 않는 것도 이해는 됐지만…….

"씨발……!"

아까와 마찬가지로 '이해'와 '인정'은 달랐다.

그렇게 그가 씩씩거리고 있을 때, 불현듯 알람 소리가 울려 퍼졌다. 그것이 협회원의 스마트폰에서 나는 소리라는 것을 얼마 지나지 않아 알 수 있었고, 베르겔은 말없이 턱짓으로 그가 전화를 받는 것을 허락했다.

그리고.

"네, 여보세요. 네, 네……? 그게 정말이야?"

베르겔은 갑작스레 목소리가 높아진 협회원을 바라보았고, 협회원은 전화를 끊자마자 묘하게 밝은 얼굴로 입을 열었다.

"지부장님! 지원을 온다는 곳이 있답니다."

"정말인가! 어디? 어디인가?"

"하, 한국이랍니다."

"한국……?"

"그 있지 않습니까! 그, 일본에 나타난 재앙인 천마를 죽였던 그 헌터. 그러니까…… 그, 김현우요!"

베르겔은 잠시 생각하는 듯한 제스처를 취하다가 곧바로 입을 열었다.

"저, 정말인가!"

"예! 정말입니다!"

협회원이 화색을 띠며 말하자 베르겔은 깜짝 놀란 표정으로 그의 얼굴을 쳐다보다가 이내 미소를 지었다.

'김현우…… 천마를 죽인 그가 와준다면!'

이 엉망진창으로 박살이 난 상황을 어떻게든 해줄지도 모른다.

베르겔은 굉장히 급박한 표정으로 협회원에게 물었다.

"시간……! 지원 예정 시간은 언제라고 하지?"

"아, 아까 들은 바로는 그리 오래 걸리지 않을 거라고 합니다."

"뭐?"

"듣기로는 이제 곧 도착할 거라고…….."

협회원이 말을 흐리자 베르겔이 인상을 찌푸렸다.

'곧 도착할 거라고?'

그는 은연중 한국과 독일의 거리 차이를 계산했다.

'독일에서 한국까지는 못해도 열두 시간, 만약 사건이 일어나고 출발했다고 해도 다섯 시간 전이니 아직 일곱 시간이나 남았다.'

"하지만 그가 정말 사건이 일어나자마자 비행기를 타지는 않았을 테니……."

지금부터 최소 열세 시간. 공항에 내려 협회까지 오는 시간을 합하면 상당히 여유롭게 그녀가 말한 24시간 전에 도달할 수 있을지도 모른다.

"후……."

베르겔이 생각을 끝내고 한숨을 내쉴 때쯤.

한국, 아랑 길드의 지하 3층.

"이야, 이 새끼들 이거 정신 못 차렸네……?"

김현우는 어처구니없다는 듯 탄식하며 현장을 실시간으로 촬영해 송출하는 유튜브 방송을 보았다. 아마 공중에서 찍는 것으로 생각되는 영상은 라이프치히의 중앙 광장. 딱 봐도 모자이크가 필요해 보이는 시체 위에 오연히 앉아 있는 소녀 괴력난신과 그 뒤에 있는 괴이들을 이리저리 날아다니며 찍고 있었다.

'……드론으로 찍는 거겠지만, 이 새끼도 엔간하군.'

김현우는 쯧쯧 혀를 찼다.

라이프치히는 이미 박살 나 있는 상태였는데, 그 와중에 도망가지도 않고 드론으로 이 장면을 촬영해서 생방을 하고 있다는 게 김현우의 눈에는 퍽 웃기게 보였다.

'게다가, 이렇게 잔인한데 어떻게 방송이 차단당하지 않지?'

곧바로 뒤를 따르는 의문에 그는 "흠" 하는 소리와 함께 고개를 갸웃했지만.

"그럼, 이제 시작해도 될까요?"

곧, 자신의 옆에서 조심스럽게 묻는 아냐의 말에 입을 열었다.

"이거 저기로 가는 거 맞지?"

"네, 네. 맞아요. 물론 저 앞까지 가는 건 아니지만, 저 근처로 순간이동 할 거예요."

아냐의 말에 김현우는 고개를 끄덕하더니 답했다.

"가자."

"그, 그런데."

"?"

"저는, 그…… 안 가면 안 될까요?"

"네가 안 가면 나는 어떻게 와?"

김현우가 인상을 찌푸리며 묻자 아냐는 서둘러 대답했다.

"아, 그…… 이건 원격 마법진이라 우선 이렇게 한번 입구를 만들어놓으면 제가 원격으로 소환할 수 있거든요."

아냐의 말에 묘한 표정으로 그녀를 바라보는 김현우.

"……흠. 그래 뭐, 그럼 그렇게 해. 서연아, 알지?"

"또요……?가 아니라, 오빠 거기는 대체 왜……. 에휴, 알았어요."

뭔가 할 말이 많은 듯 입을 열었다 닫았지만, 이서연은 김현우의 표정에 이내 한숨을 내쉬며 그의 말을 수락했다.

"그럼, 시작하겠습니다."

아냐의 말과 함께 김현우의 아래에서 보랏빛 마력이 터져 나오기 시작했다. 김현우는 순식간에 자신을 감싼 보랏빛 마력에 신기한 기분을 느꼈고, 곧 그의 시선이 한 번 점멸한 그 순간.

"오……."

김현우는 아랑 길드의 지하 3층이 아닌, 완전히 박살 나버린 라이프치히 한가운데로 순간이동을 할 수 있었다.

더 정확히 말하면 백 개의 손을 징그럽게 움직이고 있는 관음 앞에, 김현우는 떨어졌다.

그리고.

"끼릭거리는 소리 내지 마라. 이 씹새야!"

꽈아아앙!

김현우는 라이프치히에 도착한 지 5초도 지나지 않아, 괴이들을 학살하기 시작했다.

◆ ◆ ◆

현재 생방송 되는 라이프치히의 방송. 200만 명에 가까울 정도로 많은 사람이 접속해 있어서 채팅창은 트래픽을 전부 받아내지 못했고, 때문에 접속자들을 나누어 지역별로 채팅방이 만들어졌다.

그리고.

안산동와사바리: ㅋㅋㅋㅋㅋㅋㅋㅋㅋ 와 괴력난신 외모 ㅆㅅㅌㅊ 아니냐? 존예인데?

저는손절좋아함: 시발 지금 도시 하나 망했는데 그런 말이 나오냐.

아토리: 우효wwwwwwwwwwwwwww 독일! 전부 망해버린 거냐고!!! 어이!!!!

로튼이타리: 김현우 지원 기사 뜨고 급하게 영상 켰는데, 왜 아무것도 안 하고 있냐.

접속자의 약 1.4퍼센트 정도를 차지한 한국인들은 한국의 포털 사이트에 뜬 하나의 기사를 보고 물밀듯 유튜브로 모여드는 중이었다.

그것은 바로 한국에서 '고인물'이라고 불리는 헌터, 김현우가 독일의 재앙을 막기 위해 지원을 떠났다는 기사였다.

협회를 통해 작성된 기사는 순식간에 포털사이트 검색어 1위를 달성했고, 그 결과는.

북덕TV: 김현우 등장 언제 하냐 시부레~~~~~~~~ 낚시 기사 아니냐?

아트로트: ㄹㅇ루다가 낚시인가? 나 기사 뜨고 1시간 동안 대기 타고 있는데 드론에서 찍고 있는 거 괴이들이랑 부서진 라이프치히 구경만 시켜주네. ㅋㅋㅋㅋㅋㅋㅋㅋ

천호동각껍질: 근데 이거 신기한 게 지금 시체도 나오고 하는데 유튜브 왜 안 짤리냐? ㅋㅋㅋ

오토메겜: ㄹㅇ 보니까 이번에 추가된 19금만 걸어주고 방송 안 꺼지네. ㅋㅋㅋㅋ

운상: ㅋㅋㅋㅋㅋ 보나마나 지금 이걸로 시청자 수 계속 처먹고 있는데 안 끄는 게 ㅇㄷ이라 그런 거 아니냐. ㅋㅋㅋㅋㅋ

그렇게 한국 지역 채팅이 순식간에 주르르륵 올라가기 시작할 때쯤, 드디어 화르륵거리는 소리와 바람 소리만 들렸던 영상에 거대한 소리가 울려 퍼졌다.

드론은 소리가 울려 퍼진 곳으로 카메라를 틀었고, 그곳에는.

아토리: 킷타!!!!!!!!!!!!!!!!! 우효wwwwwwwwwwwwwwwww 드디어 와버린 거냐고 젠장!!!!

운상: 와 실화냐. ㅋㅋㅋㅋㅋㅋㅋㅋㅋㅋㅋㅋㅋㅋ 김현우 진짜 등판했네. 솔직히 독일이랑 거리 존내 멀어서 그냥 내일 보기로 하고 자려 했는데. ㅋㅋㅋㅋㅋㅋㅋㅋㅋ

북덕TV: 지금부터 영상 녹화 간다.

김현우가 있었다.

징그러운 수백 개의 손을 가진 관음의 머리를 저 멀리 던져버린 김현우는 정말 느긋하게 걸음을 옮겼다. 수백 마리의 괴이와 괴물이 득실거리는 라이프치히의 중앙 광장으로.

느긋한 걸음. 긴장이라고는 보이지 않았다.

이제는 그의 아이덴티티라고도 불리는 검은색 추리닝에 삼선 슬리퍼 차림으로. 입가에는 느긋한 미소를 띠고, 조금 전 관음을 박살냈던 두 손은 이미 추리닝 바지에 들어가 있었다. 괴물을 상대하러 가는 헌터라고 보기에는 너무도 무방비해 보이는 그의 모습.

하지만, 유튜브의 채팅은 더 이상 올라오지 않았다. 아니, 올라오지 않는 게 아니라 얼어버렸다. 영상을 보고 있던 사람들이 한순간에 올리는 수천 수만 수십만 개의 채팅 덕분에 트래픽이 버티지 못한 것이 그 이유였다.

"첫 번째 도전자는 자네인가?"

김현우가 걸어오자마자 시체들의 산에 앉아 있던 괴력난신은 여유로운 웃음을 지으며 자리에서 일어났다.

그 뒤.

"자네 같은 소리 하고 있네. 존나 애늙은이냐?"

곧바로 받아친 김현우의 말에 그녀의 입가에서 미소가 깨졌다.

"……뭐라고?"

"왜, 못 들었어? 다시 말해줘? 애늙은이냐고. 딱 봐도 몸은 발육도 제대로 안 된 꼬맹이인데 말투만 존나 늙었네. 환골탈태했냐?"

김현우의 말에 괴력난신은 인상을 팍 찌푸렸다. 지금까지 그녀에게 이런 식으로 막말을 한 자는 없었다. 전전 계층의 최강자인 드래곤도, 전 계층의 천하제일인도 그녀의 앞에서는 한없이 긴장해 말한마디를 아끼고 전투에만 몰입했다. 그러나 지금 그녀의 앞에 서 있는 김현우는 어떤가?

"뭘 쳐다봐 씹새야. 나타날 거면 좀 조용히 나타날 것이지, 아주 도시를 병신으로 만들어놓고……. 네가 책임질 거냐?"

그는 얼굴에 별다른 표정 변화 없이 그녀에게 막말을 내뱉고 있었다. 그의 막말은, 지금까지 막말이라고는 단 한 번도 들어보지 못한 그녀를 굉장히 열 받게 했다.

"뚫린 입이라고 잘도 나불거리는구나."

"네가 내 입 뚫는 데 도와줬냐?"

"지독하게도 오만하군. 아니, 오만한 것이 아니라 무지한 것인가?"

"지랄. 내가 오만하든 무지하든 네가 뭔 상관이냐?"

"……."

김현우의 도발에 괴력난신은 그 이상 참지 않고, 이를 악물었다.

까득!

그녀의 입에서 난 선명한 소리. 괴력난신이 다시 입을 열었다.

"원래 첫 상대는 느긋하게 놀아주는 게 관례였지만, 너는 '선'을 넘었다, 멍청한 계층인."

꽝!

더 이상의 말이 필요 없다는 듯 괴력난신은 도약했다. 엄청난 속
도. 천마가 순간적으로 보여주었던 빠르기를 웃도는 괴력난신의 스
피드.

그러나 김현우는 당황하지 않았다. 몸 안으로 마력을 돌린다. 순
식간에 검붉은 마력이 혈도를 타고 달리고, 김현우의 몸이 처음과
는 비교할 수 없을 정도로 정밀하고 강해진다. 두 눈은 흐릿하게만
보였던 괴력난신의 신형을 쫓고, 몸은 콤마 단위의 공격에 대처할
수 있게 변한다.

꾸우웅!

괴력난신의 주먹이 김현우의 몸을 강타한다. 들리는 것은 피부와
피부가 닿았다고는 생각되지 않을 정도의 거친 폭음. 김현우의 신
형이 크게 뒤로 밀린다.

"후……."

그러나 괴력난신의 공격은 거기에서 끝나지 않았다. 김현우가 공
격을 막기 무섭게 그녀는 자신의 신형을 틀어 발차기를 날린다. 오
른쪽 허벅지를 노리고 들어온 발차기를 피해내지만, 그녀는 빗나간
발차기를 그대로 축 삼아 몸을 빙글 돌려 다시 한번 주먹을 내리꽂
는다.

꽝!

아까 전보다도 확실히 거대한 폭음.

눈에 보이지 않을 정도의 공방이 한순간 펼쳐진다.

김현우가 막고 피하고.

괴력난신이 끝없이 공격한다.

왼팔을 들어 막고, 오른발로 축을 돌아 회피한다.

회피했던 공격을 지지대 삼아 연속적으로 공격을 펼쳐 나간다.

'틈'이라는 게 없는 듯 공격을 회피했다 싶으면 곧바로 이어지는 공격. 마치 야수와도 같은 움직임. 끝없이 이어지는 공격.

"흡……."

"?"

그러나.

'그렇다고 해서…….'

공격할 방법이 없는 건 아니지.

괴력난신이 오른발을 힘껏 차올림과 동시에 김현우는 방어 자세를 풀고 몸을 앞으로 집어넣었다.

인상을 찌푸린 괴력난신이 급하게 공격을 거두려 했지만, 김현우는 곧바로 그녀의 몸으로 파고들어 가 어깨를 이용해 그녀의 얼굴을 쳐올렸다.

"큭!"

위로 들리는 괴력난신의 얼굴.

이 공격 자체에 별 타격은 없다. 그러나, 상관없다. '진짜' 공격은 이거니까.

꽝!

뒤늦게 타점이 제대로 들어가지 않은 괴력난신의 공격이 김현우의 옆구리를 친다. 순간적으로 찌푸려지는 인상.

'그래도 버틸 만하다.'

짧은 감상을 남긴 김현우는 턱이 올라간 상태에 있는 괴력난신의 품 안에서, 첫 공격을 준비한다.

김현우와 그녀의 거리는 매우 가깝다. 그렇기에 크게 휘둘러야 하는 공격들은 애초에 사용할 수 없다. 그렇다고 해서, 상대방의 속도와 공격을 역이용하는 패왕경도 그리 강한 데미지가 들어가지는 않을 터.

거리에 의해 사용할 수 있는 수많은 공격이 막혔는데도 불구하고, 김현우는 공격을 준비한다. 파고들어 있는 상태에서 움직이는 것은 그녀의 심장에 다가가 있는 오른손. 그것은 김현우가 탑 안에서 '웹소설'이나 '만화'가 아닌, '영화'에서 본 기술 중 하나였다.

일순, 김현우의 마력이 혈도를 꽉 채운다. 그와 함께 추리닝 밖으로도 볼 수 있을 정도로 극한까지 근육을 드러낸 김현우의 육체. 괴력난신은 급하게 들어 올려졌던 턱을 아래로 내려 시야를 확보하려 했으나, 이미.

'영거리.'

늦었다.

'극살亟殺.'

김현우의 근육이 순식간에 오른팔로 몰려듦과 동시에 팔이 움직인다. 극한으로 절제된 김현우의 주먹이 1인치도 채 움직이지 않고 괴력난신의 가슴을 가격한다.

그리고.

꾸우우우우웅!

귀가 먹먹할 정도로 공기가 터지는 거대한 소리와 함께 괴력난신의 몸이 보이지 않을 정도로 튕겨 나간다. 중앙 광장에 있는 빌라들을 으깨버리며 빌라에 처박히는 괴력난신.

하나, 괴력난신이 정신을 차릴 시간은 없었다.

"……!"

"언제까지 그렇게."

꽈아아아앙!

"쉬고 있으려고……!"

빌라 상층에 처박힌 그녀의 앞에 나타난 김현우는 곧바로 떨어지는 낙하량에 자신의 공격을 담아 괴력난신의 몸을 그대로 찍어내렸다.

쿠구구구구구구구궁!

빌라의 한가운데를 뚫고 지하까지 뚫어버릴 듯 내려가는 괴력난신의 몸과 다시 한번 그것을 쫓는 김현우.

천마와의 싸움으로 그들에게 시간을 주는 것보다는 무조건 속전속결로 끝내는 게 좋다는 것을 본능적으로 체득한 김현우는 또 한번 몸을 움직였으나.

꽝!

"!"

김현우의 내리찍기를, 괴력난신은 막아냈다. 그와 함께 그녀의 몸 주변으로 모여드는 푸른색의 마력.

"네 녀석, 확실히 입을 나불거릴 정도는 되는구나."

콰아아아아!

푸른 마력이 더더욱 진해지기 시작한다. 그 모습을 보며 김현우는 인상을 찌푸렸다.

'설마, 이 씹새끼도 2차 변신인가……!'

지난번에도 분명 이런 상황이었던 것 같은데……!

김현우는 천마 때를 상기하며 잡힌 발을 축 삼아 오른발을 휘둘러.

꽝!

그녀의 얼굴을 맞히는 데 성공했지만.

"이런 미친."

"네가 나름대로 최선을 다해 기술을 보여준 것 같으니 나도 답례 삼아, 네게 내 능력을 보여주도록 하마."

계층인이여.

꽝!

"윽!"

그와 함께 김현우의 몸이 뒤로 쏠려 나가고, 김현우가 급하게 자세를 잡았을 때.

"드래곤은 다섯 보."

괴력난신은.

"천하제일인이라는 오만한 칭호를 가진 머저리는 일곱 보를 버텼다."

'걸음'을.

"너는."

옮겼다.

"몇 보나 버틸 수 있을까."

1보.

무엇인가가 비틀렸다.

2보.

김현우의 사고가 평소보다 빠르게 회전한다. 몸 안의 모든 세포가 또 한 보를 딛고 있는 괴력난신을 막으라고 경고를 보낸다.

빠르게 달려가서 막아낼까? 아니, 불가능하다.

이미 괴력난신의 주변에 거칠게 휘몰아치고 있는 마력의 폭풍을 김현우는 깰 수 없을 것 같았다.

그렇다면?

'이쪽도 최대의 기술로 맞붙는다!'

3보.

주변의 마력이 터져 나가기 시작했다. 분명 멀쩡하게 지어졌을 건물이 갈리는 소리와 함께 무너지려는 조짐을 보이고, 마찬가지로 김현우도 그 떨림을 느낀다. 그러나, 그런 상황에도 김현우는 괴력난신을 보며 자신의 마력을 돌렸다.

4보.

건물들이 터져 나간다.

김현우는 그제야 이 상황이 어떻게 돌아가고 있는지 깨달았다. 그녀, 괴력난신이 1보를 걸을 때마다 주변에 마력이 팽창하고 있다. 공기 중에 퍼진 마력들이 실체를 가지고, 주변에 존재하는 모든 것을 그저 '팽창'함으로써 무참하게 깨부수고 있다.

김현우의 몸이 팽창하는 마력에 짓눌리기 시작한다.

5보.

하나, 그럼에도 마력을 돌리는 김현우. 그는 자신을 짓누르는 마력을 검붉은 마력으로 막아낸다. 거대한 혈도를 타고 도는 김현우의 검붉은 마력이 천마에게서 배운 무공을 다시 한번 이 세상에 드러낸다.

6보.

등 뒤에 검은 흑 원이 생기고, 그 흑 원의 뒤로 검은색의 날개가 만들어진다. 온몸에서는 마치 엔진을 돌리듯 검붉은 마력이 쉴 새 없이 뿜어져 나오고, 마력들이 자신의 기세를 알리듯 사방으로 용오름 친다.

7보.

팽창하던 마력들이 주변 공간에 있던 빌라들을 박살 낸다. 마치 아귀처럼, 무엇 하나 남기는 것 없이 모조리 먹어 치워버리겠다는 듯, 존재하는 모든 것들을 잘게 부숴 없는 것으로 만든다.

8보.

공간이 팽창한다.

김현우에게 가해지는 압박이 최대치를 갱신하고, 김현우의 몸속에 있는 검붉은 마력이 괴력난신의 뜻에 따라 팽창한다.

그에 따라 느껴지는 격통.

그러나 김현우는 멈추지 않았다.

그리고.

그녀가 9보를 내디디려는 그 순간.

"극."

김현우는.

'패왕.'

보다 완벽해진 천마의 무공을,

괴신각.

'괴력난신'에게 내보였다.

콰아아아아아아아아!

◆ ◆ ◆

콰아아아아아!

검붉은 빛이 폭사하고, 그 뒤로 하얀빛이 청각과 시각을 먹어 치운다.

하얀빛으로 닫힌 시각.

삐 — 하는 전자음 소리로 빼앗긴 청각.

그저 촉각만이 살아 있는 그 상황에서, 김현우는 마무리를 짓기 위해 모든 마력을 발에 쏟아부어 움직였고.

"축하한다."

서서히 청각과 시각이 돌아올 때쯤, 김현우는 믿을 수 없는 광경을 봤다.

분명 발에는 감각이 있었다. 공격이 제대로 먹혔다는 감각이.

하나 앞에 있는 괴력난신은.

"너는 9보를 막아냈구나."

아무런 피해도 없이 김현우를 바라보며 미소 짓고 있다. 김현우의 인상이 찌푸려진다. 분명 그의 발은 괴력난신의 명치를 차고 있었다. 그런데도 그녀는 밀리지 않았다.

아니, 그녀는 김현우의 공격을 아무렇지도 않게 받아내는 것으로도 모자라, 그가 막아냈다는, 9보를 이미 밟고 있다.

그리고.

그제야 김현우는 무엇인가를 깨달았다.

"미친……!"

분명 천마의 무공으로 인해 깨져야 했을 괴력난신의 '기술'은.

"하지만."

깨지지 않았다.

오히려, 끝없이 팽창하는 괴력난신의 마력은 금방이라도 김현우를 먹어 치워 세상에서 지워버리려는 듯 그를 찍어 눌렀다.

그 상황에서 괴력난신은 섬뜩한 표정으로, 날카로운 이빨을 드러내며 김현우에게 선고했다.

"내 마지막 걸음은, 막지 못했구나."

그녀는 마지막 걸음을 옮겼다.

그녀의 발이 떨어진다.

김현우는 당장이라도 그 발을 막기 위해 몸을 움직이려 했지만.

"!"

이미 마력의 팽창이 한계까지 진행되어 있는 공기는 김현우의 몸을 강제로 붙잡았고.

"이런 씨발!"

10보.

"멸살滅殺."

삐————————————!

그녀가 탑을 오르고, 단 한 번도 제대로 사용하지 못했던 기술이 김현우의 앞에, 그 모습을 드러냈다.

이전과는 다를 정도로 거대하게 팽창하는 마력에 김현우는 이를 악물고 검붉은 마력을 내뿜었다. 이미 청각은 다시 한번 먹혀버렸다. 이명밖에 들리지 않는다.

시야는 난잡하게 터져 나가는 화마와 빌라들로 인해 가려져버렸다. 앞에 보이는 것은 그저 끝없는 파괴뿐.

그런 상황에서 팽창하고 팽창해, 이제 아무것도 존재할 수 없을 정도로 사방을 가득 채운 그녀의 마력은, 김현우의 몸을 박살 내기 위해 전력으로 그를 찍어 눌렀다.

내부의 혈도에서도 김현우의 통제를 떠난 마력이 팽창했지만, 그는 버텼다. 버티는 게 가능한가 싶을 정도로 끔찍한 고통이 김현우의 전신을 강타했지만, 그래도 버텼다. 이를 악물고, 정신을 차리며, 눈앞에 파괴되어가는 모든 것들을 보면서 김현우만이 오롯이 그녀의 10보를 버텼다.

내부에서 팽창하던 마력을 최대한으로 억제한 내구 S라는 등급은 김현우의 마력 컨트롤을 어떻게든 따라오고 있었다.

그리고 그녀의 기술이 끝났을 때.

"호오, 대단하구나."

김현우는, 말 그대로 아무것도 없는 땅 위에, 괴력난신과 함께 서 있었다.

그들을 둘러싸고 있던 빌라촌은 이미 사라져버린 지 오래다.

김현우의 눈에는 아무것도 보이지 않았다. 괴력난신이 앉아 있던 라이프치히의 중앙 광장도 보이지 않았고, 빌라촌도 보이지 않았다. 보이는 것은 그저 저 멀리, 꽤 먼 거리에 있는 '도시'의 흔적뿐.

김현우와 괴력난신이 서 있는 곳 주변에는 아무것도 없었다. 흙과 자갈, 그리고 날카로운 이빨을 드러내며 미소를 짓고 있는 괴력난신뿐.

"내가 십보멸살을 온전히 쓰게 하는 것도 모자라 전부 맞았는데도 서 있을 수 있다니. 대단하구나, 대단해."

그녀는 진심으로 놀란 듯, 피식피식 웃으며 박수를 쳤다.

미묘한 조롱을 포함한 그녀의 웃음.

김현우는 어처구니없다는 듯 웃었다.

그녀의 십보멸살은 그 이름 그대로 이 근처에 있던 모든 것을 먹어 치웠다. 어느 것 하나 남기지 않았다. 말도 안 될 정도로 패도적이고 난폭한 그녀의 기술.

"미쳤군."

그 기술에 김현우는 짧은 평가를 내리곤 욱신거리는 몸을 붙잡았다. 기술을 정통으로 맞은 김현우의 몸은 그 형체를 유지하고 있었지만, 정상이 아니었다. 마력은 아직까지 움직인다. 하나 십보멸살을 받아낸 그의 혈도는 팽창을 막아내느라 굉장히 약해졌고, 넝마가 된 추리닝 사이로 김현우의 몸 이곳저곳에 붉은 피멍들이 보였다.

십보멸살을 막은 대가.

욱신!

"쯧."

몸을 간단히 움직이는 것만으로도 느껴지는 엄청난 격통에 김현우는 인상을 찌푸렸다. 천마 때와 비슷, 아니 그보다 더 심한 격통.

괴력난신이 입을 열었다.

"그래서, 이제 어떻게 할 것이냐? 결국 내 기술을 막아냈지만 지금 네 몸은 이 이상 싸울 수는 없어 보이는구나."

어떻게 할 테냐?

"그 알량한 목숨을 구걸하겠는가? 그것도 아니라면 자존심을 세워 죽음을 기다릴 테냐?"

괴력난신의 물음.

이미 이겼다는 듯 승자의 미소를 짓고 있는 그녀의 모습에 김현우는 입가를 비틀었다.

"야."

"……?"

"선택지가 하나 부족하잖아."

김현우는 자세를 잡았다.

괴력난신이 슬쩍 날카로운 이빨을 보이며 의문을 표할 때, 김현우는 아까 전 괴력난신이 보여주었던 그 오만한 미소를 지으며.

"내가."

선언했다.

"너를 박살 내버릴 거다."

김현우의 선언에 괴력난신은 한순간 얼빠진 모습으로 그를 바라보더니, 이내 박장대소를 터트리며 좋아했다.

제자리에 서서 미친 것처럼 웃는 그녀.

아무런 말도 하지 않는 김현우.

괴력난신은 이내 박장대소를 멈추고 김현우를 보며 입을 열었다.

"그래! 좋구나! 좋아! 내 너를 너무 다른 머저리들과 똑같이 생각한 듯하구나!"

그녀는 진심으로 즐겁다는 듯 웃음을 짓더니 이내 혀를 내밀어 자신의 이빨을 핥았다. 그리고 흘러나오는 아릿한 혈향을 맡고는 다시 한번 푸른 마력을 발산하며, 김현우와 똑같은 오만한 미소로 그를 맞이했다.

"네가 그렇다면, 나 또한 이번에는 예를 갖춰 최선을 다해 너를 상대해주도록 하겠다."

그녀의 푸른 마력이 사방으로 터져 나간다.

아까와 같은 상황이지만, 뭔가 다르다.

푸른 마력은 김현우의 숨을 멈추게 할 정도로 진득하고, 아까와는 차원이 다른 농밀함을 내포하고 있었다.

"이게, 내가 백귀야행의 두목이자."

씨익.

"나, 괴력난신이 낼 수 있는 최대치의 마력으로 펼치는 '진짜'다. 어디 한번 받아보거라."

김현우는 언젠가 들어본 것 같은 대사를 치며 마력을 내뿜는 괴력난신을 보며 자세를 잡았다.

격통이 느껴진다.

금방이라도 몸이 부서질 것만 같은 끔찍한 격통.

하지만, 김현우는 웃었다.

[내부에서 일어나는 마력 팽창을 막아냈습니다. 내구 등급이 올라갑니다!]
[내부에서 일어나는 마력 팽창을 막아냈습니다. 내구 등급이 올라갑니다!]
[내부에서 일어나는 마력 팽창을 막아냈습니다. 내구 등급이 올라갑니다!]
……
…
.

김현우는 버텼고.

[외부 마력이 김현우의 몸속으로 강제 침입합니다. 마력이 강제 개화됩

니다. 마력 등급이 올라갑니다.]

[외부 마력이 김현우의 몸속으로 강제 침입합니다. 마력이 강제 개화됩니다. 마력 등급이 올라갑니다.]

[외부 마력이 김현우의 몸속으로 강제 침입합니다. 마력이 강제 개화됩니다. 마력 등급이 올라갑니다.]

......

...

.

김현우는 받아냈으며.

시스템은 그런 김현우에게 틀림없는 선물을 내려주었다.

올라간 내구 등급은 피멍이 든 김현우의 모든 혈도를 올바르게 가동하게 도와주었고. 추가로 올라간 마력 등급은 김현우가 몸을 다시 움직일 수 있는 계기를 마련해주었다.

그리고 마지막으로. 그녀, 괴력난신이 보여주었던 십보멸살로 인해, 그는 천마 때와 같이 '가닥'을 잡을 수 있었고.

"흡······!"

'파훼법'을 떠올릴 수 있었다.

탑 안에서 수련할 때.

그는 무엇을 했는가?

그는 무武를 공부했다.

그 어느 것이든 가리지 않았다.

웹소설, 만화, 애니, 영화, 어느 매체에서 나왔든, 모든 무武라고 할 수 있는 것들을 그는 떠올렸고, 수련했고, 반복했다. 탑 안에서 제자가 있던 때를 제외하면 모든 것을 홀로 수련한 그는, 온갖 종류의 무武를 실험하고 그 기술을 자신의 몸에 안착시켰다.

말도 안 되는 허구의 무술과, 과장되어 만들어진 무武를 자신의 것으로 만들었으며, 현실 세계에서 무武의 원리를 터득했다.

그리고 그렇게 그가 익혔던 무술 중에는 언젠가 읽었던 수많은 신화 속, 괴신을 막아내는 '아수라阿修羅'의 무武도 있었다.

누군가는 그저 작가들의 어처구니없는 망상을 엮어 만들어낸 허구라고 비하할 수도 있는 그 수많은 소설. 하지만 그 소설 속 주인공과 등장인물 들은 모두 그의 스승이 되어 무武를 전수해주었다.

그렇기에.

그 수많은, 수십, 수백, 수천 명의 스승이 있었기에.

"후."

김현우는 할 수 있었다.

"?"

괴력난신이 사방으로 진득한 마력을 뿌리고, 마침내 1보를 내디디려 할 때, 그녀는 김현우의 모습을 보았다. 그리고 인상을 굳혔다. 분명, 그는 아까와 다름이 없었다.

이미 넝마에 가까운 옷 사이로는 치사량의 피해를 입은 듯한 붉은 멍이 보였고, 그의 몸은 금방이라도 무너질 것 같았다. 하지만 그녀가 놀란 것은 바로 김현우의 뒤에 있는 '팔' 때문이었다. 김현우의 뒤에 일렁이며 만들어져 있는 그것은, 분명 자세히 보이지는 않지만 팔이었다. 그 뒤로 그려져 있는 흑 원, 흑 원에 새겨져 있는 세 개의 만다라曼陀羅.

아까와는 다른 기세를 뿌리는 김현우의 모습을 보며, 괴력난신은 인상을 굳히면서도, 오롯이 전력을 내기 위해.

1보를.

"!"

내딛지 못했다.

어느새, 그 어떤 전조도 없이 그녀의 앞에 다가온 김현우는 오른발을 이용해, 그녀의 1보를 멈췄다.

괴력난신이 인상을 찌푸린다.

김현우는 오롯이 그녀를 바라보고 있다.

입가를 억지로 비틀어 올리는 괴력난신은 정제되지 않은 투기와 마력을 사방으로 끌어내며 생각했다.

'아직, 9보가 남아 있다.'

그녀의 십보멸살은 중첩형이다. 고작 한 보를 내딛지 못했다고 약해지는 허접한 기술과는 달랐다. 그렇기에 그녀는 1보가 막힌 것에 당황하지 않고 오히려 투기를 내뿜으며 다음 보를 내디뎠다.

그리고.

"이익……!"

괴력난신의 2보가, 김현우의 오른팔에 의해 막혔다.

분명 그 어떤 기술도 담기지 않았지만, 검붉은 마력을 내뿜고 있는 김현우의 몸은 괴력난신의 1보를 또 한 번 막아냈다.

괴력난신은 계속해서 걸음을 내디딘다.

3보가 김현우의 오른 다리에 의해 막힌다.

4보가 일렁거리는 마력 팔에 의해 막힌다.

5보도.

6보도.

7보도.

분명 한 걸음을 내디딜 때마다 무한하게 팽창하던 괴력난신의 마력은, 김현우에게 막혀 허공에 뿌려진 채, 팽창하지 못한다.

괴력난신의 얼굴에 귀기가 서린다.

"네 녀석!"

푸른 마력이 폭풍우 치며 괴력난신이 8보를 내디딘다.

하지만 김현우의 뒤에 만들어져 있는 검은색의 만다라는, 괴력난신의 8보를 허락하지 않았다.

9보에는 두 번째 만다라가, 그리고 그녀의 기술이 완성되는 10보에는 세 번째 만다라가 그녀의 공격을 막아냈다.

"이게…… 무……슨!"

그녀의 얼굴이 사정없이 일그러진다.

그녀가 펼친 십보멸살은 김현우에게 그 어떤 피해도 주지 못하고, 그대로 사라져버렸다. 작센의 라이프치히 일부를 완전히 '없던 것'으로 만들어버렸던 그녀의 공격은 재현되지 못했다.

그리고.

"이제, 내 차례다."

괴력난신의 10보를 막기만 했던 김현우의 몸이 느릿하게 움직인다. 분명 그녀의 걸음을 막아내며 사라졌던 만다라와 마력의 팔들이 다시금 재생된다. 폭발적인 마력을 먹어 치우며 그 존재를 과시한다.

그리고.

김현우는 최후의 최후까지 쓰지 않았던 자신의 왼팔을 그녀의 심장에 가져갔다. 그런 김현우의 행동에 따라 등 뒤에 만들어졌던 네 개의 팔이 일제히 괴력난신을 향했다.

화아아악.

김현우의 뒤에 있던 검은색의 만다라가, 마치 연꽃이 개화하듯 펼쳐지며 마력을 뿜어내고.

그는 자신이 올라서고 이룩해 만들어낸 또 하나의 무공에.

"수라."

이름을

"무화격."

붙였다.

그리고 세상이, 검붉게 물들었다.

조용히 해라

김현우가 독일 작센의 라이프치히에서 괴력난신을 처리한 그날, 유튜브는 검은 연꽃으로 도배되었다. 실시간 급상승 인기 영상의 1위부터 50위는 전부 동영상 메인에 검은 연꽃을 붙여놓았고, 심지어 김현우와 상관없는 영상임에도 불구하고 어그로를 끌기 위해 검은 연꽃을 붙이기도 했다.

마지막, 괴력난신과 김현우가 싸움을 벌일 때. 저 멀리서 싸움을 지켜보던 드론 카메라는 괴력난신에 의해 박살 났지만, 깨진 렌즈로나마 촬영을 이어가다가 김현우의 공격으로 결국 완전히 멈춰버렸다.

김현우가 펼쳤던 '수라무화격'은 완전히 멈춰버리기 전 그 깨진 렌즈에 온전히 담겨 그 전투를 보고 있던 430만의 시청자에게 무한한 경악과 소름을 선사해주었다.

현재 유튜브 영상 1위를 차지한 것은 '김현우의 신기술 보정 버전'이라는 영상이었다. 영상 뒷부분에 부서진 렌즈로 촬영된 것을 그래픽 기술로 없애고, 측면에서 찍은 영상을 시청자들이 보기 편하게 바꿔 올려놓은 것이었다.

영상은 짧았다. 앞에 리터칭 기술 같은 걸 설명하는 부분을 빼면 불과 15초에서 20초밖에 되지 않았다.

본격적인 시작은 바로 김현우가 괴력난신의 마지막 10보를 막고, 자세를 잡는 모습부터였다.

그의 몸이 살짝 벌어진다.

피멍이 든 등에 검붉은 색의 마력을 먹어 치우며 네 개의 팔이 생겨나고, 그 뒤에 검은색의 흑 원과 만다라가 생겨난다. 괴력난신의 10보를 막을 때와는 다르게, 만다라는 금방이라도 개화할 듯 검붉은 꽃망울을 가지고 있었다.

이윽고 느릿한 손짓으로 괴력난신의 몸에 왼팔을 들이미는 김현우. 그에 따라 등 뒤에 생겨난 네 개의 팔을 일제히 그녀의 몸을 향해 치켜든다. 그 뒤에 보이는 것은 검붉은 몽우리를 개화하는 만다라.

아름다운 연꽃이 피듯 한껏 개화한 만다라가 세상을 검붉은 빛으로 물들이는 것을 끝으로 영상은 종료되었다.

그 누가 보더라도 소름이 끼칠 수밖에 없는 굉장한 풍경. 다섯 시간 전에 올라온 이 영상의 댓글은 이미 수만 개를 가볍게 넘어가고 있었다.

SEKIRO: 와 개쩐다. ㅋㅋㅋㅋㅋㅋㅋㅋㅋㅋㅋㅋㅋ 진짜 차이 개쩐다. 좀

김현우는 진짜 뭔가 다른 듯한 기분이 든다. 무슨 다른 헌터들 싸우는 거 보면 맨날 스킬명 외치면서 와다다다다닷!! 하는데.

└asdfff: 와다다다닷ㅋㅋㅋㅋㅋㅋㅋㅋㅋㅋㅋㅋㅋㅋㅋㅋ ㅇㄱㄹㅇ이다. 맨날 스킬명 외치고 꼬라박 플레이밖에 안 나오긴 하지.

└헌터지망생: ㄴㄴㄴ 그건 니들이 뭘 몰라서 그러는 거다. 기본으로 헌터들도 원래 체계적으로 싸우는데 영상미 챙기려면 스피디한 전투가 좋아서 그렇게 다들 찍는 거야. 오해 ㄴㄴ

(번역됨)오토체스하고싶다: 후, 나는 이 장면을 보니까 문득 생각하게 되는데, 김현우는 헌터 랭킹 10위권에도 비벼볼 수 있지 않을까? 나는 그렇게 생각한다.

└너의인생함초롱이: 이건 정말이야. 나는 그가 10위권 내에도 비벼볼 수 있을 정도로 강하다고 생각한다. 그가 싸운 상대를 봐. 그 크리쳐는 라이프치히의 30%를 그냥 날려버렸다고!

└네인생불만있나: 흠, 과연 김현우가 10위권 내랑 비빌 수 있을까? 솔직히 저건 저번에 중국 랭킹 5위인 '패룡'도 가능하다고 들었던 것 같다.

└라이프캐슬로와라: 너는 대체 뭘 이야기하고 싶은 거야? 그러니까 그가 10위권 내랑 붙어볼 수 있다고 말한 거잖아. 그리고 무엇보다 중국의 5위인 패룡은 이명이랑 순위뿐이고 누군지도 제대로 모르잖아? 그렇게 했다고 나온 것도 사진뿐이고.

아몰랑빼액: 호옹이, 근데 저거 결국 독일은 누가 책임지냐? 독일 라이프치히 그냥 개박살 나고 한쪽은 그냥 전투 때문에 완전히 사라져버렸다는데? 김현우가 책임지냐?

└선생님: 자자, ------------------ 병먹금 ----------------------

ㄴ 병신을 보면 짖는 게: 크랩! 크래래래랩! 크랩! 크랩! 크래래래랩!

크랩! 크랩! 크래래래랩! 크랩! 크랩! 크래래래랩! 크랩! 크랩! 크래

래래랩! 크랩! 크랩! 크래래래랩! 크랩! 크랩! 크래래래랩! 크랩! 크

랩! 크래래래랩! 크랩! 크랩! 크래래래랩! 크랩!

ㄴ 아몰랑빼액: 노잼 병신아.

ㄴ 병신을 보면 짖는 게: 욕하셨네요? PDF 캡처했으니 법정에서 보

도록 하겠습니다, 선생님.

피식!

욱신.

"아으 씨바아아아알!"

그다음 날, 김시현의 집 안방.

툭.

조금 움직였다고 금세 몸이 욱신거리자 김현우가 보고 있던 스

마트폰을 던지고 침대에 누워 발광을 하고 있을 때, 곧 방문이 열리

며 김시현이 들어왔다.

"형, 뭐 해요?"

"뭐 하긴 뭐 해! 아파서 요단강 건너겠다……!"

"에휴. 그러니까 왜 굳이 독일까지 가서 사서 고생을 해요?"

"걔한테 볼일이 있었다니까……!"

김현우가 몸을 비틀며 입을 열자 김시현은 한숨을 내쉬었다.

"안 그래도 저도 그것 때문에 형한테 좀 물어볼 게 있기는 한

데……. 그건 나중에 물어보고, 형 지금 난리 난 거 알죠?"

"왜?"

"아니, 조금 전까지 스마트폰 보고 있던 거 아니었어요?"

"그래, 보긴 봤지. 내 영상으로 유튜브 다 도배되어 있던데?"

"해외 이슈는 봤어요?"

"그걸 내가 왜 봐?"

김현우의 당당한 말에 김시현은 역시 그럴 줄 알았어, 라는 표정으로 그를 보더니 말했다.

"지금 형 때문에 난리거든요……. 아니, 정확히 말하면 조금 다른 부분에서……."

"다른 부분? 뭔데?"

"뭐, 제가 설명하는 것보다는 형이 직접 보는 게 더 빠를 거예요."

김시현이 건네는 스마트폰을 건네받은 김현우는 곧바로 화면에 주르륵 쓰여 있는 글자를 읽어 나갔다.

김현우, 어떻게 그 거리를 날아왔나? 의문 확산 中…….

이번 독일 작센 라이프치히에서 일어난 재앙을 김현우가 막아내 전 세계적으로 매우 큰 이슈가 되고 있는 와중, 김현우에 대한 의문이 하나 제기되었다.

바로 김현우가 날아온 거리 때문이다.

한국에서는 12년 동안 탑에 갇혀 있었다는 이유로 '고인물'이라는 이명을 가지고 있는 김현우 헌터는 당연하지만 '한국'에 살고 있다.

그럼에도 독일에 재앙이 일어난 지 단 일곱 시간 만에 라이프치히에 도착해 재앙, 괴력난신과 싸워 독일을 지켜냈다.

그는 어떻게 일곱 시간 만에 독일에 갔는가.

일각에서는 김현우가 애초에 미리 알고 찾아갔다는 의문까지 돌고 있

다. 그 이외에도 지금 괴력난신을 처리한 이후 김현우가 어디에 있는지
조차 제대로 밝혀지지 않아.

……

…

.

"이건 또 뭔 개 같은 소리야?"

"뭐긴 뭐예요. 형이 톡 튀니까 어디에서 한번 멕여보려고 의문설
제기한 거죠."

딱 봐도 아레스 길드인 것 같지만요.

"그게 이렇게 커진다고?"

김현우는 뒤로 가기를 눌렀다. 현재 인기 포털 메인 실시간 검색
어 7위를 차지하고 있는 '김현우 의문'이라는 검색어. 눌러보니 김
시현이 보여줬던 것과 같은 의문형 기사가 여러 개 나타났다.

"게다가 형이 지금 좀 유명한 게 아니다 보니까 한국 기사를 해외
로 나르고 있어요."

"아니 이 새끼들이……."

어떻게 구해줘도 지랄이지?

김현우가 어처구니없다는 듯 웃음을 짓다가 물었다.

"아니, 씨발 이거 말도 안 되는 지라시잖아? 내가 어떻게 미리 알
고 가, 씨발."

나타나는 시간은 알고 있어도 어디서 나타나는지를 모르는데 미
리 가서 대비할 수 있을 리가 없었다.

"그래서, 어떻게 하시게요?"

김시현이 묻자 김현우는 깊이 한숨을 쉬고 대답했다.

"기자회견 열어야지."

"열어서 어떻게 하시게요?"

"어떻게 하기는 뭘 어떻게 해. 그냥 내가 한국에 있는 것만 보여 줘도 이런 음모론은 사라지겠지."

"뭐, 그렇기는 그렇겠죠."

애초에 이 음모론은 김현우가 어떻게 그렇게 빨리 독일에 갈 수 있었느냐로 시작된, 조금만 생각해보면 누가 봐도 말이 안 되는 어처구니없는 것이었다.

만약에 여기서 김현우가 기자회견을 열기만 해도 그 음모론은 박살 나는 것이다.

다만 문제가 있는 건 또 하나.

"그럼, 순간이동은 어떻게 설명하시게요?"

"뭐?"

"순간이동이요. 이걸 설명하려면 결국 형이 머더러 헌터의 힘을 빌려서 독일에 갔다는 게 까발려지잖아요?"

김시현의 말에 김현우는 떠올랐다는 듯 말했다.

"아, 걔는 지금 어디 있냐?"

"누구요. 머더러 헌터?"

"그래, 걔."

"어디 있기는요, 아랑 길드 훈련실 지하 3층에 스태프랑 마정석 전부 뺏고 가둬놨죠."

"……음."

김현우는 잠깐 생각하는 듯하다가 입을 열었다.

"야."

"네?"

"어차피 순간이동 마법진 같은 거 없었다면서?"

"네, 뭐…… 그렇죠? 마력이 발달되어 있는 마법사형 헌터들은 간헐적으로 블링크라는 스킬을 배워서 사용하기는 하는데, 그거야 길어봤자 일이십 미터 정도고…….'

순간이동은 없었죠.

김현우는 어깨를 으쓱이며 말했다.

"그럼 됐네."

"뭐가 돼요?"

"그냥 순간이동 마법진을 쓸 수 있는 헌터를 구했다고 하면 되잖아? 한국에는 용병들 많다며?"

"아니, 많기는 한데."

저번에 말했듯 한국에는 용병들이 많다. 대부분 아레스 길드의 독점 체제에 못 버티고 용병이 되어버리기도 하고.

한국의 미궁이 다른 국가의 미궁보다 마정석과 아이템에 많은 수 수료를 떼지 않기에 해외의 용병들이 한국에 몰리는 경향도 있었다.

뭐, 그래봤자 극소수지만.

'그래도 너무 어거지인데…….'

용병들 중에서 제대로 된 헌터는 '거의' 없다. 당연하게도 헌터 등급이 높은 이들은 길드에 들어가서 한자리 차지하는 게 조금 더 인생을 쉽게 구가할 수 있기 때문이다.

'……강하면서도 용병 집단이 되는 건 '머더러 헌터'거나, 아이템에 미쳐서 미궁에서 사는 '용병 탐사꾼'뿐인데…….'

김시현이 그렇게 생각하고 있을 때 김현우가 뭔가 떠올랐다는 듯 아, 하고 탄성을 내더니 말했다.

"시현아."

"왜요?"

"기자회견 여는 김에, 아이스크림도 좀 가져다줘라. 바닐라 맛으로."

사방이 자신을 향한 이슈라서 조금 긴장이 들 만도 하건만 그런 반응은 전혀 보이지 않는 김현우의 모습.

'아니, 기자들 모으는데 아이스크림 가져다 달라는 건 또 뭔 소리야.'

김시현은 그런 그의 모습에 툴툴거리면서도 스마트폰을 넘겨받으며 대답했다.

"알겠어요."

◆ ◆ ◆

그로부터 다섯 시간 뒤, 김시현의 고급 아파트 1층에는 수많은 사람이 모여 있었다. 그냥 모여 있는 게 아니었다. 저번 아레스 길드 때문에 기자회견을 열었을 때보다도 많은 인파였다.

덕분에 사방에서 신고가 들어올 법도 했지만. 오히려 옆 동에 사는 주민들까지도 김현우를 보기 위해 베란다에서 몸을 빼고 김현우가 사는 아파트의 입구를 기웃거렸고.

마침내.

"나왔다!"

"야! 진짜 나왔다!"

김현우가 나타났다.

분명 영상으로 봤을 때는 온몸에 피멍이 들어 몸이 성하지 않은 상태였음에도 불구하고 그는 그런 일이 있었냐는 듯 느긋한 걸음으로 아파트를 빠져나왔고.

"후……."

곧 수많은 기자 앞에 모습을 드러냈다.

그리고.

"김현우 헌터! 이번에 한국에서 독일까지 넘어간 시간 때문에 수많은 이슈가……."

"조용히 해, 씨발 새끼야. 너 같은 새끼 때문에 기자회견 연 거니까."

김현우의 욕이 울려 퍼졌다.

◆ ◆ ◆

기자들이 얼어붙었다.

조금 전에 열렬하게 목소리를 높이던 기자는 꿀 먹은 벙어리가 된 것처럼 입만 뻥끗거렸고, 시선을 돌린 김현우는 아파트 앞에 있는 목조 벤치에 앉았다.

"자, 우리 서로 짜증 나게 하지 맙시다."

김현우는 말을 이었다.

"제 성격 다들 아시잖아요? 뭐, 제가 인터뷰 한두 번 한 것도 아니고 최소 서너 번은 한 것 같은데 왜 아직도 그래요?"

좀, 우리 편하게 갑시다.

그는 조금 전까지 질문하던 기자를 보며 말했다.

"아, 거기 질문하셨던 분은 좀 저리 꺼져주시고, 억지로 계속 그 자리에 서 있겠다면 말리지 않겠지만 쟤가 있으면 저는 한마디도 안 할 겁니다."

"……힉."

김현우의 말과 함께 군중의 시선이 그 기자에게 모였다.

지금까지 수많은 군중 중 하나는 되어보았지만 그 주체가 된 적은 없었던 기자는 곧바로 몸을 움츠린 채 도망치듯 자리를 빠져나갔고, 김현우는 만족했다는 듯 입을 열었다.

"자, 그럼 지금부터 질문을 받도록 하죠. 똑같은 말 하기 싫지만 혹시 모르니 말하겠습니다. 만약 자기가 생각했을 때 이게 해야 할 질문인가? 라는 생각이 든다."

그럼 그냥 하지 마세요. 우리, 말의 무게를 잘 기억하도록 합시다.

자신의 입을 툭툭 친 김현우는 이내 손가락을 움직여 한 기자를 지목했다.

"네, 거기. 질문 받을게요."

"아, 예! 김현우 헌터가 이번에 독일로 넘어가서 괴력난신을 상대하지 않았습니까."

"네, 그래서요?"

"세간에서는……."

"아, 그러니까 뭐 대충 내용을 정리하자면 어떻게 빨리 왔다 갔다 했냐 이걸 묻고 싶은 거죠?"

김현우가 갑자기 말을 뺏자 당황한 기자가 고개를 끄덕였다.

"그거야 뭐 별거 없습니다. 헌터를 한 명 구했습니다."

"네? 헌터요?"

"그게 무슨…….."

"'순간이동' 마법진을 사용할 수 있는 헌터를 구했습니다."

"헉……!"

"정말입니까?"

"그럼 제가 여기 사람 다 불러 모아놓고 헛소리한단 거야?"

김현우가 슬쩍 인상을 찌푸리자 질문을 했던 기자는 움찔하더니 입을 다물었고, 김현우는 말을 계속했다.

"아무튼, 순간이동 헌터를 영입해서 독일까지 빠르게 갔다 왔습니다. 지금 여기서 기자분들한테 귀중한 시간을 빼앗기고 있는 저만 봐도 알겠죠?"

기자들은 입을 다물었다.

맞았다.

상식선으로 생각해봤을 때, 김현우가 당장 독일에서 한국으로 돌아오는 비행기를 탔다고 해도 이렇게 빨리 올 수는 없었다.

그들이 그렇게 생각하든 말든 김현우는 다음 사람을 지목했다.

"순간이동 마법진을 활용할 수 있는 헌터는 누구입니까?"

"본인이 누군지 밝히고 싶어 하지 않아서 함구하겠습니다. 아, 혹시라도 비밀스럽게 뒤를 캐서 밝혀낼 생각이라면 그렇게 해도 상관 없지만……."

그 사람의 뒤에 누가 있는지 잘 생각해보시면 그럴 생각은 전혀 안 하는 게 좋을 겁니다.

그 뒤로 이어진 여러 개의 질문.

대충대충 대답하던 김현우는 곧 회견을 끝낼 준비를 했다.

"네, 이제 2명 정도만 더 받고 그만 좀 내도록 하겠습니다."

김현우가 손가락으로 한 기자를 지목하자 그는 질문권을 빼앗길세라 곧바로 물었다.

"김현우 헌터! 저번에는 일본에서 재앙을 막고, 이번에는 독일에서 재앙을 막지 않았습니까?"

"네."

"재앙을 막는 이유가 뭡니까?"

"?"

김현우가 이상하다는 듯 그를 바라보자 기자는 당황하는 듯하면서도 슬쩍 눈치를 보곤 조심스럽게 말했다.

"그러니까…… 저번에도 마찬가지였지만 김현우 헌터가 그 엄청난 재앙을 막아내며 요구하는 것이 너무 없어서……."

'……그런가?'

기자의 말에 김현우는 어깨를 으쓱하며 생각했다.

김현우는 말 그대로 탑의 비밀을 밝혀내기 위해 등반자를 사냥하러 다니는 것이었지만, 확실히 아무것도 모르는 일반인들에게는 묘하게 보일 여지가 있긴 했다.

좋은 의미로든 나쁜 의미로든.

"음……."

드물게 김현우가 대답을 멈추자 기자들의 시선이 한곳에 꽂혔다.

물론 그런 시선이야 똥을 싸면서도 받아낼 수 있을 정도로 무관심한 김현우는 나름 적당한 이유를 머릿속으로 만들고 있었다.

그리고.

"그건."

김현우는,

"그건?"

"별 이유 없는데?"

적당한 이유를 생각하기가 너무 귀찮았다. 김현우의 대답에 기자들의 눈가가 미미하게 찌푸려졌다. 그 모습을 본 김현우는 그냥 적당히 이유를 붙였다.

"굳이 이유를 붙이면 더 강한 척 깝치는 녀석 조지는 게 취미라서."

그래, 그냥 그런 걸로 하죠.

어처구니없는 것을 이유로 가져다 붙인 김현우는 다음 말이 나오기도 전에 다른 기자를 지목하며 말했다.

"마지막으로 질문하세요."

"아, 그…… 혹시, 김현우 헌터가 가지고 있는 '고유 스킬'에 대해 간략하게 설명해주실 수 있나요?"

"뭐? 고유 스킬?"

"네."

다시금 군중의 시선이 김현우에게 집중되었다. 마지막 질문답게 그를 둘러싼 의문 중 아직까지 그가 직접 발언한 적이 없는 내용이었다.

고유 스킬.

그것은 일정 이상의 경지에 오르면 '시스템'이 자연스레 헌터에게 부여하는 능력으로, S등급에서의 랭킹은 그 고유 스킬로 정해진다고 해도 과언이 아닐 정도로 중요했다.

거기에 덤으로 김현우가 지금까지 보여줬던 기술들.

천마와 싸울 때 보여주었던 패왕괴신각과 이번 괴력난신을 상대할 때 보여주었던 수라무화격 덕분에 김현우의 고유 스킬에 대한 의문은 더더욱 커지고 있었다.

무슨 스킬인가?

도대체 무슨 스킬이길래 김현우는 저런 강력한 기술을 가지고 있는가.

기자들이 김현우의 얼굴을 뚫을 듯이 쳐다보자 김현우가 대답했다.

"고유 스킬 없는데?"

"네…… 네?"

"고유 스킬은커녕 일반 스킬도 없고."

"그, 그게 무슨……. 그렇다면 그 천마와 싸울 때 보여주었던 기술과 괴력난신과 싸울 때 보여주었던 그 기술은……?"

"그건 스킬이 아니라 내가 탑 안에서 만든 '무술'인데?"

김현우의 말에 기자들의 몸이 경직되었다.

그리고 마지막으로 질문을 했던 기자가 무척이나 조심스러운 목소리로 그를 향해 말했다.

"그, 그러니까, 스킬이나 고유 스킬이 하나도 없는 기술이라면…… 누구라도 사용할 수 있다는 겁니까?"

"아니, 아니지."

김현우는 자리에서 일어나며 말했다.

"아무나 쓸 수 있지는 않지. 그 기술들은 모조리 내가 만든 거니까."

나한테 배워야만 쓸 수 있겠지?

그렇게 말한 김현우는 이내 손을 휘저으며 덧붙였다.

"이걸로 기자회견은 끝, 이 이상 입 뻥긋하면 여기서 개지랄할 거니까 전부 다 돌아가시고, 또 추가적인 질문 있으면 그, 나중에 시현이한테 물어봐요."

김현우는 본능적으로 묘하게 귀찮아질 말을 했다는 생각에 탄식하면서도, 김시현의 이름을 팔며 고급 아파트 안으로 걸음을 옮겼다.

그리고 그날 밤.

[김현우가 지금까지 사용했던 기술 '나한테 배우면 전부 가능해' 발언 충격!]

[김현우, 순간이동이 가능한 헌터 영입!! 한국 헌터의 인재 풀 김현우에게 빨려 들어가나??]

[고인물 헌터 김현우, 서울 길드의 길드장인 김시현과의 친분 과시 '나머지는 시현이한테 물어라']

[김현우 헌터 자신의 기술을 전수하나???]

인터넷은 김현우의 기사로 인해 떠들썩해졌고.

"형! 왜 나를 팔고 지랄이야!"

김현우의 몸이 어느 정도 나을 때까지 기자들을 상대했던 김시현은 4일째 되는 밤에 김현우의 침대 앞에서 개지랄을 떨었다.

◆ ◆ ◆

중국 상하이. 위연 길드의 거대한 '장원'이 있는 외곽.

"크엑!"

한 남자가, 여자 앞에서 피를 토하고 있었다.

온몸에 강철과도 같은 녹갑을 차고 있는 남자. 위연 길드의 길드 장이자 S급 헌터 랭킹에서 17위를 차지하고 있는 남자였다.

이름은 '현천'.

이명은 '현무'.

그 어떤 공격도 별다른 충격 없이 막아낸다고 해서 그에게 붙여 진 '현무'라는 이름이 무색하게.

"크에에에엑! 크학!"

그는 누가 봐도 확연하게 찌그러져 있는 녹갑을 부여잡으며 몇 번이고 피를 토했다.

그리고 그런 현천의 앞에 오연히 서서 그를 바라보고 있는 한 소 녀가 있었다. 금색의 진달래가 수놓아진 붉은 치파오를 입고 있는 소녀. 미령은, 자신의 앞에 엎드린 현천을 보며 쭛 하고 혀를 찼다.

"17위라고 해서 여흥은 될 거라고 생각했건만, 아무래도 아니었 나 보구나."

"이런 젠장……!"

현천이 이를 악물고 미령을 바라봤지만 그녀는 감정 하나 없는 무표정한 얼굴로 현천의 얼굴을 발로 차버렸다.

뻐억!

"끅!"

순식간에 뒤로 꺾이는 현천의 고개.

미령은 들었던 발을 그대로 아래로 내리찍어 현천의 얼굴을 콘크리트에 박아버렸다.

꽈아아아앙!

"끄에에에에엑!"

힘없이 부서지는 콘크리트와 함께 현천의 괴성이 들린다.

"나는 너 같은 것들이 제일 싫다."

꽝!

"어느 경지에 올라온 것을 봐서는 분명 오를 수 있는 길이 있을 텐데."

꽝!

"오로지 자신은 정체된 채로."

꽝!

"미궁에서 나오는 구더기 같은 아이템으로."

꽝!

"자신의 능력을 조금이라도 키우려는……."

꽝!

"너 같은 녀석들이."

나는.

꽝!

"제일."

"그만……."

피이이이잉.

현천의 애처로운 목소리에도 그녀는 애초에 멈출 생각이 없었다는 듯 자신의 다리를 들어 올렸다. 그녀의 발에 모이는 붉은색의 섬뜩한 마력.

"싫다."

미령은 짧은 순간에 들어 올렸던 발을 내리찍었다.

꽈아아아아앙!

미령의 발이 지금까지 버티고 있던 현천의 머리를 수박 깨듯 으깨버리고, 대리석이 깔려 있던 주변의 지반을 엉망진창으로 흔들어 놓는다.

사방으로 터져 나가는 지반.

하나 그 상황 속에서도 미령은 오롯이 서서 이미 죽어버린 현천의 시체를 보았고, 이내 몸을 돌리곤 불만스럽다는 듯 중얼거렸다.

"쯧, 쥐새끼처럼 도망 다니기는."

미령은 장원 끝에 현무가 그려진 나무 의자에 앉았고, 동시에 그 주변으로 사람들이 몰려들었다. 미령의 등에 그려져 있는 문신과 같은 가면을 쓴 채 부서진 장원에 도열한 그들을 보며 미령은 말했다.

"치워라."

어디선가 나타난 헌터가 부서진 대리석 사이에 있던 현천의 시체를 가지고 사라졌다. 그렇게 현천의 시체가 그녀의 눈에서 사라지자 미령이 입을 열었다.

"나머지는 어떻게 되었지?"

"지금 상하이 점령을 기점으로 패도 길드의 던전 점유율은 92퍼센트를 넘었습니다."

"나머지 8퍼센트는?"

"나머지 8퍼센트는 패도 길드에 복종하는 이들입니다."

"복종…… 복종이라……."

미령은 그렇게 중얼거리다 피식 웃고는 말했다.

"그렇다면 위연 길드는 모조리 박멸한 것인가?"

"아직 두 개 지역이 남았지만 기한 안에는 전부 점령할 듯합니다."

미령의 앞에 있는 남자.

패도 길드의 부길드장 '천영'의 말에 그녀는 퍽 만족스럽다는 듯 고개를 끄덕거리다 물었다.

"점령하고 나서 저항하는 녀석들을 박멸할 때까지는?"

"2주면 충분할 듯싶습니다."

"2주, 2주라……."

미령은 저도 모르게 손을 움직여 자신의 등에 그려진 거대한 문신을 만지작거렸다.

자신이 누구의 것인지 새겨놓은 표식.

"천영아."

"예."

"나는, 너무나 기대하게 되는구나."

그녀는 볼에 홍조를 띠고, 붉은 혀로 자신의 입술을 핥으며 나지막하게 중얼거렸다.

"스승님을 모시러 갈 그때가, 너무나도."

기대가 돼.

무표정하던 그녀가 화사한 웃음을 지었다.

◆ ◆ ◆

알리미

통로를 통해 새로운 '등반자'가 9계층에 도착했습니다.

남은 시간 [00 : 00 : 00]

위치: 독일 작센 라이프치히

[등반자 '괴력난신' '귀이'를 잡는 데 성공하셨습니다!]

[정보 권한이 하위에서 중하위로 변경되었습니다!]

[당신을 초대합니다.]

시스템에서 당신을 초대합니다. 시스템 옆에 남은 시간이 모두 흘러가면 당신은 부름을 받아 초대됩니다.

남은 시간: 0일 0시간 5분 11초

새벽 1시가 다 되어가고 있는 늦은 밤, 김현우는 소파에 앉아 눈앞에 떠오른 로그를 한번 바라보곤 이내 자신의 손에 쥐어져 있는 서류로 눈길을 돌렸다.

"보상…… 보상이라……."

독일에 가서 괴력난신을 처리한 지도 일주일이 훌쩍 넘어 10일을 향해 가고 있는 상황에서, 김현우는 자신에게 도착한 보상 목록을 보며 턱을 툭툭 두드렸다.

"햐, 참 많기도 하네."

김시현에게 독일 측에서 보상안을 작성 중이라는 말을 듣기는 했지만, 사실 김현우야 그냥 지원 출동을 나가면 통상적으로 나오는 금액을 받아도 별 상관없었다.

그런데 독일 측에서 제시한 보상안은 A4 용지 한 장에 빽빽하게 적힐 정도로 길었다.

다만 김현우가 조금 불만이 있는 거라면.

"어째 자세히 보면 보상금이랑 괴력난신의 드롭 템을 제외하고는 전부 세금 완전 감면 같은 것들뿐이네."

독일이 제시한 보상안의 거의 대부분이 독일에서만 굉장히 유효하다는 것이었다. 보상금과 김현우가 미처 가져오지 못하고 놔두고 온 괴력난신의 아이템을 빼면 거의 대부분의 혜택이 독일에 몰려 있었다.

"세금 완전 감면, 집 무상 제공…… 차도 무상 제공? 이건 또 뭐야……."

'거기에다가 수도권 내 길드 하우스 무상 제공에…….'

김현우는 독일이 작성한 보상안을 읽다가 피식 웃고는 던져버렸다.

'말만 안 했지 이건 그냥 독일로 이민을 오라는 거 아니야?'

맞았다. 독일은 정말 김현우가 독일로 이민을 왔으면 해서 그에게 이런 보상안을 제시한 것이었다. 일반적인 보상안이라고 하기에는 상당히 과도한 보상안을.

"쯧."

뭐, 그렇다고 해서 김현우가 잘 살고 있던 한국을 떠나 굳이 귀찮게 독일까지 갈 일은 없겠지만.

툭. 김현우는 들고 있던 보상안을 책상 위에 올려두고 어깨를 으쓱였다.

'받아두면 언젠가 쓸 때가 있겠지.'

짧게 생각을 정리한 김현우는 이내 몇 십 초대로 줄어들고 있는 시간을 보면서 얌전히 소파에 앉아 기다렸고, 곧 0에 가까워진 순간.

"안녕하세요."

"그래."

김현우는 이제 상당히 익숙하게, 눈앞에 바뀐 풍경을 보면서 아브의 인사를 받았다.

한동안 주변을 두리번거리던 김현우는 순간 머리에 물음표를 띄우더니 새삼 깨달았다는 듯 말했다.

"……그래서."

"?"

"여기, 뭔가 상당히 커진 것 같다?"

"아."

김현우의 말대로 아브가 있던 공간은 예전과는 달랐다. 분명 책상 외에는 무언가를 더 놓을 곳이 없었는데, 지금은 방이 상당히 넓어졌다.

평수로 따지면 대충 15평에서 20평 정도 되지 않을까?

"이것도 저번에 말했던 것처럼 그 정보 권한이 누적될 때마다……."

"네, 등반자를 처치하고 권한을 얻을 때마다 제가 지내는 이 방도 권한의 누적 크기에 따라 커지거든요. 지금은 정보 등급이 중하위라서 좀 많이 커졌죠."

아브의 대답에 김현우는 고개를 끄덕이며 주변을 돌아봤다.

"근데, 이거 방 크기가 넓어지면 뭐 하냐? 뭐, 특수 기능이라도 있어?"

"안 그래도 그걸 설명드리려고 했습니다."

아브는 흠흠, 하더니 자신의 품에서 버튼 하나를 꺼냈다.

붉은색에, 누르면 딸깍 소리가 날 것 같은 ON/OFF 버튼을 김현우에게 건네며 아브가 말했다.

"김현우 헌터가 중하위 권한을 가지게 되면서 바뀐 게 많습니다. 우선 그중 첫 번째는 바로 이 '시스템 룸'을 꾸밀 수 있다는 거예요."

"시스템 룸을 꾸며?"

"네."

아브는 설명을 이어 나갔다.

"그 버튼을 한 번 꾹 누르고 자신이 원하는 방의 인테리어를 생각하면 이 방은 자연스레 가디언이 생각한 방으로 바뀔 겁니다."

"……그래?"

딸깍.

김현우는 설명을 듣자마자 버튼을 눌렀다.

그와 함께 머리에 전자파가 몰리는 듯한 기묘한 느낌에 흠칫했지만 이내 아브가 말한 대로 머릿속에 어느 한 공간을 떠올렸다.

그리고.

"아."

"여기는…… 보이는 걸로 봐서는 '튜토리얼의 탑' 1층이네요."

김현우가 생각하자마자 순식간에 바뀌는 풍경.

"에이 씨발."

김현우는 자신이 상상해놓고도 실제로 만들어진 튜토리얼 탑의

1층을 보더니 짜증이 난다는 듯 욕설을 내뱉었고, 이내 다른 장면을 상상했다.

'이번에는, 김시현의 집.'

김현우가 그렇게 생각하자마자 튜토리얼 탑 1층의 형상이었던 집이 바뀌기 시작했다. 바닥에 그려진 마법진은 처음부터 없었다는 듯 사라지고, 보이는 것은 하얀색 대리석과 김현우가 앉아 있던 소파, 그리고 그 앞에 TV가 구비되어 있는.

"오."

"우와……."

그 누가 보더라도 김현우가 조금 전까지 있었던 김시현의 집이었다.

옆에서 탄성을 내지르는 아브를 보며 김현우가 물었다.

"넌 왜 놀라냐?"

"아, 그…… 저도 사용법을 알기만 할 뿐이지, 저는 그 '변환' 버튼을 사용할 수 없게 되어 있거든요."

"……그래?"

"게다가 이렇게 9계층이 사는 인간들의 방도 처음 보고요."

"?"

"왜요?"

"아니, 뭐…… 그냥 너무 당연하게 넘어가서 몰랐는데, 너 평소에도 이 방에서 생활하는 거야?"

김현우의 물음에 아브는 뭘 그리 새삼스레 묻냐는 듯 슬쩍 묘한 표정으로 대답했다.

"네, 기본적으로 가디언을 만나는 이곳이 제 활동 구역이에요. 애초에 만들어질 때부터 여기였는걸요?"

"……그러니까, 그 아무것도 없는, 아니, 조금 전까지 테이블이랑 의자 두 개만 있던 곳에 있었다는 거야?"

"그렇죠."

"안 심심해?"

"……음, 평소에는 시스템 정보 권한을 통해서 이것저것 정보를 탐구하고 있으니 그렇게 지루함을 느끼지는 않아요."

"잠은 안 자?"

"가끔 가다 피로감이 느껴질 때가 있긴 한데 그때는 책상에 누워서 자요."

아브의 말에 김현우는 뭔가 형용할 수 없는 기분에 빠졌다.

이게 무슨 느낌이지?

학대?

잠시 생각하던 김현우는 이내 쯧, 하고 혀를 차더니 물었다.

"그래서, 이거 고정하려면?"

"그냥 버튼을 한 번 누르면 돼요."

딸깍.

아브의 말에 버튼을 누른 김현우는 짧게 생각했다.

'우선 지금 이야기는 여기서 나갈 때 다시 하는 걸로 하고.'

"그래서, 또 뭐가 바뀌었는데?"

그의 물음에 아브는 기다렸다는 듯 입을 열었다.

"두 번째는 정보 권한이 중하위로 오르면서 가디언이 가지고 있는 '정보 권한' 스킬과 '알리미'가 업그레이드되고, 거기에 덤으로 이제는 '출입' 스킬이 생깁니다."

"출입? 그건 또 뭐야?"

"이제 제가 굳이 초대하지 않아도, 가디언인 당신은 하루에 한 번 이곳에 들어올 수 있게 됩니다."

"나쁘지 않네. 또 다른 건?"

"이제부터는 정보에 관해서인데."

"……정보?"

"네, 아직도 처음 물어보셨던 '튜토리얼 탑'에 대해서는 대답하지 못하지만, 그다음으로 물으셨던 능력치의 이상에 대해서는 왜 그렇게 되었는지 설명을 드릴 수 있을 것 같습니다."

"그래?"

아브가 고개를 끄덕였다.

"지금 정보창을 열어보실래요?"

김현우는 군말 없이 정보창을 열었다.

이름: 김현우 [9계층 가디언]

나이: 24

성별: 남

상태: 매우 양호

능력치

　근력: S-

　민첩: A++

　내구: S++

　체력: A++

　마력: B++

행운: B

SKILL -

정보 권한 [중하위]

알리미

출입

괴력난신을 상대하고 나서, 김현우의 능력치는 꽤 크게 상승했다.

마력은 단번에 B++까지 올랐고, 내구는 S++, 근력은 S-로 한 단계가 올랐다.

김현우가 정보창을 새로이 확인하고 있으려니 아브가 말했다.

"역시."

"역시?"

"저번에 제가 설명드린 것 있죠?"

"……그, 네가 대충 추리했던 그거? 튜토리얼 탑에서 능력치의 표현을 막아놨을 뿐이지, 실제로 내 능력치는 계속해서 상승하고 있었다는."

"네, 그거예요."

아브는 뭔가를 더 파악하려는 듯하다 말을 이었다.

"지금 당장 중하위에서 볼 수 있는 출발의 탑 접근 권한으로는 탑을 만든 자가 탑에서 강해지는 것을 막기 위해 일정 능력치 이상으로는 올라가지 못하게 락Lock을 걸어놨다고 해요. 근데, 그건 말 그대로 시스템상으로 걸어놨을 뿐이라……."

"그러니까, 네 말은 시스템상 락이 걸린 덕분에 능력치는 안 올라갔는데."

"가디언의 신체는 시스템이 아니라 '진짜' 신체니까요, 컴퓨터로 따지면 네트워크에서는 전산이 안 되고 있지만, 컴퓨터에서는 계속 업그레이드되고 있는 거죠."

"……뭐, 그럼 결국에 네가 한 추리가 맞는다는 거네?"

"네, 그렇게 되네요."

뭔가 뿌듯한 표정으로 고개를 끄덕이는 아브를 보던 김현우는 피식 웃고는 자리에서 일어나며 말했다.

"그러면."

"?"

"너는 맨날 이 안에 있다고 했지?"

"네."

"내가 노는 법을 알려주지."

"노는 법이요?"

아브의 순진한 눈동자에 김현우는 씩 웃더니 TV를 향해 다가갔다.

"이게 뭔 줄 알아?"

"?"

"이건, 'TV'라는 것이다."

일명 바보상자라고도 불리지.

김현우는 TV를 틀었다.

◆ ◆ ◆

아브에게 9계층의 신문물을 잔뜩 알려준 그다음 날.

서울 길드의 지하 3층 훈련실에서 김현우는 아냐와 독대를 했다.

"감사합니다. 감사합니다……. 살려주셔서 감사합니다."

김현우에게 머리를 찧을 듯 고개를 깊게 숙이는 아냐.

그녀는 틀림없이 죽을 거라고 생각했는지, 김현우를 보며 머리가 땅에 닿을 듯 고개를 몇 번이고 숙였다.

"괜찮아, 그렇게 감사하지 않아도. 너 내 밑에서 일해야 한다니까?"

"네, 네, 할게요. 하겠습니다……!"

"너, 얼굴 변신시킬 수 있다고 했지?"

"네, 당연히 할 수 있어요. 못 하면 악을 써서라도 할 수 있어요."

"그래, 그러면 됐지 뭐."

김현우는 아냐를 자신의 길드인 '가디언'에 채용하기로 했다.

이유는 그녀의 순간이동이 무척이나 편리하고 또 좋았기 때문.

사실 편리함을 추구하고자 불안 요소를 그냥 놔둔다는 게 김현우로서는 그리 내키지는 않았지만, 김현우는 그녀의 성향이 '생존주의'라는 것을 철저하게 이용하기로 했다.

"야."

"네!"

힘차게 대답하는 아냐.

"뭐, 아직 계약서 작성하기 전이지만 이건 확실히 해두려고."

"네? 뭘……?"

김현우의 표정이 슬쩍 바뀌자 흠칫하는 그녀.

김현우는 말했다.

"너도 알겠지만, 나는 내 '적'을 매우 싫어해. 그 이유가 어찌 되었든 나는 나를 건드리는 걸 싫어하거든."

너도 잘 알지?

김현우의 물음에 끄덕거리는 아냐.

"근데 너는 좀 '편리'하니까 살려둔 거야. 그것도 알지?"

"네, 네. 알죠. 압니다. 당연히 알죠."

"그러니까 확실히 해둘게. 나는 길드 계약이 시작되면 너를 일반적인 헌터처럼 대할 거야. 물론 거리 제한이나 뭔가 다른 제한도 없어."

"네……. 네?"

"왜? 싫어?"

"아, 아뇨! 좋습니다! 좋아요!"

아냐의 필사적인 끄덕임에 김현우는 마주 웃으며 고개를 끄덕였다.

"좋지? 맞아. 네가 날 배신하지 않고 계속 그렇게 고분고분하게 있으면."

"네……?"

순간, 아냐가 이해하지 못했다는 듯 답하자 김현우는 친절하게 설명하기 시작했다.

"만약, 아주 만약에 말이야."

"……."

"네가 만약에 나와 계약을 하고 풀어주자마자 자기 멋대로 도망가버리면 말이야……."

김현우의 웃음에 아냐의 등골에 소름이 끼쳤다.

네가 강한 게 아니다

아냐는 김현우의 입가에 지어져 있는 미소를 보았다. 조금 전과 같은 부드러운 미소가 아니었다. 그녀의 동료였던 판데모니엄을 박살 낼 때 지었던 그 웃음을 띠고 김현우는 계속해서 말했다.

"나는 네가 어디에 있든 너를 지옥 끝까지 쫓아가고 쫓아가서 그 머리통을 후드려 깨버릴 거야. 아니, 아니지. 그건 너무 부족해."

"네……. 네?"

"머리통을 후드려 깨버리는 걸로는 부족하지, 응? 적을 살려주고 정규직으로 취직까지 시켜줬는데 도망간다면."

더 재미있는 걸 기대해도 좋아.

김현우의 말에 순식간에 안색이 파리해지다 못해 푸르죽죽해진 아냐.

그 모습에 김현우는 무척이나 만족스럽다는 듯 미소를 지으며 말했다.

"그러니까, 우리 서로 힘들게 하지 말자. 알았지? 아니, 뭐 굳이 도망치고 싶다면 도망쳐도 되고. 내가 생각보다 한가해서 말이야."

여흥은 되지 않겠어?

김현우의 미소에 사색이 된 아냐는 굉장히 필사적인 느낌으로 변명했다.

"아, 아니. 안 해요! 진짜 안 한다고요!"

"그래? 그러면 뭐, 다행이지."

그렇게 말하며 자리에서 일어나는 김현우를 보며, 아냐는 왜인지 속박되진 않았지만 속박된 것 같은 느낌에 자신의 가슴을 툭툭 두드렸다.

그러던 중.

"오빠!"

"왜?"

"오늘 정식으로 양도권 받는다면서요? 안 갈 거예요?"

"아, 그랬지."

새삼스레 떠오른 사실에 고개를 끄덕인 김현우는 덜덜 떠는 아냐를 보며 말했다.

"그럼, 이따가 '내' 길드 사무실에서 보자. 얼굴은 꼭 바꿔서 오고."

"네, 네!"

열렬히 고개를 끄덕이는 아냐를 보며 김현우는 곧바로 이서연을 따라 1층으로 나와 그녀가 미리 준비시켜놓은 차량에 올라탔다.

◆ ◆ ◆

툭! 확!

강남, 아레스 길드의 상층 회의실, 흑선우는 자신의 손에서 서류를 빼앗아 간 김현우를 원망스럽다는 표정으로 바라봤다.

"뭘 봐?"

"아니."

기죽은 개처럼 고개를 숙인 흑선우를 본 김현우는 어깨를 으쓱이더니 양도권의 내용을 쭉 읽고는, 그 아래에 사인했다. 그것을 끝으로 무척이나 합법적이게, 그동안 아레스 길드가 가지고 있던 던전의 일부는 가디언 길드로 넘어왔다.

김현우는 망연자실해 보이는 흑선우의 표정을 보며 피식 웃었다. 잠을 며칠 동안 자지 못한 듯 굉장히 초췌해진 흑선우의 얼굴이 보였지만 그건 김현우가 알 바 아니었다.

아니, 오히려 어떻게 보면 김현우가 흑선우를 봐줬다고도 볼 수 있었다. 원래 양도권은 한참 전에 받기로 되어 있었는데, 갑작스레 괴력난신이 나타났고, 녀석을 처치한 뒤로는 또 한동안 요양하느라 받지 못했다.

그러니까 김현우는 어쩌다 보니 흑선우에게 희망을 주었다.

혹시? 하는 희망을.

뭐, 김현우가 이미 가디언 길드에서 길드원까지 뽑아놓은 걸 보면 그런 생각을 하는 것 자체가 웃기지만 사람이란 그렇다. 자신의 힘과 권력, 그리고 그 무엇도 통하지 않는다면, 나중에 '운'이나 '인정'에 기댄다.

흑선우도 똑같았다.

김현우가 제때 양도권을 받으러 오지 않으니까 '혹시나?' 하는 마음을 무척이나 크게 부풀렸을 뿐이다.

뭐, 결국 아니었지만.

"양도권은 확실히 받았다."

거기에 원래 받아야 하는 돈도.

김현우는 피식 웃더니 자리에서 일어나 아레스 길드의 회의실을 빠져나갔고, 그가 빠져나간 공간에는 정적만이 감돌았다.

"……."

흑선우는 아무렇지도 않게 양도권만을 가지고 벌써 자신의 시야에서 사라진 김현우가 있던 자리를 멍하니 보다가 이내 자신의 옆에 앉아 있던 우천명에게로 시선을 돌렸다.

우천명도 흑선우와 별반 달라 보이진 않았다.

그로서도 더 이상 줄을 갈아탈 방법이 없었으니까.

흑선우가 죽으면 자기도 같이 간다는 것을 알고 있는 우천명으로서는 입을 열 수가 없는 것이었다.

"……."

"……."

침묵이 얼마만큼이나 지났을까, 흑선우가 비로소 입을 열었다.

"우 부장……."

"예."

"이렇게 된 이상 지금 당장 좆 됐다는 건 자네도 나도 잘 알고 있을 것 같은데, 어떻게 생각하나?"

흑선우의 말에 아무 말이 없던 우천명은 이내 긍정하듯 고개를 끄덕였다.

이미 아레스 길드가 나름대로 힘을 써서 만들어놨던 독점 체제를 일방적으로 빼앗겼다는 것부터 흑선우는 권력을 빼앗긴 것이나 다름없었다.

이제 다음 인사이동 때 흑선우의 자리에 다른 이가 앉고, 흑선우는 자신이 처리했던 유병욱과 같은 처지가 될 일밖에는 남지 않았다. 아니, 최악을 면하면 그건 피할 수 있겠지만.

"씨발."

흑선우의 입에서 욕설이 터져 나왔다.

그리고.

"우 부장."

"……예."

"나는 어떻게 해서든 저 개자식을 죽여버릴 거다. 어차피 자네도 더 잃을 게 없다는 건 잘 알고 있겠지?"

"……"

아니다, 라고 우천명은 말하고 싶었다.

하지만.

'이 새끼……'

우천명은 흑선우의 눈이 맞이 간 것을 보고 마른침을 삼켰다.

'진짜 끝까지 갈 생각이다.'

그, '관리부 부장'이라는 직책을 가지고 있는 우천명은 아주 적기는 하지만 아직 살아 나갈 수 있는 구멍이 남아 있기는 했다.

뭐, 살아남을 구멍으로 빠져나간다고 해도 자신의 대부분을 버려야겠지만, 아레스 길드에서 살아남을 수 있다는 것은 '재기'를 할 수 있다는 뜻이었다.

하지만 문제는 흑선우. 그는 우천명과 다르게 정말 갈 데까지 갔다. 더 물러설 곳이 없다.

게다가 다음 인사이동까지는 아직 한 달 정도가 남은 시점.

'만약 여기서 흑선우를 배신했다가는…….'

무슨 일이 일어날지 모른다.

다시 한번 우천명은 마른침을 삼키고는, 최대한 머리를 굴려 입을 열었다.

"저도 그렇게 생각하지만……. 그렇다고 해도 지금 본사에서 어떤 지원도 받을 수가 없는 상황이라……."

우천명이 말꼬리를 흐리자 흑선우는 묘하게 핏발이 선 눈으로 우천명을 바라봤다.

"걱정하지 마, 이미 계획은 있으니까……."

"……설마 기사단입니까? 하지만 기사단도 본사 소속이라 지금 상황에서는 움직이지 않을 것으로……."

"아니, 아니야. 본 길드에서 힘을 빌리려는 게 아니야."

"그렇다면……?"

우천명은 입을 열었다.

"패도."

"설마, 지부장님……!"

"패도 길드에게 손을 벌린다."

"그, 그건 잘못하면……!"

우천명이 서둘러 그의 생각을 말리려 했지만 이미 흑선우의 핏발 선 눈은 확신에 차 있었다.

"어차피 이렇게 된 이상 내 목이 잘릴 건 이미 예정된 일이다."

그러니.

"지금부터 나는 패도 길드에 청탁을 하러 갈 거다."

"아…… 아니 만약에 그랬다가 잘못되기라도 하면……?"

"아니, 잘못될 일은 없다."

"그, 그게 무슨?"

"모든 걸 걸 거니까."

"……헉! 서, 설마."

우천명이 마치 미친놈을 바라보듯 흑선우를 바라보자 그는 핏발 선 눈으로 큭큭거리며 말했다.

"그 개새끼를 조지기 위해서라면 내 목숨도 내던지겠다. 아주 개박살을 내주겠어. 이미 독점 체제는 끝났어. 던전 몇 십 개 정도 더 넘어간다고 해서 달라지는 건 없지."

"하, 하지만 그랬다가는!"

"그랬다간? 뭐? 우 부장, 자네가 다른 생각을 하고 있는 것 같아서 말해두지만."

자네도 이미 빠져나가기엔 글렀어.

흑선우는 큭큭거리더니 자리에서 일어났다.

"그, 그게 무슨."

"아레스가 그렇게 만만해 보이나? 새로 온 지부장은 아마 자신의 심복을 전부 데리고 올 거야, 마치 내가 처음 이 자리에 앉으면서 자네와 유 부장을 데려온 것처럼."

우천명은 그 말을 듣고 눈을 휘둥그레 떴고, 흑선우는 그런 그의 모습을 보면서 말했다.

"중국으로 갈 준비를 해."

"……."

"챙길 수 있는 건 전부 챙긴다. 돈? 던전 양도권? 주식 지분? 아티팩트? 그들에게 매력적으로 보일 수 있는 건 전부 챙겨, 전부!"

흑선우는 핏대 선 눈으로 이를 악물었다.

"나는, 반드시 그 개새끼를 죽여버리겠다……!"

흑선우는, 역대급 지뢰를 밟으려 하고 있었다.

◆ ◆ ◆

그날 저녁, 강남역 근처에 있는 고급 양식 레스토랑.

룸을 잡고 간만에 동료들과 밥을 먹으러 온 김현우는 스테이크를 썰며 입을 열었다.

"오늘은 내가 사는 거니까 많이 먹어라."

"드디어 현우가 사주는 밥을 먹어보네."

"그러게요. 못 먹어볼 줄 알았는데."

김시현과 한석원이 피식거리면서 한마디씩 하자 김현우가 어깨를 으쓱이며 대꾸했다.

"그러니까 내가 말했잖아? 돈 벌면 사준다니까~!"

"돈은 저번부터 벌지 않았나?"

"그때는 시간이 없었잖아. 뭘 그렇게 사소한 걸 따지고 그래?"

그렇게 말하며 스테이크를 또 한 점 입안에 넣을 무렵, 한석원이 말했다.

"아, 현우야."

"왜?"

"아까 내가 말한 건 생각해봤냐?"

"아까 형이 말한 거?"

김현우가 기억이 안 난다는 듯 고개를 갸웃하자 옆에 있던 김시현이 어깨를 으쓱이며 말했다.

"저도 아까 말했잖아요. 그, 무술."

"무술이 뭐."

"아니, 형. 최근에 이슈 게시판 계속 형 때문에 뜨거운 건 알고 있죠?"

김시현의 물음에 김현우는 무엇인가를 곰곰이 생각하는 듯하다가 떠올랐다는 듯 입을 열었다.

"아, 그거?"

"네, 그거요."

괴력난신을 잡고 10일, 원래 인터넷이라는 게 그렇듯이 뜰 때는 정말 하루아침에 인기 스타가 되지만, 떨어질 때는 아무도 모르게 사라진다.

저번 천마전 때도 당장 일주일 정도가 핫했을 뿐이지, 네티즌들은 그 뒤부터 또 다른 이슈를 찾아서 끌어 올렸다.

뭐, 결국 이야기는 소비될 뿐이니까.

'……그러고 보면 꽤 전에는 패도 길드가 중국의 던전 지분을 전부 먹어 치우고 있다는 이슈가 좀 뜨던 것 같기도 한데.'

김현우는 순간 옛적에 봤던, 자신에게는 그다지 좋지 않았던 내용을 떠올리며 고개를 저었다.

그가 인터넷에 대해 생각을 한 이유.

그것은 바로, 10일이 가까워지는 지금까지도 김현우의 이름이 실시간 검색어에 계속 올라와 있기 때문이다.

정확히는 '김현우의 무술'로.

"하긴, 이리저리 지랄하는 게 좀 많이 보이기는 했지."

김현우는 실제로 어제까지만 해도 자신의 무술을 어떻게 사용하는지 알았다고 어그로를 끄는 네티즌들을 정말 많이 봤다.

뭐, 들어가보면 죄다 어그로였지만.

아무튼, 지금 한국은 김현우의 발언 때문에 '무술'에 대한 뜨거운 열풍이 불고 있었다.

"그래서, 이번에도 TV 출연하라는…… 뭐 그런 이야기였지?"

"제대로 안 들었죠……? 결국 TV 출연하는 게 어떠냐고 권유한 건 맞긴 한데. 석원이 형도 그거 말한 거죠?"

"그렇지. 이렇게 계속 어쭙잖게 너 따라 하려고 깝죽거리는 애들이 생기면 나중에 네가 여러모로 귀찮아질 수도 있으니까. TV에 나와서 확실하게 의견 표명을 하는 것도 좋은 방법이지."

"……굳이?"

"뭐, 네가 그렇게 생각한다면 딱히 나갈 필요는 없지만."

"아니, 뭐 걔들이 결국 내 영상 보고 무술이랍시고 따라 한다 이거잖아?"

"그렇지. 근데 문제는 그게 아니야."

"?"

"이제 네 이름을 어떻게 몰래몰래 걸고 장사하는 친구들이 생길 수도 있다는 게 문제지."

"누가 그렇게 간덩이 큰 짓을."

김현우가 피식 웃자 한석원이 뭘 모른다는 듯 손짓을 하며 말했다.

"야, 돈 만 원에도 목숨 걸면서 핏대 세우고 싸우는 사람들이 있는 판에. 혹시나? 하는 생각에 그러는 친구들도 있을 거라는 소리지. 그 외에도……."

이대로 놔두면 분명 무슨 귀찮은 일이 일어나도 일어날 거다.

한석원의 말에 곰곰이 고민하던 김현우는 이내 후, 하는 한숨을 내쉬며 말했다.

"그러니까, 결국 TV 출연 한번 하는 게 좋다 이거지?"

"그거지."

한동안 고민하던 김현우는 이내 썰었던 스테이크를 입에 밀어넣으며 말했다.

"그래, 뭐…… 까짓것 한번 하지. 나중에 귀찮은 일 생기면 짜증날 것 같으니까."

그렇게 해서 3일 뒤, 김현우는 다시 한번 TV에 출연하게 되었다.

◆ ◆ ◆

그로부터 3일 뒤.

"안녕하십니까, 김현우 헌터. 저번에도 한번 뵙기는 했는데 그때제대로 인사를 못 드려서……. 저는 〈헌터를 알다〉를 총괄하고 있는 지승현 PD라고 합니다."

"아, 예."

김현우는 자신에게 내민 지승현의 명함을 받고 건성으로 대답한뒤 입을 열었다.

"그래서, 내용이 뭐라고요?"

"아, 그러니까 오늘은 말 그대로 김현우 헌터가 이전 인터뷰에서 발언하신 무술을 주제로 이야기를 풀어 나갈 예정입니다. 그런데……."

"그런데?"

김현우가 되묻자 지승현은 슬쩍 눈치를 보더니 말을 이었다.

"그, 김시현 헌터님께 들으셨는지는 모르겠지만 오늘 김시현 헌터를 포함한 세 분은 전부 길드 일로 바빠서 참석하지 못한다고……."

"?"

"혹시, 못 들으셨습니까?"

지승현 PD의 불안해 보이는 얼굴에 잠시 고민하던 김현우는 문득 깨달았다.

"아."

김현우가 TV에 출연하겠다고 고개를 끄덕인 그다음 날, 김시현은 그에게 그런 말을 하긴 했었다. 앞으로 이틀 뒤에 연합 길드들끼리 미궁 탐험을 떠나야 해서 같이 TV 출연을 못 할 것 같다고 말이다.

뭐, 그제야 어째서 한석원이랑 김시현이 자신의 TV 출연을 권유했는지 깨달았지만 딱히 별말은 하지 않았다. 그도 그럴 게 지난 3일간 김현우의 무술에 관한 떡밥은 식지 않고 오히려 활활 타올랐고, 요즘에는 김현우의 인상을 슬쩍 찌푸리게 하는 것도 몇 개 보였으니까.

확실히 이 열기를 정리할 필요가 있었으니까.

"듣긴 들었던 것 같은데."

김현우가 고개를 끄덕이자 지승현은 고개를 끄덕이는 듯하더니 다시 말했다.

"아무튼 그렇게 해서 평소 게스트 분의 자리가 3개나 비게 돼서……."

"그래서?"

"혹시, 김현우 헌터 이외에도 무술직에 종사하는 사람들을 게스트로 초대해도 될까…… 하고."

지승현의 말에 김현우는 눈을 가늘게 떴다.

"무술직에 종사하는 사람이요?"

"예."

지승현은 그렇게 대답하면서 침을 꿀꺽 삼켰다.

무술직에 종사하는 사람들. 사실 그가 김현우와 함께 출연시키려는 사람들은 바로 '달인'들이었다. 무술의 달인.

헌터가 나오고 나서부터 무술이라는 것은 거의 사장되다시피 했다. 일반인이 아무리 무술을 배운다고 해봤자 결국 몬스터를 이기지 못하니까. 그럼에도 그런 무술을 아직도 수련하는 달인들은 존재했다.

'후……. 제발……. 제발!'

지승현은 김현우가 이 게스트의 출연을 허락해주기를 진정으로 바랐다.

이유?

당연하지 않은가?

'김현우 헌터와 무술직에 종사하는 달인들은 분명 어떤 식으로

든 시청률을 끌어올릴 수 있다.'

달인들이 김현우를 어떻게 생각하는지는 모른다. 달인들이 김현우에게 시비를 걸든, 오히려 김현우의 무를 칭찬하든 관계없었다. 중요한 건 달인들이 출연하는가 마는가.

그것이 시청률 폭발의 기폭제가 된다는 것을 지승현은 본능적으로 알고 김현우에게 부탁하고 있는 것이었다. 하지만 김현우의 입에서 나온 말은 뜻밖이었다.

"음, 시청률 좀 끌어올리고 싶어서요?"

"예······. 예?"

"아니, 딱 봐도 그림 나오는데? 저랑 그 무술직 종사한다는 사람들이랑 뭐 어떻게 포커스 좀 맞춰보려고 하는 것 같은데."

김현우가 피식 웃으며 말하자 지승현은 저도 모르게 꿀꺽 침을 삼켰다.

'망했나?'

그런 생각이 지승현의 머릿속에 들 무렵.

"우리 가는 게 있으면 오는 게 있어야 하지 않나?"

"······네?"

"말 그대로, 나를 통해서 장사를 하고 싶으면 소정의 보상이 필요하다는 이야기지."

김현우가 그렇게 말하며 은근히 손가락을 말아 쥐자 지승현은 그게 곧 무슨 소리인지 깨달았다.

"추, 출연료는 저희 쪽에서 올려드리겠습니다. 2배······ 아니, 3배로······!"

"음. 그 정도면 뭐······. 마음 가는 대로 잘 만들어봐요. 단."

"⋯⋯?"

"나는 누가 나오든 나 꼴리는 대로 할 거니까 그것만 잘 알아둬요."

김현우의 말에 지승현은 밝아진 얼굴로 고개를 끄덕였다.

'쯧, 하는 거 보니까 이미 나한테 말하기도 전에 판을 다 깔아놓은 것 같은데⋯⋯.'

뭐, 별 상관없지. 출연료도 올려준다는데.

김현우는 편하게 생각하기로 했다. 어차피 슬슬 기어 나오는 어그로꾼을 잠재우려는 용도도 겸해서 TV에 나가는 거니까.

'만약 게스트가 신경 거슬리게 하면⋯⋯.'

본보기로 쓰지 뭐.

김현우가 그렇게 결심한 지 얼마 지나지 않아, 곧 방송이 시작되었다. 진행은 MC인 이해영이, 그리고 원래 한국의 3대 길드장이 있어야 했던 곳에는 다른 이들이 자리를 채웠다. 한 명은 최근 괴력 난신을 잡고 더더욱 유명세를 떨치게 된 한국의 헌터 김현우였고, 그의 옆에 앉아 있는 두 명의 늙은이는 바로 세간에 '무술의 달인'이라고 불리는 이들이었다.

방송은 매끄럽게 진행되었다. 이해영이 오늘의 주제에 대해서 말하고, 김현우를 포함한 게스트들의 인사를 시작으로 이야기를 풀어 나갔다.

하지만 그것도 잠시.

"300년 전부터 이어져온 저희 '청룡검법'은 자연의 기를 느끼고, 그렇게 수련하면 반드시 정상의 경지에 오를 수 있는⋯⋯."

"고구려의 역사를 담아 실전 무술로서 전수되어온 '선인법'은

10년 동안 수련하면 온몸이 인간 병기가 될 수 있는…….”

김현우는 눈앞의 달인들을 보며 어처구니없다는 듯 웃음을 지었다.

‘뭐야 이 새끼들.’

그는 얼마 있지 않아 그 두 명의 달인이 왜 이 자리에, 김현우와 함께 나왔는지 깨달았다.

애초에 그들은 김현우가 걱정하는 것처럼 그에게 이런저런 훼방을 놓기 위해 출연한 것이 아니었다. 자신의 무공을 직접 무대에 나와서 시연하고 있는 그들은 스스로의 무술을 세상에 ‘홍보’하기 위해 이 자리에 나온 것이었다.

더 정확히 말하면 이미 사장된 무술을 김현우가 살려줬으니, 어떻게라도 거기에 빌붙어서 돈을 한번 벌어볼까 열심히 발악하고 있었다.

그 모습에 김현우는 웃음을 감출 수 없었다. 실제로 그들은 지금 거의 이해영의 통제를 듣지 않고 자기 무공을 홍보하는 데만 열이 나 있으니까.

뭐, 사람들이 그럴 수 있다. 자기한테 기회가 오면 안 잡는 사람보다는 잡는 사람이 더 성공하는 건 당연한 거니까.

하지만 김현우와 함께 게스트로 나온 두 명의 달인은 무엇인가를 아주 단단히 착각하고 있었다.

그들이 착각하고 있는 것.

그것은 바로 지금 ‘이 순간이 기회’라는 착각이었다.

물론, 김현우가 아무런 말도 하지 않고 있다면 지금 이 순간이 기회가 될 수는 있었다.

"야."

김현우의 입이 열리자마자 자신의 무술에 대해 떠들던, 자칭 달인들이 입을 다물고 불쾌한 표정으로 김현우를 돌아보았다.

왜 방해하느냐는 듯한 그들의 표정에 김현우는 씨익 웃었다.

'어디서 나를 팔아서 장사를 해?'

하지만 김현우는 그들의 장사에 당해줄 생각은 추호도 없었다.

"이상한 개소리 하면서 시끄럽게 떠들지 마라. 여기 너희만 있냐? 그리고, 뭐? 정상의 경지? 인간 병기가 돼?"

지랄하지 마라.

김현우가 욕설을 내뱉자 순간적으로 병 찐 달인들, 그들은 자신이 무슨 말을 들었나 의심하는 듯했지만 이내 얼굴을 뻘겋게 물들이고는 입을 열기 시작했다.

"뭐……? 지랄? 지금 네가 무슨 소리를 하는지 아는 거냐!"

"무슨 소리를 해, 팩트를 말한 거지."

"네 녀석은 무술을 한다는 녀석이 다른 무술에 대한 존중도 없는 거냐!"

순식간에 합세해서 노발대발을 시전하는 그들을 보며 김현우는 같잖다는 듯이 웃음을 터뜨리고는 말했다.

"너희들 뭔가 잘못 알고 있는 것 같은데."

꽝! 우지지직!

김현우가 앉아 있던 바닥을 내리찍으며 일어서자마자 순식간에 쩌적 금이 가는 세트장.

"무…… 무슨……!"

달인들은 김현우가 벌인 일에 지레 겁을 먹었고, 순식간에 주변이 소란스러워졌다.

김현우는 무술인과 카메라를 돌아보며 입을 열었다.

"안 그래도 말하려고 했지만, 이참에 확실하게 말해주도록 하지."

김현우는 주변을 돌아보다 '청룡검법'을 수련한다는 이가 가져온 검을 집어 들고 세트장 아래로 내려왔다. 순식간에 5대의 카메라가 김현우를 향해 움직였다.

"요즘 들어 나를 빗대서 헌터들한테 무슨 무술을 꼭 배워야 하는 것처럼 아가리를 터는 애들이 늘어나고 있는 것 같은데."

김현우가 나온 명확한 이유. 그것은 바로 김현우의 발언을 빌미로 지금 앉아 있는 두 명처럼 장사를 하려는 녀석들이 생겼기 때문이다.

"무술의 무 자도 모르는 애들이 무술 배운다고 강해질 것 같냐?"

카메라가 일순 그에게 집중된다.

"내가 강한 건 그냥 말 그대로 '내'가 강하기 때문이다."

다른 사람이었다면 지독히 오만해서 대중의 인상을 찌푸려지게 만들 그 발언. 하지만 여기에 있는 그 누구도, 김현우의 발언에 인상을 찌푸리지 않았다.

"한마디로 정리하면."

그냥 내가 강한 거지 무술이 강한 게 아니라는 소리다.

김현우는 시선을 돌리더니 자신을 죽일 듯 바라보는 두 명의 달인을 보고 말했다.

"뭘 봐, 씹새꺄."

그는 그렇게 달인들에게 타박을 주더니 이내 손에 쥐고 있던 검을 빼 들었다.

치이잉.

날을 갈지도 않았는지 끝부분이 뭉툭해 보이는 검을 보며 김현우는 말했다.

"뭐, 그래도 너희들 중에는 아직도 무술을 배워야만 강해진다고 생각하는 새끼들이 있겠지? 꼭 청개구리같이 이 악물고 자기주장이 맞다고 빡빡 우기는 애들 있잖아? 그러니까……."

내가 여기서 보여주지.

"무술이 아니라, 그냥 단순히 내가 강하다는 걸 말이야."

김현우는 그렇게 말하며 자세를 잡았다.

"……!"

그것은 불과 10분이 지나기도 전, 게스트 석에서 움찔거리고 있는 '청룡검법'의 달인이 비기 중 하나라는 '청룡 베기'를 쓸 때 취했던 자세였다.

김현우는 시선을 돌려 달인들을 보곤 말했다.

"잘 봐둬라."

검은 이렇게 쓰는 거다.

김현우은 마력을 뿜어냈다. 검붉은 마력이 세트장에 차오르고, 김현우는 검에 마력을 집중했다.

그와 함께 떠올린 기억.

얼마 전, 스마트폰을 이용해 읽었던 무협 소설의 주인공이었다. '청룡신공'이라는 무공을 쓰는 주인공. 주인공이 첫 보스를 잡을 때 썼던 그 기술을, 떠올렸다. 검붉은 마력이 날도 없는 '도신'에 머문다.

쿠우우우우.

검과 마력이 조화하면서 두꺼운 공명음이 울리고, 김현우는 그 소설에 나왔던 자세를 최대한 자세히 떠올리며 거기에 상상력을 섞어, 그럴듯한 기술을 만들어냈다.

그리고.

"청룡섬 靑龍閃."

김현우가 검을 힘차게 위로 올려 뻗과 동시에 나타난 검붉은 색의 용은.

콰가가가강! 쾅!

세트장의 천장을 뚫어버렸다.

한순간 이루어진 엄청난 상황에 카메라로 찍고 있던 스태프들이 아무런 말도 하지 못하고, 그들의 뒤에 서 있던 지승현도 마찬가지로 입을 벌리고 있을 때.

김현우는 들고 있던 칼을 세트장 구석에다 던지더니, 손가락을 올리고 말했다.

"자, 다시 한번 복습합시다."

내가 강한 거지, 무술이 강한 게 아니다.

"다르게 말하면……."

내가 강한 거지 너희들이 강한 게 아니다. 그러니까 괜히 나 보고 무술 배우겠다고 깝치지 마라.

"뭘 봐, 씹새끼야."

김현우는 자신을 바라보고 있는 무술인에게 다시 한번 욕설을 날린 뒤, 망설임 없이 자리에서 빠져나가버렸다.

가만히 있으면 절반이라도 간다

방송이 나가고 이틀 뒤.
가디언 길드의 사무소.

[김현우 '내가 강한 거지, 너희들이 강한 게 아니야' 생방 중 발언!]
[김현우 생방 중 욕설, '뭘 봐, 씹x꺄' 헌터들 사이다]
[이제야 세상에 모습을 드러낸 무술가들 거세게 반발]

"흠."

가만히 포털 사이트 메인에 뜬 기사들을 보던 김현우는 쯧, 하는 소리와 함께 스마트폰을 책상 위에 올려두었다. 벌써 이틀이나 됐는데 기자들은 이슈화할 거리가 그렇게 없는지 김현우가 했던 말만을 계속 기사로 사용하고 있었다. 거기에 깨알같이 무술인들이 열심히 반발한다는 기사는 덤이다.

김현우는 책상 위의 스마트폰을 쳐다보다가 이내 시선을 돌려 자신의 옆 테이블에서 열심히 타자를 치고 있는 그녀를 바라봤다.

"야."

"네? 네……!"

보라색 머리를 흑발로 물들여 전체적으로 저번보다 얼굴이 미묘하게 달라 보이는 그녀. 김현우를 암살하기 위한 의뢰를 받았던 판데모니엄의 일원 중 한 명인 아냐였다. 아냐는 김현우의 부름에 무언가 불안하다는 듯한 눈빛으로 그를 바라보았지만 김현우는 별것 아니라는 듯 물었다.

"일은 할 만하지?"

"네, 네네! 할 만해요!"

"정말로?"

"네……. 정말로 할 만해요."

정말이었다.

아냐는 김현우에게 붙잡혀 결코 도망치지 못한다는 절망감에 몸 서리치며 도축장에 끌려가는 소처럼 가디언 길드에 왔지만.

"더 필요한 거 있으면 이야기해. 상식선에서만."

"……."

김현우와 계약서를 작성하고 가디언 길드의 사무 회계를 맡은 지 10일, 아냐는 자신의 걱정과는 다르게 이곳이 그리 나쁘지 않다는 생각을 하고 있었다.

'일도 그렇게 어렵지 않고, 정시에 퇴근해도 뭐라고 안 하고……. 급여도 많이 주고…….'

물론 급여야 그녀가 판데모니엄에서 활동할 때만큼 많이 받는
것은 아니지만, 지금 살기에 부족하지 않을 정도로 받았다. 게다가
그녀에게는 아직 아레스 길드에서 받은 돈이 그대로 독일에 소유한
자신의 집에 있었다. 한마디로 돈 걱정은 하지 않아도 된다.

　아냐는 슬쩍 시선을 돌려 김현우를 보았다. 어느새 스마트폰을
집어서 무엇인가를 하고 있는 그를 보며 아냐는 다시 회계 업무 중
인 컴퓨터를 바라봤다.

　'……게다가 살 집도 구해줬고.'

　그렇다.

　김현우는 그녀가 허튼 생각을 하지 않게 집까지 마련해주었다.

　뭐, 김현우로서는 아레스 길드에서 받은 보상금으로 돈이 꽤 남
아도는 데다가. 무엇보다 아냐의 '순간이동'이 생각보다 매우 편리
했기에 서로서로 좋게 가자는 뜻으로 집을 구해준 것이지만. 아냐
는 생각보다 자상한 김현우의 행동에 묘한 감사함을 느꼈다.

　뭐, 그거야 그냥 단순히 아냐가 김현우에게 느끼는 착각이지만.

　그런 현상이 있지 않은가?

　자신의 눈으로 보기에 쓰레기 짓만 하던 사람이 한번 잘해주면
뭔가 굉장히 착해진 것처럼 느껴지는 착각. 아냐는 김현우에게 그
런 착각을 하고 있었다.

　아무튼, 그렇게 사무실이 조용해지기를 잠시.

　"나 좀 나갔다 올 테니까 시간 되면 퇴근해라."

　"네."

　김현우는 사무실에서 빠져나와 사람이 없는 사무실의 옥상으로
걸음을 옮겼다.

'지금이 딱 한가할 때니까 새로운 스킬이나 한번 써봐야겠다.'

새로운 스킬. 그것은 김현우가 괴력난신을 잡고 나서 아브에게 받은 출입 스킬이었다. 시스템의 초대 없이도 아브가 있는 그 공간에 들어갈 수 있는 스킬.

'한번 쓴다 쓴다 생각해놓고 안 쓰고 있었네.'

사실 출입을 쓸 기회야 많았다. 그는 김시현을 포함한 이서연과 한석원이 미궁 탐험을 내려간 뒤부터 예전처럼 무척 한가한 일상을 보내고 있었으니까.

……뭐, 그전에도 한가했지만.

김현우는 사무실 옥상에 도착해 주변에 사람이 없다는 것을 확인한 뒤, 망설임 없이 스킬명을 외쳤다.

"출입."

그리고.

"……오."

김현우의 시야가 바뀌었다.

분명 아무것도 심어져 있지 않은 화단이 눈앞에 있었는데 김현우는 어느새 그가 꾸며두고 갔던 아브가 있는 공간 안으로 들어왔고, 아브는.

"……."

"……."

TV 화면에서 눈을 떼지 않고 있었다. 소파에 앉아서 TV를 하염없이 보는 아브.

"야."

"어? 언제 오셨어요?"

김현우가 말을 하고 나서야 그가 왔다는 것을 깨닫고 TV에서 시선을 돌린 아브를 보며 그는 피식 웃으며 말을 이었다.

"언제긴 언제야, 벌써 한 시간은 됐는데?"

"……네?"

김현우의 아무렇지도 않은 거짓말에 소스라치게 놀란 아브.

그는 아브의 뜨악한 표정에 답했다.

"농담이야."

"……."

아브의 표정이 순식간에 뚱해졌지만, 김현우는 신경 쓰지 않은 채 그녀가 앉아 있던 소파에 마주 앉으며 말했다.

"그래서, 어때? 저번에 책상에 앉아서 멍 때릴 때보다는 재미있냐?"

아브는 갑작스레 표정을 화악 밝히더니 재잘재잘 이야기를 시작했다.

"네! 진짜 재미있어요!"

"그래?"

"네네! 처음에는 이게 뭔가 했는데 시간이 지나면 지날수록 재미있는 게 많더라고요! 버튼 누르면 원하는 드라마도 볼 수 있고……."

마치 김현우가 물어봐주기를 기다렸다는 듯 쉴 새 없이 이야기를 꺼내기 시작하는 아브. 김현우는 딱히 할 일도 없었기에 아브의 장단에 맞춰 이야기를 들어주었다.

그렇게 얼마나 시간이 지났을까.

"그래서 그 어떤 드라마에서…… 아, 가디언!"

"왜?"

"저, 혹시 그거 만들어주시면 안 돼요?"

"뭘 만들어?"

김현우의 물음에 아브는 뭔가를 툭툭 치는 듯하더니 이내 입을 열었다.

"그, 플…… 플, 플레이스테이션?"

"플레이스테이션?"

그것은 김현우도 굉장히 잘 알고 있는 게임기였다.

정확히는 콘솔 게임기.

"그, 전에 TV 보다가 '게임'이라는 매체를 하는 걸 봤는데 굉장히 재미있어 보여서요……. 저도 한번 해보고 싶은데 안 될까요?"

아브의 말에 김현우는 어깨를 으쓱하며 입을 열었다.

"그래, 뭐 그 정도야……. 근데 그런 건 네가 만들면 안 되는 거냐?"

김현우의 물음에 아브는 고개를 끄덕거리며 말했다.

"저는 어디까지나 가디언 옆에 있는 관리 시스템으로서 존재할 뿐이지 이런 건 저희들이 못 만들거든요."

권한이 없어요.

굉장히 처연하게 말하는 아브의 모습에 김현우는 어깨를 으쓱이며 책상 위에 있던 붉은 버튼을 집어 들었다.

딸깍.

"와……!"

버튼을 누르자마자 아브 주변에 만들어지는 플레이스테이션과 그 외의 잡다한 게임팩들. 김현우는 자신의 머릿속에 있는 게임팩들을 만들어주며 물었다.

"그런데, 이런 거 있으면 시스템의 초대로 부르지 그랬어?"

굉장히 신난다는 표정으로 플레이스테이션을 들고 있던 아브는 그가 묻자마자 슬슬 눈치를 보며 대답했다.

"그래도, 이런 걸로 호출하기에는 좀…… 그렇잖아요? 아니, 사실 최근에 알려드릴 일이 있어서 호출을 하긴 해야 했는데."

"그래?"

"아무튼 고마워요, 가디언! 이걸로 해보고 싶은 걸 할 수 있어요!"

자신을 꾹 껴안는 아브를 보며 김현우는 피식 웃다가 저도 모르게 얼굴을 굳혔다.

'……이거 결혼도 안 했는데 왜 딸이 생긴 것 같은 기분이 들지……?'

김현우는 묘한 표정으로, 게임팩을 쥐고 자신을 껴안고 있는 아브를 보다 이내 복잡한 마음을 한편으로 밀어두고 입을 열었다.

"나를 호출하려 했던 이유는 뭐야?"

아브는 그제야 떠올랐다는 듯 김현우에게서 떨어져 말했다.

"아, 그거 관련해서 말인데요."

"응."

"이건 아무래도 제 착각일 확률도 있긴 한데 정말 혹시 모르는 거라서 말씀드리려고요."

"……뭐길래?"

아브의 말에 김현우는 귀를 기울였다.

♦ ♦ ♦

뉴욕.

세계의 수도라고 불리기도 하고, 그 어느 도시보다 압도적인 인구를 가지고 있는 곳. 그리고 그곳의 중심부에 세워져 있는 거대한 빌딩.

층수만 해도 150층.

빌딩의 가운데에는 그리스어 필기체로 Άρης라는 글자가 음각되어 있다. 아레스 길드의 본사다.

꼭대기 층에는 한 남자가 가죽으로 만든 의자에 손가락을 올려놓고 있었다.

툭. 툭.

그의 손가락이 가죽을 치는 소리가 길드장실에 가득 울려 퍼지고, 그의 앞에 고개를 숙이고 있는 이들은 부동자세로 남자가 다음 제스처를 취할 때까지 입을 다물고 있었다.

그리고.

"후……."

남자.

아레스 길드를 최초로 설립하고, S등급 랭킹에서 11위를 차지하고 있는 그. '이상변이'라는 이명을 달고 있는 남자.

"그래서, 어떻게 됐다고?"

'마튼 브란드'는, 이내 의자를 돌려 고개를 숙이고 있는 이들을 바라보았다.

"우선 분쟁 지역 국가에는 아레스 길드 본사 길드원들을 투입, 이라크 쪽에는 미궁을 독점하는 조건으로 본사 관리부 인원들을 지원 했습니다."

"그리고?"

"인도의 분쟁 지역에서는 주변 지부 도움을 받아 독점 던전을 늘려가는 중으로, 대부분의 던전을 먹어 치울 때까지 걸릴 시간은 세 달 정도입니다."

"음……."

그는 짧은 소리와 함께 고개를 끄덕이더니 계속해서 말했다.

"또 다른 사항 있나?"

"……있습니다."

"뭐지?"

"……이번, 한국에서 독점 체제를 유지하고 있던 아레스 길드가 던전을 일반 길드에게 양도했습니다."

"……뭐?"

순식간에 인상을 찌푸린 마튼 브란드.

그러나 그에게 보고를 하는 남자는 동요 없이 계속해서 말했다.

"우선 저희 본사 측에서 상황을 파악한 바로는 한국 지부장인 흑 선우가 아무래도 일을 치르다가 실수한 것 같습니다."

"실수, 실수라……."

"예."

남자의 말에 브란드는 고개를 저었다.

"아니, 아니지."

"……예?"

"그건 실수가 아니야. 설령 정말로 어떤 일 때문에 실수가 벌어진다고 해도 그건 실수로 표현할 수 있는 종류의 것은 아니지."

내가 항상 말하지 않았나.

"사람들은 누구나 실수를 해, 자네도 어쩌다 보면 실수를 할 수 있고, 나도 어쩌다 보면 실수를 할 수 있지. 다시 한번 말하지."

실수는 누구나 하는 거야.

마튼 브랜드는 습관처럼 툭툭 치던 손가락을 들어 자신의 턱을 문지르며 말했다.

"하지만 요점은 그때부터야. 실수를 했으면 어떻게 해야 하나?"

"……바로잡아야 합니다."

"그래, 그렇지. 누구나 실수를 하지만, 바로잡을 수 있기 때문에 '실수'라는 단어가 용인되는 거야. 실수라는 단어가 어떻게 쓰이는 줄 아나?"

실수라는 건 말이야.

"자기가 실수했던 일을 온전히 처리하고 나서 내게 '보고'할 때 실수라는 단어를 쓰는 거야. 만약 그 녀석이 자신이 실수했던 일 하나도 제대로 처리하지 못하고 보고를 했다면."

그는 무척 단호하게, 끊어 말했다.

"그건 '실패'라고 봐야 해."

"……죄송합니다."

"아니, 네가 죄송할 필요는 없지. 실패한 것은 그 녀석이니까."

그리고.

"실패하는 녀석은 우리 아레스 길드에는 하등 쓸모가 없는 인간이야. 내 말이 무슨 뜻인 줄 알겠나."

"처리할까요?"

"그렇지. 깔끔하게. 아레스 길드에 오점이 있어서는 안 돼. 정확히는 '독점 던전' 체제를 취하는 데 문제가 있어서는 안 되는 거지. 그러니까……."

마튼 브란드는 순간 말을 멈췄다가, 이내 결정한 듯 명령을 내렸다.

"실패한 녀석을 처리하는 것도 포함해서, 우리 던전을 양도 받아 간 그 녀석들에게서도 돌려받아야지."

내 던전을 말이야.

씨익.

◆ ◆ ◆

"현우야, 독일은 언제 가냐."

"아마 3일 뒤인가…… 그럴걸?"

김현우가 아브를 만나고 다시 5일이 지나, 김시현과 이서연, 그리고 한석원은 미궁 탐험을 성공적으로 마치고 돌아왔다. 그리고 그날 밤, 김현우를 포함한 그들은 한석원의 집에 모여 작은 축배를 들었다.

"그래? 그럼 그때 나도 가볼까."

"왜?"

"왜긴 왜야. 어차피 너 독일 갔다가 바로 올 거 아니잖아?"

"아니, 바로 올 건데?"

"관광 같은 거 안 하고?"

한석원의 물음에 김현우는 고개를 끄덕였다.

"굳이?"

"아니, 12년 동안 탑 안에 갇혀 있었으면 세상 좀 돌아보고 그래야 하는 거 아니야?"

한석원이 김현우를 묘한 표정으로 보자 김현우는 됐다는 식으로 손사래를 치곤 말했다.

"됐어. 세상을 돌아보기는 개뿔. 그것도 좀 쉬고 나서 해야지. 나는 아직 편하게 쉬어본 적이 없거든?"

있었다.

물론 그렇다고 해서 김현우가 정말 할 일 없는 백수처럼 집에 처박혀서 놀기만 한 것은 아니었지만, 그는 탑에서 빠져나온 뒤 거의 대부분을 백수로 생활했다.

"안 질리냐?"

"12년 동안 탑에서 갇혀 있다가 나온 다음에 그 말 하면 봐준다."

김현우의 말에 한석원은 끄응 하는 소리를 내며 말했다.

"쯧, 너 독일 가면 우리도 따라가서 좀 놀다 오려 했건만."

"관광하려고? 하면 되잖아. 근데 지금 독일 상황이 말이 아닐 텐데 관광이 제대로 되긴 하겠어?"

"오빠, 라이프치히만 박살 난 거지 다른 데는 아니잖아요."

"아니, 그렇다고 해도……. 보통 그 정도로 날아가버리면 한동안은 독일 전체가 시끄럽지 않나?"

김현우의 말에 이서연은 고개를 저었다.

"아뇨. 오히려 그 정도는 금방 복구되죠."

"금방 복구된다고?"

"네."

"어떻게?"

"'마법사'계 헌터들이 있잖아요."

"……마법사계?"

김현우가 이해를 못 하겠다는 듯 되묻자 이서연은 슬쩍 고민하는 듯하다 말했다.

"말 그대로예요. '마법진'을 사용할 수 있는 마법사들을 지원할 수 있으면 도시를 아주 빠르게 복구시킬 수 있거든요."

뭐, 그렇다고 지금 당장 복구할 수 있는 건 아니지만…….

"대충 10년 걸릴 걸 1년, 아니 6개월 안으로 복구할 수 있다 이거죠. 사상자는 또 별개의 문제지만요."

"그 정도야?"

"그 정도예요. 그러니까 가끔 가다 몬스터들이 튀어나오고 크레바스 사태가 일어나도 완전히 불모지가 된 도시는 없잖아요?"

전부 마법사 헌터들이 있어서 가능한 거라고요.

그녀의 말에 김현우는 고개를 끄덕이다가 다시 물었다.

"하지만 뭐, 그렇다고 해도 굳이 독일에 놀러 갈 이유가 있어? 다른 데 많잖아?"

그의 물음에 한석원이 답했다.

"있어."

"뭐?"

"네가 독일에 보상을 받으러 간 그다음 날에 경매가 열리거든."

"경매? 그건 또 뭐야?"

"그건 제가 설명해드릴게요."

한참 김시현의 설명을 듣던 김현우는 이내 고개를 끄덕이며 정리했다.

"정리해보면 국제헌터협회에서 주최하는 경매가 이번에는 독일에서 열리고, 라이프치히가 박살 났어도 독일에서 열리는 건 변함이 없다?"

"맞아."

"그러니까 그 경매를 보러 간다는 거지?"

"정확히 말하면, 경매를 구경하러 가는 것이기도 하지만 우리가 이번에 미궁에서 얻었던 아티팩트를 팔러 가려는 것이기도 하지."

거기에 덤으로 저번에 보여줬던 반지 있지?

김현우는 고개를 끄덕였다.

"그거 기억나긴 하는데…… 벌써 경매에 넘긴 거 아니야?"

"원래 국제 경매에 넘기려고 하긴 했는데, 생각해보니까 빠른 시일 내에 협회에서 주최하는 경매가 열리길래 거기에 내는 게 좋다고 판단한 거지."

"거기는 뭐 국제 경매랑 달라?"

"좀 다르지. 국제 경매는 아티팩트면 다 받는데 국제헌터협회에서 주최하는 경매는 엄선된 아티팩트만 받거든."

"한마디로 고오급 경매라는 소리네."

"그렇지."

한석원의 긍정에 김현우는 고개를 끄덕이곤 말했다.

"뭐, 그러니까 결국에는 그냥 나 간다니까 순간이동 타고 싹 가서 경매 딱 참가하고 비행기 탈 필요 없이 다시 귀환하고 싶다 이소리지?"

"흠흠."

김현우의 날카로운 한마디에 한석원은 흠흠거리며 시선을 피했고, 김현우는 피식 웃었다.

"그러고 싶으면 그러지 뭐."

"오, 그럴래?"

김현우는 고개를 끄덕이며 생각했다.

'어차피 당분간은 할 일도 없을 텐데.'

김현우는 5일 전 아브에게 들었던 이야기를 떠올렸다.

'등반자……. 등반자라.'

아브에게 들었던 이야기.

지금 김현우가 살고 있는 9계층에 등반자가 존재할 수도 있다는 추측이었다.

물론 말 그대로 그것은 아브의 단순한 추측일 뿐이었고 확실하다고도 할 수 없지만, 아브가 김현우에게 내놓은 이런저런 정황을 들어봤을 때.

'어쩌면 진짜 있을 수도.'

김현우는 어쩌면 진짜로 등반자가 아직 9계층에 있을지도 모른다고 생각하게 되었다.

아브가 제시한 의문.

그것은 바로 김현우가 탑에서 빠져나오기 이전에 일어났던 세 번의 크레바스였다.

원래 크레바스는 '보스'가 죽으면 사라진다.

실제로, 공항에 나타났던 크레바스는 김현우가 그 붉은 도깨비를 처리하자마자 거짓말처럼 사라졌다. 그렇지만 나머지 두 번의 크레바스는 구멍이 사라지지 않았다는 사실을 김현우는 아브의 설명을 통해 알게 되었다.

'찾아보니까 헌터협회 측에서는 B급 크레바스와 C급 크레바스의 차이라고 보고 있는 것 같은데.'

만약 아브의 의문이 맞아떨어진다면, 현재 9계층에는 2명의 등반자가 남아 있다는 소리였다.

'……뭐 이렇게 예상만 해봤자 그 녀석이 누구인지는 죽어도 모르지만.'

굳이 확인하자면 확인할 방법이 있긴 했다.

일반 사람들과 다르게 등반자들은 정보 권한이 통하지 않으니 그걸로 확인해보면 되지만.

'등반자를 찾자고 그 지랄을 하는 건 좀…….'

애초에 현실성이 없다.

게다가 그 이외에도 김현우에게는 해야 할 일이 조금 생긴 상태였다.

'강해져야 한다라…….'

아브의 조언.

확실히 김현우는 지금까지 두 번의 싸움을 통해 이전보다도 강해졌다.

천마를 쓰러뜨리고.

괴력난신을 쓰러뜨렸다.

하지만 중요한 것.

'……전부 중위급 등반자라…….'

지금까지 그가 상대했던 것은 전부 중위급의 등반자였다.

그리고 김현우는 중위급 등반자를 상대하는 데도 어떻게 보면 죽을 위기를 넘겼다.

그런 상황인데 만약 상위급 등반자가 등장한다면?

'확실히, 필요성이 있기는 하다.'

김현우는 아브에게 조언을 받은 다음 날, 아냐에게 강원도 등지에 있는 산을 하나 수배하라고 전해놓았다.

뭐, 금방 김현우가 혼자서 날뛸 수 있을 만한 산을 살 수 있을 것 같진 않았지만.

'어떻게든 되겠지.'

김현우는 그렇게 생각하며 어깨를 으쓱했다.

◆ ◆ ◆

"……."

베이징의 거대한 궁전.

황제가 살 것처럼 으리으리하고 웅장한 그 모습을 흑선우는 넋을 잃고 바라보다 이내 주변을 돌아보았다.

궁전의 주변에는 도시가 만들어져 있었다.

이 궁전 내에는 이미 하나의 경제권이 완성되어 있었다.

여기저기 서 있는 빌딩들, 지나다니는 사람들. 그런 도시의 끝에 올라가 있는 거대한 성벽.

마치 현대적인 영지를 표현해놓은 것 같은 모습을 바라보고 있을 때, 그들의 앞으로 한 명의 남자가 다가왔다.

"……들어오시오. 입궁을 허락하셨으니."

흑선우가 패도 길드에 단신으로 찾아온 이유. 그것은 바로 패도 길드의 길드장이 자신을 만나보고 싶다 말했기 때문이다.

'S등급 세계 랭킹 5위 패룡.'

그녀에 대한 것은 그저 길드와 이명밖에는 알려져 있지 않았지만, S등급 세계 랭킹 5위 안에 든다는 것만으로도 흑선우의 긴장감은 극도로 높아져 있었다.

세계 랭킹 5위. 모든 헌터들을 제치고 패룡이 올라서 있는 그 자리는 결코 가볍게 볼 수 없는 자리니까.

'하지만, 도대체 왜 나를 부른 거지?'

흑선우는 남자의 뒤를 따라 들어가면서도 그런 의문을 지우지 못했다.

처음 접촉은 우천명이 했다. 패도 길드에 직접적으로 사과를 전달하고, 어차피 아레스 길드에 죽임당할 것, 김현우를 어떻게든 엿먹여보자는 심산으로 아레스 길드의 양도권까지 들고 나왔다. 거기에다가 아레스 길드의 3분기 예산까지.

우천명은 패도 길드의 '가면무사'들에게 그 사실을 확실하게 전하고, 얼마 있지 않아 답을 받아왔다. '의뢰를 사주한 이의 얼굴을 보고 싶으니 본궁으로 오라'는, 패도 길드장의 전언을.

사실 진짜로 간다는 것은 위험한 선택지였다. 그도 그럴 게 패도 길드와 아레스 길드는 결국 어찌 보면 싸우던 관계였으니까. 하지만 그럼에도 흑선우가 이 제안을 수락한 이유는 바로 자신에게 더이상 뒤는 없다는 것을 알고 있기 때문이었다. 어차피 김현우를 엿먹이겠다는 선택을 하고 나온 이상 뒤는 없었다.

그렇기 때문에 흑선우는 그 제안을 수락했고, 이렇게.

"이곳으로 들어가면 된다."

드르르륵.

패도 길드의 길드장.

"왔는가."

패룡이라는 이명으로 불리는 미령과 독대하게 되었다.

그리고 흑선우는 놀랐다.

'……소녀?'

누가 봐도 엄청난 사치를 부린 옥좌에는 한 여인, 아니 소녀라고 부를 수 있을 만한 여자아이가 비스듬히 앉아 있었다. 진달래가 수놓아져 있는 치파오를 입고, 한쪽 머리를 사이드테일로 따 내린 그녀는 무척이나 흥미로운 눈으로 그를 바라봤다.

흑선우는 본능적으로 고개를 숙이며 입을 열었다.

"안녕하십니까. 저는 아레스 길드 한국 지부의 지부장 흑선우라고 합니다."

"그래, 알았다."

소녀, 미령의 목소리와 함께 조용해진 궁전 안.

분명 그녀의 주변에 있는 사람들은 척 보아도 열 명이 넘어갔는데 그들에게서는 숨소리조차 들리지 않았다.

극도의 침묵.

그 속에서 흑선우가 저도 모르게 식은땀을 흘릴 때.

"그래."

마침내 미령이 입을 열었다.

"네가 우리 패도 길드에 누군가를 죽여달라고 사주를 했다고 들었는데, 맞나?"

"예. 맞습니다."

"그의 이름은 무엇이냐?"

미령의 물음에 흑선우는 무엇인가 굉장히 잘못되었음을 직감했다.

말하면 안 된다.

마치 누가 전해주고 있는 것 같은 직감.

"그게……."

"말해봐라."

'그래, 어차피 이렇게 돌아가도 내게 남은 건 죽음뿐이다.'

미령의 재촉에 생각을 짧게 끊은 흑선우는 이내 고개를 팍 숙이며 말했다.

"그, 알고 계실지는 모르겠지만 이번에 독일에서 괴력난신을 처치한 헌터 김현우입니다."

주사위는 던져졌다.

흑선우는 계속해서 말을 이었다.

"만약 패도 길드에서 그를 죽여주시기만 한다면 저희 아레스 길드 한국 지부는 패도 길드에 아레스 길드의 던전 20퍼센트를 양도하고 그에 대한 보상으로 또 500억을 지급하겠습니다!"

"그래, 그렇구나."

"……예?"

"너는 정말로 그렇게 말했구나."

"……그게 무슨?"

"김현우를 죽여달라 말하지 않았느냐?"

"그, 렇……."

흑선우는 말을 멈췄다.

"그래."

그의 동공이 크게 확장됐다.

"너는……."

흑선우의 입이 저도 모르게 덜덜 떨리고.

"지금 이 내게……."

그녀는, 어느새 숨이 막힐 것 같은 붉은 마력을 사방으로 흩날리고, 핏발 선 눈으로 흑선우를 바라보며.

"내 '스승님'을 죽이라고 한 것이냐?"

무섭도록 무감정한 목소리로, 입을 열었다.

◆ ◆ ◆

꽝! 우드드득……!

"끄게에에엑!"

흑선우의 몸이 볼품없이 날아가 궁전 기둥 한쪽에 처박힌다.

그와 함께 들리는 걸음 소리.

터벅. 터벅.

흑선우는 기둥에 처박혀 정신이 어질어질한 상태에서도 본능적으로 정신을 차리기 위해 두 눈을 부릅떴다. 부릅뜬 눈 위로 붉은 피가 맺히고, 그 너머로 붉은 마력을 사방으로 흩뿌리는 미령이 보인다.

"헉……."

숨을 제대로 쉬지 못할 정도로 강렬한 적의에 흑선우는 저도 모르게 입을 다물었다.

심장 박동이 빨라진다.

눈에 하얀 서리가 끼듯 시야가 어질어질하고.

입은 산소를 수급하기 위해 들숨과 날숨을 반복한다.

하지만 그럼에도 불구하고 그의 의식은 점점 희미해졌다.

"대체…… 이게…… 무슨……!"

그렇게 희미해지는 의식 속에서도 흑선우는 자신의 머릿속을 떠돌아다니는 의문들에 대해 끊임없이 생각했다.

자신은 분명 김현우를 죽여달라고 사주하러 왔다. 그런데 왜 중국을 발아래에 두고 있는 패도 길드장은 이토록 화를 내며 자신을 핍박하는가?

희미해지는 시선으로 눈앞의 그녀를 바라봤다.

모든 마이너스적인 감정이 소용돌이치는 마력을 발산하는 그 중심지. 그녀는 무감하고도 무심한 표정으로 오롯이 흑선우를 향해 걸어오고 있었다. 그리고 그녀가 거의 다 다가왔을 때쯤, 흑선우는 문득 자신이 날려지기 전 그녀가 했던 말을 떠올렸다.

'스승님……이라고……?'

스승님이라고 했다. 잘못 듣지 않았다.

현재 위연 길드를 밀어버리고 중국 전체를 자신의 손아귀에 집어넣은 패도 길드의 길드장이자 S등급 세계 랭킹 5위인 그녀가 분명 그렇게 말했다.

그제야 흑선우는 자신이 무슨 짓을 저질렀는지 깨달았다. 거기에 자신이 지금까지 하려고 했던 짓이 얼마나 어리석은 짓이었는지도.

하지만.

"잠깐! 잠깐만 기다려주십시오!"

흑선우는 그 상황 속에서도 삶의 희망을 놓지 않았다.

'뭔가, 잘못되었다. 뭔가 잘못되었어⋯⋯!'

그의 머릿속에서는 수많은 가정이 떠오르고 사라졌다.

죽을 위기인 상황에서 흑선우의 머리는 지금까지와는 다르게 상식을 넘은 속도로 빠르게 돌아가며 수많은 가정을 거쳤고. 그 과정에서 흑선우는 틀림없는 '결점'을 찾았다.

그가 피를 뚝뚝 흘리며 엎드리자 그를 향해 다가오던 미령의 걸음이 멈췄다. 흑선우는 그 모습을 보고 곧바로 입을 열었다.

"패도 길드장은 뭔가를 착각하고 있으신 것 같습니다!"

입을 다물고 있던 미령이 입을 열었다.

"말해봐라."

'됐다!'

흑선우는 적어도 살아날 수 있다는 확률이 높아졌다는 것에 감사하며 곧바로 말을 이었다.

"패도 길드장께서는⋯⋯ 그가 스승이라고 하시지 않았습니까?"

"그래."

확언.

흑선우는 미령을 보며 말했다.

"그렇다면, 혹 길드장께서 어디서 그 스승을 만났는지, 여쭤도 되겠습니까?"

그의 물음에 미령을 두말할 것도 없이 답했다.

"탑 안이었다."

'그렇지!'

흑선우는 쾌재를 불렀다.

'왜 그녀가 김현우를 스승으로 생각하고 있는지 이해가 되지는 않지만……'

김현우를 만난 것이 '탑 안'이라면 애초에 김현우와 그녀가 만나는 것은 말도 안 되는 일이었다.

"혹 패도 길드장님께서는 한국인이십니까?"

"아니다."

"그렇다면…… 아마 김현우는 길드장님이 찾던 스승님이 아닐 확률이 높습니다."

움찔!

흑선우는 순간적인 분노가 터져 나올 것을 예견했지만.

"호오, 왜 그렇게 생각하지?"

돌아오는 것은 흥미롭다는 듯, 이전으로 돌아간 목소리였다.

그리고 그런 그녀의 목소리를 들음과 동시에 흑선우는 자신의 머릿속에서 맞춰간 퍼즐대로 이야기를 풀어 나가기 시작했다.

"알고 계시겠지만, 지구에는 총 158개의 탑이 있습니다."

"그래."

"그리고 그 158개의 탑은, 서로 다른 지역을 관장하고 있는 것도…… 아시고 계십니까?"

"그래, 알고 있다."

지구에 있는 총 158개의 탑은 다들 제각각의 위치에 세워져 있고, 각각의 탑은 다른 지역을 관장해 헌터들을 랜덤으로 소환한다.

예를 들어 한국에 세워져 있는 탑은 한국인들만을 한정해 소환하고. 미국에 세워져 있는 15개의 탑은 마찬가지로 주를 단위로 나누어 소환한다.

'한마디로……'

"중국에 계신 패도 길드장께서 한국에서 12년 동안 탑에 갇혀 있던 김현우 헌터와는 만날 일이 없으시다는 말씀입니다."

그래, 이것이 바로 흑선우가 말하고자 했던 것이었다.

탑은 각각 관장하는 구역이 다르다.

그리고 중국에 있던 미령이 탑에 들어갔다 나왔다고 해도, 김현우가 12년 동안 갇혀 있었던 '한국의 튜토리얼 탑'에 들어갔을 리가 없었다.

그 말과 함께 미령의 말이 멈췄다.

하나 흑선우는 고개를 들지 않았다. 그저 황금으로 수놓아진 대리석을 바라보며 눈알을 굴릴 뿐.

'설득된 건가?'

흑선우가 긴가민가하고 있을 때, 미령이 입을 열었다.

"그래, 하고 싶은 말은 그것뿐이냐?"

"……"

쾅!

"커허어어억!"

조금 전까지만 해도 엎드려 있던 흑선우의 몸이 하늘로 붕 떠, 기둥에 처박힌다.

다시 한번 새하얗게 변하는 의식.

하나.

"누가 멋대로 기절하랬지?"

"끄아아아아악!"

흑선우는 미령이 사용하는 붉은 마력의 침투로 온몸의 혈도가 터지는 듯한 느낌에 비명을 지르며 몸을 부르르 떨었다.

"왜…… 왜!"

"스승님을 시해하려던 벌레가 어떻게 살려고 발버둥 치나 보려고 했더니, 결국 하는 소리가 그거냐?"

내가 스승님을 착각했다고?

미령은 입가에 웃음을 지으며 흑선우를 기둥 위로 끌어 올렸다.

꺽꺽거리는 흑선우.

미령은 신경 쓰지 않고 말했다.

"그래 네 말이 맞지. 확실히 탑은 관장하는 지역이 달라. 그렇기 때문에 네 의문도 이해한다. 그런데 말이야……."

정말 유감스럽게도.

"나는 한국에서 튜토리얼 탑을 클리어하고 나왔다."

미령의 말에 흑선우의 눈이 커졌다.

"그때는 원망도 많이 했지. 못난 애비 새끼의 말을 따라 한국에 갔다가 탑으로 끌려 들어갔으니까."

하지만 되었다. 스승님을 만났으니까.

미령은 웃음을 지었고, 흑선우는 제대로 돌아가지 않는 사고로 어떻게든 입을 열었다.

"그……렇다고 해도 당신이 탑 안에서 만난 사람이 정말 김현우라고는……!"

말도 안 되는 개소리.

그저 살기 위해 아무 말이나 던져대는 흑선우를, 미령은 귀엽다는 듯 바라보며 입을 열었다.

"너는 끝까지 살기 위해 스승님을 부정하는구나."

"끄으으윽!"

"하지만 둘은 모르는 것 같은데, 지금 그것은 '나'를 부정하는 것과도 같은 말이다."

"그건 무, 슨……."

"지금 내 모습은 전부 스승님이 원하는 모습을 토대로 해 만든 것이니까 말이다."

미령은 히죽 웃으며 계속해서 말했다.

"내가 입고 있는, 진달래가 수놓아져 있는 치파오."

이 엉덩이까지 내려온 긴 머리.

"내 등에 그려져 있는 그분의 표식. 그리고……."

'미령'이라는, 내 이름까지.

씨익.

"너는 나를 완전히 부정하고 있는 거다, 벌레야……."

"미…… 미쳤……!"

흑선우는 맛이 가 있는 미령의 눈을 보며 입을 열었지만, 그녀는 흑선우의 말 따위는 아무래도 상관없다는 듯 그에게 선고했다.

"편하게 죽을 생각은 꿈도 꾸지 마라, 벌레야. 너는 스승님을 시해하려 했고 심지어 자신의 보전을 위해 스승님을 부정하고 나를 부정했다."

그 죄가 얼마나 큰지.

"내, 직접 네게 알려주겠다."

"으…… 으…… 으아아아아아악!"

쫘지직!

궁전에 기괴한 소리가 울려 퍼지기 시작했다.

◆ ◆ ◆

독일의 수도 베를린.

독일 지부에서 제공한 최고급 호텔에 앉아 있던 김현우는 자신의 손에 쥐어져 있는 작은 뿔을 바라봤다.

괴력난신의 정수

등급: S+

보정: 없음

SKILL: 없음

[정보 권한]

괴력난신 '귀이'는 자그마한 요괴로 태어나 삶을 시작했다. 그 누구의 도움도 받지 않고 그녀는 지층에서 요괴들을 잡아먹으며 살아왔고, 결국 모든 요괴들을 잡아먹고 통합해 '정수'를 취득한다.

그녀는 (권한 부족)의 뜻으로 (권한 부족)을 오르게 되었고. 그녀의 정수인 이 뿔은 (권한 부족) (권한 부족) (권한 부족)의 조건을 모두 충족할 경우 원하는 대로 사용할 수 있게 된다.

"흠."

독일에 온 지 2일째, 김현우는 표창과 함께 받은 아이템을 보며 몇 번이고 고개를 갸웃거렸다.

아이템의 등급은 S+.

등급이 S+인 아이템은 당장 경매장에 내놓으면 부르는 게 값이라는 소리를 김시현에게 들었지만, 이 아이템의 경우는 좀 특별했다.

"……도대체 뭐지."

'등급은 S+인데 보정도 없고 스킬도 없고…….'

이게 왜 S+ 등급인지 의심이 가는 아이템의 설명.

그나마 김현우는 정보 권한을 열어 이 아이템의 숨겨진 뜻을 알았지만, 정보 권한을 볼 수 없는 사람들은 이 아이템이 그리 좋아 보이지는 않을 것이었다.

가지고 있어봤자 무기로 쓸 수 없을 정도로 작은 판에 보정이나 스킬도 하나 안 붙어 있으니까.

게다가.

'이거 은근히 궁금하네.'

정보를 보니 이게 정확히 무엇을 하는 물건인지, 김현우는 조금 궁금해졌다.

그렇게 김현우가 괴력난신의 정수를 주머니에 넣은 지 얼마나 지났을까.

"형, 나와요."

"벌써 가냐?"

"벌써가 아니라 지금 4시예요. 5시부터 경매 시작하니까 지금 미리 가서 자리 잡으면 딱 보기 편할 거예요."

김시현의 말에 김현우는 곧바로 자리에서 일어나 문을 향해 걸어갔고, 그곳에서 미리 준비하고 있던 동료들을 보았다.

김현우를 포함한 그들은 바로 협회에서 준비해준 차를 타고 경매장으로 향하기 시작했고.

"야."

"왜?"

"넌, 그 추리닝 언제 벗을 거냐?"

한석원의 말에 김현우는 어깨를 으쓱이며 말했다.

"어째 지금 다들 나한테 추리닝 언제 벗을 거냐고 한마디씩 하는데, 추리닝을 굳이 벗어야 해?"

그의 되물음에 김시현이 대답했다.

"제가 언제나 말했지만 추리닝은 좀…….사적인 공간에서 입으면 모르겠는데 공적인 공간에서 입기는 좀 그렇지 않아요?"

'……뭐, 이제 형은 다들 그러려니 하는 모양이지만.'

김시현은 어제 표창식에서 있었던 일을 떠올렸다.

분명 김현우는 평소와 같았다. 검은색 추리닝에 무슨 동네 슈퍼 나온 것 같은 삼선 슬리퍼를 신고 표창식에 올라간 김현우.

김시현은 그 모습에 탄식하며 표창식이 끝난 뒤, 포털 사이트의 뉴스 헤드라인을 쭉 둘러봤지만 분명 얼마 전까지만 해도 그의 복장에 관해 달려 나오던 뉴스들이 올라와 있지 않았다. 단 하나도.

"뭐가 좀 그렇지 않아. 결국 추리닝도 옷인데, 사람이 그냥 가릴 데만 다 가리면 됐지 뭐 그렇게 불만이 많냐?"

김현우의 말에 한숨을 내쉰 김시현은 더 이상 입을 열지 않았다.

그리고 차로 달리기를 잠시. 김현우와 그 일행은 곧 국제헌터협회에서 주최하는 경매장에 도착했다.

"은근히 소소하네?"

"뭐, 애초에 비싼 경매고 사람들도 그렇게 많이 안 올 테니까요."

김현우가 경매장 건물의 크기를 가늠하며 말하자 김시현이 대답했다.

실제로 건물의 크기는 그리 커 보이지 않았다. 잘 쳐줘봤자 헌터협회 한국 지부의 메인 홀 정도?

이곳저곳을 바라보던 김현우가 김시현의 말에 따라 경매장 안으로 걸음을 옮겼고, 얼마 지나지 않아.

반갑습니다, 여러분! 이제부터 헌터협회에서 직접 주최하는 경매를 시작하도록 하겠습니다!

김현우로서는 처음 보는 아티팩트 경매가 시작되었다.

문신이 내가 다 부끄럽다

중국 베이징 중심지에 있는 한 고급 호텔. 딱 봐도 엄청난 돈을 쏟아부어서 만들었을 것 같은 룸 안. 우천명은 자신의 방에 앉아서 여태까지 오지 않는 흑선우를 생각하며 인상을 찌푸렸다.

'왜 오지 않지?'

그는 슬쩍 시간을 봤다.

이제 막 4시를 가리키고 있는 시계.

흑선우는 오늘 1시쯤 패도 길드의 본궁에서 온 호출을 받고 길드장과 만나기 위해 나갔다. 그리고 지금까지 돌아오지 않는다.

그렇다면 정답은 단 하나. 흑선우에게 일이 생겼다.

'그 이외에는 생각할 수 없지.'

고작 두 시간 정도 가지고 속단하는 것 같기도 하지만 아니었다.

두 시간. 무엇인가를 기다리기에는 그리 긴 시간이 아니지만 적어도 이런 뒷세계에서는 굉장히 긴 시간이다.

'게다가, 그 맛탱이 가버린 새끼한테 강제로 끌려 온 거니까.'

흑선우가 그렇게 겁을 주어도, 우천명은 알고 있었다. 결국 본사에서 처리하려는 것은 흑선우뿐이고, 우천명은 그저 그의 오른팔로 '처리'까지는 되지 않는다는 것을.

'그 개새끼 덕분에 패도 길드와 접선하긴 했지만 얼굴에 가면을 썼으니 안심이고, 중국에서 빠져나간 뒤에는 모아놓은 돈으로 조용히 살아야겠군.'

이렇게 된 이상 아레스 길드에 복귀하는 것은 힘들다. 아니, 거의 불가능하다. 뒷세계에서 활동하자면 어떻게든 활동할 수 있겠지만, 그렇게 복귀해봤자 우천명은 아레스 길드의 개. 그 이상, 그 이하도 안 되리라는 것을 본인도 잘 알고 있었다.

'그 미친놈도 패도 길드에게 처리당한 것 같으니 나도 빠르게 도망쳐야 한다.'

우천명은 그렇게 짧은 생각을 끝내고 곧바로 몸을 움직였다.

그가 제일 먼저 한 것은 흑선우가 가져왔던 기타 양도권들을 전부 태워버린 것이었다.

화르륵!

누군가가 사인만 하지 않는다면 양도권은 새로 발급 받을 수 있는 것이니까.

'괜히 욕심부리다가 아레스 길드에 찍힐 필요는 없지.'

그 자리에서 양도권을 태워버린 우천명은 자신의 짐만을 챙긴 채 곧바로 룸의 문을 열었고.

"짜잔."

푸화아아악!

"끄윽!"

우천명은 손잡이를 잡은 오른손이 베였다는 것을, 짧은 시간이 지난 뒤에야 느낄 수 있었다.

끄르르르륵!

"끄아아아악!"

오른팔이 잘려 나갔다는 것을 깨달은 후에야 느껴지는 고통에 우천명은 피를 흩뿌리며 바닥에 뒹굴었고, 그의 손을 잘라버린 남자는 키득거리는 웃음과 함께 그를 바라봤다.

"어우, 미안해. 원래 한 번에 죽이려 했는데. 제대로 죽이질 못했네?"

끅끅거리며 웃음을 참는 듯 말하는 남자.

우천명은 미친 듯이 피가 터져 나오는 오른팔을 꾹 누르면서 그의 얼굴에 그려진 로마자를 보며 입을 열었다.

"너…… 넌…… 기, 기사단……!"

"이야, 그래도 관리부라고 우리를 알기는 아는구나?"

느긋한 표정으로 대답을 마친 그를 보며 우천명은 공포에 떨었다.

기사단. 그들은 바로 아레스 길드 본사에 소속되어 있는 머더러 헌터들이었다.

총 열 명으로 이루어져 있는 기사단은 누가 소속되어 있는지 밝혀져 있지는 않지만, 관리부에 있는 이들은 그들의 그림자 정도는 알고 있었다.

기사단에 속해 있는 이들이 전부, 기사단에 들어가기 전에는 랭킹 40위권 안. 천외천天外天의 강자들이었다는 것.

"도, 도대체 어떻게…… 기사단이 이곳에……!"

오른쪽 눈 아래에 로마자로 Ⅷ(8)이라는 숫자를 가지고 있는 남자를 보며 우천명이 중얼거리자 남자는 피식 웃으며 답했다.

"에이, 그런 걸 왜 물어봐? 너도 잘 알고 있으면서."

"아, 안 돼."

그는 슥 웃음을 지으며.

"우리가 이곳에 온 이유는……."

"아…… 안 된다고……. 안 돼!"

파삭!

망설임 없이 팔을 휘둘러 우천명의 머리를 그대로 터트리곤 말했다.

"아레스 길드를 배신한 너희들을 죽이기 위한 게 당연하잖아."

물론 그 말에 대답은 없었다.

우천명은 이미 머리가 터져서 더 이상 말을 할 수 없는 상태가 되어버렸으니까.

하지만 그 남자가 우천명의 머리를 터뜨리고 난 지 얼마 되지 않아.

끼이익.

반쯤 부서졌던 문이 열리며 또 다른 남자가 들어왔다.

우천명을 죽였던 남자와 마찬가지로 얼굴에 로마자로 Ⅴ(5)라는 표기가 되어 있는 남자는 우천명의 시체에 앉아 있는 8번을 보며 말했다.

"벌써 죽였어?"

"뭐, 일 처리 하는 데 그렇게 오래 끌 필요 있나? 그냥 빨리 죽여야지."

5번은 능청을 부리며 거부감이라곤 없는지 머리에서 피가 흘러나오는 시체를 툭툭 건드렸고, 그 모습을 보던 8번은 한숨을 내쉬며 말했다.

"그럼 빨리 가자."

"너도 흑선우 처리했어?"

"아니, 처리 못 했어."

"그런데 뭘 가?"

8번의 물음에 5번은 귀찮다는 듯 한숨을 내쉬며 대답했다.

"마음 같아서는 처리하고 싶은데, 녀석은 현재 패도 길드에 잡혀 있다."

"그럼 나올 때까지 기다려야 되는 거 아니야?"

"글쎄에…… 그럴 필요가 있을까 싶더군."

"왜?"

"그 녀석이 들어가고 나서 패도 길드의 궁전에서 소름 끼칠 정도로 진한 마력이 터져 나왔거든."

"……네가 손쓰지 않아도 이미 죽었다는 거?"

"아마 그럴 확률이 높지. 뭐, 만약 죽지 않았다고 해도……."

뭐, 그럼 그때 가서 죽이면 되는 거니까.

5번의 말에 8번은 이해가 안 된다는 듯 물었다.

"아니, 왜 굳이 일을 두 번 하려고 해? 한 번에 딱딱 하면 좋잖아?"

"그럼 너는 음식도 안 맞는 중국에서 계속 있고 싶냐?"

나는 아직도 속이 느글거려서 중국에는 못 있겠구먼.

5번은 그렇게 투덜거리며 문 너머로 걸어갔고, 8번이 그 뒤를 따라가며 물었다.

"그럼 우리 일은 끝난 건가?"

"아직."

"또 더 있어?"

"당연히 더 있지. 그 녀석을 잡아야 하잖아."

"……그 녀석?"

8번은 고민하는 듯하다가 이내 말을 이었다.

"아, 그 양도권 받아먹었다는 길드장 녀석 말하는 거지?"

"듣기로는 위장할 필요도 없고 그냥 전력을 다해서 깔끔하게 죽이라는데."

"뭐야, 그럼 우리가 또 한국까지 가서 일을 치러야 해?"

8번이 불만이라는 듯 입을 비죽였지만 5번은 고개를 절레절레 저었다.

"아니, 그 녀석은 우리 말고 4, 7, 9, 10이 처리하기로 했어."

"……뭐? 그 녀석 한 명에 네 명이나 붙는다고?"

"그래."

"그 양도권 받은 녀석이……. 아, 생각해보니까 그 녀석이었지? 이번에 재앙을 쓰러뜨린."

8번이 말하자 5번은 고개를 끄덕였다.

"그래, 그러다 보니까 네 명이나 붙는 거지."

"에이, 재앙을 잡았다고 하더라도 그 녀석 하나에 네 명이 붙는 건 좀 존심이 상하지 않나? 그도 그럴 게 우리도 지금 당장 랭킹으로 복귀하면 아이템 때문에 전부 30위 안으로는……."

"말조심해, 8. 우리 비공식 랭킹은 극비 사항인 거 몰라?"

5번의 말에 8번은 잠시 입을 다물더니 이내 어깨를 으쓱이며 대답했다.

"뭐, 그래 알았어."

"……아무튼, 통상적으로 임무가 끝나진 않았지만, 우리가 더 이상 할 일은 없을 거야."

네 말대로 기사단이 네 명이나 차출되었으니까.

"아마, 지금쯤 사냥을 시작하고 있을걸?"

◆ ◆ ◆

독일 베를린 외곽에 있는 극장 건물.

"10억! 10억 나왔습니다! 더 없으십니까?"

그 안쪽에서는 국제헌터협회 측에서 주최하는 경매가 한창 진행 중이었다.

"3, 2, 1! 야타가스의 곡옥은 32번 참가자분에게 낙찰되었습니다!"

흥을 끌어모으려는 듯 과장된 제스처로 이야기하는 남자를 보다가 김현우는 어깨를 으쓱이며 생각했다.

'썩 재미있지는 않네.'

물건을 사고파는 경매에 뭔 재미가 있겠는가. 어차피 저 아이템들이 내 손에 들어올 것도 아닌데.

게다가 애초에 김현우는 경매장에 올 생각이 전혀 없었다. 동료들이 아티팩트를 팔아 치울 겸 구경한다고 하길래 따라왔을 뿐.

'그래도 아이템 설명 보는 건 나름 재미가 있긴 한데.'

그럼에도 아직 김현우가 경매장을 떠나지 않고 앉아 있는 이유는 바로 경매에 튀어나오는 아이템의 정보가 꽤 흥미로웠기 때문이다.

물론 다른 평범한 헌터들은 그 정보를 읽을 수 없다. 정보를 읽을 수 있는 건 정보 권한을 가진 김현우뿐.

그가 그렇게 생각하는 와중에도 경매사는 다음 물품을 내놓았다.

"자, 이번에 출품된 물건은 바로 '아슬란의 거창'입니다! 3억부터 시작하겠습니다."

듣기만 해도 입이 떡 벌어지는 금액.

물론 김현우에게 그 돈이 없는 건 아니었지만, 그래도 3억은 거대해 보였다.

아슬란의 거창

등급: S

보정: 없음

SKILL: 극격, 신속, 이변, 그림자

[정보 권한]

창 하나로 한 제국을 세운 아슬란의 애병을 그대로 복제한 제품이다.

말 그대로 복제품이지만 복제도가 굉장히 높은 수준에 통달해 있기에 원본의 능력의 (권한 부족)했다.

아슬란, 그는 (권한 부족)의 (권한 부족)으로서 한평생 창에만 몰두했으며 그가 주로 사용했던 기술로는 (권한 부족) (권한 부족) (권한 부족) 등이 있다. 그는 제국의 이념과 맞아떨어진 (권한 부족)을 습득해.

"쯧."

김현우는 아이템의 로그를 읽다가 저도 모르게 혀를 차며 자리에서 일어났다.

'어쩌 그동안 제대로 된 아이템 설명을 읽어본 게 없냐.'

물론 권한 부족이 뜨더라도 어느 정도의 뜻은 이해할 수 있었으나 정작 김현우에게 중요한 것은 그게 아니었다.

그에게 중요한 것은 궁금증의 해소.

그런데 중요한 정보는 전부 권한 부족으로 막혀 있다.

"형 어디 가요?"

"잠깐 밖에 있을 테니까 경매 끝나면 전화해라."

김현우는 더 이상 경매장 내에 있을 필요를 느끼지 못했다. 어차피 아티팩트도 안 살 거고, 그나마 보고 있던 건 아티팩트의 로그뿐이었는데 로그도 제대로 안 뜬다. 한마디로 지금 열린 경매는 김현우에게 전혀 매력이 느껴지지 않았다. 김현우는 망설임 없이 자리에서 일어나 경매장을 빠져나왔고, 곧 건물 밖으로 나왔다.

밖으로 나오자마자 보이는 것은 한가한 풍경이었다. 경매장을 지키는 헌터들 앞으로는 소극장치고는 상당히 거대한 주차장이 있었다. 일렬로 늘어서 있는 갖가지 비싸 보이는 차들을 보며 김현우는 별생각 없이 걸음을 옮겼다.

그리고.

"끄억!"

"꺽!"

김현우의 뒤에 있던, 조금 전까지 경비를 서던 헌터들이 입에서 피를 토해내며 죽음과 동시에.

"!"

김현우의 머리 위로 거대한 창이 떨어져 내렸다. 투창을 하듯 직선으로 떨어져 내리는 창을 보며 김현우는 반사적으로 몸을 틀어 피해냈다.

하지만.

슈아아악.

곧바로 그의 하단을 노리고 들어오는 검격.

그는 곧바로 반응해 점프를 하는 것으로 검격을 피해냈지만.

"빙고!"

"?"

김현우는 자신의 눈앞에 얼굴을 들이댄 여성을 보며 인상을 찌푸렸다. 김현우를 향해 날카로운 클로를 들이대는 사나운 눈매를 가진 여성.

카가가강! 카아악!

클로가 김현우의 팔뚝을 가르고 지나가고, 그의 몸이 튕겨 나간다.

쿵! 콰가가가각!

순식간에 주차장을 완전히 박살 내며 몸을 제동하는 데 성공한 김현우는 인상을 찌푸리며 그들을 바라보았다.

얼굴에 로마자로 표기한 숫자가 큼지막하게 그려진, 각각 다른 무기를 쥐고 있는 녀석들. 하나같이 자신만만한 표정을 짓고 있는 그들을 보며 김현우는 헛웃음으로 어처구니없음을 표현했다.

그리고.

"이 새끼들은 또 뭐야……?"

"이야, 역시 영상에서 본 것처럼 한가락 하는가 보네? 우리의 연계기……."

"하, 병신들이 또 나와서 지랄이네."

김현우는 거침없이 막말을 내뱉었다.

◆ ◆ ◆

"패도 길드…… 패도 길드라……."

뉴욕 중심지에 있는 아레스 길드의 본사 꼭대기 층에서, 아레스 길드장 마튼 브란드는 창밖의 뷰를 보며 중얼거렸다.

툭. 툭.

습관적으로 가죽 의자를 치던 그의 손가락이 어느 순간 멈추고.

"그래서, 흑선우는 죽이지 못했다?"

"우선 5번의 보고에 따르면 그렇다고 합니다."

"뭐, 만약 정말 처리해야 할 녀석이 그 길드에 들어가서 나오지 못했다면 실질적으로 그곳에서 죽었다고 봐도 되겠지."

하지만.

브란드는 의자를 돌려 고개를 숙인 남자에게 말했다.

"5번에게 전해두도록, '실수'가 내게까지 올라오게 하지 말라고."

"알겠습니다."

"그리고, 그 녀석은 어떻게 됐지?"

"그 녀석이라 하시면, 김현우 헌터를 말씀하시는 겁니까?"

"그래. 보고 상태는?"

"우선 그가 있는 경매장에 대기하고 있다고 합니다. 아마 지금쯤 이면 이미 습격을 시작했거나, 전투를 치르고 있는 중일 것이라 생각합니다. 한데……."

"?"

"정말로, 괜찮겠습니까?"

남자의 말에 브란드가 물었다.

"뭘 말하는 거지?"

"상대는 재앙을 두 번이나 막아낸 헌터입니다."

"혹시 기사단의 실력이 걱정되는 것인가?"

"……."

남자가 아무런 말도 하지 않자 브란드는 슥 웃더니 고개를 끄덕거렸다.

"그래, 그럴 수도 있지. 지금 김현우를 처리하기 위해 파견한 기사단이 누구지?"

"4번과 7번, 그리고 9번과 10번입니다."

"그렇다면 됐어."

"예……?"

남자의 물음에 브란드는 다시 가죽 의자를 돌려 뉴욕의 뷰를 감상하며 말을 이어 나갔다.

"어차피 지금 파견한 네 명의 기사로 그를 처리할 수 있을 거라는 생각은 하지 않으니까."

"……그게, 무슨……?"

남자의 물음에 브란드는.

"굳이 말하고 싶진 않지만, 내 일을 열심히 수행하는 자네에게는 특별히 알려주도록 하지. 지금 내가 하고 있는 건……."

일종의 실험이야.

"양도권을 돌려받는 것 이외에도, 그에게 내 아티팩트가 얼마나 먹힐지에 대한 실험이지."

그는 웃음을 지었다.

◆ ◆ ◆

"뭐?"

김현우의 욕설에 주차장에 나타난 이들의 표정이 한순간 멍해진다.

"뭐? 뭐긴 뭐야, 씨발 새끼야."

한 번 더 그들의 귀를 강타한 김현우의 욕.

그들의 표정이 찌푸려진다.

"네 녀석, 우리가 누군지 알……."

"너희들이 누구긴 누구야, 미치광이 살인자 새끼들이지."

김현우는 시선을 돌려 붉은 피를 흘리며 쓰러져 있는 헌터들을 보았다. 경련도 일으키지 않고, 단 한 번에 심장이 뚫려 죽은 그들은 이유도 모른 채, 죽어 있었다.

김현우가 피를 흘리는 헌터들을 보고 있자니 목소리가 들려왔다.

"배짱 두둑하군."

"내 배짱 네가 챙겨줬어? 어떻게 너희 같은 새끼들은 꼭 지가 뭐 챙겨준 것처럼 훈수를 두더라?"

김현우는 그들의 모습을 짧게 훑었다.

오른쪽 눈 아래에 누구라도 알아볼 수 있게 표기되어 있는 로마자 숫자를 가지고 있는 네 명의 남녀. 세 명의 남자는 각각 창과 검, 그리고 지팡이를 가지고 있었고. 그들의 오른쪽에서 몇 번이고 목을 좌우로 꺾는 여자는 손에 척 보기에도 날카로워 보이는 클로를 끼고 있었다.

김현우의 이죽거림에 창을 쥐고 있던 남자, 4번은 인상을 찌푸리기는커녕 오히려 여유로운 표정으로 입을 열었다.

"하긴, 재앙을 상대했으니 그 배짱도 알아줄 만하군."

"뭐라고?"

"그런데 너무 그렇게 자만하지는 않는 게 좋을 거다."

"뭐라고?"

"세상에는 네가 모르는 강자들이⋯⋯."

"뭐라고?"

"⋯⋯."

마치 잘 안 들린다는 듯 손을 귀에 가져다 대고 자신을 향해 말하는 김현우를 보며 잠시 입을 닫은 4번은 순간 욱, 하고 끓어오르는 마음을 억누르고 재차 입을 열었다.

"아무튼⋯⋯."

"뭐라고? 잘 안 들리는데?"

가까이 와서 다시 한번 말해봐.

"찐따 새끼야."

김현우가 입가에 미소를 지으며 도발하듯 그에게 손가락질을 했고, 4번은 그런 그의 모습을 보며 움찔했다.

"⋯⋯아무래도, 말로 해서는 안 되겠군."

"뭐? 말로 해서는 안 돼?"

김현우가 웃는 표정으로 되묻자 4번이 자신의 장창을 꾹 쥐며 진지한 표정으로 말했다.

"지금 여기, 너를 죽이기 위해 차출된 기사단의 전력 4명은 전부가 S등급 세계 랭킹 30위권의 실력을 지닌⋯⋯."

"나는 말이야."

물론, 김현우가 그 말을 전부 들어주진 않았지만.

"너희 같은 새끼들이 제일 싫어."

왜인 줄 알아?

"아주 입만 열면 아가리에서 사람을 깔아뭉개려고 협박을 존나게 해. 응? 존내 제대로 싸우지도 못하고 쥐어 터질 거면서."

김현우는 시선을 돌려 주변을 돌아보았다. 보이는 것은 전부 차량. 그리고 박살 난 콘크리트.

그는 곧바로 허리를 내려 자신의 아래에 부서져 있는 거대한 짱돌을 집어 들었다.

"자, 잘 봐."

응?

김현우는 뒤에 죽어 있는 헌터들을 가리킨 뒤, 이내 시선을 돌려 제일 오른쪽에 있는, 검을 들고 있던 남자를 가리켰다.

"너는 두 대."

그다음은 왼쪽에 있는 지팡이를 들고 있던 남자.

"너는 한 대."

김현우는 멈추지 않고 일렬로 서 있는 이들을 한 명씩 지명하며 말했다.

"너도 두 대, 그리고 너는 사람을 죽였으니까 뒤질 때까지."

"⋯⋯미쳤군. 우리가 누구인지도 모르면서 그런 망발을⋯⋯."

"너희들이 누구인지는 별로 궁금하지도 않아. 어차피 대충 5분 정도 뒤면 내 앞에서 뒤질 때까지 처맞으면서 불 텐데 뭐 하러 궁금해해?"

그리고.

"사람이, 죄를 지었으면 벌을 받는 게 세상 이치란다."

김현우는 들고 있던 짱돌을 한 번 위로 던졌다 받았다.

툭.

묵직하게 그의 손 위에 올라가 있는 짱돌.

"지금부터 내가 이걸로 벌을 줄 테니까 달게 받아라."

"미친 새끼……!"

기사단은 전투를 속행했다. 4번이 눈에 보이지도 않을 정도의 순발력으로 김현우의 전방을 노리고, 몸을 숨긴 7번이 김현우의 뒤로 이동한다. 검을 쥔 9번이 김현우의 측면을 공략하고 그들의 뒤에 있던 남자가 마법을 영창한다.

일반적인 속도라고는 할 수 없는, 경이적으로 빠른 마법 영창 속도는 그 짧은 순간에 김현우의 주변에 수십 개의 마법을 메모라이징 했고.

마침내, 4번이 사정거리 내에 들어온 김현우를 보며 창을 찔러 넣었다. 그와 함께 뒤에서 같이 들어오는 7번과 측면으로 돌아간 9번은 4번과 마찬가지로 김현우의 심장과 머리를 향해 각각 클로와 검을 휘둘렀다.

그리고 결과는.

쾅! 콰직!

"끄악!"

"?"

조금 전까지 그들을 돕기 위해 마법을 영창하던 마법사가 쓰러졌다.

"무⋯⋯슨?"

김현우가 쥔 짱돌에 머리를 찍혀 아무런 반항도 하지 못하고 쓰러진 마법사, 그의 뒤에서 창을 찔러 넣던 4번의 얼굴에 경악이 감돌았다.

'도대체 어느 순간에?'

김현우는 조금 전까지만 해도 자신의 앞에 서 있었다. 분명 창을 찔러 넣을 때도 찔러 넣는 느낌이 들었다. 그런데, 정신을 차린 그 순간 이미 그는 자신이 달려온 그곳에서 10번을 무력화시켰다. 말도 안 될 정도로 빠른 속도.

"스킬⋯⋯!"

양손에 클로를 끼고 있던 여자가 두 눈을 부릅뜨며 클로를 들어 올렸지만 김현우는 피식 웃으며 말했다.

"지랄, 스킬 같은 소리 하고 있네. 내가 쓴 건 말이야."

툭.

"?"

"보법이라는 거야."

이 병신아.

콰직! 쾅!

검을 들고 있던 9번의 머리가 김현우가 휘두른 짱돌에 맞아 터져 나간다.

그 찰나, 김현우는 뒤늦게 창을 회수하는 4번을 보며 입가를 비틀어 올리곤 말했다,

"이형환위移形換位라고, 아냐?"

그 순간 4번의 창이 다시 한번 휘둘러진다.

민첩 S+에서 나오는 엄청난 속도의 찌르기.

"가속, 초가속, 극가속, 섬광, 일점, 극점."

그와 동시에 위기를 느낀 4번의 입에서 수많은 스킬명이 흘러나온다.

대부분 속도와 민첩에 관련이 있는 스킬들.

말이 끝날 때마다 4번의 창은 가속에 가속을 더하고, 나중에는 본인도 제대로 제어할 수 없을 빠르기로 창을 찔러 넣었다.

그리고 그의 손끝에 걸린 기묘한 감각 끝에는.

"미."

아무것도 남지 않았다.

그, 4번은 본능적으로 시선을 돌렸다.

온 세상이 느리게 보인다.

8개의 속도 스킬을 중첩시킨 4번의 몸은 사고마저도 느리게 만들었고, 그는 본능적으로 자신의 창이 나아간 곳에 아무것도 없었다는 것을 깨달았다.

그 대신.

4번은 시선을 돌렸다.

고개를 돌릴 수는 없었다.

그렇게 빨라진 사고의 가속도 안에서, 그는 그저 눈알만을 돌릴 수 있을 뿐이었다.

그리고 그 찰나의 시간.

0 하고도 그 안의 콤마를 다투는 그 시간 안에서, 그는 김현우를

볼 수 있었다.

분명 창을 찌를 때 보았던 그 모습은 무척이나 편안해 보였다.

무엇인가를 하기 위해 무릎을 굽히지도 않았고, 팔을 움직이지도 않았으며, 어떤 마력도 뿜어내지 않았다.

그리고, 그것은 지금도 마찬가지였다.

입가에는 비웃는 듯한 미소를 짓고, 이미 진득한 피가 묻어 있는 짱돌을 들고 있는 김현우는 아무런 자세도 취하지 않고 있었다.

그리고.

콰직!

4번의 눈앞에서 빛이 점멸했다.

터져 나간 머리.

김현우는 쯧 하고 사방으로 튀는 피를 피하며, 자신의 생각보다 확실하고 빠르게 운용할 수 있게 된 보법에 미소를 지었다.

'생각보다 잘된다.'

김현우가 탑에서 한창 무武를 수련할 때, 그는 정말 여러 가지의 무술을 익혔다. 하지만 제대로 수련하지 못한 게 있었으니, 그게 바로 보법이었다.

보법步法.

무협지의 3대 요소 중 하나가 보법이었고, 무협 말고도 정통 판타지나 현대 판타지에서도 심심치 않게 나오는 게 이동술이었다. 하지만 그렇게 수많은 웹소설에 나온 보법들을, 김현우는 단 하나도 제대로 수련하지 못했다.

이유? 간단했다. 적어도 김현우가 읽었던 웹소설에는 보법에 대한 묘사가 극도로 적었으니까.

적을 상대할 때 주력으로 사용하는 기술이 아니다 보니 묘사의 양이 굉장히 적은 데다가, 한번 배운 뒤로는 그저 '무슨무슨 경공을 써서 어디로 빠르게 이동할 수 있었다' 정도가 나오는 게 끝이었다.

모든 웹소설에서 보법이란 것은 이름만 나열되어 있었을 뿐.

천마가 쓰는 '천마군림보'.

검선이 쓰는 '운무경공'.

혈마가 쓰는 '혈림신보'.

모두 이름만 나왔을 뿐, 조금의 상상력을 발휘할 여지도 없었다.

하지만 딱 하나. 김현우가 형태나마 수련해볼 수 있는 것이 있었다. 그것은 바로 '이형환위'.

오히려 다른 경공보다도 어려운 상위의 무공이었다.

왜냐?

이형환위는 정말 기묘하게도 한국 웹소설에 빠지지 않고 등장했고, 그 덕분에 상당히 데이터가 많았기 때문이다. 심지어 어느 웹소설에는 웹소설의 본분을 잊었는지, 이형환위를 완결까지 수련하는 미친 주인공이 나오기도 했다. 그렇기에, 김현우는 이형환위를 쓸 수 있게 되었다.

'정확히는 그저 형태만 따라서 쓸 뿐이지만.'

김현우는 클로를 들고 있는 여자를 보았다. 얼굴에 로마자 X이 그려진 여자는 어느새 공포와 독기가 반반 섞인 눈으로 클로를 들어 올리고 있었다.

김현우는 그런 10번의 모습을 보며 피식 웃었다.

"이거, 5분은 걸리겠지 싶었는데 1분도 안 걸렸네?"

10번의 표정이 찡그려졌지만, 김현우는 말을 멈추지 않았다.

"내가 아까 분명히 말했지? 너는 뒤질 때까지 팬다고."

툭.

김현우는 들고 있던 짱돌을 다시 한번 던졌다 잡곤, 클로를 들어 올리는 그녀에게 선고했다.

"너는 네가 알고 있는 정보를 전부 불 때까지 편하게 못 갈 줄 알 아라. 알았냐?"

◆ ◆ ◆

넓은 공동.

흑백을 조화롭게 맞춰놓은 타일이 깔린 그 공동의 한가운데, 무 척이나 거대한 원탁이 있었다.

50명 정도가 족히 둘러앉아도 다 들어차지 않을 것 같은 원탁.

그 원탁에, 그가 앉아 있었다.

외모를 제대로 묘사할 수 없이, 검은 오라를 뿜고 있는 그는, 아 무도 앉지 않은 원탁을 한번 둘러보고는 입을 열었다.

"어떻게 되었나?"

그러자 분명 그밖에 없던 넓은 공동에 한 명의 남자가 나타났다. 그 또한 온몸을 후드로 가려 제대로 된 형체를 볼 수는 없었지만, 적어도 한 가지는 알 수 있었다.

고개를 숙이고 있다는 것.

"현재 두 명의 등반자가 저지당했습니다."

"9계층에 올라갔던 등반자는 누구지?"

"천마와 백귀야행의 난신입니다."

남자의 목소리에 형체조차 제대로 보이지 않는 그가 박수를 쳤다.

털. 털.

마치 가죽 장갑을 낀 듯 큰 소리가 나진 않았지만, 적어도 분위기로 남자는 알 수 있었다. 자신의 주인이 상당히 흥미로워하면서 이 상황을 즐기고 있다는 것을.

"그래, 적당한 타이밍이라고는 하지만 너무 늦게 나타나서 틀림없이 등반자의 '제물'이 될 것이라고 생각했는데."

그게 아니었군.

"그런 것 같습니다."

남자의 대답에 형체가 없는 자는 책상 위에 손으로 보이는 것을 올려놓으며 물었다.

"그래서 9계층에 도착하는 다음 등반자는 누구지?"

"아직, 정해지지 않은 것 같습니다."

"그래?"

뭐, 그래도.

"생각과는 다른 복병이 나타나니 이것 참, 기다릴 맛이 나는군."

형체도 제대로 보이지 않는 그는 그다음이 기대된다는 듯 아무것도 없는 허공에 시선을 주었다.

◆ ◆ ◆

김현우가 습격당한 그다음 날.

"형."

"왜?"

"그거 뭐예요?"

"이거?"

김시현이 김현우가 옆에 놔둔 거대한 보따리를 가리키자, 김현우는 그것을 가볍게 흔들며 말했다.

"전리품."

"……전리품이요?"

"응."

"……아, 어제 형 습격했던 그 괴한들 거요?"

김시현은 어제 있었던 일을 떠올렸다.

갑작스레 김현우를 습격한 괴한들. 그들은 국제헌터협회에서 주최하는 경매장 앞에서 김현우를 살해하려다 오히려 김현우에게 죽임을 당하고 말았다.

물론 처음에는 김현우가 시체들 사이에 서 있어 곤란한 상황이 연출되었지만, 다행히도 경매장에 설치되어 있는 CCTV가 김현우에게 일어났던 일을 그대로 담고 있었다.

"그래서, 그 괴한들 정체는 알아냈어요?"

"알아내기는 뭘 알아내겠냐? 한 명 취조하려고 살려놨더니 바로 혀 깨물고 뒈져버려서 허탕이었지. 게다가 CCTV도 찍히긴 찍혔는데 어떻게 영상이 그렇게 찍히냐?"

"아, 그거요?"

분명 CCTV는 김현우의 무죄를 증명하는 데 막대한 공을 세웠지만, 유감스럽게도 김현우를 습격했던 괴한들의 얼굴은 담지 못했다. 마치 그곳에만 인식 저해가 걸린 것처럼 괴한들의 얼굴은 전부 나오지 않았다.

"아니, 그러니까 머리를 왜 터트려요?"

하지만 그들의 신원을 확인하지 못한 가장 큰 원인은 김현우였다.

"싸우는데 어떻게 힘 조절을 하냐?"

"……제가 보니까 그냥 일방적으로 죽였던데, 아니에요?"

김시현의 물음에 김현우는 시선을 돌렸다.

사실이다.

물론 처음에는 그들의 연계에 살짝, 아주 살짝 당황했지만 그것도 그냥 한순간뿐이었고, 김현우는 그들을 깔끔하게 박살 냈다.

그래, 너무 깔끔하게 박살 내서 머리도 전부 터뜨려버린 게 문제지만.

"흠……."

"에휴, 근데 솔직히."

"뭐?"

"어차피 그 녀석들 얼굴 제대로 보존했다고 해도 정체를 알기는 꽤 힘들 거예요. 그도 그럴 게 그렇게 얼굴 까놓고 다니는 데다가 인식 저해까지 걸어놨으면……."

보나 마나 기록도 전부 말소해서 조회해봤자 뭐 안 나왔을 거예요.

"……역시 그렇지?"

"뭐, 그렇죠."

말을 마친 김시현이 자리에서 일어나자 김현우가 물었다.

"어디 가냐?"

"이제 곧 있으면 돌아갈 건데 잠깐 근처 들러서 기념품이라도 사게요."

"기념품? 누구 주려고?"

"아, 그…… 있어요."

김시현은 말을 얼버무리더니 곧바로 문밖으로 나갔고, 김현우는 그런 김시현을 보다 피식 웃곤 보따리에 들어 있던 물건들을 털었다.

툭! 투타다닥! 탁!

순식간에 땅바닥에 떨어진 아이템, 아니 정확히 말하면 아티팩트들. 김현우가 어제 죽여버린 괴한들에게서 빼앗은 아티팩트들이었다.

김현우는 곧바로 자신에게 돌격했던 남자가 무기로 사용했던 창을 집어 들었다. 그와 함께 떠오르는 로그.

베오르그의 아사창

등급: S+

보정: ?

SKILL: 극가속, 가속

[정보 권한으로 인해 숨겨진 사실이 드러납니다.]

FAKER-F-173

등급: S+

보정: ?

SKILL: 극가속, 가속

[정보 권한]

(권한 없음)이 신창 베오르그를 카피한 (권한 없음)

"……."

김현우는 또 다른 무기를 집어 들었다.

FAKER-F-119

FAKER-F-151

FAKER-F-12

FAKER-F-199

김현우가 들어 올린 아티팩트들은 전부 이런 이름을 가지고 있었다. 미궁 아래에서 주워 온 아티팩트라고 하기에는 너무나도 묘한 느낌이 강했고, 김현우만이 볼 수 있는 정보 권한의 추가 정보로는 누군가가 카피한 아티팩트에 이상한 명칭까지 나온다.

"……누군가가 만든 아티팩트."

아티팩트를 만드는 게 가능한가?

곧바로 스마트폰을 들어 찾아봤지만, 그 어디에서도 아티팩트 제작과 관련된 소스는 찾기 힘들었다.

'이거, 뭔가 있는 것 같은데.'

김현우는 자신의 머릿속을 돌아다니는 상념들에 이리저리 방문해 이런저런 추론을 내보았지만, 역시 아무런 정리 없이 시작한 추론이라 그런지 생각이 순식간에 꼬여버렸다.

"쯧."

아티팩트를 보며 짧게 혀를 차던 김현우는 이내 머리를 비우고 다시 한번 생각을 집중했다.

시작은 자신을 죽이러 왔던 괴한. 실력은 김현우가 지금까지 상대해왔던 헌터 중에서는 꽤 상당한 편이었다.

'그들은 누구일까?'

그들에게는 고의성이 짙게 묻어 나왔다. 자신이 어디 있는지도 알았고, 자신을 죽이기 위해 미리 준비해두었다는 듯 엄습을 강행했다.

그렇다면 나오는 대답은 두 가지.

'아레스 길드에 소속된 녀석들이거나 용병.'

애초에 김현우가 자기 멋대로 막 나갔다고 해도, 적어도 그의 생각에는 아레스 길드 말고는 이 정도로 척을 진 이들이 딱히 없었다. 그렇다면 지금까지 일어났던 상황을 쭉 추론해봤을 때 나오는 결론.

'범인은 아레스 길드.'

"이 새끼들이 진짜…… 계속 지랄 스위치를 누르네?"

김현우는 인상을 팍 썼다.

하지만 그렇게 추론을 끝내도 풀리지 않는 의문.

'그럼 이건 대체 뭐야?'

김현우는 아직까지 자신의 시야에 둥둥 떠 있는 로그를 관찰했다.

FAKER.

거짓말쟁이, 사기꾼.

무기를 카피한 거라니까 무슨 뜻에서 지어진 이름인지는 대충 알 것 같았다.

'……흠.'

그렇게 김현우가 아티팩트의 로그를 본 지 얼마나 되었을까.

'에이 씨발, 모르겠다.'

김현우는 이내 자신의 손에 쥐어져 있던 창을 다시 자루 안에다 집어넣었다.

'이거 굳이 파서 뭐 하나?'

김현우에게 필요한 것은 '이 아티팩트가 대체 뭐냐'가 아니라 '누가 나한테 괴한을 보냈나'였다.

애초에 김현우가 이 아티팩트에 관심을 가졌던 것도 자신을 공격한 녀석에 대한 단서를 찾을 수 있지 않을까 해서였던 것이다.

'흑선우 이 새끼. 정의봉을 맞고도 정신을 못 차려?'

김현우는 자신의 방 한구석에 있는, 테이프로 칭칭 감아놓은 뿅망치를 떠올리며 인상을 찌푸리곤, 이내 책상 위로 시선을 돌려 그곳에 놓인 것을 집어 들었다.

"이 새끼는 1호로는 안 되니까 2호로 존나 패준다."

툭.

김현우가 집어 든 것, 그것은 바로 어제 김현우를 살해하러 왔던 괴한들의 뚝배기를 손수 깨주었던 짱돌이었다.

김현우가 짱돌을 몇 번이고 던졌다 받으며 입가를 비틀어 올리고 있을 때.

"오빠, 언제 갈 거예요? 저희 준비 끝났어요!"

문밖에서 들려오는 목소리에, 김현우는 곧바로 자리에서 일어나 어깨에 가죽 자루를 멨다.

◆ ◆ ◆

"흑선우 어디 있어. 이 개새끼들아!"

빡!

"끄아아아아악!"

아레스 길드 한국 지부의 꼭대기 층. 김현우는 자신을 막으려다가 새롭게 만든 정의봉 2호에 맞아 저 멀리 날아간 헌터를 보지도 않고 곧바로 시선을 돌렸다.

"히, 히익!"

"흑선우 어디 있냐니까? 내 말이 말 같지 않아?"

"아, 아닙니다! 진짜로 아니에요!"

마치 절대로 죽기는 싫다는 듯 슬쩍 무릎까지 꿇는 남자의 모습에 김현우는 문득 그의 얼굴을 떠올렸다.

"너…… 저번에 1호에 맞고 책장에 처박혔던 그놈이지?"

"예예. 그, 알아봐주시니 영광입니다."

그렇다. 그는 바로 몇 주 전, 김현우가 들고 온 뿅망치에 맞아 책장을 박살 내버리고 기절한 척을 하다 김현우에게 걸렸던 남자였다.

그는 비굴하게 웃으며 김현우의 손 쪽으로 시선을 돌렸다. 손에 들려 있는 것은 거대한 짱돌. 일반인이라도 저걸 들고 사람 머리에 휘두르면 그대로 골로 갈 수 있겠다는 생각이 드는 거대한 짱돌에 그는 식은땀을 흘리면서 말했다.

"그…… 저는 박삼찬이라고 합니다. 그, 아까 그 친구는 저번에 일하던 친구가 지금 입원 중이어서 얼마 전에 새로 뽑은 친구라 아직 모르는 게 좀 많습니다."

"다른 애들도 다 새로 뽑았냐? 올라가려고 하니까 다들 막아서던데?"

"아니 그……."

"그건 됐고, 그냥 말이나 하라니까? 네 길드장 어디 있어? 지금 당장 좀 보고 싶은데."

김현우가 그렇게 말하며 짱돌을 툭툭 던졌다 받자 박삼찬은 흡, 하는 소리와 함께 숨을 삼키더니 말을 이었다.

"그, 흑선우 지부장님은 지금 출타 중이시라……."

"누가 그거 몰라? 지금 길드장 방에 없는 것 보면 딱 출타 중인 건 알아. 내가 눈 삔 것 같냐?"

"아, 아니, 그런 의도로 말한 건."

"그러니까, 걔 지금 어디 있냐니까?"

"그, 그건 저도……. 히이익! 말하겠습니다, 말할게요!"

김현우가 말없이 짱돌을 들어 올리자 소름이 끼치는 듯 비명을 지른 남자.

김현우는 짱돌을 들어 올린 채로 말했다.

"말해."

"하지만 저도 대략적인 위치밖에는 모릅니다."

"뭐?"

"저, 정말입니다! 그리고 아마 이 정보는 다른 사람들도 전부 모르고 있을 겁니다! 진짜! 진짜로요! 흑선우 지부장님은 진짜 행선지를 알리지 않고 4일째 출타 중이십니다!"

"그럼 너는 어떻게 아는데?"

"그, 전 저번에 좀 덜 맞아서 입원을 안 했……. 아니, 그게 아니라 제가 일하는 곳은 이 꼭대기 층 지부장실 앞이라 가끔 가다 지부장실 안의 목소리를 들을 수 있습니다."

슬슬 눈치를 보며 말하는 남자를 보다가 김현우는 잠깐 생각했다.

'이거, 100퍼센트 이 새끼다.'

사실 처음 올 때만 해도 설마 이 미친 새끼가 그렇게 당해놓고 아직도 포기를 안 하는 머저리인가 생각했는데 아무래도 정말 자신에게 괴한을 보낸 원흉이 흑선우인 것 같았다. 안 그러면 왜 갑자기 행선지를 알리지도 않고 어디로 사라졌겠는가?

김현우는 계속해서 물었다.

"그래서, 걔는 어디 있는데?"

"저, 저도 정확히 모르지만…… 중국! 중국에 간다고 하셨습니다!"

"……뭐? 중국?"

"예! 주, 중국이요! 그, 그러니까."

박삼찬은 무엇인가를 최대한 떠올리는 듯 고민하다가 이내 떠올랐다는 듯 말했다.

"그…… 아아, 맞다! 베이징! 베이징에 간다고 했습니다! 패도 길드와 만나러요!"

"……뭐?"

김현우의 얼굴이 굳었다.

흑역사를 퍼뜨리지 마라

　　다시 한번 아레스 길드를 박살 낸 그날 밤. 김시현과 함께 TV를 보던 김현우가 문득 입을 열었다.

　　"시현아."

　　"네?"

　　"너, 패도 길드에 대해서 제대로 알고 있는 거 있냐?"

　　김현우의 물음에 김시현은 고개를 갸웃하다가 대답했다.

　　"아니, 뭐. 그냥 대충대충 알고 있는 건 있죠. 몇 가지 지라시랑."

　　"몇 가지 지라시?"

　　"네. 근데 그건 왜요?"

　　"잠깐 궁금한 게 생겨서 물어보는 거지."

　　김시현은 시선을 돌려 무엇인가를 생각하는 듯하더니 말했다.

　　"뭐, 정말 알고 있는 거라고 해봤자 그냥 그런 것들뿐인데요?"

"네가 말하는 그런 것들이 뭔데?"

"그냥 말 그대로 그런 거죠. 뭐, 예를 들면 패도 길드가 이번에 중국의 던전 지분을 거의 대부분 먹어 치워서 완전 독점 체제로 변했잖아요?"

"야, 그거 저번에 들었을 때는 한 50퍼센트 정도라고 안 그랬냐?"

"그랬는데 최근에 완전히 먹어 치웠다는데요?"

"……그게 그렇게 쉬운 일이야?"

"당연히 쉬운 일은 아니죠. 다만 중국 특성상 합법적 무력으로 던전 독점권을 빼앗는 게 가능해서요."

"그게 무슨 소리야?"

"음, 예를 들면…… 한국 같은 경우는 던전을 독점으로 운용하려면 여러 가지 절차가 필요해요."

"……그래? 내가 양도받을 때는 그냥 받을 수 있었던 것 같은데?"

"그건 그냥 형이 던전을 양도받는 그 상황 자체가 특이해서 그런 거고, 원래는 여러 가지 신경 써야 할 부분이 있어요. 게다가 우리 한국은…… 개판이죠."

"왜?"

"계속 법이 바뀌거든요. 이렇게 던전 양도법을 제정해놓으면 6개월 뒤에 또 바꾸고, 그 뒤에 또 바꾸고. 개새끼들 진짜."

김시현은 성질을 내더니 이내 한숨을 내쉬며 말을 이었다.

"아무튼, 한국에서는 좀 무력으로 던전을 차지해도 여러 가지 법적 절차가 많아서 일방적으로 탈취하지는 못하는데 중국은 아니거든요."

"……중국은 어떤데?"

"그냥 힘으로 찍어 누르고 뺏죠."

"……응? 진짜 그렇게 놔둔다고? 아니, 그렇게 놔두면 실제로 편하기는 하겠다만."

한마디로 중국의 헌터 업계는 약육강식의 세계랑 똑같다는 말이었다. 김현우는 곧 이해하지 못하겠다는 듯 고개를 좌우로 갸웃거리더니 물었다.

"야, 그런데 정말 그런다고? 그냥 힘으로?"

"안 믿기죠? 사실 중국이 처음부터 법이 그렇게 만들어져 있던 건 아니에요. 아마 그쪽도 저희처럼 던전 때문에 골치 좀 썩으면서 법 개정 여러 번 했던 걸로 알고 있는데."

아.

"생각해보면 아주 옛날에, 처음 던전 나왔을 때 모든 던전은 중국 소유였을걸요?"

"……근데 왜 지금 그렇게 바뀌었는데?"

"그게…… 대충 4년 전인가, 3년 전인가? 갑자기 그렇게 법 개정이 됐대요."

"갑자기?"

"네."

아, 그러고 보니까 이 이야기 하려고 독점 던전 이야기 꺼낸 거지?

김시현은 그렇게 중얼거리더니 곧바로 덧붙였다.

"그리고 이게 그 지라시 중 하나인데 중국에서 그 법을 개정한 사람이 바로 패도 길드장이라는 소문이 있기도 해요."

"왜 갑자기?"

"그도 그럴 것이 너무 공교롭게 딱딱 맞아떨어지지 않아요? 4년 전에 그렇게 법 개정이 되고, 그 뒤로 곧바로 패도 길드가 나와서 마구잡이로 세력을 확장했거든요."

"그럼 패도 길드장이 중국에서 엄청난 거물이라는 소리네?"

"뭐, 굳이 따지자면 그렇게 되네요……. 솔직히 지라시다 보니까 확실히 믿을 만한 이야기는 아니지만요."

김시현의 말을 들으며 김현우는 순간, 과거로 기억을 돌렸다. 기억을 돌린 시점은 바로 자신이 탑 안에서 무술을 수련하며 처음 그녀를 구했던 그때.

'……제자랑 내가 '밖'에 관해서 이야기한 적이 있나?'

꽤 오래전 기억이기에 김현우는 잠시 골머리를 앓았지만, 곧 기억 저편에서 자신이 제자와 나눴던 짤막한 대화들을 떠올릴 수 있었다.

첫 만남. 그때 그녀는 소심한 듯 몸을 웅크리면서도 상당히 반항적인 눈빛으로, 가면을 쓰고 있는 김현우를 미친놈 취급하며 입을 나불거렸다.

'내가 누군지 알고 나를 이렇게 막…….'

빡!

'꺄아악!'

'조용히 하거라 제자야. 너는 오늘부터 나의 제자가 될 것이다. 빨리 내게 구배지례를 올리거라.'

'무, 무슨 소리야! 나는 빨리 그 녀석들과 같이 올라가야만 살아남을 수…….'

빡!

'시끄럽구나.'

억지로 제자에게 구배지례를 시켰을 때.

'왜 절을 한 번밖에 하지 않지? 반항하는 것이냐?'

'아, 아니 구배지례를 하라고 하시길래……'

'구배지례九拜之禮 모르느냐?'

'아니, 그, 뭔가 잘못 알고 계신 것 같은데 구배지례는 아홉 번 절 하는 게 아니라……'

빠악!

'끼야악!'

'어디서 스승이 말하는데 말대답이야! 썩 하거라!'

제자에게 한창 무술을 빙자한 무술 샌드백을 시켰을 때.

'스, 스승님! 그만!'

'어허, 너는 너무 심지가 약하고 몸도 약하구나. 계속 그렇게 피 하기만 하면 절대로 무武에 도달할 수 없다!'

빡!

'끼야아악! 사…… 살려주세요 스승님! 저는 죽고 싶지 않습니 다!'

'어허, 누가 죽인다고 했느냐? 너는 내 자랑스럽고 소중한 제자 다. 너는 절대 죽지 않을 것이야. 내가 그렇게 만들어줄 것이다.'

'아, 아앗. 스승님……!'

'그러니 이 악물거라.'

'?'

김현우가 슬슬 중2병 상태에서 빠져나가기 시작했지만, 아직 전 부 빠져나가지 못했을 때.

'……가거라.'

'스승님……!'

'지금 당장 내가 가르칠 수 있는 것은 모두 가르쳤다. 가거라.'

'그렇지만 저는 아직 스승님에게 배우지 못한 것들이……!'

기억 속에 남아 있는 그녀의 모습은 상당히 변해 있었다. 분명 처음에는 소심해 보일 뿐이었던 그녀의 눈에는 자신감이 들어차 있었고, 쭈그려 있던 몸은 쭉 펴져 있었다. 그리고 반항적인 시선으로 그를 바라보던 눈빛은 무엇인가로 채워져 있었다.

'너는 더 이상 내게 받을 가르침이 없다.'

김현우가 그녀의 머리에 손을 올리며 말했다.

'너는 더 이상 예전의 소심한 네가 아니다. 누군가에게 핍박받고, 원하지 않는 일을 강제로 했던 네가 아니다.'

그렇지?

김현우의 물음에, 제자는 울 것 같은 표정으로 대답했다.

'그렇습니다……!'

'그러니까 가거라, 그리고 밖에서도 지금 내가 해준 말을 잊지 말거라.'

그 무엇도 너의 위에 있을 수는 없다.

네 위에 있는 것은 오직 한 명, 나 천天뿐이니.

그 이외에 모든 것들은 네 아래에 있어야 할 것이다.

지금 생각해도 엿 같은 헛소리.

근데 그걸 들으며 제자는 또 눈물을 그렁그렁한 채로 뭔가를 말했다. 분명 그때 당시의 김현우가 듣기에는 굉장히 기특한 소리였는데, 이상하게 그 끝부분만 노이즈가 낀 것처럼 기억이 불명확했다.

뭐, 그냥 귀찮아서 대충 들었던 것 같지만.

"이런 씨부레……."

제자와 다른 이야기를 했던 기억도 분명히 있었는데, 이상하게 제대로 떠오르지 않았다.

"……형, 또 왜 그래요?"

한참이나 고개를 좌우로 흔들던 김현우가 욕을 내뱉자 김시현이 물었다.

김현우는 짧게 고개를 저었다.

"아무것도 아니야……. 아무튼 뭐, 그 이외에 또 있어?"

"……음, 그 이외에는…… 좀 특이한 길드라고 소문이 퍼져 있긴 해요."

"뭐? 특이한 길드?"

"네."

"뭐가 특이한데?"

"좀 뭐라고 해야 하나……. 일반적인 길드 느낌이 아니라 무슨 왕국 느낌이라고 하는데…… 저도 거기까지는 잘 모르겠네요."

저도 길드장이지만 해외 길드 사정 알아볼 정도로 느긋한 게 아니라서요.

"……그래?"

김현우는 그렇게 대답하며 한숨을 내쉬었다.

'갈까 말까.'

뭐, 보나 마나 기다리면 슬그머니 돌아올 것이다. 녀석은 아레스 길드의 한국 지부장이니까. 하지만 그냥 이렇게 기다리자니 김현우의 급한 성격이 용납하지 못했다.

그도 그럴 게 흑선우의 행선지를 전부 알고 있는 마당에 이렇게 기다리는 건 김현우의 성격상 안 맞으니까. 한동안 침음성을 낸 김현우는 곧 결정했다는 듯 입을 열었다.

"가야겠다."

"갑자기 무슨 뚱딴지같은 소리? 어디를 가게요?"

"중국."

"······중국이요?"

"정확히는 중국 베이징."

김현우의 말에 김시현은 갑자기 이게 무슨 말을 하나? 하는 표정으로 그를 바라보다 이내 헉하는 표정으로 입을 열었다.

"형 미쳤어요?"

"······?"

"왜 갑자기 아무 상관 없는 패도 길드를 건드리러 가요?"

"······야, 내가 패도 길드를 왜 건드리러 가?"

"아니, 지금 말하는 거 그거 아니었어요?"

"그게 패도 길드에 가기는 갈 건데······ 건드리러 가는 건 아니야."

"개소리하지 마요!"

"뭐? 개소리?"

"저번에도 건드리러 가진 않아! 하면서 뿅망치로 아레스 길드원들 입원시킨 사람이 누구인지 잊었어요?"

김시현의 반박에 김현우는 아무 말도 하지 못했다.

팩트였으니까.

김현우는 걱정 말라는 듯 손사래를 치며 말했다.

"걱정하지 마라. 잠깐 볼일이 있어서 가는 거니까."

'굳이 제자와 만나고 싶진 않지만.'

자신을 공격했던 흑선우를 가만히 놔두는 짓은 더 하기 싫었다.

바로 조져버려야지.

김현우는 그렇게 생각하며, 내일 바로 중국 베이징으로 떠날 일정을 잡았다.

◆ ◆ ◆

중국의 베이징, 패도 길드의 궁전 내.

그녀, 미령은 어처구니없을 정도로 넓은 침실에서 조용히 눈을 떴다.

보이는 것은 희미한 빛. 그녀는 침대에서 몸을 일으키곤 조금 전 꿈속에서 보았던 스승의 얼굴을 저도 모르게 떠올리며 미소를 지었다.

햇수로는 4년, 일수로는 1,500일가량. 그렇게 오랜 시간이 흘렀는데도 불구하고 미령의 머릿속에는 탑 안에서 있었던 일들 하나하나가 생생했다.

그녀에게 있어서 탑은 '전환점'이었으니까. 탑은 그녀에게 처음으로 돈으로 안 되는 게 있다는 것을 깨닫게 해준 공간이었으며, 자신이 얼마나 약하고 미천한 인간인지를 깨닫게 해주는 공간이기도 했다.

그리고 무엇보다도, 미령이 그 탑 안에서의 일들을 아직까지 기억하고 있는 이유는 바로 그 탑 안에서 만났던 스승 때문이었다. 중국 정재계에 있는 아비의 말대로, 그저 돈을 써가며 인형 같은 삶을 살고 있던 그녀에게 진짜 '삶'을 알려준 스승. 자신이 한 번도 제대로 받아본 적 없는 '정'을 느끼게 해준 스승. 그리고 자신을 딸이라고 생각하지도 않던 그 빌어먹을 아비와는 다르게, 오롯이 자신이 세상에 설 수 있도록 모든 것을 알려준 뒤 세상으로 내보낸 스승.

"스승님."

그녀가 저도 모르게 입을 열었다.

금방이라도 대답이 올 것만 같았지만, 아무도 없는 그 공간에는 그녀의 소리만이 메아리칠 뿐이었다. 그녀는 잠시 느껴지는 공허감에 인상을 찌푸렸지만, 이내 미소를 지었다.

'이제 금방이다.'

이제 금방.

그녀는 불과 몇 시간 전 그녀가 임명한 부길드장에게 들었던 보고를 다시 한번 떠올렸다.

위연 길드의 잔당을 거의 모두 처리하는 데 성공했고, 더 이상 중국에 패도 길드에 대항할 만한 세력은 남아 있지 않다는 보고. 그것은 곧 고대하고 고대하던 스승님을 모시러 갈 수 있다는 이야기였다.

미령은 조용히 미소를 지은 채 중얼거렸다.

"이제 조금 남았습니다, 스승님."

조금만, 기다려주세요.

◆ ◆ ◆

"아니, 이거 실화야?"

"이거 우스워졌는데."

중국 베이징의 호텔.

그곳에서 아레스 길드에 소속된 두 명의 기사단, 5번과 8번이 그들의 보안 스마트폰으로 온 문자를 보며 인상을 찌푸렸다.

"다 뒤졌다고? 전부?"

"보고서 내용이 바뀐 게 아니라면 전부 죽은 게 맞겠지."

5번의 중얼거림에 머리를 노랗게 물들인 8번은 뜨악한 표정으로 오른쪽 귀에 있던 피어스를 만지며 중얼거렸다.

"근데 지금 그 녀석을 우리보고 막으라고? 실화야?"

8번이 호들갑을 떨자 5번은 그를 보며 인상을 찌푸리곤 타박했다.

"지랄하지 마."

"뭘 지랄을 하지 마? 지금 이거 안 보여? 임무 메시지?"

8번은 자신의 스마트폰에 온 메시지를 5번에게 보여주었다.

[기사단 4번 7번 9번 10번이 김현우를 처리하는 데 실패, 이에 8번과 5번에게 김현우를 막는 임무를 부여함.]

5번은 어깨를 으쓱하곤 말했다.

"그건 안 봐도 알아. 지금 나도 받은 게 그 메시지니까."

"근데 왜 이렇게 태평해?"

"태평하기는 뭐가 태평해? 나도 쫄리기는 마찬가지지. 하지만……."

5번은 더벅머리처럼 자라 있는 자신의 흑발을 손으로 만지작거리며 대답했다.

"방법이 없는 것도 아니야."

"……뭐?"

8번이 이상하다는 듯 되묻자 5번이 대답했다.

"봐, 8번. 우리의 임무는 뭐지?"

"우리의 임무? 아니 씨발, 아까부터 뭔 소리 하는 거야? 우리 임무 지금 메시지에 나와 있잖……."

"이 멍청한 새끼야. 그거 말고 우리가 지금 중국에 남아 있는 이유!"

5번이 신경질적으로 말하자 8번은 가만히 생각하다 중얼거렸다.

"……흑선우 처리?"

"그래, 맞아. 지금 우리는 흑선우를 처리하기 위해서 여기에 있는 거다 이 말씀이야. 그리고 알다시피 우리 기사단은 제일 먼저 맡은 임무를 우선한다."

그러니까.

"한마디로 흑선우를 죽이기 전까지 우리는 베이징에 있어도 된다 이 말이지."

김현우가 베이징에 온 게 아니라면 딱히 우리가 문책당할 일도 없고 말이야.

5번의 말에 8번은 감탄했다는 듯 말했다.

"오! 그런 방법이!"

"그러니까 우리는 그냥 안전하게 기다리고 있으면 된다 이 말이지. 물론 왜 기다리고 있느냐고 묻는다면 당연히 흑선우를 아직 처리하지 못했다고 핑계 대면 되고."

"좋은데?"

8번은 화색을 띠며 긍정했지만 곧 이상하다는 듯 입을 열었다.

"그런데 말이야."

"왜?"

"왜 우리한테 김현우를 막으라고 연락이 왔지? 내 기억에 길드장님은 그렇게 멍청하지 않은데 말이야."

8번은 자신의 직속 상관인 아레스 길드장을 떠올렸다.

빈틈이라고는 단 하나도 없을 것 같은, 그리고 S등급 랭커 10위권이지만 실질적으로는 그 뒤에 더 많은 힘을 숨기고 있는 남자.

그는 사리 분별이 확실한 편이었다.

8번이 이상함을 표현하자 5번은 마찬가지로 고개를 갸웃거리며 말했다.

"확실히, 길드장이 명령을 내렸다기에는 좀 이상하긴 하지. 애초에 김현우를 잡으러 가는 것도 우리보다는 1~3번을 보내는 게 더 맞지 않았을까?"

"그것도 그렇지."

아레스 길드에 소속되어 있는 기사단은 총 열 명으로 구성되어 있다. 1번부터 10번까지. 그리고 각 멤버의 강함은 넘버링으로 표기된다. 1번이 제일 강하고, 10번은 제일 전력이 떨어진다.

'뭐 그렇다고 해서 기사단에 입단한 멤버가 약한 건 아니지만.'

5번은 그렇게 생각하며 곰곰이 생각하는 듯한 8번을 돌아봤다.

'……'

그만 해도 머더러 헌터가 되기 전에는 42위의 '복검마'라는 칭호를 가지고 있던 남자였다. 게다가 아레스 길드의 길드장이 어디서 구해왔는지 모를 ST+ 아티팩트를 낀 지금에는 30위권까지 노릴 수 있을 정도의 전력을 갖추게 되었다.

절대로 약한 게 아니다. 그것은 기사단에 포함된 다른 이들도 마찬가지였다.

'그런데…… 4명의 기사단을 전부 죽였다고? 혼자서?'

상황이 정확히 어떻게 돌아가는지는 모르겠지만 50위 안에 있던 랭커 4명을 혼자 잡았다는 것은 결코 가볍게 넘길 만한 일이 아니다.

'괴물인가…….'

괴물.

김현우가 재앙과 싸우는 영상은 봤다. 그야말로 입이 떡 벌어질 만큼 강한 실력자. 하지만 그렇다고 해도 그건 말 그대로 재앙을 상대했던 것이고, 실제로 재앙과 헌터를 상대하는 것은 달랐다.

명백히 '전투'에서 경험치의 차이가 존재한다는 뜻이다. '분명 그는 탑에서 나온 지 얼마 되지도 않았고, 딱히 사람을 죽인 것도 아닐 텐데…….'

아레스 길드의 뒤처리를 담당하는 기사단을 홀로 네 명이나 죽였다는 것은, 어떤 의미에서 굉장한 괴물이라는 소리와 일맥상통했다.

'……아무튼, 부딪히지 않는 게 목숨을 부지할 수 있는 길이라는 건 확실히 깨달았다.'

5번이 그렇게 생각하며 묘한 안도의 한숨을 내쉴 때쯤.

쿠궁.

땅이 울렸다.

"?"

"뭐야, 지진이야?"

순간적으로 주변이 흔들리는 느낌에 8번이 이상함을 표할 때쯤.

툭. 꽝!

"켁?"

분명 조금 전까지 앉아 있던 8번이 하늘을 날아 벽에 처박혔다.

순식간에 일어난 일에 5번의 표정이 다급하게 물들고, 그가 곧바로 전투를 준비하기 위해 자신의 애병인 쌍검을 빼 들어 앞에 나타난 괴인에게 휘둘렀지만.

쿵! 쿠구구구궁.

"……!"

얼굴을 기묘한 가면으로 가리고 있던 남자는 5번의 검을 아무렇지도 않게 막아냈다.

호텔 벽에 처박혀 얄팍한 신음을 흘리는 8번과 괴인에게 검을 잡혀 옴짝달싹하지 못하게 된 5번.

그리고 곧 괴인에게서 목소리가 흘러나왔다.

"너희들이군."

"뭐?"

"너희들이 우천명을 죽인 놈들이야. 맞지?"

"……네 녀석은 누구지?"

5번은 그렇게 말하며 남은 한 자루의 검을 휘두르려 했지만.

촤자자작!

"!"

그 한순간 자신의 목에 들어온 수십 개의 병장기를 보며 휘두르려던 칼날을 멈췄다.

어느 순간 나타난 그들.

얼굴에는 기묘한 가면을 쓰고, 제각각의 병장기로 언제든 자신을 죽일 수 있도록 만반의 준비를 하고 있는 그들을 보며 5번은 마른침을 삼켰고.

그, 패도 길드의 부길드장인 '천영'은 가면을 쓴 채 입을 열었다.

"네 녀석이 지금 질문을 할 처지가 된다고 생각하나? 너희들은 답만 하면 된다. 너희가 우천명을 죽였나?"

천영의 목소리에 5번의 표정이 점점 굳어졌다.

"아무래도 맞나 보군."

그는 곧바로 5번의 얼굴을 보더니 그렇게 납득했고, 곧.

우득!

"끄아아아악! 대…… 대체 갑자기 왜……!"

5번의 머리를 잡으며 말을 이었다.

"너무 원망하지는 마라. 길드장님이 손수 박살 내버리겠다고 하신 우천명을 너희들이 죽여버렸으니."

나로서는 너희들이라도 데려갈 수밖에 없으니까.

천영의 말과 함께 5번의 표정이 공포에 물들었다.

◆ ◆ ◆

다음 날.

아랑 길드 지하 3층의 훈련실.

"후……."

"아니, 오빠. 왜 그렇게 한숨을 푹푹 쉬어요?"

"그럴 일이 있다……. 그럴 일이 있어."

김현우의 말에 이서연은 이상하다는 듯 그를 바라보다 말했다.

"아니, 그렇게 중국 가기가 싫어요? 그럼 안 가면 되죠."

"허허, 안 갈 수 있다면 진작 안 갔겠지?"

김현우는 그렇게 말하며 마법진 앞에 섰다.

'후……'

솔직히 어제 잘 때까지만 해도, 그리고 오늘 아침에 일어나서도 수십 번을 생각했다.

내가 중국에 가는 게 진짜 맞을까?

'맞다.'

하지만 결국 결론은 맞다였다.

김현우는 절대 참을 수 없었다. 자신을 엿 먹이고 중국으로 잠적해서 패도 길드와 접선하러 가다니. 아마 자신을 엿 먹일 또 다른 계획을 짜고 있는 것이 분명했고, 무엇보다 김현우는 이번엔 봐줄 생각이 없었다.

'죽이지는 않겠지만.'

차라리 죽는 게 낫다고 생각할 정도로 잔혹하게 박살을 내줄 생각이었다. 그러려고 정의봉 1호랑 2호도 챙겼다.

하지만 그런 생각과는 별개로 흑선우를 조지기 위해 패도 길드로 가는 것은 김현우에게 있어서 또 다른 생각이 들게 하기에 충분했다.

'좆같다.'

그래, 좆같다.

그게 바로 김현우의 마음속을 지배하고 있는 말 중 하나였다.

사람들은 전부 흑역사가 있다. 김현우의 경우에는 부모님이 일찍 돌아가시는 바람에 열심히 생활 전선에서 뛰어노느라 그런 낯부끄러워지는 흑역사는 현실에서 없었지만. 정말 유감스럽게도 탑에서 생겼다.

'은거기인' 놀이를 하면서 생겨버렸다. 물론 탑 안에서 누구도 모르게 혼자 그 지랄을 했으면 상관이 없었다. 문제는.

'제자야…… 도대체 왜…….'

자신의 제자 중 하나가 그 되지도 않는 은거기인의 사상에 물들어 그 사상을 중국 절반…… 아니, 이제 중국 전체에 물들이고 있다는 것이다.

실제로 어제, 사전 조사를 위해 패도 길드에 대해 검색해봤을 때, 김현우는 몇 번이고 이불킥을 했다. 억지로 외면해서 보이지 않던 패도 길드 관련 뉴스들은 정말…….

"……"

김현우는 생각을 멈췄다. 더 이상 생각하면 발아래에 있는 마법진을 빠그라뜨릴 것 같았기에 참았다. 그는 한숨을 내쉬고 마음을 다잡았다.

'딱 하나만 생각하자.'

패도 길드에 가서, 흑선우만 조지고 바로 귀환한다.

그래, 어차피 김현우가 해야 할 일은 그것뿐이다. 물론 패도 길드와 만나기는 하겠지만, 그건 잘 넘기고, 자신은 흑선우만 조지면 된다. 김현우는 말도 안 되는 생각을 하며 스스로 다짐한 뒤, 입을 열었다.

"아냐."

"네."

"마법진 가동해."

"네, 알았어요. 목적지는 베이징인가요?"

"맞아, 베이징……. 아니, 아니다. 베이징 말고 그냥 패도 길드 본사 앞으로."

"패도 길드 본사 앞이요?"

"그래."

어차피 한번 봐야 하는데 어물쩍거릴 필요는 없지.

김현우의 말과 동시에 가동하기 시작하는 마법진.

이서연은 걱정하며 말했다.

"근데 오빠."

"왜?"

"그 저번에 마법진으로 유럽 갈 때는 급한 상황이라 어떻게 넘어간 것 같기는 한데."

"근데?"

"이렇게 마법진으로 넘어가는 거 걸리지 않을까요?"

"걸린다고?"

"네, 이거 굳이 말하면……."

해외 불법체류 아니에요?

이서연이 슬쩍 걱정하는 듯한 느낌으로 말하자 순간 움찔한 김현우였지만, 이내 손을 탈탈 털며 말했다.

"뭐 어때."

"네?"

"어차피 관광 가는 것도 아니고 흑선우만 조지고 올 거라니까?"

"아니, 그게 문제가……."

이서연은 뭔가 더 말하고 싶은 듯 몇 번이고 입을 오물거렸지만 이내 포기했다는 듯 한숨을 내쉬며 고개를 저었다.

그 모습에 김현우는 피식 웃었고, 아나가 입을 열었다.

"이제 완전 가동해요!"

그와 함께, 김현우의 모습이 아랑 길드에서 사라졌다.

그리고.

베이징 외곽, 패도 길드의 궁전 앞.

김현우는 곧바로 시야를 확보하기 위해 눈을 몇 번이고 깜빡거렸고, 곧 주변의 풍경을 바라볼 수 있었다.

그리고.

"이런⋯⋯."

김현우의 앞에 무척이나 거대하게 세워진 궁전과 그 옆으로 엄청나게 크게 조각되어 있는 그것.

"씨발."

김현우가 탑에 있을 때 쓰던 그 가면을 보며 저도 모르게 욕설을 내뱉었다.

오랜만이다, 제자야

아랑 길드 지하 3층.

이서연은 마법진 위에서 사라져버린 김현우를 보며 한숨을 내쉬었다.

'도대체 이번에는 무슨 사고를 치려고…….'

물론 김현우야 사고를 치더라도 지금까지 아주 잘 알아서 해결했지만, 이서연은 왜인지 모르게 이번에는 그가 감당하지 못할 사고를 칠 것 같다는 예감이 들었다.

"헤엑…… 헤엑. 죽어요옷."

이서연이 불안한 느낌을 받으며 고개를 갸웃거릴 때 들려온 목소리. 이서연은 곧바로 시선을 돌려 조금 전까지 마법진을 운용하던 아냐를 보았다.

그녀는 퀭한 눈빛으로 마법진 바닥에 쓰러져 죽으려 하고 있었다.

"야근…… 싫어……."

그렇다.

그녀는 어젯밤 갑작스레 베이징에 간다는 김현우의 말에 급하게 마법진을 준비하느라, 제대로 자지도 못하고 마법진을 그릴 수밖에 없었다. 그 덕분에 완전히 처참한 몰골.

이서연은 한숨을 내쉬면서 아나에게 다가갔다.

◆ ◆ ◆

김현우는 말없이 거대한 궁전을 바라봤다. 옛날 사극 드라마에서나 나올 것 같은 거대한 중국의 황궁을 떠올리게 만드는 웅장한 크기. 김현우 키의 세 배가 넘을 정도로 거대한 문 앞에는 검은색의 무복을 입은 이들이 갑작스레 나타난 김현우를 보며 당황해하고 있었다.

하지만 그들이 당황하든 말든 김현우는 자신의 눈에 들어오는 풍경을 보며 끝없는 탄식을 쏟아낼 뿐이었다.

김현우의 시야를 전부 가려버릴 정도로 높은 문 너머에도 가면이 보였다. 황금칠을 해놓은 것인지 황금색으로 번쩍번쩍 빛나는 기묘한 가면.

그리고.

"으악. 이런 씨발!"

김현우는 시선을 돌려 문을 바라보다 높디높은 문 위에 쓰여 있는 글자를 봤다. 중국어로 된 글자였지만 손에 끼고 있는 반지가 그대로 번역했다.

'네 위에 있는 건 오직 천天뿐이다.'

"이런 미친."

미친! 미친 씨발!

"누…… 누구냐!"

김현우가 혼자 발광을 하자 검은 무복을 입은 이들이 창을 들이댔다. 하지만 김현우의 눈에 여전히 그들은 보이지 않았다. 그의 눈에 보이는 것은 오로지 저 문 위에 있는 증오스러운 그의 흑역사.

'네 위에 있는 건 오직 천天뿐이다.'

김현우는 끄으으윽! 하는 소리를 내며 혼자 발광을 하더니, 이내 몸을 진정시키며 충혈된 눈으로 글자를 바라봤다.

'정했다.'

처음에는 별일 일으킬 생각이 없었다. 그냥 간단하게 와서, 인사 정도만 한 뒤, 흑선우를 뒤질 때까지 패버리고 끝내려고 했다.

하지만.

이건, 이대로 둬서는 안 되었다.

"움직임을 멈춰라! 도대체 네 녀석은 누구냐!"

검은 무복을 입은 보초병의 목소리에 따라, 순식간에 주변에 사람들이 모여든다.

처음에는 고작 두 명뿐이었던 호위병이 순식간에 수십으로 변해 김현우의 주변을 감싼다. 물론, 아무리 모여봤자 김현우의 눈은 문에서 떨어지지 않았다.

"신원을 밝히라고 말했……."

쿵!

남자가 말을 마치기도 전에 김현우는 그대로 뛰어올랐다. 순식간에 날아 거대한 문의 위까지 날아오른 김현우. 체공하는 그 짧은 시간 동안 김현우는 그의 목표에 한 가지를 더 추가했다.

'이 빌어먹을 현관을 전부 깨버리고, 저 동상으로 세워놓은 금색 가면까지 모조리 부숴놓은 뒤에, 흑선우를 죽여버릴 거다.'

어쩐지 '죽지 않을 정도'에서 '죽여버린다'로 바뀌었지만, 김현우에게 그런 것은 중요한 게 아니었다.

"흑운黑雲."

김현우의 주변으로 검붉은 색의 마력이 뿜어져 나왔다. 그 마력은 곧 주변의 시야를 가렸고, 보초병들이 당황하고 있을 때, 김현우는 이미 행동하기 시작했다.

"보步."

우지지지직! 콰가가강!

김현우의 발이 순식간에 내리치며 패도 길드의 대문을 부숴버렸다. 붉게 칠해진 문 조각이 사방으로 튀어 나가고 그가 증오스럽게 생각한 현관은 처음부터 없었다는 듯 사라졌다.

"으, 으아아악."

"무, 무슨! 이게 무슨 일이야!"

"가면무사…… 가면무사를 불러!"

패도 길드의 실질적인 상위 전투원들인 가면무사를 호출하는 소리와 함께 거대한 나팔 소리가 울리기 시작한다.

그에 따라 김현우 앞에 모습을 드러내기 시작한 가면무사들.

"이 새끼들이……."

그것은 김현우의 표정을 더더욱 썩게 만들었다.

'저거 내 가면이잖아……!'

그들이 쓰고 있는 나무 가면.

물론 상당 부분 변형되어 있었다.

김현우가 간지를 넣은 왕관과도 같은 윗부분은 사라졌고, 그 이외에도 김현우가 제대로 처리 못 했던 부분은 사라지거나 바뀌어 있었지만 그는 바로 알 수 있었다.

저건 자신이 탑에 있을 때, 정확히는 제자를 만들었을 때 쓰던 가면이었다. 그들은 하나같이 자신에게 무기를 들이대며 자세를 잡았다.

"이런 미친!"

김현우는 가면무사들이 잡고 있는 자세를 보며 저도 모르게 어처구니없는 웃음을 지었다.

"저거……."

그들이 취하고 있는 자세.

그것은 김현우에게 무척이나 익숙한 자세였으니까.

실용성이라고는 제대로 있는지도 모르는 자세.

양발을 적당히 벌리고 주로 쓰는 손을 어깨 위로 올려 뻗은 뒤, 주먹은 뒤로 말아 쥐고 있는 형태의 기수식. 그것은 바로 탑 안에 있던 김현우가 그저 영화나 웹소설에 나오는 여러 가지 기수식의 설명을 떠올려 만든 자세였다.

이름도 존나게 쪽팔린 '패왕기수식'. 그들은 분명 제각각의 무기를 들고 있으면서도 김현우의 패왕기수식을 그대로 취하고 있었다.

김현우는 그런 가면무사들을 보며 어처구니없다는 듯 헛웃음을 지었고, 그럴 때마다 가면무사의 수는 늘어났다. 초 단위로 도착한 가면무사들은 김현우의 주변을 둘러싸기 시작했고, 뒤늦게 달려온 보초병들까지 김현우를 감싸며 그는 마치 일방적으로 포위된 형태가 되었다.

1대 다수.

한 손바닥으로는 열 손바닥을 못 막는다는 걸 보여주려는 듯 그의 주변으로 몰려든, 딱 봐도 1백은 가볍게 넘어 보이는 무리를 보며 김현우는 같잖다는 듯 웃음을 지었고.

그 순간.

"합!"

한 가면무사의 공격을 시작으로 그들이 달려들었다.

그들의 공격을 피하며 김현우는 허탈한 미소를 지었다.

"크아압!"

김현우의 오른쪽 어깨를 노리고 들어온 공격은 '패왕경'.

왼쪽 허벅다리를 노리고 들어온 공격은 '패령각'.

뒤에서 심장을 노리는 공격은 '패귀수도격'.

지금 여기에 있는 모든 헌터들은, 하나같이 김현우의 공격을 그대로 카피해서 쓰고 있다. 아니, 정확히 말하면 카피가 아니다. 그들은 전부 제각각의 무기로 김현우의 기술을 쓰고 있으니까. 일종의 어레인지.

하지만 김현우는 가면무사들의 공격을 보며 여전히 어처구니없는 웃음을 지었고, 시간이 지나면 지날수록 얼굴이 굳어졌다.

"지금 이걸, 기술이라고 쓰고 있는 거야?"

김현우의 말에 가면무사들이 더 열이 뻗친 듯 마구잡이로 기술을 사용했으나, 김현우는 기가 차지도 않는다는 듯 그 기술들을 모조리 피해내며 생각했다.

'이것 좀 열 받는데?'

열 받는다.

김현우는 그렇게 생각했다.

분명 처음에는 그저 쪽팔리기만 했다. 자신이 탑에서 만들어놓은 흑역사들이 그냥 회자되는 것뿐만 아니라 산 채로 꿈틀꿈틀 기어 다니고 있었으니까. 그런데 시간이 지날수록 쪽팔리다는 감정 대신 다른 감정이 솟아올랐다.

분노.

그래, 어찌 보면 그것은 분노였다.

'안 그래도 쪽팔린 흑역사.'

김현우 본인은 그 은거기인 생활로서 얻은 게 많았지만 역설적 으로 그것은 흑역사였다.

그런데 그 흑역사를, 여기에 있는 놈들이 더더욱 쓰레기처럼 만 들고 있었다. 분명 자신이 탑에서 만든 무술들은 저렇게 약한 것이 아니었다. 콘셉트 플레이는 흑역사였지만, 적어도 그가 만든 무술 들은 진짜였다.

김현우는 분노를 느꼈다. 자신의 무술이 이렇게 애들 놀음으로 변하고 있는 것 자체가 어처구니없었다. 무엇보다 제자한테 빡쳤다.

'내 무술을 이런 병신 같은 무술로 바꿔서 가르쳤다고?'

알려주는 것도 빡치는데, 흑역사를 흑역사보다 더한 무언가로 만 들어놓은 제자에게 김현우는 살의를 느끼며 몸을 쭉 뒤로 뺐다.

순식간에 가면무사들을 피해 저 뒤로 점프한 김현우. 이제 포위 된 상황이 아닌, 김현우와 패도 길드원이 대치하고 있는 상황으로 바뀌었다.

김현우는 자세를 잡았다.

"얘들아, 너희들이 쓰는 무공은, 그렇게 쓰는 게 아니야……."

김현우의 자세는 그들과 똑같았다.

양발은 앞뒤로 적절하게 벌어지고, 왼손은 어깨높이로 들어 올려 쭉 뻗었다. 그리고 허리춤으로 가 있는 오른손.

"너희들이 쓰는 무술은 바로……."

김현우가 움직인다.

짧은 순간의 움직임.

"?"

김현우는 눈을 깜빡하기도 전, 그 짧은 시간에 그의 앞에 있던 가면무사에게 도달했다. 가면 속에 가려져 있던 남자의 눈이 더없이 커지고, 김현우가 입을 열었다.

"이렇게 쓰는 거다."

그와 함께 쭉 펴져 있던 김현우의 왼손이 그의 심장을 가볍게 쳤다.

그리고.

'패왕.'

김현우의 앞에 잔뜩 모여 있던 가면무사들과 보초병들은.

'배격권.'

김현우의 무술이 보인 그 순간, 그의 손에서 뿜어져 나오는 말도 안 되는 풍압에, 하늘로 날아오르기 시작했다. 마치 그들이 모여 있는 한가운데에 거대한 공기층이 생긴 것처럼 하늘로 튀어 오르는 가면무사들과 보초병들.

콰직! 쿵! 콰득!

"끄아아아악!"

하늘로 날아올랐던 그들이 땅바닥으로 떨어지며 섬뜩한 소리를 냈지만 김현우는 걱정하지 않았다. 힘을 조절한 주먹, 게다가 고작 하늘로 떠올랐다 떨어진다고 죽는 헌터는 없을 테니까.

김현우의 앞은 순식간에 쓰러진 패도 길드원으로 가득해졌다.

그리고.

"스승……님?"

인상을 찌푸리고 있는 김현우의 뒤쪽에서, 너무나도 익숙한 목소리가 들려왔다.

김현우는 그 목소리를 너무나도 잘 알고 있었다. 그것은 탑 안에 있을 때, 많이 들었던 목소리 중 하나. 분명 탑 안에서 들었을 때와는 다르게 조금 성숙해진 느낌이었지만, 김현우는 그 목소리가 누구의 것인지 잘 알고 있었다.

김현우가 시선을 돌리자, 어느새 열려 있는 거대한 본전의 문앞에는 떨리는 눈동자를 한 미령이 서 있었다. 이제는 중국 전체를 손아귀에 집어넣은 패도 길드의 우두머리이자, S등급 세계 랭킹 5위, 패룡 미령. 그녀는 쓰러진 자신의 부하 가운데에 오롯하게 서 있는 김현우를 보며, 두 눈을 덜덜 떨면서 입가를 몇 번이고 여닫기를 반복했다.

두근두근두근두근.

미령의 심장이 세차게 요동쳤고, 눈앞에 있는 김현우의 모습에 그녀는 어지러움을 느끼면서도 생각했다.

'스승님이 맞다.'

미령의 기억 속. 스승으로 모신 그는 단 한 번도 자신의 등에 새긴 그 가면을 벗지 않았다.

하지만, 그런데도 그녀는 본능적으로 알 수 있었다.

김현우가 조금 전에 보여주었던 그 무武.

김현우가 보여주었던 기술.

김현우가 보여주었던 자세.

그 이외에 미령의 머릿속에 떠나지 않고 남아 있던, 자신을 오연히 내려다보는 저 눈빛.

그것만으로도 충분했다.

이미 김현우가 자신의 스승인 것을 알고 있었음에도 또 한번 확신했다. 저 앞에 오롯이 서서 자신을 바라보고 있는 남자가, 자신이 기다리고 기다렸던 스승님이라는 것을.

두근두근두근두근.

"스승님이…… 맞으십니까?"

하지만 확신하고 있음에도 불구하고 미령의 입에서는 의문문이 흘러나왔다.

그것은 미령의 자그마한 투정. 자신의 확신을, '진실'로 만들어달라는 미령의 자그마한 투정이었다.

그리고 그 말에, 굳게 닫혀 있던 김현우의 입이 열렸다.

"……오랜만이구나."

제자야.

"……!"

김현우의 말에 미령의 두 눈이 크게 떠졌다.

그 눈 속에서 소용돌이치는 것은 환희.

김현우의 입이 열림과 함께 미령의 마음 한구석에서 4년이란 기간 동안 멈춰 있던 그 시간이, 비로소 딸깍대며 움직이기 시작했다. 그 오랜 시간, 그녀는 스승에게 한 맹세를 기억하고 있었고, 이 땅에 스승의 자리를 마련하기 위해 그 무엇이든 했다.

길드를 만들었다.

법을 바꾸었다.

사람을 바꾸었다.

"스승님."

던전을 빼앗았다.

정치가들의 자리를 빼앗았다.

헌터들의 터전을 빼앗았다.

오롯이 이 중국의 한가운데에, 스승에게 걸맞은 자리를 만들기 위해. 그녀는 움직였다.

그러던 중 얻은 패룡이라는 이명.

그녀에게는 의미가 없었다.

S등급 세계 랭킹 5위.

마찬가지로 의미가 없었다.

압도적으로 강해진 패도 길드.

의미가 없었다.

그녀가 이곳에 오롯이 서기 전까지 얻은 모든 것들은 그저 스승님의 자리를 만들기 위해 사용한 '수단'들일 뿐이었으며, 그 무엇도 그녀에게 '목적'이나 '결과'가 되지 못했다.

그녀에게 '목적'이나 '결과'는 오롯이 자신의 스승뿐이었으니까.

그렇기에.

톡.

"불초 제자, 오랜 시간 동안 스승님께서 다시 오시길 기다렸습니다."

그녀, 미령은 자신의 스승 앞에 무릎을 꿇었다.

단지 지금의 이 순간에, 그토록 학수고대하던 이 순간에, 소름 끼칠 정도의 환희를 느끼며.

"1,532일하고도 두 시간, 그리고 21분하고도 30초."

거침없이 무릎 꿇고 그에게 고개를 조아렸다.

부정의 여지 없는 완벽한 오체투지의 자세.

귓가로 스미는 그의 혀 차는 소리를 들으며.

고작 4년 만에 중국 전체를 먹어 치운 패도 길드의 길드장이자.

"드디어 스승님께."

S등급 세계 랭킹 5위.

"인사를, 올리겠습니다."

패룡은.

"그래."

기다리고 기다리던 자신의 스승에게 절을 올렸다.

◆ ◆ ◆

"······그래서."

"예, 스승님."

"이건?"

"스승님을 위한 옥좌입니다."

패도 길드의 거대한 궁전 내부.

그중에서도 가장 큰 자리를 차지하고 있는, 몇 백의 사람이 들어차도 부족하지 않을 것 같은 거대한 공간의 끝에서, 김현우는 입이 떡 벌어지는 옥좌를 바라봤다.

다리부터 팔걸이, 등받이까지 그 주변을 장식하는 모든 것에 황금빛이 번쩍이고, 심지어 등받이 위에는 거대한 용이 하늘로 승천하는 조각상이 만들어져 있었다.

'의자가 아니라 예술품이라는 생각이 들 지경인데?'

"앉으시지요, 스승님."

"뭐? 앉으라고? 내가?"

김현우의 물음에 부드러운 표정으로 고개를 숙이고 있던 미령은 걱정스러운 표정을 하며 물었다.

"혹여, 의자가 마음에 들지 않으십니까?"

"응? 그게 뭔……."

"스승님의 눈을 어지럽힌바, 이 의자를 만든 이들을 처형하도록 하겠습니다."

"……?"

'지금 이년이 뭐라는 거야?'

처형?

김현우는 저도 모르게 인상을 찌푸렸지만, 미령은 금방 시선을 돌려 자신을 따르는 이들에게 입을 열었다.

"이 옥좌를 만든 이를 전부 죽……."

"헛소리하지 말고 가만히 있어라, 제자야."

"……예. 알겠습니다."

김현우의 말에 조금 전까지 무서운 표정으로 입을 열던 미령은 얌전한 양처럼 고개를 숙였고, 김현우는 묘한 표정을 짓다 거대한 왕좌에 앉았다.

'미친. 돈을 얼마나 처바른 거야?'

여기에 앉기 전에는 몰랐지만 지금에서야 깨달았다. 이 궁전은 말도 안 될 정도로 금전을 치덕치덕 처바른 곳이라는 걸.

이 수백 명을 들여도 차지 않을 것 같은 궁전의 크기부터 시작해서, 흑색의 대리석으로 된 바닥 역시 굉장히 부유해 보였고, 또 그 위 금색의 거대한 가면은 가히 화룡점정이었다.

게다가 기둥은 어떤가?

'뭐가 저렇게 반짝거려?'

기둥 하나하나에 금색의 고풍스러운 문양들을 음각해놓았다.

"제자야."

"네, 스승님."

"이 의자, 통짜 금이냐?"

"그렇습니다만……. 혹여, 마음에 들지 않으십니까?"

불민한 제자가 스승님을 위해 만든 옥좌입니다.

미령이 고개를 숙이자 김현우는 묘한 표정을 짓다 이내 시선을 돌려 궁전의 옆에 있는 의자를 가리켰다.

"그럼 저건 뭐냐?"

"저것은 소녀가 앉았던 옥좌입니다."

"……."

김현우는 미령의 말을 들으며 주변을 둘러보았다.

마치 이 세계의 자금에서 10퍼센트는 이곳에 쏟아부은 게 아닐까 할 정도로 화려하고 사치스러운 궁전.

그리고 김현우는.

'……어? 그러고 보니까 왜 내가 여기에 앉아 있지?'

말 그대로 어쩌다 보니 이곳에 앉아 있었다.

조금 전, 자신에게 달려드는 패도 길드원들을 처리하고 미령을 만났을 때, 그녀가 갑자기 절을 하는 것을 시작으로, 그는 분위기에 휩쓸려 여기까지 따라왔다.

물론 김현우는 분위기를 따르는 쪽이 아니라 오히려 이 세상의 종말이 한 걸음 앞으로 다가와도 저 하고 싶은 대로 살 사람이었지만.

"제자야."

"예, 스승님."

"……아니다."

김현우는 현재 미령의 저 몸짓과 눈빛에 묘하게 압도당했다.

루비 같은 진홍빛을 내뿜는 홍안으로, 마치 환희에 잠긴 듯 눈꼬리를 부드럽게 누그러뜨리며, 입가에는 미소를 지은 채 무한한 신의와 신뢰를 보내는 저 눈빛!

그게 김현우의 제멋대로를 묘하게 봉인했다.

몸짓은 또 어떠한가?

마치 극도의 예를 익힌 듯, 미령은 옥좌에 앉은 김현우의 옆에서 공손히 양손을 모으고 고개를 숙인 채 그를 바라보고 있다.

'조금 전에도 한마디 할까 했는데.'

부담스러워서 못 하겠다.

'아니 도대체 뭐지? 도대체······.'

그리고 곧, 김현우는 볼에 홍조를 띠고, 자세히 들어보면 묘하게 하아하아 하고 있는 미령의 숨소리를 들으며.

'얘가 왜 이러지?'

자신과 제자의 관계를 다시 한번 떠올렸다.

김현우와 미령의 관계.

겉으로 보면 그리 나쁜 관계는 아니다.

김현우는 은거기인 콘셉트로 탑에 있을 때 미령을 살려주었고,
거기에 덤으로 그녀에게 무武에 대한 가르침까지 내려주었다.

그래, 여기까지는 웹소설에서 흔하게 볼 수 있는, 전형적인 '은거
기인의 기연' 패턴이었다.

주인공이 죽을 위기에 처하고, 산을 돌아다니던 은거기인이 주인
공을 구해준 뒤, 어디서 맞고 다니지 말라고 무공까지 알려주는 흔
한 패턴이다.

하지만 여기서 김현우와 미령의 관계가 다른 점은, 그 가르침이
심히 일방적이었다는 것이다. 미령은 김현우에게 억지로 가르침을
받았다. 그것도 존나게 맞으면서.

물론 중간쯤 돼서는 미령도 어느 정도 도망을 포기하고 김현우
의 가르침을 받았지만, 아무튼 요점은 미령이 자신의 의지가 아닌
김현우의 의지에 의해 무술을 배웠다는 것이다.

그렇기에 김현우는 탑에서 빠져나왔어도 굳이 자신의 제자를 찾
지 않았다. 그런데 이 모습을 보라.

"제자야."

"예, 스승님."

"아니다……."

"예, 스승님."

순종적인 양처럼 다소곳이 고개를 숙이는 미령의 모습.

김현우는 몇 번이고 입을 열려다가 말았다.

도대체 이걸 어떻게 질문해야 하는가?

너는 나한테 존나 처맞았는데, 왜 나에게 호의적이냐, 라고 물어야 할까? 도대체 왜 네가 나한테 호의적인지 모르겠다, 라고 말해야 하나?

'……모르겠다.'

잠시 동안 생각한 김현우는 이내 고개를 젓고는 빠르게 생각을 일축했다.

이러면 어떻고 저러면 어떤가?

김현우는 복잡하게 생각하지 않기로 했다. 뭐, 그렇다고 해도 자신의 흑역사를 만천하에 뿌리고 다니는 건 어느 정도 제재를 시킬 생각이지만.

'아, 정보 권한.'

김현우는 문득 그녀의 정보를 열람하지 않았다는 것을 깨닫고 정보를 열어보았다.

이름: 미령

나이: 21세

성별: 여

상태: 매우 환희 중

능력치

　근력: S+

　민첩: S++

　내구: S+

체력: S++

마력: S+

행운: A++

성향: 절대 헌신주의 성향

SKILL -

[정보 권한이 부족해 열람할 수 없습니다.]

"……."

능력치 무엇?

김현우는 저도 모르게 그녀의 능력치를 보며 감탄하다 그 아래에 쓰여 있는 성향을 바라봤다.

'절대 헌신주의 성향?'

이건 또 처음 보는 성향이었다.

그런데 딱 보아하니.

'얘도 정상은 아닌 것 같은데.'

김현우는 미령의 정보창을 닫았다.

그리고 잠시간의 정적 후, 김현우는 쯧 하고 혀를 차곤 말했다.

"제자야."

"예, 스승님. 말씀하십시오."

"내가 하고 싶은 말이 좀 많기는 한데. 우선 볼일이 있다."

"하명해주십시오."

"여기, 흑선우라는 놈이 있지 않냐?"

김현우의 말에 그녀는 곧바로 고개를 숙이며 대답했다.

"예, 그렇습니다. 그는 현재 미궁뇌옥에 갇혀 있습니다."

"내가 걔를 좀 만날 일이 있어서 말이야. 안내 좀 해줄래?"

김현우의 말에 미령은 고개를 깊이 숙이며 말했다.

"아닙니다, 스승님. 스승님이 움직이실 필요 없이 제자가 그를 데려오도록 하겠습니다."

그 말과 함께 미령은 곧바로 대기하고 있던 인원들에게 말했다.

"가라."

짧은 한마디.

그 말에 그들은 누구라고 할 것도 없이 궁전에서 빠져나갔고, 김현우는 이내 텅텅 빈 궁전에서 미령을 바라봤다.

자신에게 무한한 신뢰와 신의를 보내는 미령.

'부담스럽다.'

김현우는 그녀의 시선에 묘한 부담을 느꼈다.

짧은 시간이 흐르고.

김현우는 자신의 앞에서 발광을 하며 몸을 뒤트는 흑선우를 볼 수 있었다.

"사, 살려주세요……. 살려주세요, 살려주세요."

"……뭐야 이거?"

김현우는 정신이 나가버린 흑선우를 보다, 이내 시선을 돌려 미령을 바라봤다.

"제자야."

"예."

"분명 내가 알기로는 이 녀석이 너희 패도 길드와 접선을 한다고 했던 것 같은데, 얘 상태가 왜 이러냐?"

"스승님을 시해하라는 건방진 소리를 하길래 손을 좀 봐줬습니다."

"잘했다."

"감사합니다, 스승님."

김현우가 기다릴 틈도 없이 미령을 칭찬하자 부끄럽다는 듯 몸을 꼬는 미령. 김현우는 시선을 돌려 발광을 하는 흑선우의 몸을 툭툭 쳤다.

"야 미친놈아, 그만해."

"으악! 으아아악……. 악? 무, 무슨."

그제야 정신을 차린 흑선우를 바라보며 김현우는 그대로 쭈그려 앉았다.

이미 옷 여기저기에 물린 자국이 가득한 흑선우는 공포스러운 눈으로 주변을 돌아보다 이내 김현우를 바라보며 입을 열었다.

"기…… 김현우!"

"그래, 나다. 잘 지냈어? 아주 엿 제대로 먹이고 여기까지 와서 또 당하니까 기분 좋지?"

김현우가 이죽거리며 그를 놀리자 흑선우는 순간 그의 어깨를 붙잡으며 다급하게 말했다.

"사, 살려줘! 살려주라! 내가 잘못했어! 내가 잘못했다고! 네 제자는 미쳤다! 네 제자는 미…… 히익!"

뒤에서 느껴지는 섬찟한 살기.

흑선우는 그 모습을 보고 얼어붙은 채 말을 잃었고 김현우는 시선을 돌려 미령을 바라봤다.

"왜 그러십니까, 스승님?"

순한 양처럼 고개를 숙이고 있는 미령.

……?

조금 전의 살기는 완전히 사라졌다.

김현우는 흑선우에게 말했다.

"자, 우리 이제부터 할 말만 똑바로 하자. 만약 제대로 대답해주면 네가 원하는 대로 살려줄게."

'그래, 살려주기만.'

"저, 정말인가?"

김현우의 속마음을 아는지 모르는지 다시 한번 묻는 흑선우를 보며 김현우는 웃으며 고개를 끄덕였다.

"자, 우선 독일에 나를 죽이러 온 녀석들부터. 차근차근 하나씩 읊어봐."

◆ ◆ ◆

미국 뉴욕의 외곽.

군인들조차 제대로 알지 못하는, 이름 모를 산 아래에 지어진 거대한 비밀 벙커에서, 마튼 브란드는 자신의 앞에 서 있는 3명의 남자를 바라봤다.

기사단 전력의 60퍼센트를 차지하고 있다고 볼 수 있는 세 명의 멤버.

1번, 2번, 3번.

그들은 제각각 다른 방어구와 다른 무기를 쥔 채 마튼 브란드를 보고 있었다.

잠시간의 정적.

"그래서, 갑자기 저희를 호출한 이유는?"

제일 가운데에 있던 1번이, 자신의 창을 한 바퀴 휘두르며 마튼 브란드에게 물었다.

창을 한 번 휘두를 때마다 은은히 퍼지는 냉기.

하나 마튼은 피식 웃으며 말했다.

"당연한 말을 하게 하는군. 일이다."

"일? 길드장님, 너무한 거 아닙니까? 이번에만 해도 저희들 벌써 네 번째인데?"

긴 곡도를 들고 있는 남자가 투덜거리자 그 옆에 있던, 자그마한 마법서를 든 남자도 마찬가지로 불만을 토했다.

"맞아. 특히 이번에는 좀 빡센 일들만 계속해서 수행했는데, 좀 쉽게 해주면 안 되남?"

하지만 그들의 불만 어린 말에도 브란도는 여전히 피식 웃으며 대답했다.

"만약 너희들이 이번 일을 성공적으로 마치면, SST+ 아티팩트를 지급하도록 하지."

기사단의 휘둥그레진 눈을 보며 그는 계속해서 말했다.

"만약 SST+급 아이템을 받으면, 17위였던 3번은 10위까지, 13위였던 2번은 8위까지 올라갈 수 있을지도 모르지."

그리고 마튼 브란드는 눈앞의 1번을 바라보며 말했다.

"6위였던 1번은, 어쩌면 무신과도 싸워볼 수 있겠지."

그 말에 기사단의 눈빛에 탐욕이 감돌았다. 특히 1번의 눈빛에는 탐욕을 넘어선 광기가 엿보였다. 하지만 그런 와중에도 3번은 믿기지 않는다는 듯 입을 열었다.

"아니 그런데 그런 장비가 있긴 합니까? SST+라는 건…… 스탯을 두 단계 올려준다는 건데……!"

스탯을 한 단계 올린다는 것. 그것은 순위권 안에 든 헌터들에게 는 하늘의 별 따기와 같은 과제였다. 그리고 수많은 순위권 헌터들 이 미궁에 내려가서 아티팩트를 찾는 이유이기도 했다.

세 명의 남자가 믿을 수 없다는 표정으로 마튼 브랜드를 바라보 자, 그는 슥 웃으며 기사단을 향해 주먹을 뻗으며 말했다.

"정말, 내가 거짓말을 친다고 생각하나? 아니, 그럴 수도 있겠군. SST+ 장비는 세상에 단 한 번도 공개되지 않았으니."

그러니까.

"내가 보여주도록 하지."

이윽고 브랜드의 손이 펴지자 기사단의 얼굴에 이전과는 비교도 할 수 없는 탐욕의 빛이 감돌기 시작했고.

브랜드는 그 모습을 보며 짙은 미소를 지었다.

◆ ◆ ◆

한국, 홍대에 위치한 고구려 길드의 본사.

15층으로 꽤 깔끔하게 지어진 고구려 빌딩의 상층에는 김시현과 이서연, 그리고 한석원이 모여 있었다.

"그래서, 미궁 탐험은 또 언제 가려고?"

"글쎄다. 솔직히 저번에 얻은 아티팩트가 꽤 괜찮아서 이번에는 좀 늦게 가도 되지 않나 싶은데."

한석원의 말에 김시현은 어깨를 으쓱이며 말했다.

"그렇긴 한데……. 어차피 이번 미궁에 들어가서 얻어 온 아티팩트, 석원이 형은 전부 팔지 않았어?"

김시현의 말에 한석원은 고개를 끄덕였다.

"그렇지."

"이서연 너는?"

"나는 반지 하나만 남기고 전부 팔았지. 그러고 보니 너는 미궁에서 얻었던 아티팩트 하나도 안 팔았지?"

이서연의 되물음에 김시현은 고개를 끄덕였다.

"나도 이제 슬슬 스펙업 좀 해야 하지 않겠냐?"

"……스펙업?"

"그래. 지금 계속 정체돼서 순위는 계속 밀리고 있잖아? 우리가 탑은 처음으로 빠져나왔는데 말이야."

"뭐, 그건 그렇긴 하지."

그렇다.

탑을 처음으로 빠져나왔던 1세대 헌터들이라고 불리는 그들은 시간이 지나면 지날수록 순위권에서 점점 뒤로 밀려나고 있었다.

밀려나는 이유?

이유야 여러 가지가 있겠지만 결론적으로 보면 한 가지였다.

어느 순간부터 김시현과 이서연, 한석원은 더 이상 스펙업을 하는 것보다는 길드를 관리하는 것에 주력했기 때문에.

게다가.

"……흠."

사실 이 자리에 앉아 있는 이들은 모두 갑작스레 튀어나온 김현우에 의해 가려졌을 뿐이지, 실제로는 한가락 하는 사람들에 속했다.

누가 뭐라 해도 김시현과 이서연, 그리고 한석원은 S등급 헌터 랭킹에서 200위 안에 들어가는 강자였으니까.

"나는 굳이 이 이상 할 필요가 있나 싶기는 한데……. 우리 정도의 급이 되면 결국 기댈 수 있는 건, 아티팩트로 인한 능력치 상승이고."

그건 돈이 엄청 많이 들잖아?

한석원의 말에 이서연도 동감한다는 듯 고개를 끄덕였다.

"확실히 그렇기는 하지."

ST+급 아이템은 부르는 게 값이다.

그런 아이템 중에서도 특히 근력이나 민첩 같은, 전투에서 실질적인 능력치가 올라가는 물건은 그야말로 돈을 쓰레기통에 밀어 넣는 정도의 갑부가 아니면 살 수도 없을 정도로 비쌌다.

"근데 왜 전부터 갑자기 스펙업 타령이야? 무슨 일 생겼냐?"

한석원이 묻자 김시현은 잠깐 우물쭈물하더니 말했다.

"아니, 뭐……."

"?"

"현우 형 옆에 있다 보니까 제가 좀 작아 보여서요."

그 말에, 한석원과 이서연은 저도 모르게 김시현의 마음을 이해하며 고개를 끄덕였다.

◆ ◆ ◆

"……그러니까. 이 녀석들은 네가 보낸 게 아니다?"

"마, 맞다."

패도 길드의 넓은 궁전 안.

김현우는 흑선우에게서 여러 가지 이야기를 들었고, 또한 뜻밖의 수확을 얻을 수 있었다.

첫 번째로, 김현우를 죽이러 온 괴한들의 정체는 아레스 길드 본사 소속인 '기사단'이라는 것이다.

두 번째로, 흑선우는 패도 길드에 김현우를 죽여달라 하기 위해 온 것은 맞지만, 기사단을 보낸 것은 아니다.

세 번째로, 아레스 길드의 기사단에서는 김현우뿐만 아니라 흑선우까지 살해 대상으로 보고 있다.

"정도인데…… 혹시 틀린 거 있나?"

김현우는 그렇게 말하며 앞에서 부들부들 떨고 있는 흑선우와.

"……."

그런 흑선우의 뒤에서 지금까지 아무런 말도 하지 않은 채, 말없이 고개를 숙이고 있는 두 명의 기사단을 바라봤다.

두 명의 기사단 중 한 명은 이미 죽었는지 살았는지 알 수 없을 정도로 축 늘어져 있었고, 나머지 한 명, 얼굴에 로마자로 V(5)라고 쓰여 있는 남자는 그나마 기척이 있었지만.

"……얘 살아 있는 거 맞아?"

"살아 있습니다. 스승님."

"얘는?"

"마찬가지로 살아 있습니다."

"……그래, 자세히 보니 숨은 쉬네."

그래, 정말 말 그대로 그들은 숨만 쉬고 있었다.

"이 녀석들 어떻게 데려왔다고 했지?"

"이들은 흑선우와 다르게 처음 패도 길드와 접선했던 흑선우의 부하를 잡기 위해 파견한 부길드장에 의해 잡혀 왔습니다."

"······부하?"

"우, 우천명이다."

"우천명····· 그게 누군데?"

"······그게."

"바른대로 빠르게 말하자."

김현우가 눈에 힘을 주며 위협하자 흑선우는 눈알을 굴리다 말했다.

"그는 관리부서의 부장이다."

"거긴 뭐 하는 곳인데?"

"······아레스 길드의 뒤를 관리하는 부서다."

"······아."

김현우는 그제야 이해했다는 듯 말했다.

"그러니까 네 명령을 받고 나한테 암살자를 보낸 게 지금까지 그 녀석이었다는 말이네?"

"그, 그렇다."

흑선우의 더듬거리는 대답에 김현우는 고개를 끄덕이곤 어깨를 으쓱였다.

"그래, 본사 직원들이라고?"

"마······ 맞다! 정말이야! 애초에 나는 너 때문에 이미 아레스 길드의 눈 밖에 나고 말았다!"

아까도 말하지 않았나!

흑선우가 억울하다는 듯 외치자 김현우는 슬쩍 고개를 끄덕였다.

확실히, 흑선우의 설명은 앞뒤가 잘 맞기는 했다.

결국 자신에게 양도권을 빼앗긴 흑선우는 아레스 길드 한국 지부의 독점 체제를 완전히 부숴버리고 말았고, 아레스 길드 본사의 길드장은 절대로 '실수'를 용납하지 않는 성격이라 했다.

그렇기에 흑선우를 처리하고, 그와 동시에 그에게 양도권을 받은 자신을 처리해서 던전을 다시 찾아오려는 생각으로 기사단을 파견했다.

그렇다면 모든 상황이 꽤 알맞게 떨어졌다. 김현우에게 기사단이 온 것도, 그리고 흑선우의 부하가 마찬가지로 기사단에게 죽임당한 것도. 모든 것은 본사에서 한국에 대한 영향력을 원래대로 확보하기 위해 일어난 일이라는 것이었다.

"그렇다 이거지."

김현우는 저도 모르게 입술을 핥고는 자리에서 일어났다.

"나, 나는 살려주는 건가?"

김현우가 자리에서 일어나자마자 흑선우가 우려하는 듯한 표정으로 김현우를 바라봤다.

"아, 그렇지."

'살려주기로 했었지.'

정확히는 살려 '만' 주기로 했었다.

"제자야."

"예."

"아까 이 새끼 지랄하는 거 보니, 이 지하에 있는 뇌옥은 꽤 지독한 곳이냐?"

"지금 이 궁전 아래에 있는 지하 뇌옥은 D급 던전 '쥐들의 미궁'을 개조하여 만들어진 뇌옥입니다. 감옥 안에서는 끊임없이 쥐가 흘러나와 뇌옥에 갇혀 있는 헌터들을 파먹습니다."

"……그럼 죽는 거 아니야?"

김현우가 슬쩍 질린 표정으로 미령을 바라보자 그녀는 단호하게 고개를 저으며 말했다.

"죽지 않습니다. '쥐들의 미궁'에 나오는 식인 쥐들은 분명 사람을 잡아먹긴 하지만 헌터 내구가 C+만 돼도 식인 쥐의 공격에는 내성을 가지게 됩니다."

하나, 고통은 그대로 느껴집니다.

"……그럼?"

"탈출하지 못하는 이상 갇혀서 쥐들에게 뜯어 먹히는 기분을 계속해서 느낄 수 있습니다."

쥐들은 죽여도 죽여도 끊임없이 흘러나오니까요.

미령의 말에 흑선우의 얼굴이 핼쑥해졌고, 김현우는 무척 칭찬을 바라는 어린애처럼 자신의 눈치를 보고 있는 그녀를 보며 슬쩍 시선을 돌렸다.

'……제자가 미쳤군.'

어떻게 봐도 칭찬을 바라는 눈빛인데, 그런 살인 감옥을 만들고 왜 자신에게 칭찬의 눈빛을 보내는 것인지 김현우는 이해가 되지 않았다.

"아무튼, 죽진 않는다는 거지?"

"예. 뇌옥에는 소량이지만 죽지 않을 정도의 식사도 지급됩니다."

"그럼 한 30일 정도만 가둬두도록 하지."

"뭐…… 뭐? 이야기가…… 이야기가 다르잖아!"

김현우의 말에 순간적으로 발작한 흑선우가 자리에서 일어났지만 김현우가 제대로 움직이기도 전.

"끄악!"

쿵!

그의 뒤에 자리 잡고 있던 미령이 흑선우의 머리를 그대로 발로 내리찍었다.

순식간에 흑색 대리석을 깨고 바닥에 얼굴이 처박힌 흑선우.

그 상태에서 미령은 김현우를 돌아보며 말했다.

"스승님의 말대로 행하겠습니다."

미령의 말과 함께 기절한 듯 힘없이 끌려나가는 흑선우와 기사단.

궁전의 문이 닫힌 것을 보며 김현우가 가벼운 한숨을 내쉬곤 자리에서 일어나려던 도중.

"?"

조금 전 기사단이 쓰러져 있던 자리에 떨어진 반지 하나가 눈에 들어왔다. 별다른 음각 없이 밋밋한 반지.

'뭐야?'

김현우가 반지를 들어 올리자 떠오르는 로그.

우수리안의 반지

등급: ST+

보정: 근력+

SKILL: 없음

[정보 권한으로 인해 숨겨진 사실이 드러납니다.]

FAKER-F-111

등급: ST+

보정: 근력+

SKILL: 없음

[정보 권한]

(권한 없음)이 우수리안의 물건을 카피한 (권한 없음).

'이건 저번이랑 똑같은?'

김현우는 자신의 앞에 떠오른 로그를 보며 저도 모르게 인상을 찌푸렸다.

저번에도 이런 아이템을 본 적이 있다. 자신에게 찾아온 괴한들을 잡고 빼앗은 아티팩트. 그것들에서는 모두 이런 식으로 숨겨진 정보들이 나왔다.

김현우는 조금 전 그들이 나간 문밖을 쳐다보다가 이내 주웠던 반지를 주머니 안에 넣고는 제자를 바라봤다.

"제자야."

"예, 스승님……."

"네 덕분에 일을 좀 편하게 처리했다."

김현우의 말에 황송하다는 듯 고개를 숙인 미령.

그녀를 보며 그는 망설임 없이 말했다.

"그럼 이만 나는 가보마."

물론 미령에게 하고 싶은 말은 많았다.

당장 저 쪽팔린 가면을 쓰고 있는 녀석들에게도 하고 싶은 말이 많았고, 미령에게도 이왕에 만났으니 이런저런 이야기도 좀 들어보고 싶었다. 뭐라고 해도 결국 미령은 그의 제자이니까.

하지만 지금 김현우에게는 미령과 이야기하는 것보다 먼저 해결해야 할 일이 있었다.

'아레스 길드장이라고 했지?'

바로 아레스 길드장을 조지는 것.

물론 아레스 길드는 전 세계의 길드 중에서 탑급으로 거대한 길드 중 하나였지만 애초에 김현우에게 그런 것은 별 상관이 없었다.

김현우에게 중요한 건 그거였다.

아레스 길드장이 자신에게 암살자를 보냈다.

그래, 그 사실이 중요한 거다.

'나를 죽이려 했다는 그 사실이 중요한 거지.'

김현우는 입가를 비틀어 올렸다.

그는 절대로 그냥 넘어갈 생각이 없었다.

그렇게 김현우가 곧바로 한국으로 돌아간 뒤, 이번에는 아레스 길드의 본사로 쳐들어갈 생각을 이어 나가고 있을 때 불현듯 목소리가 들렸다.

"……예?"

"응?"

"?"

"?"

목소리의 근원지는 미령.

그녀는 갑작스레 무표정해진 얼굴로 입을 열었다.

"스승님은, 혹 다시 다른 곳으로 가신다는 말씀……이십니까?"

"그런데? 일 끝났으니까 가봐야지."

"……저를 이끌어주시는 게……?"

미령이 뭔가 공허한 표정으로 굉장히 소중한 무엇인가를 잃었다는 듯 김현우를 바라보자, 그는 묘한 표정으로 미령을 바라보다 짤막하게 생각했다.

'……뭘 이끌어달라는 거야?'

그는 짧게 고민했지만 이내 고개를 저으며 대답했다.

"그 이야기는 나중이다."

"그게 무슨……."

"말 두 번 하게 하지 마라."

내가 말 두 번 하는 거 싫어하는 거 알지?

김현우가 슬쩍 인상을 찌푸리며 말하자 미령은 웃, 하는 표정을 짓더니 고개를 푹 숙였고, 김현우는 망설임 없이 몸을 돌리며 말했다.

"우선 아레스 길드부터 좀 조지고, 너랑 이야기하는 건 다음이다."

그와 함께 김현우는 자연스레 열리는 문들을 지나쳐 궁전 밖으로 나가버렸고.

그로부터 조금 뒤.

쿠구구구구구궁.

김현우가 빠져나간 궁전 안에 붉은 마력이 휘몰아치기 시작했다.

궁전에 미세한 지진이 나는 것처럼 굉장한 마력을 피워 올린 미령은.

까득.

소리가 날 정도로 이를 악물고는 입을 열었다.

"지금부터 잘 들어라……."

궁전 주변이 거짓말처럼 조용해지고, 미령의 눈이 주변을 바라보왔다. 분명 조금 전까지만 해도 선선한 눈웃음을 짓고 있었던 홍안은 섬뜩하게 변해 있었고, 웃음 짓고 있던 입가에는 무표정이 자리했다.

그 모습. 패도 길드의 길드장이자 S등급 헌터 랭킹 5위, 패룡이라 불리는 그녀는, 그에 걸맞은 붉은 마력을 사방으로 내뿜어대며.

"이 시간부로⋯⋯."

조용히.

"우리 관리하에 있는 지역에 아레스 길드가 있다면 그들을 모조리⋯⋯."

아레스 길드와의 적대 관계를.

"잡아 죽여라."

선고했다.

◆ ◆ ◆

시스템으로 만들어진 아브의 방 안.

"⋯⋯이건."

"이건?"

"저도 확실하지는 않지만, 이건 아티팩트가 아니에요."

"뭐? 아티팩트가 아니라고?"

"네."

김현우는 묘한 표정으로 더 자세한 설명을 기다렸지만 아브는 김현우가 가져온 반지를 당최 이해하지 못하겠다는 듯 몇 번이나 들여다보다가 입을 열었다.

"정보 권한 중하위로 열람할 수 있는 정보라면 아티팩트에 대해서도 열람할 수 있어요."

"그런데?"

"여기서, 9계층에서 사용하는 '아티팩트'라는 명칭은 각 미궁의 지하에 묻혀 있는 장비들을 말하는 건데, 그 장비들은 저희 '시스템'에서 만드는 게 아니에요."

"……그럼?"

"전부 가져와요."

"전부 가져온다고?"

"네, 가디언도 짐작하고 있겠지만 지금 가디언이 있는 계층은 9계층이고 그 아래위로 또 다른 계층들이 있어요."

그리고.

"그 계층에서 만들어진 물건들을 시스템이 '전승'과 '신화' 같은 여러 가지 요소를 이용해 등급을 매기고 '스킬'과 '보정'을 매긴 다음 미궁으로 가져오는 거예요."

그리고, 그게 아티팩트가 되는 거죠.

아브의 말에 김현우는 고개를 갸웃거리다 문득 궁금한 것이 생겼다.

"그런데 말이야, 분명 가져온다고 말하지 않았어?"

"네, 그렇죠?"

"근데 거기의 그 신화나 전승이 투철한 물건을 가져와버리면 다른 계층은 어떻게 되는 건데?"

김현우의 물음에 아브는 바로 대답했다.

"이 이상은 정보 권한이 열려 있지 않아 확실하게 말하기 어렵지만, 아마 지금 미궁에 묻혀 있는 아티팩트들은, 이미 멸망한 세계에서 가져온 게 아닐까요."

"……멸망한 세계?"

"네. 지금 가디언이 있는 곳은 9계층이고, 등반자들은 탑을 오르기 위해 계층을 멸망시킬 필요가 있거든요."

물론 제가 말한 것들은 대부분 예상이지만 가능성은 있다고 봐요.

아브의 말에 고개를 끄덕인 김현우는 이상하다는 듯 인상을 찌푸리며 다시 물었다.

"그래서, 그럼 결국 이건 뭐야?"

"제가 볼 때 이건…… 잘 만들어진 모조품인 것 같아요."

"……잘 만들어진 모조품이라고?"

"네."

"……아티팩트는 원래 만들 수 있는 거야?"

김현우의 물음에 그녀는 고개를 저으며 말했다.

"아뇨. 아티팩트를 만드는 건 불가능해요. 그냥 '아이템'을 만드는 거라면 모르겠지만 '전승'이나 '신화'가 필요한 아티팩트는 시스템에 따로 검수 평가를 받아야 하거든요."

"그럼 이건 뭔데?"

"……제가 볼 때 이건 아마……."

아브는 고심하는 듯한 표정으로 반지를 바라봤다.

"'등반자'가 만든 것 같아요."

"등반자?"

뜬금없이 나오는 등반자 소리에 김현우가 슬쩍 인상을 찌푸렸지만, 아브는 계속 말했다.

"물론 실질적으로 이런 식의 모조품을 만들 수 있는 등반자가 있는지는 저도 모르지만, 그렇더라도 이 모조품은 절대 일반 계층민이 만들 수 있는 수준은 아니에요."

"……그러니까, 등반자가 만들었을 확률이 높다?"

"네. 말했다시피 '보정'이 들어가는 종류의 아티팩트를 일반 계층민이 만들 수 있을 리가 없어요."

아브가 단호하게 말하자 김현우는 고개를 끄덕였다.

지금까지 김현우를 습격했던 기사단에게서 나온 아티팩트는 전부 아브에게 가져온 반지처럼 기묘한 이름을 가지고 있었다.

그렇게 생각하면 나오는 결론이 하나.

'그러니까, 한마디로 아레스 길드랑 등반자가 연결되어 있을 확률이 높다 이건가?'

김현우는 고개를 끄덕이곤 아브를 바라봤다. 일전에 그녀는 김현우에게 하나의 의문을 제시한 적이 있었다. 김현우가 탑에서 빠져나오기 전 일어났던 세 번의 크레바스 사태. 그중 중국에서 일어난 크레바스 사태는 패도 길드가 깔끔하게 처리해 구멍이 닫혔지만, 나머지 두 번은 구멍이 닫히지 않았다고 했다. 아브는 아마 등반자들이 이 세계에 있을지도 모른다고 했다.

'어쩌면, 아레스 길드를 조지면서 등반자에 대한 단서도 잡을 수 있겠는데?'

김현우는 그렇게 생각을 정리했고, 이내 자리에서 일어났다.

그리고.

"야, 아브."

"왜요?"

"너, 정리 좀 하고 살아라."

김현우는 완전히 개판이 되어 있는 주변 풍경을 보며 혀를 내둘렀다. 분명 김시현의 집과 흡사하게 만들어진 공간이었는데 지금은 그 모습을 찾아볼 수가 없었다.

"아…… 그."

아브가 슬쩍 시선을 피했다.

수많은 음료 캔과 인스턴트식품 껍데기들. 웃기게도 게임기가 있는 곳은 놀라울 정도로 깨끗했지만 그 주변은 굉장히 더러웠다. 김현우는 소파 바닥에 떨어져 있는 아이스크림 봉지를 보며 인상을 쓱 찌푸리더니 한숨을 내쉬며 버튼을 눌렀다.

딸깍.

버튼을 누르자마자 순식간에 원래대로 돌아가는 집의 풍경. 사방에 버려진 인스턴트식품 껍데기와 아이스크림 봉지, 음식물 찌꺼기들은 모조리 사라지고 방은 깨끗하게 변했다.

"와. 감사해……요?"

아브는 김현우에게 감사의 인사를 하다 문득 TV 앞이 허전해졌다는 사실을 깨닫고 말꼬리를 올렸다.

"저기요…… 가디언?"

"왜?"

"그, 게임기가…… 플레이스테이션이 사라져버렸는데……."

아브가 위태로워 보이는 웃음을 지으며 묻자 김현우는 피식 웃으며 대답했다.

"내가 다음에 올 때까지 게임기는 압수다."

"뭐, 라고……?"

존댓말을 쓸 새도 없이 멍하니 중얼거린 아브는 이내 웃음을 깨트리고는 김현우에게 매달렸다.

"아, 안 돼!"

"뭐가 안 돼?"

"저 잘할게요! 집 안 청소도 잘하고! 아이스크림 봉지도 잘 버리고! 먹은 것도 잘 치울 테니까! 돌려주세요."

뭐, 김현우는 정말로 플레이스테이션을 빼앗을 생각은 없었기에 짓궂은 미소를 숨기면서 말했다.

"흐음, 어쩔까."

"돌려주세요!"

"흐으으음……. 뭐라고?"

"플레이스테이션 돌려주세요!"

"뭐라구우?"

김현우가 입가에 짓궂은 미소를 숨기지 않고 말하자 아브는 볼을 부풀리더니 이내 김현우의 허리에 매달리며 외쳤다.

"돌―려―줘―요!"

눈물까지 그렁그렁한 게 진짜 안 돌려주면 그 상태로 울어버릴 것 같아 김현우는 아브를 놀리는 것을 그만두고 다시 플레이스테이션을 만들어주었다.

그리고.

"내 세이브…… 데이터."

세이브 데이터가 전부 날아가버렸다며 허탈한 표정을 짓는 아브에게 새로운 게임과 몇몇 새로운 군것질거리를 선물해주고 나서야 김현우는 그 자리를 빠져나올 수 있었다.

◆ ◆ ◆

베이징, 패도 길드의 궁전 앞 거대한 나무 끝자락에 한 명의 인영이 서 있었다.

가릴 필요도 없다는 듯 얼굴을 드러낸 남자.

얼굴에 Ⅲ(3)이라는 로마자가 표기되어 있는 그 남자는 가볍게 목을 좌우로 풀고는 생각했다.

'뇌옥에 있는 기사단 두 명 구출, 그리고 쓰레기 한 명 제거……. 흑선우라고 했나?'

그는 조금 전, 스마트폰을 통해 봤던 흑선우의 얼굴을 되새기곤 입꼬리를 들어 올리며 자신의 오른손에 장착되어 있는 장갑을 바라봤다.

'이 아이템을 써볼 수 있는 녀석이 나왔으면 좋겠는데.'

3번이 곡도를 쥐고 있는 오른손에 장착한 장갑. 그것은 바로 마튼 브랜드가 이번 임무를 위해 그들에게 지급한 SST+급 아티팩트였다.

'근력이 두 단계나 올라서 SS+가 되다니……!'

3번은 조금 전까지만 해도 자신의 정보창에 찍혀 있던 두 개의 S를 떠올리며 흥분을 감추지 못했다. S등급부터는 스탯을 한 단계 올릴 때마다 강해지는 '강함'의 척도가 달랐다. 만약 B등급에서 A등급으로의 상승 폭이 50 정도라면, A에서 S로 상승할 때는 100, S에서 SS로 상승할 때는 그 이상으로 강해진다.

"후우……!"

3번은 저도 모르게 입맛을 다셨다.

'이 정도면, 10위가 아니라 9위, 아니 8위나 7위까지도 제칠 수 있을지 모른다. 그래, 이번 일만 잘 끝내면……!'

그는 이틀 전, 자신의 상사인 아레스 길드장 마튼 브란드에게 받은 명령을 떠올렸다.

'패도 길드에서 이들을 구해내고, 재앙을 잡았다고 설치고 다니는 그 헌터 녀석 하나만 끝내면.'

손에 끼고 있는 SST+급 장갑은 자신의 것이다. 그 생각에 3번은 입가에 미소를 지었고, 곧바로 자신의 첫 번째 일을 시행하기 위해 패도 길드의 궁전 내로 뛰어들었다.

그리고.

"쥐새끼가 찾아왔구나."

그는 궁전 내로 잠입하자마자 들려오는 목소리에 놀라며 시선을 돌렸다.

그곳에는.

"너는…….'

미령이 있었다. 홍안을 번뜩이면서 그녀는 가만히 서서 이제 막 궁전 안으로 뛰어든 3번을 바라보고 있었다.

조금 전까지만 해도 가벼운 마음이었던 그는 자신이 그녀의 움직임을 제대로 인지하지 못했다는 사실을 깨달으며 곡도를 쥐었고 미령은 반대로 미소를 지었다.

"네 녀석도 아레스 길드냐?"

"……!"

"맞나 보군."

3번이 별말도 하지 않았는데 순식간에 답을 정한 미령은 이내 무표정한 얼굴로 입을 열었다.

"뭐, 사실 네가 아레스 길드원이 아니라고 해도 상관은 없다."

그저 지금의 나는, 화풀이 대상이 필요할 뿐이니까.

미령의 말에 3번은 인상을 찌푸리면서도 곡도를 쥐어 잡았다.

'저년은 뭐야?'

그녀의 몸에서 풍겨 나오는 붉은 마력은 그녀가 결코 약하지 않다는 사실을 노골적으로 전해주고 있었기에 3번은 머릿속에서 따로 주의할 헌터가 있었나, 라는 생각을 해봤지만.

'없었다.'

적어도 그가 이 임무를 받을 때 딱히 조심해야 하는 헌터에 대해서는 전해 듣지 못했다.

그렇기에 그는 곧바로 싸울 준비를 했고, 3번은.

"?"

이미 자신의 몸 안쪽으로 파고들어 있는 미령의 모습을 보며 두 눈을 크게 떴다. 그녀는 기묘한 움직임으로 그의 배에 주먹을 찔러 넣으며 중얼거렸다.

"아무튼, 잘 버텨봐라."

내 화가 조금이라도 풀어지도록 말이야.

꿍!

패도 길드의 궁전 한쪽에 거대한 폭음이 울렸다.

◆ ◆ ◆

김시현의 아파트.

"……이것들은 또 뭐야?"

아브를 달래주고 그 공간에서 빠져나온 김현우는 김시현의 집 안에 앉아 있는 두 명의 인영을 보았다.

한 명은 닿는 것만으로도 얼어버릴 것 같은 시퍼런 냉기를 뿜는 창을 쥐고 있는 남자, 그 옆에 마찬가지로 푸른색의 마력을 흘려대는 마법서를 쥐고 있는 남자.

김현우는 그들의 얼굴에 쓰여 있는 로마자를 보며 그 녀석들이 '손님'이 아니라는 것을 곧바로 깨달았다.

'시현이는?'

순간적으로 김현우의 머릿속에 든 생각.

김현우는 슬쩍 시계를 보았다. 이제 막 9시가 넘어가고 있는 상황.

오늘은 늦게 〈헌터를 알다〉를 촬영한다고, 새벽에나 들어올 것 같다고 했었던 게 기억났다.

그제야 김현우는 가볍게 한숨을 내쉬며 말했다.

"여기까지 왜 왔어?"

"그걸 굳이 몰라서 묻는 건 아닐 것 같은데. 그보다 놀랍군. 그건 무슨 마법이지?"

마법서를 쥐고 있는 남자, 2번의 질문에 김현우는 순간 무언가를 생각하는 듯한 제스처를 취하다가 그가 시스템 공간에 갔다 오는 것을 목격했다는 사실을 깨달았다.

김현우는 피식 웃고 나서 그들의 맞은편에 앉아 말했다.

"그건 네가 알 바 아니고, 내가 물어봤잖아? 여기까지 왜 왔냐니까?"

김현우의 이죽거림에 창을 쥐고 있던 남자가 자리에서 일어서며 말했다.

"그걸 모르진 않을 텐데?"

"당연히 너희들이 왜 왔는지 알고는 있지. 그런데 말이야."

내 말은 그게 아니라.

"어차피 내가 다 찾아가서 조지려고 했는데 너희가 굳이 귀찮게 두 번 일을 해야 했냐 이거거든."

김현우는 그렇게 말하며 입가를 비틀어 올렸다.

롤러코스터 한번 타볼래?

MTC 방송국 앞.

김현우가 게스트로 나온 이후로 엄청난 시청률 상승을 이뤄낸 〈헌터를 알다〉는 그 기세를 놓치지 않고 시청률을 잡기 위해 여러 가지 콘텐츠를 시도하고 있었다. 그중 하나가 바로, 오늘처럼 토크 쇼 형태로 방청객을 불러서 시민들의 참여를 유도하는 것이다.

〈헌터를 알다〉의 MC인 이해영이 방청석과 그 뒤에 20분 정도가 세팅된 생방 타이머를 살짝 보다가 입을 열었다.

"자, 그럼 지금부터는 오늘의 주제 대신, 방청객분들의 궁금증을 이 자리에서 직접 풀어드리기 위해 잠시 질문 타임을 가지도록 하겠습니다."

기다렸다는 듯 박수를 치는 방청객들.

그녀는 슬쩍 시선을 돌리다 방청석의 중간쯤, 손을 들고 있는 남성을 가리켰다.

"네, 거기 검은 후드 쓴 남성분! 바로 질문해주시겠어요?"

스태프가 곧바로 몸을 움직여 방청석에 앉아 있는 남자에게 마이크를 가져다주자 그는 간단하게 인사한 뒤 질문을 했다.

"혹시, 이 자리에 나오신 한국 3대 길드 길드장분들께서는 그동안 나왔던 '머더러 헌터' 중 기억에 남는 헌터가 있습니까?"

"엇."

방청객의 질문에 이해영은 당황했다.

머더러 헌터. 일반인이 머더러 헌터에 대해 모르는 것은 아니었으나, 이런 질문을 민감하게 받아들이는 이들도 있어서 TV에서는 잘 다루지 않는 주제였다. 이해영이 어떻게 해야 하나 눈치를 보고 있을 때, 이서연이 입을 열었다.

"……음, 그냥 개인적으로 기억에 남는 헌터는…… 4년 전에 종적을 감춘 '마도사'가 있겠네요."

"'마도사'라면, 마법사 헌터로 13위까지 올라간 그 헌터를 말씀하시는 겁니까?"

"네. 그는 적어도 그때 당시 마법사 계열에서는 거의 유례가 없을 정도로 상위권에 있던 인재였으니까요."

4년 전, S등급 세계 랭킹 13위에 머물렀고, 이명으로는 '마도사'라고 불린 헌터. 그는 한 가지 특성이 정해져 있는 여타 다른 마법사 계열 헌터들과는 달리 수많은 마법을 사용할 수 있었다. 그의 고유 스킬인 '해석'은 그가 우연히 얻은 마법서 내에 있는 마법들을 자연스레 해석할 수 있게 만들어주었으니까. 그러나 그는 불현듯, 자신이 소속되어 있는 대형 길드를 홀로 멸망시키고 '머더러 헌터'

가 되었다.

"이서연 헌터께서는 그가 가장 기억에 남는 건가요?"

방청객의 묘한 질문에 이서연은 망설임 없이 답했다.

"그렇죠. 같은 마법사 직군 중에서 당시에 그는 상당히 유명했으니까요. 뭐, 지금은 그저 사람을 살인한 머더러 헌터일 뿐이지만요."

이서연은 그렇게 말을 끝냈고, 방청객은 곧 김시현과 한석원을 바라봤다.

"난 잘 모르겠군. 애초에 스스로 챙기기도 바쁜데 무슨 다른 사람을 생각하겠나?"

한석원은 그렇게 방청객의 질문을 넘겨버렸고, 그 옆에 앉아 있던 김시현은 이서연과 비슷하게 조금 생각하는 제스처를 취하더니이내 입을 열었다.

"저는 '빙설'이 가장 기억에 남네요."

"빙설……?"

"예. 당시에 S등급 세계 랭킹 8위에 있던 헌터요."

"그 헌터가 가장 기억에 남는 이유는 뭡니까?"

방청객의 물음에 그는 곧바로 대답했다.

"뭐, 별건 아니고 다들 알고 계시겠지만, 10위권 내에 들어간 헌터 중 머더러 헌터가 된 사람은 그 사람 한 명뿐이거든요."

"아……."

그랬다. 10위권 내의 헌터 중에서 머더러 헌터가 된 이는 지금까지 단 한 명, 빙설밖에 없었다.

"게다가 그 사람은 다른 이력도 화려하잖아요?"

"……그렇긴 하죠."

빙설이 머더러 헌터가 된 이유. 그것은 바로 세계에서 제대로 막지 못해 정말로 거대한 피해를 보았던 두 번째 크레바스 때문이었다. 그곳에 보스를 잡으러 들어갔던 빙설은 무엇에라도 홀렸는지 크레바스에서 빠져나오자마자 몬스터를 잡고 있는 헌터들을 학살했고, 그 결과.

"공식적으로 가장 많은 헌터를 살해한 머더러 헌터……."

그는 그런 불명예스러운 이명과 함께 세상에서 종적을 감췄다.

김시현은 방청객의 중얼거림을 듣고는 대답했다.

"네. 그러다 보니까 그냥 가장 먼저 기억이 나기는 하네요. 뭐, 그래봤자 지금은 머더러 헌터일 뿐이죠."

"네, 말씀 잘 들었습니다! 이 질문은 여기서 끝내도록 하고, 시간이 얼마 남지 않았으니 바로 다음 질문으로 넘어가보도록 하겠습니다."

김시현이 말을 끝내자마자 이해영이 곧바로 화제를 돌렸고, 질문 시간을 끝마쳤다.

그렇게 〈헌터를 알다〉가 생방송으로 진행되고 있을 무렵…….

와장창!

김현우의 몸이 아파트 밖으로 튕겨 나왔다. 그 뒤를 따라 튀어나오는 1번, 빙설은 허공에 있던 그에게 망설임 없이 들고 있던 창을 던졌다.

쉬이이익.

듣기에도 위협적인 소리와 함께 주변의 공기를 얼려버리며 김현우를 향해 내리꽂을 듯 날아갔지만, 김현우는 허공에서도 입가에 미소를 지우지 않은 채 날아오던 창을.

콰가가가각!

그대로 붙잡았다.

창대를 잡은 손에서 푸른 냉기가 흘러 김현우의 몸을 좀먹었다.

하나 그는 곧바로 마력을 일으켜 냉기를 막아내곤 몸을 뒤틀어 창을 쏘아내려 했었다.

"?"

'없어?'

"!"

김현우는 자신의 손에 쥐어져 있던 창이 어느새 빙설의 손에 있다는 사실을 깨닫고는 급하게 몸을 방어했으나.

꽝!

빙설은 망설임 없이 창대를 이용해 김현우를 내리쳤고, 김현우는 곧바로 아파트 앞에 조성되어 있는 공원으로 떨어져 내렸다.

흙먼지가 한순간 사방으로 퍼지고 김현우의 눈이 부산스럽게 주변의 상황을 파악할 때.

촤르르르륵!

김현우의 주변으로 푸른 마력이 퍼져 나가기 시작했다.

그와 함께 만들어지는 푸른색의 거대한 공간.

거대한 푸른색의 마력은 한순간 주변을 덮었고, 그런 마력 공간 위에 한 남자가 떠올랐다.

아까 빙설과 함께 있던 남자. 얼굴에 로마자로 Ⅱ(2)라고 쓰여 있는 '마도사'는 조금 전까지 자신이 들고 있던 책을 허공에 띄운 채 김현우를 노려보았다.

파.

그리고 한순간 그의 몸 뒤로.

아니, 이 푸른 마력 공간 전체에서 만들어지는 수많은 마력창을 보며 김현우가 어처구니없다는 미소를 짓자, 어느새 가볍게 착지한 빙설이 김현우에게 말했다.

"아직도 웃다니 대단하군."

"왜, 내가 이거 보고 쫄 줄 알았어?"

"직접 경험해보기 전까지는 제대로 인지하지 못하는 타입인가 보군."

빙설은 냉기가 줄줄 흐르는 창을 한번 휘두르곤 그 자리에서 자세를 잡았다.

"과연, 그 웃음이 언제까지 갈지. 지켜보도록 하지."

팟.

다시 한번 빙설의 몸이 김현우에게로 도약했다.

저번에 찾아온 녀석들과는 비교하기가 부끄러울 정도로 신속한 빙설의 움직임. 그러나 그 신속한 움직임도 김현우의 눈을 피하진 못했다.

기다렸다는 듯 리치를 이용해 창을 길게 찔러오는 빙설. 빙설의 스킬인지, 김현우의 눈앞에 수십 개의 창날이 보였지만 김현우는 그 환상을 가볍게 간파해 빙설의 앞으로 파고들어 갔다.

그리고.

피융!

김현우의 주먹이 휘둘러지는 순간, 그의 몸으로 날아가는 수십 개의 창.

쾅! 콰가강! 창!

바닥에 박히자마자 기다렸다는 듯 폭발을 일으키는 창 덕분에 한순간 어지러워진 시야. 하나 김현우는 빙설의 창이 휘둘러지고 있다는 사실을 귀로 곧바로 캐치하고 팔을 들어 올려 그의 창을 막아냈다.

크게 떠오르는 몸. 그 틈을 놓치지 않고 마법사의 공격이 한 번 더 내리친다.

앞에서는 김현우의 몸을 쳐올린 빙설이 찌르기를 준비하고, 그 뒤에서는 마도사가 수십 개의 창을 쏘아 보내고 있다.

일촉즉발의 순간. 김현우는 그 자리에서 '사라졌다'.

"?"

"!"

빙설의 눈이 크게 떠지고, 마도사의 표정이 일그러지는 그 순간.

"놀랐어?"

김현우는 어느새 마법사의 뒤에서 주먹을 굳게 쥐고 있었다.

김현우는 빙설의 창이 자신의 몸을 찌르기 위해 올라왔을 때, 빙설의 창을 밟고 이형환위를 펼쳤다. 물론 한순간의 재치로 시도한 이형환위는 올바르게 펼쳐지지 못해 김현우의 혈도를 꼬이게 했지만 그럼에도 그는 마도사의 뒤를 점하는 데 성공했다.

마도사가 무슨 행동을 취하기도 전에 내리쳐진 김현우의 주먹.

쾅!

"쯧."

그 주먹은 마도사를 날려버릴 수 있었으나 김현우는 웃음 대신 혀를 찼다.

'주먹에 제대로 된 감각이 없다.'

이유는 바로 그것.

주먹에 제대로 된 감각이 없었다. 마치 벽을 때리는 것처럼.

김현우의 주먹에 맞아 바닥을 갈아버린 마도사는 인상을 찌푸리긴 했으나 멀쩡히 제자리에서 일어났다.

"내가, 아무런 준비도 하지 않을 거라 생각했나?"

"지랄. 비틀거리면서."

김현우의 이죽거림에 마도사가 다시 한번 허공에 마력창을 만들어낸다.

허공에 주르륵 늘어선 푸른 마력창들. 김현우는 다시금 전투를 준비하는 둘을 보며 쯧 하고 혀를 찼다.

'아주 지들끼리 잘 보완하네.'

저번에 왔던 녀석들은 팀워크가 형편없었다. 앞뒤 양옆을 일제히 공격했어도 그들에게는 명백한 차이가 있었고, 그렇기에 김현우는 편하게 그들을 각개격파 할 수 있었다.

그러나 저 둘은 어떤가.

'속도도 빨라, 대처 능력도 빠른 데다 무엇보다 팀워크가 좋다.'

팀워크. 마도사는 결정적인 순간에 김현우에게 창을 쏘아 보내고, 창들을 폭파시켜 빙설이 공격할 수 있는 상황을 만들었다. 빙설도 마찬가지로, 계속해서 김현우에게 달라붙어 마도사에게 가려는 움직임을 차단하고 있다.

'이형환위는 시간이 필요하다.'

진짜 이형환위는 그 어떤 순간에도 빠르게 발동할 수 있겠지만, 빙설의 속도는 자신에게 창을 찔러 넣었던 4번보다 여러모로 월등했다. 순간적으로 창을 조절하는 솜씨도 마찬가지. 그렇기에 아직 '형태'만을 따라 해 마력을 크게 잡아먹는 김현우의 이형환위는 봉인당했다.

그러나.

"후……."

그런 상황에도 김현우는 입가에서 미소를 지우지 않았다.

오히려 그는 더욱 짙은 미소를 지으며 마치 빙설을 도발하듯 손가락을 까닥했고, 빙설은 다시 한번 김현우에게 뛰어들었다.

쾅!

빙설이 무자비하게 지반을 터트리고 김현우에게로 도약한다. 그와 타이밍을 맞춰 마도사의 창들이 김현우에게 쏘아진다. 그리고 그 상황에서.

'뭣……!'

김현우는 아무것도 하지 않았다.

그저 흙먼지가 묻은 추리닝을 털며 빙설이 오기를 기다리는 듯 손가락을 까딱거릴 뿐.

'뭐지? 함정인가?'

빙설의 머릿속에 수많은 가설이 떠올랐다 사라지고, 그의 눈이 쉼 없이 주변을 탐색한다. 하지만 그 어디를 찾아봐도 함정으로 보이는 것은 없다. 그의 몸에서는 마력이 터져 나오지 않는다. 입고 있는 아티팩트도 따로 없는 것 같다.

'그런데 저 여유는 대체?'

그 짧은 콤마의 시간 속에서 빙설은 생각을 이어 나간다.

이미 마도사의 창은 김현우의 주변을 남김없이 감싸고 있었다.

남은 것은 빙설의 공격뿐.

빙설은 그의 여유로운 모습에 의심을 가지면서도 자신이 할 수 있는 최대의 근력과 스킬을 사용해 김현우를 찔렀고.

쾅가가가강! 쾅!

그와 함께 마도사의 창들이 김현우의 몸을 강타했다.

순식간에 주변에 피어오르는 흙먼지. 빙설은 찌르기를 한 자세 그대로 움직이지 않았고, 이내 생각했다.

'끝났나?'

그리고.

턱.

"잡았다."

"!"

빙설은 그 흙먼지 속에서 튀어나온 손에 저도 모르게 반응하지 못하고 그대로 멱살을 잡혔다.

"내가 재미있는 거 하나 알려줄까?"

그와 함께.

"내 내구 랭크는."

김현우는 이가 보일 정도의 웃음을 지으며.

"S++거든."

그에게 말했다.

◆ ◆ ◆

흙먼지 속에서 걸어 나온 김현우의 몸은 그리 좋은 상태라고는 할 수 없었다. 입고 있던 추리닝은 이미 완전히 찢어져 넝마가 되어 있었고, 그는 몸 여기저기에 검붉은 화상을 입었고, 머리카락도 엉망진창이었다. 그야말로 노숙자라고 불러도 될 정도.

S++급 내구를 가지고 있는 김현우의 몸에 타격을 줄 만큼 마도사가 쏘아낸 창은 강했다. 뭐, 그것은 달리 말하면 마도사의 창은 김현우에게 '타격'밖에 못 입힌다는 게 되지만.

"큭!"

빙설이 몸을 움직였다. 그는 멱살을 잡힌 상태에서 그대로 몸을 띄워 김현우의 머리를 걷어차면서 창을 회수했다.

후우웅!

빙설의 발차기를 가볍게 피한 김현우.

하나 이미 창을 회수한 빙설은 초근거리에서 창대를 휘둘렀다.

꽝!

"크학!"

물론, 김현우가 그 모습을 가만히 지켜보고만 있지는 않았다.

땅바닥에 내리꽂힌 빙설의 입에서 순간 비명이 터져 나온다.

붕 떠오르는 그의 몸.

턱!

김현우는 붕 떠오르는 빙설의 머리를 붙잡고 입을 열었다.

"야, 너 놀이기구 타본 적 있냐?"

뚱딴지같은 물음에 빙설이 눈가를 와락 찌푸렸으나 김현우는 오히려 웃으며 말했다.

"타본 적 없어? 그렇다면 기대해라. 지금부터."

태워줄 테니까.

쾅!

김현우는 말이 끝남과 동시에 붙잡고 있던 빙설의 머리통을 땅바닥에 내리꽂았다.

그리고.

콰가가가가가가가각!

그 상태로, 마력을 일으켜 빙설의 머리를 땅바닥에 박아버린 채, 몸을 움직이기 시작했다.

빙설의 몸이 마치 농기구처럼 땅바닥을 갈아버린다.

어떻게든 그곳에서 빠져나가기 위해 김현우의 팔을 붙잡는 빙설.

그 모습에 김현우는 비릿한 미소를 지으며 말했다.

"안전벨트도 잘 맨 것 같으니 이제 위로 올라가봐야지?"

"!"

땅바닥을 갈고 있는 상태에서 곧바로 빙설의 몸을 붙잡고 뛰어오른 김현우는 마도사가 만들어놓은 창이 있는 곳으로 도약했다.

마도사는 그 모습을 보고 기겁하며 창을 없애려 했지만.

"이미 늦었다."

빙설의 몸은 이미 마력창에 닿고 있었다.

쾅! 콰가가강! 쾅!

귀가 멀어버릴 정도의 소음이 김현우의 귓가에 울렸으나, 그는 신경 쓰지 않고 계속해서 움직였다. 이 공간을 만들어낸 마력 벽을 딛고, 김현우는 이형환위를 전개했다.

너덜거리는 빙설의 몸과 순식간에 반대편으로 몸을 움직인 김현우.

쾅! 콰가강!

여지없이, 만들어놨던 마력창이 빙설의 몸에 닿으며 터져 나간다.

거기서 또 한 번 이형환위.

김현우는 마력 벽을 마음껏 차고 움직이며, 빙설의 몸으로 만들어져 있는 마력창을 전부 터뜨리기 시작했다. 마도사의 눈이 어지럽게 움직이며 자신이 만들어낸 마력창을 없애려 했지만, 김현우의 속도는 마법사인 그가 쫓을 수 있을 정도로 느리지 않았다. 마치 폭죽이 터지는 것처럼 마력 공간에서 일어난 수십 차례의 폭발.

그리고.

"놀이기구 재미있었지?"

"끄아."

"씨발 새끼야."

꽝! 빠드드득!

김현우는 완전히 너덜너덜해져 더 이상 제대로 가누지 못하는 빙설의 몸을 그대로 땅바닥에 내리꽂았다. 소름 끼치는 소리와 함께 땅에 반대로 꽂힌 빙설.

마도사는 공포에 질려 김현우를 바라봤고, 김현우는 씨익 웃으며 말했다.

"너는 어떤 거 타볼래? 응? 얘처럼 땅바닥 익스프레스?"

아니면 땅바닥 익스프레스는 이미 봤으니까.

팟.

"헉!"

마도사는 어느새 자신의 앞까지 다가와 있는 김현우를 보고 기겁하며 배리어를 펼쳤으나.

"너는 아파트 익스프레스로 하자."

김현우는 비웃음 어린 표정으로 마도사의 배리어를 후려쳤다.

◆ ◆ ◆

"하룻밤에 집을 잃다니."

"내 잘못 아니다."

"누가 형 잘못이래요? 그냥, 이거 언제 치우나 싶어서 그런 거죠."

김현우가 습격을 받은 다음 날. 김시현은 자신의 집이 완전히 초토화되어 있는 것을 보며 한숨을 내쉬었다. 그의 집은 더 이상 집이라고 부를 수 없는 수준이 되어 있었다. 방 안의 각종 가구들은 멀쩡한 곳이 없을 정도로 죄다 박살 나 있었고, 가전제품도 마찬가지였다. 게다가 분명 다섯 개였던 방은 인테리어 공사라도 한 것처럼 벽이 전부 박살 나버려서 어느새 방 하나짜리 대형 룸이 되어버렸다.

김시현이 완전히 박살 나버린 집을 바라보다 이내 한숨을 내쉬며 소파에 앉자, 부서진 문을 통해 이서연이 들어왔다.

"와, 완전히 개판이네."

"놀리냐."

"놀리기는 무슨."

그냥 말해본 거지.

이서연이 집 안으로 들어와서는 말했다.

"그래도 이 정도면 잘 끝난 거 아니야?"

"뭐?"

"어차피 집 박살 난 건 머더러 헌터의 침입으로 밝혀져서 정부랑 헌터협회에서 보상해주기로 했잖아?"

거기에다 현우 오빠가 공원 한가운데에서 싸워서 천만다행으로 사상자도 전혀 없고.

이서연의 말에 김시현은 고개를 끄덕이면서 대꾸했다.

"그렇기는 하지. 근데 상황이 좀…….'

"……상황? 무슨 상황?"

"더는 말하지 않겠다. 그냥 유튜브 들어가서 확인 한번 해봐."

김시현의 말에 이서연은 고개를 갸웃하면서도 스마트폰으로 유튜브에 접속했고, 곧 그곳에서 실시간 동영상 급상승 순위 1위에 걸려 있는 기묘한 영상을 볼 수 있었다.

"……아파트 익스프레스……?"

이서연은 곧바로 영상을 클릭했고, 짧은 광고가 지난 뒤 영상이 재생됐다.

영상의 시각은 밤. 카메라는 아파트를 찍고 있었다. 정확히는 아파트 옥상에 있는 누군가를 찍고 있었다.

"……?"

이서연은 아파트 옥상에 서 있는 게 누구인지 보이지 않았기에 전체 화면으로 바꾸었고, 곧 그 화면 안에 비친 사람이 누구인지를 알아볼 수 있었다.

김현우.

그곳에 서 있는 건 김현우였다.

그는 손에 부들거리는 누군가를 쥐고, 아파트 옥상에 올라 있었다.

그리고.

꽝! 콰가가가가가가각!

갑자기 아파트를 수직으로 내달리며 손에 들고 있던 남자를 아파트 벽에 처박기 시작했다.

"헉……."

아파트 벽이 사정없이 부서지며 김현우의 손에 잡혀 있던 남자의 몸이 앞으로 나아갔고.

쾅!

김현우는 어느 순간 맞은편 아파트로 뛰어들어 그곳에서도 똑같이 수직으로 내려가며 남자의 몸을 박살 냈다.

남자의 몸이 아파트의 벽이 아닌 땅바닥에 처박히는 것을 마지막으로, 영상은 끝이 났다.

"……."

이서연은 저도 모르게 스크롤을 내려 댓글 창을 바라봤다.

아이루아이시떼: 와. ㅋㅋㅋㅋㅋㅋㅋㅋㅋㅋㅋㅋㅋㅋㅋ 저거 오늘 아침에 뉴스 뜬 그 아파트 기사 맞지? 개웃기네. ㅋㅋㅋㅋㅋ 치X리냐?

   ㄴ 집가고싶어: 와. ㅋㅋㅋㅋㅋ 뇌X 실화냐. 아파트 벽 긁으면서 내려
      가는 거 봐라. 김현우한테 머리채 잡혀서 끌려 내려가는 거 실화냐.

   ㄴ ㅁㄴㅇㄹ: ㅗㅜㅑ 저거 맞은 새끼 살아 있기는 하냐. ㅋㅋㅋ 내가
      볼 때는 살아 있는 게 바로 기적 그 자체인 부분인데.

오투반이스라이트: 김현우 근데 왜 사람 붙잡고 저러고 있냐? 이걸 지금
니들이 웃으면서 키득거릴 때가 아닌 것 같은데? 왜 사람을 붙잡고 저러
고 있냐고.

   ㄴ 고인물헌터: 우선 원본은 여기 —>

   https://news.naver.com/main/read.nhn?mode=LSD&mid=shm&
   sid1=102&oid=022&aid=000332112345 이거 들어가보면 알 텐
   데 김현우 헌터가 박살 내고 있는 건 머더러 헌터다.

   그것도 둘 다 4, 5년 전에 진짜 개쓰레기 플레이 하고 사라진 애들

임. 한 명은 S등급 세계 랭킹 8위인 '빙설'이라는 헌터고, 다른 한 명은 당시 마법사 중에서는 제일 높게 올라갔던 '마도사'다.

아무튼 요점은 그런 애들한테 한 거라 상관없다는 소리를 하고 싶다.

└ 학두야집가자: ㄹㅇ '머더러 헌터' 새끼들은 존나게 맞을 만하지. ㅋㅋㅋㅋㅋ 김현우 잘했다!!!

└ JK여고생장: 하와와 현우장 간지인거시에오. 그런데 저러다가 인명 피해 나면 책임지는 거시에요……?

└ 집에가라: 컨셉충. ㄹㅇ 개극혐이니까 제발 그따위로 살지 마라. 그리고 인명 피해 제로다, 병신아. ㅋㅋㅋㅋㅋ 알고 지껄이셈. 거기에 덤으로 김현우는 오른쪽 외벽으로 긁은 거라 외관은 좀 이상해졌지만 아파트에 그리 충격 가는 건 아니다.

"……."

그 이외에도 여러 가지 이야기로 개판이 나 있는 댓글을 한동안 바라보던 이서연은 이내 묘한 표정을 지으며 말했다.

"그래, 뭐…… 좀 대단한 일이 되기는 했는데……. 딱히 우리한테 나쁜 말은 없는 것 같은데?"

"우리한테 나쁜 말은 없지."

김시현의 대답에 이서연은 이상한 표정으로 물었다.

"그런데 왜?"

김시현은 조용히 스마트폰을 들어 올렸다.

[X매거진 기자 오택영]

[부재중 전화 192통]

[문자 423통]

"기억나지? 저번에 형이 더 물어볼 거 있으면 나한테 물어보라고 한 덕분에 내 스마트폰은 지금 다시 불이 나고 있다니까?"

"바꾸면……."

"저번에 형이 그렇게 말해서 바꾼 지 이제 한 달 될까 말까인데 또 바꾸라고?"

"……."

이서연은 김시현의 허탈한 표정을 보고 아무런 말도 하지 않았다.

"안 그래도 당장 석원이 형 집에 얹혀살아야 하나 걱정인데……."

김시현의 중얼거림에 김현우는 어깨를 으쓱이더니 말했다.

"야, 너무 걱정하지 마라."

"형, 양심 어디?"

물론 김현우가 잘못한 건 아니었다.

애초에 일은 그가 시작하지 않았고, 김현우를 암살하기 위해 찾아온 머더러 헌터들이 문제였으니까.

그러나 김시현은 그걸 알고 있음에도 불구하고 반파된 집을 보면 가슴이 먹먹해져 은근히 김현우를 원망하는 마음이 들기는 했다.

김시현이 힘없이 앉아 있으니, 김현우가 피식 웃으며 그에게 무엇인가를 던져주었다.

"?"

"야, 우선 그거 가지고 힘내. 나는 서연이랑 갔다 올 곳이 있으니까 잠깐만 고생하고 있어."

일 다 끝나면 딱 돌아와서 말끔히 해결해줄 테니까.

"저랑요? 어디 가려고요?"

"너희 길드 지하 3층."

"……지하 3층? 아, 오빠 혹시 또 그 마법진 쓰려고 하는 거예요?"

"그렇지."

"아니, 오빠 그거 그렇게 쓰면 분명히 어떤 식으로든 제재가 들어올 거라니까요?"

"야, 괜찮아. 그건 그때 생각하면 되지."

김현우는 막무가내로 이서연을 끌고 갔고, 이서연은 한숨을 내쉬면서도 김현우의 뒤를 따라 완전히 박살 나버린 집을 나섰다.

그 속 편한 김현우의 모습에 김시현은 한숨을 내쉬며 김현우가 던져준 물건을 바라봤다.

"반지……?"

그것은 반지였다.

별다른 특수한 문양이 없는 그냥 무난한 반지.

곧 김시현은 자신의 눈앞에 떠오르는 로그를 보며 저도 모르게 기겁했다.

우수리안의 반지

등급: ST+

보정: 근력+

SKILL: 없음

"S, ST+급 아티팩트……?"

김시현은 그 반지를 들고 멍하니 중얼거렸다.

김현우가 준 반지를 보며 개박살 난 자신의 집에서 김시현이 환호성을 지를 때, 김현우는 이서연의 차에 타 아랑 길드로 향하고 있었다.

　"오빠, 이번에는 그냥 비행기 타는 게 어때요?"

　이서연의 물음에 김현우는 고개를 저었다.

　"아니, 안 돼."

　"왜……?"

　이서연의 이해할 수 없다는 물음에, 김현우는 씨익 웃으며 대답했다.

　"지금 당장 한걸음에 달려가야 할 일이 생겼거든."

　미국에 말이야.

　김현우는 그렇게 중얼거리며 웃음을 지었다.

"……"

지하 3층에 앉아 핼쑥한 얼굴로 마법진을 그리고 있는 아냐를 보며 김현우는 어제 그들과 나눴던 대화를 떠올렸다.

"……마튼 브란드."

이미 완전히 너덜너덜해져 정신도 제대로 차리지 못하는 빙설 대신 김현우에게 정보를 제공해준 자는 배리어 덕분에 김현우의 공격을 다 받아내고도 제대로 죽지 못한 마도사였다. 아파트에 세 번 정도 갈리니 그때가 돼서야 어느 정도 정보를 풀어놓는 2번.

사실 김현우는 기사단에게 정보를 얻을 생각은 하지도 않았으나, 이상하게 이놈은 다른 녀석들과는 달랐다. 다른 기사단들은 정보를 열 바에 죽음을 택하겠다는 입장이었는데, 이 녀석은 자신이 진짜 죽을 것 같으니 있는 대로 불었다.

뭐, 그렇다고 정보를 전부 다 얻을 수 있는 것은 아니었으나 몇 가지 확신할 수 있는 정보들은 얻었다.

　첫 번째로, 김현우를 죽이라고 사주한 것은 아레스 길드장인 마튼 브란드다.

　두 번째로, 마튼 브란드는 지금 아레스 길드 본사가 아닌, 어딘가의 비밀 벙커에 숨어 있다.

　'뭐, 둘 다 상관없지.'

　우선 미국에 도착하기만 하면 필요한 정보는 얻을 수 있다.

　어떻게?

　아레스 길드를 박살 내면 된다.

　물론 미국에 있는 대형 길드를 건들기 시작하면 일이 걷잡을 수 없이 커질 수도 있다는 걸 김현우는 잘 알고 있다.

　흑선우를 상대할 때와 지금의 상황은 다르니까.

　하지만.

　김현우는 만지작거리고 있던 스마트폰을 꾹 눌렀다.

　그와 함께 재생되는 목소리.

　우리한테 너를 암살하라고 사주한 사람은 마튼…… 마튼 브란드다.

　마튼 브란드? 그게 누군데?

　꽝!

　끄아아아악! 말하겠다! 그는 아레스 길드의 길드장이다!

　뚝.

　"증거 좋고."

　김현우는 마도사를 패던 도중, 누군가 버리고 도망쳤는지 모를 스마트폰을 이용해 그의 목소리를 녹음할 수 있었다. 그의 스마트폰은 마도사의 창 공격을 받은 시점부터 이미 그의 추리닝 주머니 속에서 완전히 개박살이 났다.

"……생각해보니 이번이 벌써 세 번째네."

처음 천마를 잡으러 갔을 때도 스마트폰이 박살 났다.

그 뒤에 괴력난신을 잡을 때 또 한 번.

그리고 지금.

"쯧."

김현우는 짧게 혀를 차며 주운 스마트폰을 주머니에 집어 넣었다.

물론 이 증거가 지금부터 김현우가 벌일 일에 엄청난 면죄부를 줄 거라고 생각하지는 않았지만, 그래도 없는 것보다는 나을 것이다.

"다, 다 그렸어요."

얼마나 기다렸을까. 굉장히 피곤한 표정으로 마법진의 완성을 알린 아냐는 그 자리에 털썩 주저앉았다.

"너 괜찮냐?"

"네……. 네. 저는 괜찮습니다……."

김현우의 말에 아냐는 굉장히 피로한 표정으로 고개를 끄덕였고, 곧 그를 올려다보며 말했다.

"그럼, 지금 바로 이동 준비할까요?"

김현우는 곧바로 고개를 끄덕였고, 그와 함께 아냐는 마법진을 가동시키기 시작했다.

보라색의 마력과 함께 가동되기 시작하는 마법진.

"위치는 아레스 길드 앞으로, 아까도 말했으니까 알지?"

"네, 알고 있어요."

진한 빛을 뿜내기 시작하는 아냐의 보라색 마법진.

김현우는 그제야 떠올랐다는 듯 아냐를 향해 스마트폰을 던졌다.

"이…… 이건?"

"그거 서연이한테 전해줘라. 꼭 들고 있으라고."

"네……! 완전 가동합니다!"

그의 말에 왠지 핼쑥한 표정인데도 묘하게 활기찬 대답을 한 그녀는 곧 마법진을 완전 가동했고, 김현우의 눈앞에 하얀빛이 점멸하기 시작했다.

그리고 그 하얀 점멸이 사라졌을 때.

"……?"

김현우는 자신이 어딘가로 순간이동 했다는 것을 깨닫고 시선을 돌렸다. 슬슬 회복해가는 시야에 주변의 사물이 들어오기 시작했고, 얼마 지나지 않아 김현우는 자신이 어두운 공동 안에 소환되었다는 것을 깨달았다.

척 보기에도 굉장히 넓어 보이는 공동. 김현우는 순간 인상을 찌푸리고 주변을 돌아보며 생각을 이어 나갔다.

'뭐지? 아냐가 설마…….'

배신?

김현우의 머릿속에 제일 먼저 든 생각. 그는 인상을 찌푸리며 다음 생각을 이어가려 했지만 유감스럽게도 생각은 끊기고 말았다.

"이제야 왔군."

한 남자 때문에.

김현우는 곧바로 목소리가 들리는 곳으로 고개를 돌렸고.

"……너."

"반갑군."

그곳에는 한 남자. 마튼 브란드가 김현우를 보며 미소를 짓고 있었다.

"마튼 브란드?"

"오, 나를 알고 있군."

김현우는 그의 얼굴을 자세히 뜯어보았다. 서양인치고는 치켜올라가 찢어진 눈매, 그 사이로 보이는 벽안. 아무렇게나 풀어져 있는, 어깨까지 내려오는 갈색 머리카락이 조금 달랐지만 분명 그는 김현우가 이곳에 오기 전 뉴스를 통해 확인했던 그 마튼 브란드가 맞았다.

김현우는 웃으면서 응수했다.

"알다마다."

"그래?"

"그래, 당연히 알지. 나를 조지려고 몇 번이나 암살자를 보냈는데, 이거 어쩌나?"

나를 조지지도 못하고 저들이 전부 뒤져버렸는데.

김현우가 짓궂은 미소를 띠며 브란드를 도발했으나, 그는 여유로운 표정으로 입을 열었다.

"뭐, 그거야 어느 정도 예상하기는 했지. 애초에 기사단이 자네를 죽일 수 있을 거라는 생각은 하지 않았거든."

"그래? 그런데 왜 그렇게 쓸데없는 힘을 소모하셨을까?"

응?

김현우가 묻자 그가 대답했다.

"겸사겸사 기사단도 처리할 겸. 자네의 정체에 대해서도 좀 알아봐야 했거든.”

“뭐?”

“자네의 정체 말일세. 그래, 뭐 이를테면.”

브란드는 씨익 웃으며 말했다.

“자네가 이 9계층의 ‘수호자’라는 정체 같은 것 말일세.”

브란드의 말에 김현우는 슬쩍 인상을 굳히고는 곧바로 자신의 스킬인 정보 권한을 사용했다.

[확인 불가.]

곧바로 김현우의 눈앞에 떠오른 확인 불가 표시.

‘확인 불가’라는 로그가 김현우의 눈앞에 떠올랐다는 것은 앞에 서 있는 남자가 바로 ‘등반자’라는 것을 의미했다.

기사단에게서 나오는 아티팩트가 일반적인 아티팩트와 다르다는 것을 알고 있었기 때문에 아레스 길드와 등반자가 관련되어 있을지도 모르겠다는 생각을 하긴 했었다. 하나 등반자가 아레스 길드의 길드장일 줄은 미처 생각하지 못했다.

“이야, 설마 등반자가 아레스 길드장일 줄이야.”

마침 잘됐네.

김현우의 말에 브란드는 말했다.

“왜 그러지?”

“안 그래도 등반자도 찾아야 했고. 너도 존나 밟아줘야 했는데 두 번 일할 거, 이왕이면 한 번 일하는 게 좋잖아?”

김현우의 말에 그가 피식 웃으며 말했다.

“역시 자신감은 높군. 등반자를 두 명이나 막은 사람답다고 할까. 아주 자신감이 넘쳐흐르다 못해 터지는군.”

그런데 말이야.

"내가 군이 아레스 길드 본사 쪽으로 순간이동을 하는 자네의 마력 좌표를 강제로 빼앗아 내 앞으로 데려온 이유가 무엇일 것 같나?"

여유로운 표정으로 입을 여는 브란드.

김현우는 망설임 없이 대답했다.

"뭐긴 뭐야, 너도 다른 새끼들처럼 자신감이 넘쳐나서 불렀겠지."

"……뭐, 그래 어느 정도 맞기는 하지만, 내가 자네를 군이 이곳으로 부른 이유는 이곳이 함정이기 때문이다."

"친절하시네? 그런 것까지 전부 알려주고."

"당연하지. 궁금한 게 있으면 전부 물어보게나. 어차피 곧 있으면 내 손에 죽을 텐데, 어지간한 건 전부 답해주지."

"지랄하고 있네. 너도 지랄병 환자냐?"

"왜 그렇게 생각하지?"

"왜 그렇게 생각하고 자시고, 너희들은 레퍼토리가 아주 똑같거든?"

"……레퍼토리?"

"그래, 새끼야."

김현우는 비웃음을 머금고는 어깨를 으쓱하며 입을 열었다.

"맨날 처음에 기습해서 등장하고는 아주 금방이라도 나를 죽여버릴 수 있다는 듯 여유롭게 키득거리다가 실제로 붙어보면 존나게 털려요. 아주 다 똑같아!"

맨 처음 흑선우가 보낸 암살자부터 시작해서.

"고용했던 용병이랑, 흑선우 본인, 네가 보낸 기사단들이랑 그리고……."

너까지.

김현우가 브란드를 향해 손가락질을 하며 입가를 비틀어 올리자 그는 김현우와 마찬가지로 어깨를 으쓱이며 말했다.

"그래서, 자네가 보기에는 나도 비슷하게 보인다 이 말인가?"

"두말하면 입 아프지."

김현우의 반응에 그는 재미있다는 듯 큭큭 소리가 나게 웃었다.

"정말로?"

"입 아프게 하지 마라."

슥 하고 웃음을 지은 브란드.

김현우는 그 말을 끝으로 그에게 달려들었다.

이형환위로 발휘된 김현우의 신형이 한순간 거대한 공동을 가로질러 브란드 앞에 나타났고, 곧바로 브란드의 심장을 향해 정권을 꽂아.

콰가가가가각.

"오."

"……?"

넣으려 했다.

김현우는 브란드의 바로 앞에서 더 이상 나아가지 못하는 자신의 주먹을 보며 인상을 찌푸렸고, 곧 자신의 앞에 무엇인가가 존재한다는 것을 깨달았다.

"배리어?"

"그런 저급한 마법과는 다르지."

쾅!

브란드를 감싸고 있던 무엇인가가 터져 나갔다.

거대한 소리를 내며 터져 나간 배리어에 김현우는 곧바로 신형을 뒤로 젖혀 방어했고, 곧.

"!"

김현우는 자신의 주변에 떠 있는 무수한 양의 무기를 보며 인상을 굳혔다.

검, 도, 도끼, 창, 철퇴, 단검.

그 외에 제대로 사용법을 모를 것 같은 수많은 무기가 김현우에게로 쏟아지기 시작했고, 김현우는 곧바로 몸을 틀어 무기들을 피했다.

그리고.

"자, 그럼 우리 수호자에게, 다시 한번 인사를 하도록 하지."

마튼 브란드, 아니 이제 오롯이 등반자의 모습을 갖추게 된 그는 김현우를 바라보며 입가를 비틀어 올렸다.

그의 모습은 이전과는 완전히 달랐다. 분명 방금 전만 해도 정장 차림이었던 그는, 어느새 찬란히 빛나는 백색의 갑옷을 입은 채, 양손에는 각각 창과 칼을 쥐고 있었다. 그 이외에도 다리에는 검은 마력을 피워 올리는 신발이, 양 손목에는 각각 다른 형태의 보호대가 착용되어 있었다.

그리고 무엇보다 눈에 띄는 것은 바로 그가 손가락에 끼고 있는, 보기만 해도 인상이 찌푸려질 정도의 많은 반지였다. 제각각의 형태를 가지고 있는 반지는 그의 손가락 마디마디에 끼워져 빛나고 있었다. 그런 손으로 무기를 잡고 있는다는 것 자체가 신기할 지경.

"나는 이치를 탐구하고 골자를 탐하는 자."

그의 말에 따라, 분명 처음에는 보이지 않았던 무수히 많은 무기가 그의 주변에 떠오르기 시작했다.

"힘이 없는 그 어느 이에게는 신물神物로."

헤아릴 수도 없는 숫자의 무기가 일제히 거대한 공동 안을 가득
채우고.

"힘이 있는 다른 이들에게는 패악悖惡으로 존재했다."

공동 안을 가득 채운 무기들이 일제히 섬뜩한 날을 김현우에게
로 돌린다.

"누군가에게는 없는 힘을 만들어주는 수호자였지만."

마치 수백, 수천 명에게 둘러싸여 있는 듯한 기분을 느끼며 김현
우가 앞을 봤을 때, 마튼 브란드, 아니 등반자는 자신만만한 표정으
로 입가를 비틀어 올리며.

"또 다른 이들은 나를 근본 없는 파괴자라고 칭했다. 그렇기에."

자신을 소개했다.

"나는, 복제자Faker라고 불렸다."

그와 함께, 김현우는 자신에게로 쏟아지는 무기들을 보며 몸을
움직였다.

◆ ◆ ◆

"!"

쾅! 콰가가강! 쾅!

김현우의 신형이 사라지고, 그가 있던 곳에 수많은 무기가 내리
꽂힌다. 어떤 것은 지상과 충돌하며 땅을 얼리기도 하고, 어느 것은
폭발을 일으킨다. 그 외에도 지반과 부딪혀 내는 수많은 효과에 김

현우는 인상을 찌푸리면서도 곧바로 이형환위를 사용했다.

그러나.

"어딜!"

마치 김현우의 움직임을 전부 보고 있었다는 듯, 김현우가 도약하는 루트에 따라 하늘에 떠오른 무기들을 투척하는 복제자.

수십 가지의 무기가 김현우의 신형을 노리고 날아들었지만.

"흡……."

김현우는 그 즉시 다시 한번 도약했다. 이형환위를 사용하고 있던 김현우의 몸에 마력의 도약력까지 겹쳐지자 복제자의 무기는 김현우의 속도를 따라오지 못한 채, 땅바닥에 박혔다.

그리고.

"!"

그 찰나의 순간. 복제자의 앞에 모습을 드러낸 김현우는 곧바로 기술을 사용할 준비를 시작했다.

주먹을 들어 올리는 순간에도 이미 그는 김현우가 눈앞에 도달했다는 사실을 인지하고 공격을 막을 준비를 하고 있었다.

어떤 것을 사용해야 할까.

일순 김현우의 머리가 복잡하게 돌아간다. 보이지는 않지만 아마 그의 몸에는 아까와 같은 배리어가 쳐져 있을 확률이 높다.

그렇기에.

'처음부터 클라이맥스로……!'

김현우는 곧바로 기술을 준비했다. 몸에 검붉은 마력이 증기처럼 뿜어져 나오고, 그 뒤를 따라 검붉은 날개가 솟아 나온다.

'수라무화격은 준비하는 데 시간이 걸린다.'

그러니, 지금은 이게 최선이다.

김현우는 그런 생각을 머릿속 구석으로 날려버리며 혈도를 통해 마력을 돌리기 시작했다. 등 뒤로 만들어진 검은 흑 원과 검은 날개는 뒤늦게 김현우의 뒤로 날아오는 무기들을 방어했고, 김현우는 몸을 뒤로 내빼는 복제자를 바라봤다.

그 와중에도 여유로운 미소를 짓고 있는 복제자.

김현우는 마주 웃으며 앞으로 달려 나갔다.

김현우의 신형이 일순간 사라진 것처럼 보이더니, 검붉은 마력이 다리로 몰려 들어간다.

"이것도 버티나 보자, 이 새끼야."

눈 깜짝할 사이에 복제자의 앞에 도착한 김현우는 오른쪽 다리에서 엔진처럼 터져 나오는 검붉은 마력을 받아들이며 발을 차올렸다.

극.

순간적으로 눈앞에 닥치는 김현우의 공격을 본 복제자의 시선에 묘한 감탄이 어린다.

패왕.

김현우의 다리가 등반자의 배를 노리고 날아들어, 마침내 처음 김현우의 공격을 막아냈던 배리어에 도착한다.

콰가가가각! 쩌저저저적!

마치 처음부터 없었다는 듯 가벼운 소리를 내며 짓이겨지는 배리어.

괴신격!

배리어가 모조리 박살 났을 때쯤, 김현우는 임계점에 도달한 마력을 다시 한번 터뜨리며 복제자의 복부를 차올리려 했고.

"마력동결."

마력이 사라졌다.

김현우의 혈도를 타고 흐르던 마력의 발출이 막힌다. 사방으로 터트리고 있던 검붉은 마력이 단 한순간에 흔적도 없이 사라지고, 그의 복부를 노렸던 김현우의 발에 힘이 사라진다.

그리고.

"대단하군. 이 공격을 준비하는 데 걸린 시간은 불과 몇 초도 되지 않는데 이 정도의 출력이 나올 줄이야."

틀림없이 그의 복부를 차올렸던 김현우의 발은, 어느새 그의 손에 잡혀 있었다.

"무슨······!"

쾅!

김현우의 탄성에 복제자는 대답하지 않고 김현우의 배를 쳐올렸다.

"큭!"

뒤로 튕겨 나간 김현우는 몇 번이고 땅바닥을 구른 후에야 간신히 자세를 잡고 복제자를 바라볼 수 있었다. 김현우가 욱신거리는 배를 붙잡고 그를 바라보자, 더없이 여유로워 보이는 그의 입에서 목소리가 흘러나온다.

"놀랐나?"

"이게 무슨······!"

김현우는 몇 번이고 몸 안에 있는 마력을 끌어 올리려 했으나 이상하게도 마력은 마치 봉인된 것처럼 움직이지 않았다.

"열심히 마력을 움직이려고 해봤자 소용없네. 지금 이 공동은 마력 동결 상태거든."

"뭐라고?"

"못 들었나? 내가 '마력 동결' 상태라고 말하지 않았나."

복제자는 이어서 말했다.

"김현우, 나는 자네를 잘 알고 있지. 그리고 자네의 강함도 파악하고 있어."

예전부터 줄곧 이 자리에 앉아서 '수호자'를 찾고 있었으니까.

복제자는 비틀어 올린 입가를 한층 더 끌어 올리며 말을 이어 나갔다.

"자네의 강함은 이례적이지. 나도 인정하는 부분일세. 그런데 설마 자네의 전투 스타일까지 따로 파악한 내가, 정말 아무런 준비도 없이 자네를 내 앞에다가 끌어 놨다고 생각하나?"

아니, 아니지.

"자네를 죽일 준비는 완벽해. 앞서 있었던 두 번의 전투, 그리고 기사단의 전투를 통해 나는 자네를 어떤 식으로 상대해야 할지 정했네."

그게 뭔 줄 아나?

그는 자아도취에 빠졌는지 키득거리는 웃음을 짓고는 말을 이었다.

"바로 지금 자네가 보는 대로 '마력 동결'일세. 자네의 모든 기술은 '스킬'이 아니라 무술이라고 했지. 그리고 자네가 사용하는 무술들은 무조건 마력을 사용하지."

만약 자네가 아티팩트라도 있다면 이야기가 달라졌겠지만.

"자네는 자신의 몸을 맹신한 나머지 아티팩트를 단 하나도."

"쫑알쫑알 존나게 시끄럽네."

"……."

김현우의 말에 의해 끊긴 복제자의 말.

그는 입가에 짓고 있던 웃음을 슬쩍 지운 채 김현우를 바라봤고, 혀를 차더니 말했다.

"그래서, 마력을 동결하면 나를 이길 수 있을 것 같아?"

네가?

마치 비웃음을 짓듯 물어오는 김현우의 질문에 복제자는 슬쩍 얼굴을 굳히려다 이내 표정을 풀고는 말했다.

"그래, 이곳은 이미 마력이 동결되었다. 너는 네가 사용할 수 있는 대부분의 기술을 봉인당한 거나 마찬가지지. 그런 상태에서 네가 뭘 할 수 있지?"

"그건 너도 마찬가지 아니야?"

복제자는 멍하니 생각하는 듯하다가 이내 비웃음을 지으며 말했다.

"그래, 너는 그렇게 생각하고 있는 거군. 이 지역 전체가 마력 동결에 걸렸으니 너랑 나는 피차 차이가 없을 거라고."

"그럼 아니야?"

"그래, 맞지. 나도 지금 이 공간에서는 마력을 사용하지 못한다. 하지만."

툭! 투두두두두둑! 툭! 쿠구구구구궁!

복제자의 말과 동시에 땅바닥에 박혀 있던 무기들이 다시 하늘로 떠오르기 시작하고, 김현우의 표정이 다시 굳어질 때쯤. 그가 말했다.

"아티팩트는 사용할 수 있지."

쏴아아악!

"......!"

그와 함께 시작된 무기들의 투척. 김현우는 본능적으로 이형환위를 시도하려다 제대로 움직이지 않는 마력을 느끼며 급하게 몸을 도약했다.

쿵! 콰가가강!

김현우를 집요하게 따라다니며 땅바닥에 꽂히는 무기들.

복제자는 계속해서 입을 열었다.

"내 소개를 했을 텐데? 나는 '복제자'다. 이 세상에 있는 그 무엇이든, 내가 보기만 했다면 나는 전부 복제할 수 있다. 아주 기본적인 것부터."

하나하나가 위대한 신화와 업적을 품고 있는 아티팩트까지.

"전부 복제할 수 있지."

꽝!

"큭!"

미처 피하지 못한 철퇴가 김현우의 어깨를 때리고, 김현우는 신음성을 흘리면서도 회피를 이어 나갔다.

'이런 미친!'

김현우는 자신의 몸에 가해진 충격. 그리고 조금 전 철퇴에 맞았던 오른쪽 어깨가 박살 난 것 같은 고통을 느끼며 인상을 찌푸렸다.

"자네의 내구를 믿고 무기에 정면으로 대항하려는 생각은 하지 말게. 그 무기들은 모조리 S+ 이상, 하나하나가 신화와 업적을 품고 있는 아티팩트들이니까."

자네의 몸에 타격을 주는 것은 쉽지.

마치, 내레이션을 하듯 키득거리며 아티팩트명까지 말해주는 그.

김현우는 이를 악물었다.

'이런 씨발……!'

꽝! 콰가강!

김현우는 공동 이곳저곳을 뛰어다니며 무기를 피해 다니면서도 끝없이 생각을 이어 나갔다.

'어떻게 해야 하지?'

머리가 빠르게 회전한다.

현재 있는 곳은 제대로 위치조차 파악되지 않은 지하 공동.

'탈출할까?'

시선을 이리저리로 흔들었으나 출구는 보이지 않았다.

그대로 땅굴이나 천장을 뚫어볼까 하는 생각도 들었으나 이렇게 무기들이 투척되는 상황에서는 마찬가지로 무리.

천장을 뚫으려면 잠시나마 힘을 모을 시간이 필요했다.

'그렇다면?'

김현우의 시선이 수많은 투척 무기를 뚫고 그 너머에 있는 복제자에게 닿는다.

여유로운 미소를 짓고 있는 복제자.

"흡……!"

김현우는 자신을 향해 투척되는 무기를 그대로 회피한 뒤, 곧바로 벽을 박차고 복제자에게 뛰어들며 그를 파악했다.

그는 마치 재롱을 보는 듯한 느낌으로 김현우를 바라보며 미소를 짓고 있었지만, 김현우의 눈에 이미 그 모습은 들어오지 않았다.

김현우가 찾는 것은 그의 약점.

'어디지, 어디야……!'

눈알이 어지럽게 굴러가고. 이내 김현우의 눈이 어느 한곳에서 멈췄다.

'저기……!'

시선이 멈춘 곳은 바로 그가 쥐고 있는 창.

그가 쥐고 있는 창에서는 정말로 미미하기는 했지만 묘한 금빛의 아지랑이가 흘러나오고 있었다.

그 모습에 김현우는 본능적으로 저 창이 무슨 역할을 하고 있다는 것을 깨닫고 곧바로 목표를 '창'으로 잡았다.

'배리어는 아직도 있을 거야.'

처음부터 김현우의 공격을 막아냈던 배리어.

단 두 번의 공격으로 김현우는 대충 배리어의 강도가 어느 정도인지 파악했다.

그렇기에.

'그래도, 저 정도라면 억지로 뚫지 못할 건 없다.'

김현우는 곧바로 결정을 끝내고, 그의 앞에 착지했다.

복제자의 앞에 착지한 순간, 투척 무기들이 일제히 복제자의 앞으로 떨어져 내린다.

그와 함께 자욱해진 흙먼지.

김현우는 기다렸다는 듯 제자리에서 점프했다.

한순간 천장에 닿을 정도로 높이 뛰어오른 김현우는 이번에는 몸을 돌려 천장에 발을 디뎠다.

그리고.

"흡!"

꽈가강!

김현우는 곧바로 다리에 힘을 주어 등반자에게로 떨어져 내렸다.

순수한 다릿심으로 지반을 향해 쏘아진 김현우는 그 짧은 시간에 자세를 잡았다.

김현우가 머릿속에 떠올린 것은 무협 소설에서 나온, '각법'을 위주로 사용하는 주인공. 주인공은 자신의 지하 공동에서 라이벌인 혈마를 죽일 때 이 각법을 사용했다. 물론 마력을 사용할 수 없어 김현우의 생각대로 그 기술이 펼쳐지지는 않겠지만.

"천뢰天雷."

김현우는 마력이 없어도 이 기술이 복제자의 배리어를 깨기에는 충분하다고 생각했다.

신각神脚.

순간적으로 몸이 빙그르 돌며 복제자의 머리를 내리치고.

꽈아아아아아아앙!

거대한 굉음이 공동에서 터져 나왔다.

발꿈치에서 느껴지는 감각에 김현우는 배리어가 깨졌다는 것을 깨닫고는 본능적으로 놀고 있던 오른발을 이용해 복제자가 창을 들고 있던 곳을 향해 발을 휘둘렀다.

그리고.

"!"

"공격이 먹히지 않아서 유감이군."

그 먼지 구덩이 속에서, 복제자는 자신의 창을 이용해 김현우의 공격을 막아내곤 곧바로 휘둘렀다.

깡!

깔끔한 소리와 함께 김현우의 몸이 뒤로 밀려나고, 복제자는 재미있다는 듯 입을 열었다.

"다시 봐도 대단하군. 마력을 사용하지 않아도 내 배리어를 깨버릴 정도로 강한 일격이라니. 솔직히 조금 얕봤어. 그리고 자네의 눈썰미도 말이야. 그러니까."

나도 자네에게 경의를 담아 내 기술을 보여주도록 하지.

복제자의 검이 빛나기 시작했다.

김현우의 인상이 찌푸려질 정도로 환하게 빛나는 검.

"이 검은 '용사 아스쿠란의 성검'이라는 아티팩트일세. 이름대로 3계층의 어느 용사가 쓰던 검이지."

이 검의 재미있는 점이 뭔 줄 아나?

"이 검은, 무기의 스킬을 빌려올 수 있네. '용사는 항상 동료들과 싸운다'라는 신화가 껴 있어서 말이야. 그리고 그걸 활용하면, 이렇게도 쓸 수 있지."

그의 입이 열리기 시작했다.

"가속, 극가속, 초가속, 이중 가속, 극점, 이중 극점, 나선, 일격, 초일격, 이중 일격, 강화, 초강화."

계속해서.

"폭발, 발화, 초폭발, 화극점, 비일극점, 연쇄, 이중 연쇄, 중독, 극중독, 은복검, 속검, 창신검."

열린다.

수많은, 김현우는 제대로 들어보지도 못한 스킬들이 복제자의 입에서 끊임없이 나열되고 정립되어 시스템에 흘러 들어간다.

시스템에 흘러 들어간 언령은 그대로 복제자에게 힘으로 치환되어 그를 뜻에 따라 강화했고.

"받아보게."

복제자가, 움직였다.

◆ ◆ ◆

"내…… 내가 알고 있는 건 이게 전부 다야……!"

"……"

"살려줘! 살려줘!"

패도 길드 지하에 있는 뇌옥.

그곳에서, 미령은 마력 구속구를 차고 던전 내의 식인 쥐들에게 쉴 새 없이 몸을 뜯어 먹히고 있는 남자를 보았다.

그는 바로, 어제 몰래 패도 길드에 잠입했다가 미령에게 걸린 3번이었다. 3번은 온몸이 쥐에게 뜯어 먹히고 있는 와중에도 앞에 서 있는 미령을 보며 비명을 지르듯 외쳤다.

"왜! 왜! 풀어주지 않는 거야! 풀어줘! 풀어달라고!"

3번의 비명. 식인 쥐들이 자신의 몸을 갉아 먹는 끔찍한 고통에서 벗어나고 싶은 3번은 마치 물 밖에 있는 생선처럼 몸을 이리저리 비틀었으나 유감스럽게도 쥐는 떨어지지 않았다.

"끄아아아악!"

오히려 더 심하게 그의 몸을 붙잡고 늘어질 뿐.

미령은 쥐들에게 뜯어 먹히고 있는 3번을 보며 말했다.

"내가 왜 너를 풀어줘야 하지?"

"무…… 무슨! 분명 정보를 말하면 풀어준다고……!"

"그건 그냥 네가 멋대로 해석한 이야기일 뿐이지 않나?"

미령의 비웃음에 그의 표정이 일순간 퍼렇게 굳었고, 미령은 계속해서 말을 이었다.

"'아는 정보를 풀어놓으라고', 나는 이 말밖에 하지 않았다."

"그런…… 그런 궤변을……!"

3번의 말에 미령은 어깨를 으쓱였다.

"그래도 고마워는 하거라. 원래 마음 같아서는 패도 길드에 무단으로 들어온 순간부터 네 녀석을 곧바로 죽여버리고 싶었지만."

미령은 3번의 눈가 아래에 있는 숫자를 보며 중얼거렸다.

"스승님 때문에 살려두는 것뿐이다."

혹시 스승님이 또 다른 정보 제공자를 찾을 수도 있으니 말이다.

"그러니, 스승님 덕분에 부지한 목숨을 잘 지키고 있어봐라."

만약 스승님이 너를 보내주라 명하면 그 명줄을 잡고 있을 수도 있겠지.

키득.

미령은 광기 섞인 웃음을 지으며 3번을 바라봤다.

◆ ◆ ◆

"!"

복제자의 신형이 순식간에 김현우 앞에 도달한다. 동시에 그의 검이 하늘 높이 치켜 올려지는 것을 본 김현우는 몸을 움직였다.

하지만.

'피할 수 없다……!'

복제자의 공격을, 김현우는 피할 수 없었다.

김현우의 눈은 복제자의 공격을 정확히 캐치하고 있었다.

일순 신형이 사라졌을 때는 미처 따라잡지 못했지만, 그가 앞에서 오른팔을 움직여 검을 들어 올리는 것까지는 확인했다.

그런데도, 김현우는 그의 공격을 피할 수 없다.

왜?

'몸이 따라주지를……!'

마력 동결.

그것은 김현우의 발목을 붙잡다 못해 끌어안고 있었다.

복제자의 검이 김현우의 머리 위로 내리쳐지고, 김현우는 필사적으로 몸을 비튼다. 그런데도 느리다. 인지했음에도 불구하고, 마력이 막힌 신체는 김현우의 의지를 제대로 따르지 못했다.

그리고.

콰득! 꽝!

"끅!"

김현우의 어깨 끝에 닿은 검이 폭발을 일으켰다.

어깨에서 시작된 고통이 순식간에 신경을 타고 뇌로 올라가 위험신호를 전달했고, 김현우는 고통에 이를 악물면서도 곧바로 다음 공격을 바라봤다.

하지만.

'이런 씨발!'

김현우의 앞에서 복제자가 어느새 철퇴를 내리찍고 있었다.

"이건 아라곤의 철퇴야."

빙결 속성이 걸려 있지.

꽝!

"또 이건 이클립스의 신창이지."

찔리기만 하면 그곳에 끔찍한 화상을 새겨준다.

푸욱!

"아라크네의 단검."

자네의 혈도에 끊임없이 독이 돌게 될 걸세.

촤악!

그 외에도 자신의 손에 있는 무기를 순식간에 바꿔 든 복제자는 그야말로 일방적이라고 해도 될 정도로 김현우의 몸을 공격해 나 갔다.

그 속에서 김현우는 누적되는 데미지와 고통에 비명을 지르면서 도 필사적으로 그의 공격을 회피하기 위해 노력했다.

오른 어깨를 뒤튼다. 늦어서 살이 베였다.

배를 향하고 찔러오는 창을 손으로 비틀어낸다. 밀고 들어오는 힘이 강해 결국 오른손을 내주어야 했다.

옆구리를 노리고 단검이 들어온다. 옆구리 대신 팔뚝을 내주었다.

회피하지 못했다. 김현우는 그저 복제자가 휘두르는 모든 공격을 최소한의 피해로 받아내고 있을 뿐이었다.

그리고.

"······!"

"이게 마지막이다."

김현우의 몸이 완전히 상처투성이가 되었을 때, 복제자는 김현우 의 앞에 그 무기를 꺼내놓았다. 그냥 세우기만 해도 높은 공동의 천장에 그대로 닿을 것 같은 거대한 무기. 검의 형태를 띠고 있지만, 그것은 검이 아닌 몽둥이와 비슷했다.

"이건 내가 유일하게 '복제'하지 않고 원본 그대로를 가지고 있는 무기지."

거검鉅劍 기간토마키아.

복제자는 자신이 들고 있는 무기의 이름을 중얼거리곤, 입가를 비틀어 올리며 말했다.

"잘 가라, 김현우."

쿠구구구구궁.

비정상적인 크기의 거검이 김현우의 머리 위로 떨어져 내린다.

매우 빠른 속도로 떨어져 내리는 거검.

검의 크기 때문인지 공동 내의 대기가 덜덜 떨리고, 김현우는 빠르게 떨어져 내리는 거검을 보며 몸을 움직였다. 그리고.

쾅! 콰가가가강 콰아앙!

지상과 맞닿은 거검이 공동 전체를 휩쓸 정도의 폭발을 일으켰다. 김현우와 복제자의 시야에서 하얀빛이 점멸하고, 곧 김현우의 몸 여기저기에 끔찍한 고통이 새겨진다. 마치 수십 명이 몸 여기저기를 수없이 난타하는 듯한 고통에 김현우는 이를 악물었고, 곧 그 폭발이 끝난 순간.

"아직도 살아 있다니, 역시 조사한 대로 자네의 내구 능력치는 상상 이상인 모양이군."

"……."

김현우는 서 있었다. 몸이 정상이 아니었다.

상의는 처음부터 없었다는 듯 사라져 있었고, 탑에서 시간을 들여 단련한 몸의 근육 사이사이에는 끔찍한 상처들이 자리했다. 무언가에 찔린 자국부터 시작해 몸 곳곳의 피부가 붉게 달아올라 있었고, 피멍이 든 것처럼 검퍼렇게 물든 곳도 있었다.

오른손엔 붉은 피 대신 노란색의 중독 액이 뚝뚝 흘러나왔고, 왼팔뚝에는 검붉은 피가 쏟아져 나왔다. 만신창이라고 하는 게 맞을 정도로, 김현우의 상태는 심각했다.

그 상황에서 복제자는 무기들을 움직였다. 그의 주변으로 공명하듯 회전하며 떠오르는 무기들. 수십, 수백 개의 무기가 부서진 공동 안을 부유하며 떠오르고, 이내 무기의 창날이 김현우를 향한다.

그 누가 보더라도 다음 장면이 예상되는 그 상황에서, 김현우는 인상을 찌푸리며 나지막하게 입을 열었다.

"이런 씨발."

온몸에 느껴지는 욱신거리는 고통. 오히려 그 고통 덕분에 김현우는 정신을 차리고 눈앞에 있는 그를 바라봤다. 승리의 기쁨을 만끽하고 있는 것 같은 그의 얼굴을 보며 김현우가 물었다.

"야, 뭐 하나 물어보자."

복제자의 표정이 순간 오묘하게 변하더니 이내 입을 열었다.

"갑자기 순한 양이 되셨군."

복제자의 비아냥에 아무런 대답도 하지 않은 김현우. 그는 흥미가 식었다는 표정으로 김현우를 바라봤지만, 이내 씩 웃으며 말했다.

"그래, 뭐 이제 얼마 남지 않은 목숨인데 한번 들어보기라도 하지."

복제자의 말에 김현우는 곧바로 입을 열었다.

"너는 왜 나를 죽이려 하지?"

김현우의 물음에 복제자가 쓱 웃으며 대답했다.

"뭘 물어보나 했더니, 목숨을 구걸하고 싶어서 짖는 거였나? 그래 뭐…… 대답해주도록 하지. 정답은 바로 너를 죽여놔야 이 계층을 멸망시키는 게 훨씬 편할 테니까."

"……너희들은 다음 계층으로 왜 올라가려 하는 거지?"

이유가 뭐야?

김현우의 물음에 복제자는 계속해서 답했다.

"그것도 대답해주지. 우리, 그러니까 등반자가 너희들을 짓밟으면서 올라가려는 이유는, 바로 '좌'에 앉기 위해서다."

"뭐……?"

김현우가 되물었지만 복제자는 그 이상 대답하지 않고 손짓했다.

순식간에 주변을 유영하던 수천 개의 무기가 금방이라도 쏘아질 듯 자세를 잡고. 그는 어깨를 으쓱이며 말했다.

"이 정도면 나름대로 충실히 대답했다고 생각한다. 그러니 슬슬 끝을 내도록 하지."

"……끝이라."

김현우는 자신의 주변에 떠 있는 무기들을 바라보았다.

하나하나가 S+ 등급의 무기들.

밖에 있는 무기들과 다르게 스치기만 해도 김현우의 몸에 치명상을 남기는 무기들을 보며 김현우는.

"이 템빨충 새끼."

조금 전까지의 진중한 표정이 거짓말이었다는 듯 미소를 지으며 입을 열었다.

"……뭐?"

"아니야? 자기 마력도 봉인하면서 템 둘둘 마는 게 템빨충 아니면 뭔데?"

김현우의 이죽거림. 미소가 사라졌던 김현우의 입가에 다시 웃음이 생겨나는 모습을 본 그는 인상을 찌푸리며 말했다.

"죽을 때가 되니 미쳐버렸군."

"템빨충 새끼, 템으로 이겨놓고 존나게 폼 잡네."

"그렇게 입을 나불거리는 것도 끝이다."

"끝은 씨발 니미다, 새끼야."

내가 진짜 아무런 생각도 없이 너한테 물어봤겠냐?

김현우의 이죽거림에 복제자의 얼굴이 순간 찌푸려진다.

"무슨?"

"무슨이긴 뭐가 무슨이야 씨발아. 너도 템빨로 이득 좀 봤으니. 나도 마땅히 내 권한을 사용하는 거지."

김현우의 몸에 존재해서는 안 되는 무언가가 보이기 시작했다.

마력.

분명 마력 동결이 일어난 이 지역에서 김현우의 몸이 마력으로 덮이고 있었다.

"무슨?"

이번엔 복제자가 경악을 터뜨렸다.

그는 본능적으로 허공을 유영하고 있는 무기 중, 스태프로 되어 있는 무기를 바라봤다.

아직까지도 찬란하게 빛나고 있는 '절대 동결의 지팡이'.

'마력 동결은 사라지지 않았는데?'

복제자는 김현우의 몸속에서 나오고 있는 마력이 김현우의 것이 아니라는 것을 깨달았고, 곧바로 창을 조작해 무기들을 쏘아 보내려 했지만.

"아…… 킥킥."

김현우는 그런 복제자를 보며 노골적인 비웃음을 지은 뒤, 톤을 높여서 말했다.

"야, 정보 고맙다? 그리고 네가 어떻게 싸우는지 알려줘서도 고맙고."

복제자의 명령에 따라 허공을 유영하던 무기들이 김현우에게 쏘아진다. 일반 사람은 쳐다볼 수도 없는 빠른 속도. 거기에 아직 스킬이 풀리지 않은 복제자가 달려 나가지만.

"다음에 보자, 템빨충 새끼야."

김현우는 누가 봐도 조롱 섞인 웃음을 지으며.

"출입."

몸이 환하게 빛난다.

김현우가 굳이 복제자에게 말까지 걸어가며 시간을 끌었던 이유. 그것은 재사용 대기 시간이 얼마 남지 않은 출입 스킬 때문이었다. 이미 어제 한 번 출입을 사용한 김현우는 일정 시간 동안 스킬을 사용할 수 없었고, 그렇기에 조금 전 공격을 당하기 전까지도 최대한 버티며 출입의 대기 시간을 기다렸다.

그리고.

"이이익!"

무기들이 그의 몸에 도착하기 전에 김현우는 환한 빛과 함께 그 자리에서 빠져나가버렸다.

"이런 씨발 새끼가……!"

복제자의 표정이 악귀처럼 일그러지며 쏘아진 무기 중 하나를 자신 쪽으로 불러들인다. 그가 불러들인 것은 '브라삭스의 차원 단검'.

"이동 좌표 확인."

3계층 수호자의 무기이자 마법과 증기기관이 발달했던 그곳에서 만들어진 '브라삭스의 차원 단검'은 이동류의 마법을 사용한 상대방의 위치를 알아낼 수 있는 능력을 갖추고 있었다.

'지금이라도 당장 따라간다……!'

복제자는 이를 악물며 좌표를 확인했다.

이 마력 동결 지역을 빠져나간다고 해도 이미 김현우의 몸은 정상이 아닌 상태였다. 지금까지 복제자가 골자를 해석하고 분석한, 죽은 모든 영웅들의 무기는 김현우의 몸에 끔찍한 상처를 남겼다.

'지금 죽여야 해, 지금!'

복제자의 눈이 일순 조급함으로 물들고, 눈앞에 떠오른 로그를 초조하게 바라봤지만.

곧.

[상대방의 이동 좌표를 확인할 수 없습니다.]

"이런 씨바아아알!"

복제자는 눈앞에 떠오르는 로그에 신경질을 내며 쥐고 있던 단검을 던져버렸다.

어두운 대공동.

분명 처음엔 깨끗하게 정리되어 있던 대공동이 완전히 박살났다. 여기저기 파이고 사라진 흔적들이 여실하게 남았으며, 공동의 절반 은 사람이 깎아놓은 게 아니라 그냥 동굴이라고 생각해도 될 정도 로 불규칙하게 박살 나 있었다.

그런 대공동 안에, 한 남자가 서 있었다.

'아직, 아직이다.'

복제자.

바로 몇 시간 전까지 김현우를 상대하며 이 대공동을 박살 낸 복 제자는 인상을 찌푸리며 눈앞의 벽을 바라보았다. 아니, 정확히 말 하면 그 벽 앞에 은은히 흐르고 있는 한 줄기의 마력 가닥을 보며 그는 입맛을 다셨다. 아무리 마법에 숙련된 헌터라고 해도 볼 수 없 는 가느다란 마력 실. 하지만 복제자는 아이템의 힘으로 이 공동 내 에 남아 있는 마력 실을 볼 수 있었다.

'저건 틀림없이 순간이동의 이정표다.'

순간이동은 한없이 복잡한 마력 구조를 통해 이루어지지만, 간단 하게 말하면 좌표와 좌표를 마력으로 이어 한순간 뛰어넘는 것이 다. 거기에 사용되는 게 마력 실. 그런데 좌표와 좌표의 이동을 이 어주면 사라져야 하는 마력 실이 그곳에는 계속해서 남아 있었다.

'틀림없다.'

거기에서 복제자는 확신했다.

'이 녀석은, 어딘가로 텔레포트 한 게 아니라, 아공간에 숨어든

거다.'

김현우가 어딘가로 순간이동 해서 도망친 것이 아니라, 그저 자신만이 틀어박힐 수 있는 종류의 방 안에 숨어든 것이라고.

물론 평범한 헌터나 등반자라면 그것을 알아채기 어렵다. 마력실을 보는 것부터 시작해서 그 상황을 추론하는 데까지에 필요한 지식은 방대했다. 5계층의 '대마법사'라고 불렸던 수호자도 순간이동이라는 마법에 대해 제대로 파헤치지 못했으니까.

하지만.

'나는 가능해. 알 수 있다.'

복제자는 가능했다. 그에게는 수많은 아티팩트가 있었다.

비록 복제품이라고 할지라도 그것은 진품에 가까운 복제품. 심지어 그가 가지고 있는 것은 일반적인 아티팩트들이 아닌, 하나하나가 영웅과 수호자 들의 무기와 장비들이었다. 그 하나하나의 업적이 칭송받고, 그 하나하나의 전승이 힘이 되어 시스템의 인정을 받은 아티팩트들은 모조리 복제자의 손안에 있었다.

그렇기에 그는 아티팩트의 힘을 이용해 비정상적인 방법으로나마 이 상황을 빠르게 추론하고 김현우가 아공간에서 나오기만을 기다렸다.

그는 허공을 유영하는 수십, 수백 개의 무기를 조용히 회전시키며 다시 한번 마력 실을 노려보면서.

'이다음에 나올 때가 네 목숨이 완전히 끝나는 때다.'

홀로 뇌까렸다.

◆ ◆ ◆

시스템으로 만들어진 방 안.

하지만 아브의 방 안은 김현우가 마지막으로 인테리어 하고 나간 방과는 전혀 달랐다.

보이는 것은 마치 자연 동굴 같은 경관.

방 자체가 그리 크지 않아 그렇게 멋진 경관이 나오지는 않았지만, 아브는 김현우에게 들어서 그가 투영한 이곳이 어느 곳인 줄은 알았다.

'튜토리얼 탑의 1층.'

그렇다. 김현우가 지금 인테리어 버튼을 써서 조성해놓은 풍경은 튜토리얼 탑의 1층이었다.

그리고 그곳에서, 아브는 저 멀리, 혼자서 어떤 자세를 연습하고 있는 김현우를 보았다. 마치 춤을 추는 듯한 자세. 양손을 이리저리 움직이며 무엇인가를 하는 김현우를 보며, 아브는 한숨을 내쉬었다.

'······.'

그녀는 불과 몇 시간 전, 갑작스레 김현우가 나타났을 때를 떠올렸다. 옷은 이미 완전히 넝마가 되어 걸치고 있다는 게 부끄러울 정도로 망가져 있었고, 온몸에서는 보기 끔찍할 정도의 피를 흘리고 있었다.

'그건 어느 정도 마력을 사용해서 치료가 된 것 같지만.'

현재 어떤 수련을 하고 있는 김현우의 몸에서 아까 같은 심각한 상처는 찾아볼 수 없었다. 이 인테리어 버튼으로 만들어낸 약품으로 응급처치를 하고, 그 이외의 부가적인 상처들은 김현우가 뭔지 모를 마력을 사용해 치료했기 때문이다. 치료가 완벽하게 된 것은 아닌지 굉장히 흉한 흉터들이 그의 몸에 새겨져 있었지만, 정작 김현우는 신경 쓰지 않는 듯했다.

'차라리 포션이나 회복 아티팩트를 만들 수 있다면 좋겠지만.'

유감스럽게도 인테리어 버튼으로는 아티팩트나 포션 같은 것은 만들 수가 없었다. 만들 수 있는 건 응급처치용 약품들 정도.

게다가 김현우의 말에 따르면, 현재 그는 굉장히 위태로운 상황이었다.

아브로서도 제대로 파악되지 않는 등급의 등반자. 하지만 김현우의 말만 들어도 아브는 이번에 김현우와 싸우는 등반자가 얼마나 강한지 짐작할 수 있었다.

아티팩트를 마음대로 복사하는 등반자. 그것만으로도 상당히 강한 적인데, 그 등반자는 심지어 아티팩트를 이용해 김현우의 마력을 봉인하는 방식으로 싸움을 이어 나가는 것 같았다. 누가 보더라도 압도적으로 불리한 상황.

아브에게는 이 싸움이 일반인과 헌터가 싸우는 상황과 비슷해 보였다. 시스템의 축복을 있는 대로 때려 박아서 싸우고 있는 등반자. 그에 반해서 시스템의 축복 중 하나를 봉인당한 채 싸우고 있는 수호자.

'게다가……'

아브는 슬쩍 시선을 돌려 이 공간 안에 이질적으로 만들어져 있는 나무 문을 바라봤다.

'이제 가디언이 여기에 있을 수 있는 시간은 얼마 남지 않았어.'

아브는 이 시스템에 포함된 존재이기에 본능적으로 김현우가 이곳에 있을 수 있는 시간이 얼마 남지 않았다는 것을 알 수 있었다.

이제 길어봤자 20분 남짓.

김현우의 정보 권한이 상위 이상이었다면 이곳에 며칠을 죽치고 있어도 상관없었을 테지만, 유감스럽게도 김현우의 정보 권한은 중하위.

그에게 허락된 시간은 24시간의 4분의 1. 즉 여섯 시간 남짓이었다.

그렇게 아브가 김현우를 걱정하고 있을 때.

"……끝났다."

응급처치를 할 때 빼고는 줄곧 무언가를 연습하고 있던 김현우의 입에서 드디어 말이 튀어나왔다.

"……뭐가 끝나요?"

아브의 물음에 김현우는 씩 웃음을 짓고는 입을 열었다.

"수련."

"……수련이요?"

'아니, 분명 무슨 수련을 하는 것은 맞았던 것 같은데.'

아브는 김현우가 했던 수련을 떠올렸다.

분명 무슨 기수식이었던 것 같은데, 그녀의 정보 권한으로 찾아본 무술과는 다르게 굉장히 엉성해 보였다.

'……정말로 괜찮은 걸까.'

아브는 걱정스레 김현우를 바라봤지만 김현우는 아브를 보며 피식 웃더니 망설임 없이 문으로 걸어갔다.

"가시게요?"

"그럼, 가야지."

"아니…… 불리한 상황이니까 최대한 전략을 생각하고 가는 게 좋지 않겠어요?"

고작 10분밖에 남지 않았지만.

아브는 뒷말을 삼키며 그를 바라봤지만, 김현우는 문고리를 잡은 뒤 이내 시선을 돌려 아브를 바라보며 말했다.

"전략은 딱히 필요 없어."

아까와는 분명히 다를 테니까.

김현우는 그렇게 자신만만한 표정을 지으며 나무 문으로 들어갔고, 아브는 멍하니 하얀빛에 감싸이는 그를 바라보았다.

그리고.

복제자는 자신의 눈앞에서 하얗게 빛나는 마력 줄기를 보며 기다렸다는 듯 입가를 비틀어 올렸다.

'그래, 네가 다시 올 줄 알았다……!'

속으로는 환희했지만, 복제자는 김현우를 조롱하기 위해 입가를 비틀어 올렸다. 이윽고 빛 속에서 걸어 나오는 김현우의 모습이 보였다.

거의 좀비라고 해도 될 정도로 상체에 거즈를 칭칭 감아댄 모습을 보며 복제자의 입가를 끌어 올렸다.

"다시 온 걸 환영하지."

"이 새끼 웃긴 새끼네?"

하지만 복제자의 귀에 들려온 것은 김현우의 욕.

"뭐?"

복제자가 어처구니없다는 듯 되묻자 김현우는 입가에 실실거리는 미소를 띠고는 복제자를 도발했다.

"아, 미안. 여기가 자기 묏자리인 줄도 모르고 실실거리는 게 웃겨서 그만."

한동안 김현우의 말을 이해하지 못한 듯 보이던 복제자는 이내 그것이 조롱임을 깨닫고 인상을 찌푸렸다.

'무엇인가 바뀐 게 있나?'

복제자는 김현우의 몸을 훑었다.

갖가지 아티팩트로 김현우의 몸을 디텍팅하고, 혹시 모를 아티팩트를 가져왔는지까지 확인했지만 별다른 변화가 없었다. 변화가 있다면 아까 전의 심각했던 상처들이 응급처치로 조금이나마 나아졌다는 것.

'허세다.'

그제야 복제자는 찌푸리던 인상을 다시 웃음으로 바꾸었다.

"아까 도망쳤던 놈이 죽고 싶지 않아서 허세나 부리다니……. 처음이랑은 너무 태도가 다르지 않은가?"

"쯧, 진짜 자기 묏자리인 줄도 모르고 염병하는 거 보니까 당장이라도 때려죽이고 싶네."

제발 허세 좀 그만 부려라 새끼야.

"허세? 허세는 네가 부."

"좆 까."

일방적으로 상대를 도발하듯 가운뎃손가락을 들어 올린 김현우의 모습에 비웃는 표정을 감춘 복제자는 이내 인상을 쓰더니 창을 휘저었다.

"그렇게까지 빨리 죽고 싶다면, 소원대로 해주지."

복제자의 창이 한 번 휘둘러지고.

그와 함께 허공에 유영하던 무기들이 다시금 투척되기 시작한다.

김현우는 눈앞에 다가오는 무기들을 보며 눈을 크게 떴다.

그리고 다시 한번, 아까 잠깐 떠올렸던 이미지와 함께, 머릿속에 스쳐 지나가는 과거로 시간을 거슬러 올랐다.

시간이 멈춘 것은 김현우가 탑 안에서 수련을 하고 있을 때.

아니, 정확히는 거의 모든 무술을 수련하는 데 성공했을 때. 김현우가 마지막으로 몰두했던 무술을 수련했을 때로 거슬러 올랐다.

김현우는 탑 안에서 수십 수백 가지의 무술을 수련했다. 물론 그 모든 것들이 정확하다고 할 수는 없었다. 어느 것은 제대로 설명되어 있는 반면, 또 어떤 것은 정확하게 서술되지 않아 김현우의 상상력으로 때워야 했다. 무술은 제대로 표현되어 있는데 말 그대로 대사만 있을 뿐이라 수행을 제대로 할 수 없던 것도 있었다.

하지만 김현우가 마지막으로 수련했던 무술은 그 두 개가 완벽하게 갖추어져 있었다. 영화, 만화, 애니메이션을 거칠 것 없이, 외부 동작이라면 김현우의 기억 속에도 확연히 존재할 만큼 많이 나왔고. 웹소설에는 구무협 때부터 단골로 등장하던 무술이기도 했다.

어느 매체에나 가리지 않고 나왔던 무술.

'이화접목移花接木.'

엄밀히 말하면 그것은 무술이 아니었다.

그것은 무공의 초식.

무공이라고 부르기에는 덧없고, 무술이라고 부르기에는 이치에 가까운 기술이었다.

무협지에서는 이화접목을 무공이나 무술로 말하지 않고 일종의 '묘리'로 설명한다. 김현우는 이화접목을 제일 마지막으로 수련했고, 제대로 깨우치지 못한 채 수련을 그만두었다.

김현우가 이화접목을 깨우치지 못한 이유?

간단했다. 아무리 수련해도, 결국 그 묘리에 대해서 제대로 파악하지 못했기 때문이다.

스승은 많았다. 김현우의 스승은 혼자 세계의 구원자가 된 무술인이기도 했고, 혼자서 만인 앞에 군림하던 천마이기도 했으며, 또 만인의 존경을 받는 그랜드 소드마스터이기도 했고, 신神이기도 했다.

하지만 그중에서 김현우가 '질문'을 할 수 있는 스승은 없었다. 그렇기에 깨우치지 못했다. 깨달음을 얻지 못했기에 성공하지 못했던 것이다.

"후……."

그래, 그때에는 성공하지 못했다.

김현우는 느릿하게 숨을 내쉬며 어느새 자신의 지척까지 다가와 있는 검을 보았다.

날카로운 기세를 가지고 있는 검.

하지만 지금은?

김현우는 손을 들어 올렸다.

가볍게 들리는 손.

김현우는 미소를 지었다.

시스템 방 안에 들어간 여섯 시간, 그 짧은 시간 안에 김현우는 깨달음을 얻을 수 있었다.

천재라서 고작 여섯 시간 만에 이화접목을?

아니다. 그게 아니다.

"후……."

김현우가 탑에서 마지막으로 가장 오랜 시간을 쏟아부었던 그것.

그저 묘리를 깨닫지 못해, 그 묘리에 나왔던 묘사를 수십 수백 수천 수만 번 따라 했던 그 시간!

거기에 더불어 탑 밖으로 나와 상대했던 두 명. '압도적으로 절제되어 있는 힘을 사용했던 천마'와 '제멋대로 날뛰는 야성적인 힘을 사용했던 괴련난신'.

그 두 전투를 경험 삼아, 그리고 그들이 보여주었던 경외적인 힘을 스승 삼아.

"스읏!"

김현우는, 마침내 도달할 수 있었다.

스으으윽!

그가 혼자서는 도달하지 못했던.

콰가가각 쾅!

이화접목의 묘리에.

◆ ◆ ◆

김현우의 몸이 기이하게 뒤틀리며 투척되는 검을 피해낸다. 아니, 정확히 말하면 쳐낸다.

쾅!

정확히 밑면을 슬쩍 흘려 친 것만으로도 투척 경로가 비틀려 김현우가 있는 곳과 전혀 엉뚱한 곳으로 날아가는 검.

그 모습에 복제자의 인상이 찌푸려진다.

수십 수백의 무기가 일제히 김현우를 노리고 날아든다. 한눈에 보기에도 어지러워 보이는 양. 동시에 앞뒤를 공격하는 무기도 있고, 또 어느 것은 시간차를 두고 날아오기도 한다.

하지만.

"스으으으."

김현우는 멈추지 않았다. 양손이 어지럽게 움직인다.

김현우는 어느새 기수식을 잡고 그 자리에서 몸을 자연스럽게 움직인다. 무기를 피하는 것이라고는 믿을 수 없을 정도로 자연스러운 움직임. 김현우의 손이 움직이며 날아오는 무기들을 쳐낸다. 철퇴, 단검, 창, 칼, 도, 그 외의 많은 무기는 김현우의 몸을 건드리지 못했다.

"미친……!"

복제자는 스킬을 걸어 자기 자신을 강화하면서도 그런 김현우의 모습에 경악했다.

김현우는 자신의 앞으로 다가오는 모든 무기를 양손으로 철저하게 방어했다. 같은 속도로 똑같이 날아오는 무기는 한쪽 무기를 쳐냄으로써 각도를 비켜 올려 방향을 바꾸고, 미묘한 시간차공격도 동선의 낭비 없이 한 번에 쳐낸다. 그야말로 기예와 우연이 연속된 것 같은 모습을 계속해서 보여주는 김현우.

분명 무엇 하나 바뀐 것은 없었다. 온몸에 거즈가 감겨 있는 것을 보면 상처는 여전할 터였다. 딱히 다른 아티팩트를 가지고 와서 능력을 올린 것도 아니었다.

'그런데……!'

복제자는 인상을 찌푸렸다. 지금 자신이 보고 있는 김현우는 진정 여섯 시간 전에 보았던 그 김현우가 맞는가? 머리 한쪽으로 떠오르는 의문에 복제자는 이를 악물고는 스킬을 중첩해 나갔다. 전승과 업적에 의해 무기에 부여되었던 수십 수백 가지의 스킬이 복제자의 말에 의해 시스템에 전해지고, 다시 그 힘이 복제자에게 차오른다.

"후……!"

수십, 수백 개의 스킬이 중첩된다. 신체 강화에 관련된 스킬이.

시스템이 표기해주는 다섯 개의 능력치를 압도적으로 끌어 올려주는 스킬들이 모조리 몸속에 틀어박혀 복제자의 힘으로 발현된다.

그리고.

다시 한번 6시간 전과 똑같은 힘을 가지게 된 복제자는 무기들을 튕겨내고 있는 김현우를 공격하기 위해 뛰어들었다.

복제자의 도약에 따라 지반이 터져 나간다. 마치 로켓엔진이 사출된 것처럼 주변의 지반을 모조리 때려 부수고 도약한 그는 순식간에 김현우의 몸 안으로 파고들었다.

눈을 부릅뜬 복제자가 검을 뒤로 당긴다. 누가 보더라도 명확한 찌르기의 자세. 아까 전의 복제자는 김현우를 최대한 농락하며 죽이기 위해 간을 봤다. 수십 개의 무기를 꺼내 타격했고, 김현우가 자신의 힘에 농락당해 무릎을 꿇는 과정을 즐겼다.

하지만 지금은?

'이번에는 죽인다……!'

복제자는 진심으로 김현우를 일격에 죽이려 하고 있다. 그에게 더 이상의 여유는 없었다. 상황을 보면 유리한 건 아직도 복제자 자신이었다. 그럼에도 불구하고 그는 직감적으로 차오른 위기 본능에 따랐다. 김현우의 상태는 이전보다 좋지 않았지만 그런데도 복제자의 직감은 김현우를 죽이라고 말하고 있었다. 지금 당장, 김현우를 죽이라고!

최대 능력으로 폭발된 그의 찌르기가 김현우의 심장을 노린다. 그리고 그런 상황에서 김현우는 자신의 배 안으로 파고들어 온 복제자의 모습을 확인하고.

"……!"

그 자리에서 피하지 않고, 그저 복제자가 찔러오고 있는 검을 향해 손가락을 움직였다. 그 모습을 본 복제자는 오히려 그런 선택을 한 김현우를 비웃었다.

'이 공격을 고작 손가락 하나로 흘릴 수 있다고 생각하다니! 멍청한 녀석!'

수백 개의 신체 강화 스킬로 무장한 복제자는 자신의 힘을 믿었고, 그렇기 때문에 자신 있게 검을 찔러 들어갔다.

그의 검이 김현우의 심장 지척에 다가갈 때쯤.

그의 검 면 위에, 김현우의 손이 닿았다.

그리고 김현우의 손이 가볍게 튕기는 그 순간.

툭.

콰드드드득!

"?"

복제자는 한순간 자신에게 일어난 상황을 이해할 수 없었다. 김현우는 그 자리에 그대로 있었다. 복제자가 투척했던 검들은 이미 김현우의 손짓에 의해 전부 와해되어 김현우의 몸 대신 차가운 땅바닥에 꽂혀 있었다. 그리고, 복제자는.

"끄."

완전히 뒤틀리다 못해 박살 나버린 자신의 오른손을 보며 비명을 질렀다.

"끄아아아아아악!"

"시끄러워, 씨발아."

복제자의 비명과 함께, 김현우는 기회라는 듯 그의 몸 안에 파고들어 가 곧바로 기술을 펼쳤다. 마력은 필요하지 않은, 순수하게 신체로만 펼칠 수 있는 기술.

극.

패왕경.

꽈아앙!

"커억!"

김현우의 패왕경이 배리어가 사라진 그의 몸에 그대로 꽂히고, 그의 얼굴이 순식간에 일그러지며 피를 토해낸다.

순식간에 저 너머로 날려진 복제자,

쾅! 콰직! 콰드드득!

복제자의 몸이 사방에 박혀 있는 무기들 사이로 치여 날아가 지반을 부쉈다. 김현우는 아직도 끝나지 않았다는 듯, 저 멀리 날아가는 복제자를 향해 도약했다.

그리고.

"!"

곧바로 날아가고 있는 복제자의 몸에 또 한 번의 일격을 내리꽂았다.

꽝!

"끄아아악!"

날아가던 복제자의 목이 그대로 바닥으로 추락하며 폭발하고, 흙먼지가 사방으로 터져 나가며 김현우의 시야를 가린다. 그 상황에서도 김현우는 복제자가 처박힌 위치를 정확히 찾아내 또 한 번의 일격을 가하려 했지만.

"쯧."

공격 시간은 끝났다는 듯 일제히 투척된 무기들을 보며 김현우는 몸을 피했다.

그리고.

쿠그그그그궁!

대기가 떨림과 동시에 복제자의 주변에 일고 있던 흙먼지가 사방으로 터져 나갔다.

곧 보이는 복제자의 모습.

"허억……. 허억……."

불과 몇 초 전과 다르게 무척이나 볼품없이 변해 있었다. 그가 입고 있던 황금의 갑옷은 여기저기가 찌그러져 있었고, 특히 배갑이 완전히 박살 나 갑옷의 효용을 잃어버렸다. 검을 쥐고 있던 왼손은 아마 아티팩트에 의해 재생되고 있는 것 같았지만 차마 눈 뜨고 볼 수 없을 지경이 되었다.

그 누가 보더라도 굉장히 흉한 모습.

하늘에 떠 있는 무기들은 여전히 그의 주변을 비호하듯 회전하고 있었지만, 이미 김현우의 눈에는 장식품과 별다를 바가 없었다.

"아주 씹창이 나셨네?"

김현우의 이죽거림에 복제자의 인상이 악귀처럼 찌푸려진다.

그를 만나고서 처음 본 복제자의 화난 얼굴.

"어우 화났어? 이거 참 미안해서 어쩌나? 응? 보답으로 빨리 죽여줄까?"

김현우가 빙글거리는 웃음을 지으며 복제자를 조롱하자 그는 까득 소리가 나게 이를 물더니 곧 말했다.

"네 녀석……! 후회하게 해주마……!"

쿠그그그그그긍!

김현우가 밟고 있던 지반이 덜덜거리며 흔들리기 시작했다.

동시에 복제자의 등 뒤로, 푸른 마력이 터져 나왔다.

마력 줄기처럼 복제자의 등 뒤에 나타난 마력들은 여기저기 가지를 타고 뻗어나가며 허공을 유영하고 있는 무기들을 붙잡기 시작했다. 허공에 떠 있는 무기들이 복제자의 마력에 의해 붙잡히고, 김현우가 무엇을 할 새도 없이 하늘에 떠 있는 모든 무기들에 푸른 마력을 연결한 복제자.

김현우는 본능적으로 마력을 움직이려 했지만, 아직까지 움직이지 않았다.

'아티팩트인가.'

김현우의 눈이 가늘어졌을 때쯤, 복제자는 그르륵거리는 소리를 내며, 자신의 손 위에 거대한 검을 소환해냈다.

거검 기간토마키아.

도저히 한 손으로 들고 있다는 게 말도 안 될 정도로 거대한 대검을 쥐고 복제자는 악의로 가득 찬 웃음을 지으며 입을 열었다.

"이 기간토마키아는 다른 무기의 보정치를 그대로 끌어올 수 있는 능력을 가지고 있지!"

지금 나는 여기에 있는 모든 무기의 보정치를 이 한 몸에 받고 있는 거다!

그는 환희가 넘쳐 오르는 표정을 지으며 김현우의 얼굴을 관찰했지만.

"……이 새끼 병신 아니야?"

김현우는 오히려 멍청하다는 듯 그를 보며 비아냥거렸다.

"뭐?"

찌푸려진 복제자의 표정과는 반대로 김현우는 비웃음을 지으며 말했다.

"왜? 갑자기 내가 한마디 하니까 쫄려?"

"이…… 이이이익!"

복제자의 표정이 더더욱 흉악하게 일그러지고, 김현우는 미소를 지으면서도 자세를 낮춰 복제자의 모습을 바라봤다. 복제자는 누가 보더라도 말도 안 될 정도의 힘을 사방으로 흩뿌리는 중이었다.

마력이 아니었다. 무형의 기운.

마력도 아닌 무형의 기운이 복제자의 몸에서 흘러나오고 있었다.

그의 몸에서 생기는 이상 현상들. 그는 분노에 이끌려 보지 못하는 것 같았지만, 김현우는 확실하게 그의 이상을 감지하고 있었다. 과도한 힘을 버티지 못하는 복제자의 육체를. 하지만 그런 육체를 제외하고서라도 복제자의 몸 안에서 터져 나오는 기운은 김현우의 기세를 일부 누를 정도로 기괴하고 강대했다.

하나.

'그렇다고 해도.'

김현우는 그 자리를 피하지 않았다.

곧이어 그가 어떻게 들고 서 있는지 모를 거검이 김현우에게 떨어져 내리기 시작한다.

쿠그으으응! 콰아아아아!

거검이 그저 주변을 훑는 것만으로도 거대한 질량의 소닉붐을 만들어내고, 도저히 튕겨낼 수 없을 것 같은 거검이 김현우를 이 세상에서 지우기 위해 떨어진다. 마치 막아낼 수 없는 거대한 유성이 떨어지는 것만 같은 느낌에 김현우는 자신의 심장이 미친 듯이 요동치는 것을 느꼈다.

하지만.

그 상황에서 김현우는 웃었다. 저 말도 안 되는 힘을 받아치는 것은 유감스럽지만 지금의 김현우로는 불가능했다. 하지만 김현우가 해야 하는 것은 저 유성을 맞받아치는 것이 아니었다.

그 찰나의 순간. 김현우의 손 위로, 거검이 떨어져 내린다.

툭. 쿠와아아아아아아아!

질량의 폭력이 무엇인지 알려주겠다는 듯 모든 것을 깔아뭉개며 떨어져 내리는 거검. 모든 것을 먹어 치우겠다는 듯, 사방의 지반과 벽, 존재하는 모든 것들을 모조리 무無로 되돌리는 기간토마키아가 김현우와 복제자의 청각을 빼앗고.

기간토마키아는 멈췄다.

그리고, 그곳에서 복제자는 보았다.

"무……슨……!"

모든 것이 가루가 된 그 상황에서, 아무런 상처도 없이 그저 기간토마키아의 날에 손을 올린 채 오연하게 서 있는 김현우의 모습을.

"헉!"

그리고 그가 미처 반응하기도 전에 김현우의 모습이 복제자의 눈앞에 나타났다.

김현우의 온몸은 마치 마력을 사용한 듯 기괴한 기운을 뿜어내고 있었다.

그리고 그것을, 복제자는 너무나도 잘 알고 있었다.

"그, 그건! 내…… 내!"

그것은 바로 복제자가 무기들의 보정치를 한 몸에 받고 얻은 폭발적인 기운. 기간토마키아에 깃들었던 그 기운이 어느새 김현우의 오른손에 잔뜩 뭉쳐져 있었다.

김현우는 씨익 웃으며 그의 면전에 대고 입을 연 뒤.

"네 힘, 돌려줄게."

그 말과 함께, 오른손을 힘차게 어깨 뒤로 꺾었다.

금방이라도 쏘아질 것 같은 활처럼 힘차게 꺾이는 김현우의 몸.

"이화접목."

일식一式.

'반극.'

발리스타처럼 꺾여 있던 김현우의 오른손이 복제자의 얼굴을 향해 쏘아져 나가고.

천격.

콰아아아아아아─삐─────!!

거대한 공동이, 터져 나갔다.

네가 왜 여기서 나와?

"후······."

알리미

은신해 있던 등반자를 찾아 처치했습니다!

위치: 미국 뉴욕

[등반자 '복제자' '하수분河水盆'을 잡는 데 성공하셨습니다!]

[정보 권한의 실적이 누적됩니다!]

[현재 정보 권한은 중하위입니다.]

완전히 박살 나 있는 대공동의 한가운데에서, 김현우는 마치 전쟁터처럼 변해버린 풍경과 동시에 자신의 눈 위에 떠 있는 로그를 보며 가볍게 한숨을 내쉬곤 시선을 내렸다.

그곳에는 이미 상반신이 날아가버린 복제자의 남은 하반신이 서서히 먼지로 변해 사라지고 있었다.

그와 함께 먼지로 흩날리기 시작한 무기들.

대공동의 사방에, 아무렇게나 꽂혀 있는 수십 수백 개의 무기가 복제자의 시체와 같이 먼지로 변해가는 것도 잠시.

"?"

김현우는 완전히 폐허처럼 변해버린 그곳에서 사라지지 않고 남아 있는 두 개의 아티팩트를 보았다. 하나는 아직도 오롯이 땅에 박힌 채 그 위용을 드러내고 있는 거검 기간토마키아. 또 다른 하나는 바로 복제자의 하반신이 누워 있었던 그 자리에 놓여 있는 아이템이었다.

검은색의 외형을 가지고 있는 주머니. 김현우는 그것을 들어 올렸고, 곧 그의 눈가에 로그가 떠오르기 시작했다.

하수분의 아공간

등급: S++

보정: 없음

SKILL: 아공간

소지할 수 있는 물품 0/15

[정보 권한]

하수분은 '전설'의 구전으로 삶을 시작했다. 이지異志를 가지기 시작할 때부터 모든 물건의 골자를 탐하고 성분을 분석하려는 욕망을 가졌던 그.

시간이 지나 하수분은 마침내 자신의 계층에 있는 모든 물건들의 골자와 성분을 파악하는 데 성공, 물건을 보는 것만으로도 복제할 수 있는 '눈'

올 얻게 된다.

하나 그의 이지가 죽음으로써, 그는 다시 '전설'의 구전으로 돌아가 본연의 능력을 잃고 무언가를 담을 수 있는 '물건'이 되었다.

그는 (권한 부족)을 탐구하기 위해 (권한 부족)을 오르게 되었고 (권한 부족) (권한 부족)

(권한 부족)의 (권한 부족) 좌를 위해, (권한 부족).

"쯧."

김현우는 자신의 눈앞에 가득 떠오르는 '권한 부족'의 향연에 혀를 찼지만, 이내 곧 아공간 주머니의 로그를 보며 말했다.

"아공간."

수우우우.

김현우가 입을 열자마자 검은 주머니의 입구에서 검은색의 무엇인가가 뿜어져 나오기 시작했다.

칠흑 같은 무엇인가.

[아공간에 넣을 물건을 지정해주세요.]

김현우는 눈앞에 떠오르는 로그에 곧바로 주변을 돌아보다 이내 혹시나 하는 생각에 옆에 꽂혀 있던 기간토마키아를 지정했다.

스ㅇㅇㅇㅇㅇ!

김현우가 기간토마키아를 지정하자마자 주머니의 입구에서 튀어나온 검은 무엇인가들은 곧바로 기간토마키아를 먹어 치우기 시작했다.

"오……."

마치 검은 암흑이 검을 먹어 치우는 것 같은 장면에 감탄하는 것도 잠시. 김현우는 곧 어둠에 먹힌 거대한 기간토마키아가 자신의 허리춤에 매면 충분할 것 같은 주머니에 들어가는 것을 보며 놀라움을 감출 수 없었다.

하수분의 아공간

등급: S++

보정: 없음

SKILL: 아공간

소지할 수 있는 물품 1/15

거검 기간토마키아.

소지 목록에 추가된 거검 기간토마키아.

김현우가 호기심에 기간토마키아가 표시되어 있는 로그를 누르자 관련 로그가 튀어나왔다.

거검 기간토마키아

등급: ST+

보정: 근력+

SKILL: 집단 합심

[정보 권한]

3계층의 수호자이자 거인족들의 왕이 사용하던 보물. 일 검에 태산을 짓누르고 하늘을 가르는 이 검은 그 누구의 손이 아닌 오로지 거인족이 사용해야만 (권한 부족)의 힘을 제대로 끌어낼 수 있다.

거검 기간토마키아는 (권한 부족)이, 아니더라도 (권한 부족), (권한 부족), (권한 부족)에 이끌릴 경우 일부의 힘을 빌릴 수 있다.

이 무기를 꺼내시겠습니까? Y/N

김현우는 로그를 읽어 내려가다 NO를 누르고, 이내 남아 있는 열네 개의 슬롯을 보며 어깨를 으쓱였다.

'좀 짜네.'

보통 웹소설 같은 곳에서 보면 아공간 주머니는 편의성 있게 어느 물건이라도 무한대로 들어가는 게 많은데, 이 하수분의 아공간은 들어가는 슬롯이 열다섯 개밖에 없다.

'뭐, 없는 것보다는 당연히 있는 게 좋지만.'

김현우는 그나마 멀쩡한 왼쪽 주머니에 하수분의 아공간을 쑤셔 넣고 주변을 돌아보았다.

'……이제 볼일도 전부 끝났으니 슬슬 탈출해야 하는데.'

김현우는 슬쩍 인상을 찌푸리며 자신의 상태를 바라봤다. 신고 있던 슬리퍼는 애초부터 날아간 터라 아까부터 맨발로 싸웠다. 상의도 마찬가지로 이미 날아가버려서 상체는 전부 붕대와 거즈로 치덕치덕 바른 상태. 그나마 다행인 건 바지는 제 형태를 유지하고 있다는 거다.

"……"

오른쪽만.

왼쪽은 이미 무엇인가에 타들어 가 있어서 고무줄이 끊어지기 일보 직전이었다.

"……이거 완전 거지꼴이네."

스마트폰이라도 들고 올 걸 그랬나?

김현우는 그렇게 중얼거리다가 이내 고개를 저었다. 어차피 옷 상태가 이런 것을 보면 스마트폰을 들고 왔다고 해도 완전히 박살 나버렸을 것이다.

"쯧."

'꼬였네.'

김현우는 인상을 찌푸렸다.

애초에 이렇게 갑자기 등반자를 만날 거라고는 생각하지 않았기에 그냥 아레스 길드 조지고 통신은 아레스 길드 것을 '빌려' 어떻게든 되지 않겠나 하는 생각을 하고 있었다.

그런데 지금 상황은?

아레스 길드 앞에 소환된 것이 아니라 복제자에 의해 이곳으로 강제 소환된 것이라 뭘 빌려 쓸 생각은 할 수 없을 것 같았고. 무엇보다 이곳의 위치가 정확히 어디인지도 제대로 알지 못했다.

그렇게 김현우가 어떻게 해야 하나 고민할 때쯤.

끼이이익.

"길드장님 이제 슬슬 밖으로 나가야 됩니다. 오늘 아침 회의……가?"

분명 일반 벽처럼 보였던 곳에서 끼이이익거리는 문소리와 함께 한 남자가 나타났다. 얼굴에 로마자로 Ⅵ(6)이라는 문신이 새겨진 남자는 안으로 들어오려다 완전히 개박살이 나 있는 공동을 보며 누가 봐도 확연히 당황해하는 행동을 취했고.

김현우는 문을 열고 들어온 6번을 보며 회심의 미소를 지었다.

"야."

"넌 뭐야!"

김현우의 나지막한 부름에 6번은 인상을 찌푸리며 양손을 크게 흔들었다. 그와 함께 어디서 나왔는지 그의 양손에 장착되는 거대한 두 개의 건틀렛. 6번은 김현우에게 달려들기 위해 준비하려 했지만.

핏.

"……?"

순간 도약하려던 6번의 경로 앞에 나타난 김현우.

"……!"

6번은 어느새 자신의 몸이 벽에 처박혀 있다는 사실을 깨달았다. 뒤늦게 몰려오는 고통에 김현우는 피식 웃으며 말했다.

"내가 좀 힘들거든? 그러니까 우리 쉽게 쉽게 가자. 응?"

"끄으으으윽!"

"입 없냐?"

김현우가 그렇게 중얼거리며 주먹을 들어 올리자, 벽에 처박힌 채 아무것도 못 하고 신음을 흘리고 있던 남자는 두 눈을 파르르 떨며 고개를 끄덕거렸고.

"좋아."

김현우는 무척이나 만족한 표정으로 남자를 바라본 뒤 입가를 비틀어 올리곤 말했다.

"우선 옷부터 벗어볼까?"

그리고 스마트폰도 내놔라?

남자는 그저 덜덜 떨며 김현우의 말에 따를 수밖에 없었다.

◆ ◆ ◆

그로부터 3일 뒤, 헌터협회 한국 지부의 본관.

사람 100여 명이 들어차도 어느 정도 여유가 있게 만들어놓은 헌터협회 한국 지부의 본관은 때에 맞지 않게 사람들로 가득 차 있었다.

아무리 봐도 족히 수백 명은 넘을 것 같은 사람이 각각 자리에 앉아서 카메라와 노트북을 만지작거리고 있었고. 미처 자리를 잡지 못한 기자들은 땅바닥에, 심하면 본관 밖의 유리창 밖에서라도 노트북과 카메라를 들고 있었다.

그런 상황에서.

"나온다! 나온다!"

"야! 지금 나온다!"

김현우가 본관으로 들어오자 기자들이 하나같이 자리에서 일어나기 시작했다. 분명 아까 전만 해도 타닥거리는 키보드 소리만 들려왔던 본관이 한순간 아수라장이 되었다.

기자들은 너 나 할 것 없이 자리에서 일어나 김현우가 올라간 간이 무대로 몰려들기 시작했고, 김현우는 그런 기자들을 보며 입을 열었다.

"자자, 전부 진정합시다."

김현우의 말과 함께 살짝 진정된 기자들. 하나 그럼에도 몇몇 기자들은 조금 더 좋은 자리를 얻기 위해 주변의 기자들을 계속해서 밀어댔고, 김현우는 그들 중 한 명에게 손가락질을 하며 말했다.

"저기요, 거기 뒤에서 같은 기자 밀고 있는 아저씨. 어차피 거기서도 들리는데 왜 그렇게 지랄을 떨어?"

가만히 좀 있어라 좀.

김현우의 말에 기자들이 조용해지기 시작했고, 그 모습에 김현우는 만족스러운 미소를 지으며 주변을 돌아봤다.

그리고.

"자, 그럼 지금부터 빨리 끝냅시다. 오늘은 질문 안 받고 할 말만 하고 갈 거니까."

"김현우 헌터! 오늘 질문을 받지 않는다는 건 혹시 다른 날에!"

"아, 좀 닥쳐봐. 나 이야기하는 거 안 보이냐?"

김현우의 말에 인상이 굳어진 기자. 김현우는 계속해서 말했다.

"뭘 꼬라봐?"

"김현우 헌터! 그런 식으로 기자들을 억압하면."

"억압이 아니라 네가 먼저 선을 넘은 거겠지, 응? 내가 뭔 말 했어? 분명히 네가 질문하기 전에는 분위기 좋았는데 지금 상황은 어때? 응?"

김현우의 말에 기자는 그제야 주변을 돌아보았다. 다른 기자들이 너 나 할 것 없이 그를 바라보고 있었다. 기자는 묘한 압박감에 짓눌렸고 김현우는 씨익 웃으며 계속해서 입을 열었다.

"왜, 협박이라도 하려고 했어? 기자를 억압하면 어떤 식으로 뒤통수 맞을지 모른다고? 응? 너 같은 새끼들 때문에 멀쩡한 기자들도 기레기 취급받는 거 아니야. 응?"

그러니까 그냥 꺼져 좀.

김현우는 그 말을 끝으로 그 기자를 돌아보지도 않고 입을 큼큼거리더니 말했다.

"자, 그럼 다시. 우리 서로서로 좋게 갑시다. 저는 기자들한테 아주 먹음직스러운 떡밥을 하나 뿌릴 거니까, 기자님들은 그걸로 기사 올려서 조회 수 벌어서 좋고."

나는 내가 퍼트려야 될 정보가 빨리빨리 퍼지니까 좋고. 그치?

김현우는 그렇게 말하며 기자들을 쳐다보았고, 조용히 자신을 바라보고 있는 기자들을 보며 만족스럽게 웃은 뒤 말을 이었다.

"자, 그럼 이야기를 좀 하겠습니다. 우선 여기 있는 분들은 다 아시죠? 3일 전에 저를 암살하러 시현이의 집까지 찾아온 놈들이 있었다는 거."

대답은 없었다.

"뭐, 어차피 이 말만 하려고 기자 부른 거니까."

양념 안 치고 그냥 말하겠습니다.

김현우는 주변을 슥 둘러보곤 말했다.

"저한테 괴한을 보낸 놈들이 누구인지 찾았습니다."

"!"

김현우의 폭탄 발언에 순식간에 웅성거리며 시끄러워진 기자들. 하나 김현우는 망설임 없이 주머니에서 스마트폰을 빼냈다.

"자, 그리고 이건 제가 확보한 증거물 중 하납니다."

김현우가 주머니에서 꺼낸 스마트폰을 꾹 누르자 마이크를 타고 목소리가 흘러나왔다.

―우리한테 너를 암살하라고 사주한 사람은 마튼…… 브란드다.

―마튼 브란드? 그게 누군데?

―꽝!

―끄아아아악! 말하겠다! 그는 아레스 길드의 길드장이다!

그 말과 함께 끊기는 녹음 파일.

"아, 혹시 내가 자작해서 만들었다는 지라시를 쓸까 봐 미리 말해두는데, 아파트 CCTV 영상 확인하면 제가 이 폰으로 녹음하는 게 그대로 찍혀 있으니까 확인하면 되고. 무엇보다."

이거 말고 또 증거가 몇 개 더 있습니다.

그 말과 함께 사방에서 터지는 플래시 소리. 김현우는 쉼 없이 카메라 셔터를 누르고 키보드를 치는 기자들의 모습을 보고 만족한 뒤 말했다.

"아무쪼록."

김현우는.

"아레스 길드에서 빨리 잘난 해명을 좀 했으면 좋겠네요."

한번 들어나 보게.

그렇게 말하며 입가를 비틀어 올렸다.

◆ ◆ ◆

[아레스 길드, 김현우에게 암살자를 보내다?]

[아레스 길드 한국 지부장, 김현우에게 암살자를 보낸 것으로 밝혀져. 누리꾼들 경악과 충격—]

[아레스 길드 한국 지부장의 갑작스러운 실종? '갑작스러운 지부장의 퇴출 전말']

[아레스 길드 지부? 아레스 길드 본사? 진짜는 무엇인가?]

[아레스 길드와 고인물 헌터 김현우의 악연, 어디서부터?]

고인물 헌터 김현우가 아레스 길드가 자신에게 암살자를 보냈다는 증거를 연이어 공개하며 현재까지 굉장한 이슈가 되고 있다.

지난 4일, 김현우는 기자회견을 열어 아레스 길드가 자신을 암살하려 했다는 증거(녹음)를 공개했고, 거기에 더불어 이 사건에 자신이 할 수 있는 조치를 전부 취하겠다고 말함으로써 아레스 길드 지부와 김현우 헌터 사이의 갈등이 이제는 아레스 길드 본사와 김현우 헌터 사이의 갈등으로 심화될 것으로 보인다.

(중략)

아레스 길드는 김현우 헌터가 말한 일에 대해 아무런 입장 표명을 하지 않다가 하루 전 '빠른 시일 내로 입장 표명을 하겠다'고 밝혔다.

이 아레스 길드의 발언에 한쪽에서는 협회에서 강하게 진상 규명을 해야 한다는 말과 동시에 아레스 길드가 은밀히 일을 해결하려는 움직임을 보이는 것이라고 우려하는 반응도 나오고 있다.

이채명 기자

김현우가 헌터협회 한국 지부에서 아레스 길드에 대형 폭탄을 터뜨린 지도 3일.

그가 터뜨린 초대형 폭탄은 순식간에 사방으로 퍼져 나가 요 며칠간 뉴스의 헤드라인을 뜨겁게 달궜고, 아레스 길드는 여러 시사 TV 프로그램의 먹잇감이 되어 보기 좋게 물어뜯기는 중이었다.

그렇게 아레스 길드와의 이슈가 해외까지 타고 퍼질 때쯤.

웅성웅성.

"여기 맞지?"

"맞다니까."

"야, 근데 어째 김현우 헌터는 얼굴도 안 보이냐?"

"기다려봐. 어제 연락 들어왔다니까? 분명, 이 안에서 쉬고 있다고 들었는데."

"저번처럼 떡밥 안 뿌리나?"

강동구 천호대교 쪽에 있는 2층 단독주택. 도로가 좁은 그곳에는 매우 많은 기자가 각자의 노트북과 카메라를 들고 문 앞을 서성이고 있었다.

그곳은 바로 김시현이 소유한 주택 중 하나였다. 원래는 탑에서 돌아온 김현우를 위해 구매해놓은 선물이었지만, 혼자 사는 것보다는 같이 사는 게 편하다기에 방치해놓았던 주택이다.

물론 김시현의 집이 기사단에게 반파된 이후로 저택은 제값을 톡톡히 하고 있다. 그 단독주택 앞에 기자들이 며칠 전 김현우가 터뜨린 아레스 길드에 관한 추가 인터뷰를 듣기 위해 모여 있었다.

정작 김현우는 그 기자회견 이후로 지난 3일간 단 한 번도 얼굴을 비치지 않았지만, 기자들은 포기하지 않았다. 그도 그럴 것이 지금 김현우의 한마디는 조회 수를 끌어 모으기에 굉장히 좋은 먹잇감이었다. 다른 곳을 뛰어다니며 취재하는 것보다 김현우의 말 한마디가 몇 배의 조회 수를 얻는다는 것을 알고 있기에.

"흐……"

그들은 김현우가 있는 것으로 추정되는 집 앞을 떠날 수 없었다.

"아, 안에 들어가서 몰래 촬영이라도 해볼까?"

한 기자가 아쉬운 마음에 입을 열었지만, 그 옆에 있던 다른 기자는 고개를 저으며 말했다.

"이 담을 어떻게 넘으려고?"

"그것도 그러네……."

단독주택의 1층이 싹 가려질 정도로 높은 담장. 기자들은 아쉬움을 표하며 결국 그나마 저택이 살짝살짝 보이는 담장 근처에서 괜히 카메라를 들이대고 있을 뿐이었다.

기자들에 의해 웅성거리는 소리가 끊이지 않는 저택 밖.

하나. 그렇게 웅성거리고 있는 밖과는 다르게 단독주택의 안방에서는 김현우를 포함한 김시현과 한석원, 그리고 이서연이 석연치 않은 분위기로 모여 앉아 있었다.

"그러니까…… 오빠 말은, 그거죠? 저희는 아직 탑 안에 있는 거고, 지금 이 지구는 9계층이라고……?"

"맞아."

"허."

김현우의 말에 한석원은 저도 모르게 어이가 없다는 듯 허, 하는 한숨을 내쉬더니 말했다.

"솔직히 네가 거짓말할 성격이 아니라는 건 알고 있지만…… 그래도, 뭔가 좀 믿기 어렵긴 하네."

한석원이 떨떠름하게 머리를 긁적이자 이서연도 고개를 끄덕이며 말했다.

"그건 나도 마찬가지예요. 솔직히, 좀 믿기 어렵긴 하네요."

김현우는 묘하게 회의적인 느낌으로 눈을 이리저리 굴리는 자신의 동료들을 보며 한숨을 내쉬었다.

그들이 이런 반응을 보이는 이유. 그것은 바로 어제 돌아왔던 김현우가 조금 전 그들에게 해준 말 때문이었다.

"……그러니까 다시 한번 정리해볼게요. 괜찮죠?"

"그래."

이서연의 말에 김현우는 고개를 끄덕였다.

"그러니까, 지금 이 지구는 탑 안에 있는 9계층이라는 곳이고, 우리가 '재앙'이라고 부르는 녀석들은 사실 탑을 오르는 등반자 다…… 이런 이야기 맞죠?"

"잘 이해했네."

"그리고, 오빠는 그 등반자를 막는 가디언 같은 역할이고?"

"그것도 정답."

김현우의 말에 이서연은 한숨을 내쉬며 고개를 저었다.

"내가 물어봤지만…… 이건 좀……."

"뭘 그렇게 믿기 힘들어해? 그냥 그런가 보다 하면 되지."

"아니, 그게 돼요?"

김시현의 물음에 김현우는 어깨를 으쓱였다.

애초에 김현우가 동료들에게 이 이야기를 풀어놓은 이유는 이서 연과 김시현의 의문을 해소해주기 위해서였다.

줄곧 김시현과 이서연의 머릿속에서 맴돌고 있던 의문.

왜 김현우는 재앙을 막으러 다니는가?

김시현과 이서연, 그리고 한석원은 솔직히 그동안 김현우의 행각 이 조금 기이하다는 생각을 하고 있었다. 그도 그럴 게 김현우는 처 음 한국에서 일어난 크레바스 사태도 대충은 예상하고 있었다는 듯 그들에게 크레바스가 일어나는 날에 일을 만들지 말라고 일러두었 고. 그 뒤에는 일본이나, 이 한국에서는 더럽게 먼 거리에 있는 독 일에 나타난 재앙을 홀로 잡으러 가기도 했다.

그런 김현우의 모습은 그와 함께 탑을 올랐던 그들의 눈에 굉장히 어색했다. 만약 김현우가 평소에도 남을 도와주는 것을 업으로 여길 정도의 선인이었으면 나름대로 이해를 했을지도 모른다. 하지만 적어도 그들이 아는 김현우는 선인이 아니었다. 철저한 타인이 본다면 오히려 지나치게 냉철하고 시니컬하게 보이는 게 김현우다.

김현우는 자신이 관련된 일 외에는 그다지 관심이 없고, 무엇보다 탑 안에서의 그는 자신의 이익 여부를 따지는 것에 굉장히 철저했다. 동료들에게는 그런 느낌이 살짝 덜했지만, 다른 이들에게는 얄짤없었다.

그런 김현우가 그냥 재앙을 막으러 다닌다? 말도 안 되는 일이었다.

물론 어제, 김현우가 아레스 길드를 조지러 간 것은 김현우의 이해와 맞아떨어지는 행동이기는 했다.

아레스 길드 소속 기사단이 김현우를 습격했고, 그는 자신에게 암살자를 보낸 아레스 길드를 박살 내기 위해서 미국으로 향했다. 하지만 김현우가 돌아왔을 때, 그의 몸은 어느 정도 치료하기는 했어도 완전히 개박살이 나 있었고, 아레스 길드는 멀쩡했다. 그 모습을 보고 이서연은 문득, 김현우가 혹시 이번에도 세상에 드러나지 않은 재앙을 잡으러 간 게 아닐까 하는 생각을 하게 되었고.

"후……."

김현우에게 진실을 물어 답을 들은 것이다.

"흠……."

김현우는 혼란스러워하는 그들을 보며 머리를 긁적였다.

'대충 이런 느낌이 될 줄은 알았지. 뭐, 나도 아브에게 처음 그 이야기를 들었을 때는 충격적이었으니까.'

지금은 아니지만.

'뭐, 그래도 언젠가는 말해줘야겠다고 생각하고 있었으니까.'

김현우는 언젠가 자신의 동료들에게는 따로 이야기를 풀어놔야겠다고 생각하고 있었다. 물론 뉴스에서야 저 좋을 대로 이야기를 풀어놔도 상관없지만 딱히 동료에게까지 자신의 이야기를 숨기고 싶지는 않았으니까.

김현우가 그렇게 생각하고 있을 때, 이내 정리를 마친 것인지 김시현이 한숨을 내쉬며 말했다.

"결국 형은 등반자를 막아야 하는 게 목적이네요?"

"맞지."

"……음, 솔직히 말해서 믿기는 힘들지만 대충 이해하기는 했어요. 그럼 형이 왜 재앙이 등장하면 막으러 다니는지도 이해가 되고요."

그래서.

"이번에도 등반자 막으러 간 거예요?"

"아닌데?"

"그럼 뭐예요?"

"뭐긴 뭐야. 아레스 길드 조지러 간 거지."

"네……?"

김시현이 이상하다는 듯 반문하고, 한석원이 입을 열었다.

"아레스 길드를 조졌다고? 하지만 아레스 길드는 멀쩡한데?"

"아레스 길드는 안 건드렸어. 아레스 길드장을 조졌거든."

"……뭐?"

"아레스 길드장이 사실 등반자여서 말이야, 안 그래도 조지려고 했는데 조지는 김에 등반자도 죽여서 좋았지."

김현우가 피식 웃으며 말하자 그들의 머리 위에 물음표가 떠오르기 시작했고, 곧 그 자리에서 김현우는 장장 30분에 걸쳐 다시 한번 상황 설명을 해야만 했다.

그리고 그렇게 그들을 이해시키고 난 뒤.

웅성웅성.

"거 더럽게 시끄럽네."

생각 이상으로 시끄러운 저택 밖의 소리에 김현우는 인상을 찌푸렸다. 사실 어제부터 웅성거리는 게 거슬리기는 했지만, 그리 큰 소리는 아니라 무시했다. 하지만 지금은 기자들의 웅성거리는 소리가 김현우가 있는 안방까지 확연히 들릴 정도로 커졌다.

"갑자기 소란스러워진 거 보니 형이 원하는 대로 아레스 길드 쪽에서 접촉을 시도하는 거 아닐까요."

김시현의 말에 그는 그럴 수도 있겠다는 듯 고개를 주억거렸지만 이내 고개를 갸웃했다.

"그 새끼들이 이렇게 대놓고 오진 않을 것 같은데? 어떻게든 길드 이미지 안 망치려고 열심히 노력하겠지."

김현우의 말에 김시현은 고개를 끄덕였다.

"우리나라보다도 길드 이미지가 좋아야 하는 게 미국이긴 하죠."

김시현과 대화를 나누고 있는 와중에도 점점 소란스러워지는 밖.

"한번 나가보기는 해야겠네."

김현우가 인상을 찌푸리며 중얼거리자 김시현이 물었다.

"좀 더 앉아서 요양하는 게 좋지 않겠어요?"

"이미 거의 다 나았어."

실제로 김현우의 몸은 버프, 디버프 마법을 전문으로 사용하는 아냐에게 치료받고 난 뒤 상당히 호전되어 이제는 대부분 정상으로 되돌아와 있었다.

남은 것은 오른쪽 옆구리의 미묘한 화상 자국뿐. 다른 사람에게는 흉터가 신경 쓰일 수도 있겠지만, 정작 김현우는 '어차피 옷 때문에 보이지도 않을 부위 흉터 생기면 어때?'라고 생각하며 가볍게 넘겼다.

그는 망설임 없이 안방을 나서 현관문을 열었고.

"와! 뭐야! 뭐냐고!"

"어…… 어어어어어!"

찰칵찰칵!

플래시 세례와 함께 기자들의 시끄러운 소리에 김현우는 슬쩍 인상을 찌푸렸지만, 곧 걸음을 옮겨 저택의 정문을 열었다.

그리고.

"……."

김현우는 벌 떼처럼 모여 있는 기자들 대신 다른 광경을 볼 수 있었다. 우선 분명 2차선인 도로를 도대체 길이가 어느 정도인지 모를 리무진이 전부 막으며 대기하고 있었고, 리무진에서 저택의 문 앞까지 뭔지 모를 카펫이 깔려 있었다. 그 사이로 기자들이 플래를 터트리며 김현우가 있는 정문을 찍고 있었고.

정문의 앞에는.

"제자, 스승님을 모시러 왔습니다."

진달래가 수놓아진 치파오를 입고 허리를 90도로 숙인 미령과 그의 뒤에 붙어 있는 수많은 가면무사가 있었다.

"제자야……."

네가 왜 여기서 나와?

◆ ◆ ◆

천호동에 있는 저택 안.

제자, 미령의 등장으로 저택 밖은 이전보다도 훨씬 소란스러워졌지만, 그와 반대로 저택 안쪽엔 긴 침묵이 도래했다.

"……."

"……."

"……."

"……."

끝날 줄 모르는 침묵.

김현우의 동료인 이서연, 김시현, 한석원은 김현우 옆에 다소곳이 무릎을 꿇고 앉아 있는 미령을 보고.

"……."

그녀의 뒤에.

아니, 정확히 말하면 이 방 근처와 저택 주변에 깔려 있는, 가면을 쓴 무사들을 은근히 돌아보며 침묵을 유지하고 있었다.

그리고 그런 침묵 끝에, 제일 먼저 입을 연 것은 김현우였다.

"제자야."

"예, 스승님."

"저것들은 뭐냐?"

"저들은 미천한 제자가 비루하게나마 준비한 스승님의 호위 병

력입니다."

무릎을 꿇은 상태로 공손히 고개를 숙이며 말하는 미령의 모습.

그 모습을 보며 김시현은, 아니 그 자리에 있는 김현우를 제외한 모든 사람은 어처구니없는 표정으로 그녀를 바라봤다.

'저 소녀가, 그 패도 길드의 길드장인 패룡이라고?'

김시현은 눈앞의 소녀의 모습을 보면서 머릿속으로 소문들을 떠올렸다. 한국에서는 김현우의 활약(?)으로 인해 그리 큰 기사화가 되지 못했지만, 최근 패도 길드에 대한 뉴스는 중국에서, 그리고 전 세계에서도 나름대로 주목하고 있는 사안이었다.

불과 4년 전에 불현듯 나타나 중국 던전의 독점 권한을 50퍼센트나 홀로 먹어 치운 괴물 길드. 땅덩어리 크기에서 둘째가라면 서러운 중국을 50퍼센트나 통일했다는 것만으로도 패도 길드는 엄청난 주목을 받고 있었지만, 최근에는 그 주목도가 더 높아졌다. 그것은 느긋하게 중국을 먹어 치우던 패도 길드가 불과 몇 달도 되지 않는 짧은 시간에 중국을 양분하고 있던 '위연' 길드를 박살 낸 것 때문이었다.

원래 중국의 패자였던 위연 길드를 무너뜨리고 중국을 완전히 손아귀에 넣은 패도 길드. 그리고 패도 길드가 그렇게나 빨리 중국 헌터 업계를 먹어 치울 수 있었던 이유. 그것은 그동안 움직이지 않았고 제대로 된 신원조차 밝혀지지 않았던 패도 길드의 길드장이 드디어 자신의 모습을 드러내며 움직였기 때문이다.

S등급 세계 랭킹 5위이자 정보통이 가져온 정보에 의하면 위연 길드의 센터라고도 할 수 있는 지하 도시를 혼자서 뭉개버린 괴물.

'패룡'.

그녀가 움직였기에 위연 길드는 몇 달을 버티지 못하고 무너졌다는 소문이 있을 정도로, 그녀의 등장은 임팩트 있었다. 그리고 그런 임팩트에 따라 여러 가지 뜬소문도 흘러나왔다.

그런데.

'……중학생. 아무리 잘 쳐줘도 고등학생.'

김시현은 다소곳이 앉아 있는 미령의 모습을 보며 생각했다. 물론 사람을 겉모습으로 판단하는 것은 잘못된 일이지만 그렇다고 해도 그녀의 모습은 굉장히 이질적이었다.

갸름한 얼굴. 게다가 김현우의 물음에 대답하는 목소리도 소녀스럽기 그지없었다. 하지만 그녀의 명에 따라 저택 주변을 샅샅이 지키고 있는 가면무사는 눈앞에 있는 소녀의 정체가 패도 길드의 길드장이라는 것을 적나라하게 보여주고 있는 듯했다.

"눈에 거슬리니까 치워라."

"알겠습니다, 스승님."

김현우의 말에 미령은 고개를 숙이곤 슬쩍 목을 움직였다.

슥.

그와 함께 그들의 시야에서 완전히 사라지는 가면무사들. 시선을 돌리기만 해도 다섯 명은 보였던 가면무사들이 순식간에 모습을 감춘다.

그리고 그 일련의 과정을 지켜보던 한석원은 떨떠름한 표정으로 입을 열었다.

"그러니까, 지금 거기에 있는 개가 그 유명한 패도 길드의 길드장인 패룡이라는 거지?"

"패룡?"

"보잘것없는 제자에게 붙여진 이명입니다, 스승님."

김현우가 처음 들어본다는 듯 고개를 갸웃하자 김시현이 입을 열었다.

"형, 혹시 모르고 있는 거예요?"

"뭘 모르고 있어?"

"아니, 그러니까, 형 제자가 패룡이란 거요."

"모르고 있었지. 아니, 애초에 패룡이라는 이명이 유명해?"

난 딱히 인터넷을 돌아다녀도 보지 못했던 것 같은데?

김현우가 고개를 갸웃하자 김시현은 뭔가 묘한 표정으로 김현우와 미령을 바라보더니 말했다.

"패룡이라는 이름은 S등급 세계 랭킹 5위한테 붙은 이명이에요."

"뭐? 세계 랭킹 5위?"

김현우의 되물음에 김시현은 고개를 끄덕였고, 미령은 옆에서 조용히 고개를 숙였다.

'……제자가 세계 랭킹 5위라고?'

김현우는 분명 자신의 제자가 어느 정도 강할 거라는 건 알고 있었다. 어느 정도 강하지 않고서야 중국 전체를 혼자서 먹어 치울 정도로 힘을 가진 길드를 만들 수 있을 리가 없으니까.

근데 요점은 그게 아니었다.

'얘.'

김현우는 묘한 표정으로 미령을 바라보았다.

물론 미령에게 무술을 알려준 것은 자신이었지만 그렇다고 해서 제대로 알려준 무술이 있었다는 것은 아니다.

김현우와 미령이 만났던 때는 그가 한창 은거기인 콘셉트에 빠져 있을 초기였고, 그 당시에 그는 딱히 실용적인 무술을 만든 적이 없었다. 전부 다 엉망진창에 엉터리, 무술이라고 하기에도 추잡한 무엇인가. '그나마' 써먹을 수 있는 패왕식이 있기는 하지만 미령에게 알려준 패왕식은 몇 개 되지 않았다.

그렇기에.

'어떻게 강해진 거야⋯⋯?'

김현우는 미령이 S등급 세계 랭킹 5위라는 사실에 묘한 표정으로 미령을 바라봤고, 그녀는 그런 김현우의 시선을 받더니 곧.

"죄송합니다, 스승님!"

쿵!

"!"

"?"

갑작스레 오체투지를 했다.

갑작스러운 상황에 당황한 동료들과 김현우. 그러나 미령은 신경 쓰지도 않은 채 말을 이었다.

"불초 제자 스승님의 가르침을 받고 스승님의 뜻을 가슴에 그리고 있었음에도 스승님의 자리를 마련한다는 이유 하나로 스승님의 뜻을 지키지 못했습니다."

"무⋯⋯ 뭐?"

김현우가 뭔 소리냐 물으려 했지만 미령은 그것을 곡해했는지 더더욱 고개를 땅바닥에 처박으며 말했다.

"스승님은 제게 그 무엇도 제 위에 있어서는 안 된다고 말씀하셨습니다! 오로지 제 위에 있는 건 스승님뿐이⋯⋯."

"아가리 닥쳐라, 제자야!"

미령의 갑작스러운 흑역사 공개에 김현우는 당황하며 말을 막았지만 미령은 그런 그의 비명 어린 소리에 더 크게 소리쳤다.

"죄송합니다! 죄송합니다! 불초 제자! 스승님의 이름에 먹칠을 하고 말았습니다! 천天인 스승님의 아래에는 제자밖에 없었어야!"

빡!

"꺅!"

"제자야, 한마디 더 하게 하지 마라."

네가 1위든 1위가 아니든 상관없으니까.

미령의 계속되는 공격에 김현우는 그녀의 머리를 한 대 후려치며 말했고, 미령은 시무룩하게 고개를 숙이다가 이어지는 김현우의 말에 "아 아앗" 하는 소리를 내며 고개를 숙였다.

금방이라도 흑역사가 생각난 듯 끄으윽거리는 신음을 흘리며 머리를 붙잡는 김현우와 그의 말을 어떻게 착각했는지 홍조를 띤 얼굴로 그런 김현우를 바라보는 미령. 그 둘의 모습을 보고만 있던 김시현은 한석원과 마찬가지로 떨떠름한 표정을 지으며 말했다.

"그러니까 형."

"왜?"

"그러니까…… 그, 미령……?"

찌릿!

움찔.

김시현은 말하다 말고 한순간 자신에게 가해진 압박감을 느끼며 시선을 돌렸다. 그곳에는 조금 전까지 홍조를 띠고 있었던 미령이 무척이나 냉정한 눈빛으로 김시현을 바라보고 있었다.

스승님에게 받은 이름을 함부로 부르지 마라.

김시현의 머릿속에 울리는 미령의 목소리.

김시현은 눈을 휘둥그레 뜨다가 이내 마른침을 삼키며 말했다.

"아니, 패룡과의 관계가…… 대체 어떻게 된 거야?"

물론 대략적인 상황을 봤을 때 이미 파악하기는 했지만, 김시현은 본인에게 대답이 듣고 싶었다.

김시현의 물음에 김현우가 대답했다.

"내 제자야. 그리고."

툭.

김현우는 아무렇지도 않게 미령의 머리를 툭 치곤 말했다.

"너도 아무 데서나 살기 뿌리고 다니지 마라."

"……송구합니다, 스승님. 제자가 심려를 끼쳐드렸습니다."

"……."

조금 전 냉정한 눈빛과는 다르게 사근사근한 목소리로 대답하는 미령의 모습.

김시현은 왠지 머리가 어질어질해지는 듯한 느낌을 받았다.

"아니, 그…… 도대체 어느 시점에 패룡을 제자로 받은 거야?"

김시현이 이해가 되지 않는다는 듯 묻자 김현우가 대답했다.

"내가 저번에 말해주지 않았어?"

"저번에?"

"그래. 내가 탑에 있을 때 제자들 받았다고 했잖아."

"그런 말을 한 적이……."

있었다.

김시현은 예전, 김현우가 처음 탑에서 빠져나와 같이 식사를 하러 갔을 때를 떠올렸다. 그때 분명 김현우는 자신의 제자가 있었다고 말했다.

"······그럼 탑에서 키운 제자 중 한 명이 패륜······?"

"그래."

웅성웅성.

"아······ 이 새끼들 더럽게 시끄럽네."

이야기를 나누던 도중 김현우는 집 밖에서 꾸준히 들려오는 소란에 인상을 찌푸리며 머리를 긁적였고, 미령은 그때가 기회라는 듯 입을 열었다.

"스승님."

"왜."

"제자, 허락만 해주신다면 스승님의 근심을 해결해드리고자 합니다."

"어떻게?"

"허락해주신다면 지금 당장 무사들을 이용해 밖에 있는 이들을 전부 죽여버리겠."

"헛소리하지 마라, 제자야."

김현우의 말에 미령은 조심스레 입을 열었다.

"안 되······겠습니까?"

"그럼 되겠냐?"

"혹시 다른 사회적인 시선 때문이라면 이 제자, 은밀히 밖에 있는."

"후. 제자야, 일 더 만들지 말고 가만히 있어라."

"······알겠습니다."

시무룩한 표정을 짓는 미령을 뒤로한 김현우.

그는 귀찮다는 듯 한숨을 내쉬고는 자리에서 일어났다.

"……형 뭐 하게요?"

"뭘 하긴 뭘 해. 저 녀석들이 원하는 질문 타임 열어주러 가는 거지."

"질문 타임이요?"

"그래. 이제 대답이 안 오는 걸 보니 한 번 더 찔러야 하나 생각하고 있었거든."

김현우는 그렇게 말하며 자리에서 일어났고, 이내 안방을 나서 다시 기자들이 있는 곳으로 나갔다.

김현우가 나가자마자 순식간에 몰려드는 기자들.

기자들의 질문이 쏟아지기도 전에 김현우가 선수를 쳤다.

"우리 다들 욕먹기 싫으면, 아시죠?"

그의 목소리에 순식간에 조용해진 좌중.

김현우는 기자들의 빠른 태세 전환에 만족하며 입을 열었다.

"자, 룰은 전부 알죠? 제가 대충 얼굴을 기억하는 기자들도 있는 것 같은데."

주변을 슥 돌아본 그.

"우선 이번에는 제가 할 말 하기 전에 기자분들이 그렇게 원하시는 질문 타임부터 가지도록 하겠습니다."

김현우는 곧바로 손가락을 움직여 한 기자를 지목했고, 기자들의 질문이 시작되었다. 매끄럽게 진행되는 기자들의 질문 타임. 이미 세네 번의 기자회견으로 김현우에게 자극적인 질문이 통하지 않는다는 것을 안 기자들은 김현우의 심기를 건드리지 않는 선에서 질문을 했다.

"김현우 헌터! 혹시 패도 길드와는 어떤 관계입니까?"

"그냥 좀 아는 사이요."

"김현우 헌터! 아까 전 찾아온 그 소녀는 누굽니까?"

"전과 동일. 그냥 아는 사람입니다."

김현우는 그렇게 대답을 하며 슬슬 질문 타임을 끝내야겠다는 생각으로 말을 이어 나갔다.

"자, 그럼 이제 슬슬 마지막 질문 받고 나서 질문은 좀 끝내도록 하겠습니다."

"김현우 헌터, 오늘 오후 2시에 아레스 길드에서 이번 사태에 대한 답변을 내놓았는데, 이 답변에 대해 어떻게 생각하십니까?"

그 말에 느긋하던 김현우의 표정이 살짝 변했다.

"답변이요?"

"예! 오늘 오후 2시, 아레스 길드에서 공식적인 답변을 내놓은 것으로 알고 있습니다!"

기자의 말에 김현우는 웃음을 지었다.

◆ ◆ ◆

그로부터 하루 뒤, 김현우는 성내동의 한 카페에서 스마트폰으로 기사를 바라보고 있었다.

[아레스 길드, 공식적인 입장을 발표하다]

하루 전, 미국 현지 시각 새벽 7시, 아레스 길드에서는 이번 사태에 대한 공식적인 답변을 내놓았다.

올린 글의 시작은 세계적으로 거대한 길드가 이런 식으로 물의를 일으켜 죄송하다는 말을 전하고 있으며, 그와 함께 아레스 길드 내부 사정에 이상이 생겨 답변이 늦었다는 내용 또한 담겨 있다.

아레스 길드는 이번 사태에 대해 어느 정도 오해가 있는 것 같다는 내용과 함께 이 사건의 중심인 김현우 헌터를 당장에 만나 해결하고 싶다는 입장을 강하게 표명했으며, 아마도 조만간 아레스 길드와 김현우의 만남이 일어날 것으로 보인다.

이에 누리꾼들은 거대 길드가 개인을 찍어누르려 한다고 격분 중이다.

이한순 기자

스마트폰에 뜬 기사와 함께 그 아래에 달려 있는 댓글들을 주르륵 훑어본 김현우는 이내 미소를 지으며 자신의 앞에 앉아 있는 남자를 바라봤다.

"그래서."

"……."

"당사자와 만나서 직접 협의하겠다는 말에 이렇게 나왔는데, 어디 한번 이야기나 들어볼까?"

"……."

김현우 앞에 앉아 있는 남자. 그는 아레스 길드의 부길드장이자 현재 마튼 브란드의 갑작스러운 실종으로 인해 긴급하게 길드장의 자리를 역임하고 있는 '카워드'였다.

'젠장…….'

카워드는 짧게 생각하면서도 눈앞에 여유로운 표정으로 앉아 있는 김현우를 바라봤다.

현재 아레스 길드의 본사는 크게 울렁이고 있었다.

이유는 바로 아레스 길드장 마튼 브란드의 실종.

아니 정확히 말하면 실종이 아니었다.

'……이자가.'

아레스 길드장, 마튼 브란드를 죽였을 수도 있다.

물론 확신도 없고 물증도 없다.

그러나 김현우의 알리바이를 증명하기도 어렵고, 현재 김현우가 데리고 있는 인질을 생각해보면 아마 그가 마튼 브란드의 공방을 박살 냈다는 것이 제일 신빙성이 있었다.

'6번은 길드장님 공방의 문지기였으니까……'

카워드는 어제 김현우가 기자회견을 열어 아레스 길드에게 보란 듯이 뿌려놓은 사진을 떠올렸다. 아니, 그건 사진도 아니고 그냥 A4 용지에 문자를 인쇄한 것에 불과했다. A4 용지에 인쇄되어 있는 문자는 'Ⅵ(6)'.

그것은 김현우가 기사단 중 6번을 인질로 잡고 있다는 소리였다.

6번이 마튼 브란드의 공방이 박살 남과 함께 사라졌던 것을 떠올리면.

'김현우가 6번을 인질로 사로잡고 있다는 말이 된다.'

카워드는 속으로 혀를 찼다. 안 그래도 갑작스러운 길드장의 실종에 길드 내부가 굉장히 혼란스러웠다.

그도 그럴 것이 아레스 길드의 정식적인 '앞'과 '뒤'는 모조리 길드장과 관련된 인사들이었으니까. 하지만 혼란스러워하던 것도 잠시, 그들은 이제 슬슬 눈치를 보며 길드 내의 분열을 일으키고 있다.

'지금 당장은 어떻게든 분열을 막아내고 있기는 하지만……'

얼마 가지 못한다.

그런 상황에서, 카워드는 자신이 이 먼 곳까지 와야 하는 게 마음에 들지 않았다. 아무튼, 어쩌다 보니 아레스 길드의 길드장이 되긴 했지만 결국 지금 아레스 길드가 자신의 손안에 있는 것은 확실하니까.

'하지만, 지금 이 상황은 직접 와서 해결해야 하는 것이 맞다.'

김현우, 그는 어떤 행보를 취할지 알 수 없는 이상한 놈이었으니까. 카워드는 그렇게 생각하며 김현우의 눈치를 한번 보고는 조심스레 입을 열었다.

"저희 쪽에서는……."

"아."

하나, 그가 입을 열자마자 김현우는 잊고 있었다는 듯 짧게 탄성을 내뱉으며 카워드의 말을 끊어버린 뒤.

"내가 이걸 말 안 했는데, 입 나불거릴 때 잘 생각하는 게 좋을 거야. 알지?"

너희 친구 중에 얼굴에 로마자로 문신해놓은 애들 있잖아?

김현우는 씨익 웃으며 말했다.

"그러니까 우리 사람 빡치게 헛소리는 하지 말자."

알겠지?

김현우의 말에 카워드는 인상을 찌푸리려다 이내 한숨을 내쉬며 말했다.

"뭘 원하십니까?"

카워드의 말.

김현우는 재미있다는 듯 웃고는 대답했다.

"그걸 내가 정하면 재미없지. 오히려 네가 내게 말해줘야 하는 게 아닐까?"

"제 쪽에서는 김현우 헌터가 무엇을 원하는지 짐작하기가 어렵군요."

"그래? 나는 대충 너희들이 한 일 보면 딱 견적 뽑아서 올 줄 알았는데……. 그건 아닌가 보네?"

김현우는 빙글거리는 웃음을 지으며 카워드를 도발했지만, 이미 철저하게 가면을 쓰고 그를 대하기로 한 카워드는 무표정했다.

하지만.

"저희 쪽은 김현우 헌터가 원하는 대로 최대한."

"그럼 한국에서 철수해라."

"무."

"아, 물론 양도권은 전부 나한테 넘기고."

카워드의 결심은 김현우의 다음 한마디에 모조리 깨져버리고 말았다. 그는 당황한 얼굴로 말했다.

"아, 아니. 그런 말도 안 되는 억지가……."

"왜 억지라고 생각해? 너희들 지금 내가 알고 있는 거 뿌리면 이미지 완전히 박살 날 텐데?"

헌터 개인을 상대로 여러 번이나 살인미수를 하고, 게다가 나 이외에도 여기저기 은근히 뒤가 구린 짓을 많이 했더라?

"그, 그게 무슨."

"그렇게 힘들게 부정할 필요 없어. 네 친구한테 전부 들었으니까."

거짓말이었다. 김현우가 데려온 6번은 지하에 가둬놓은 그날 이후로 한 번도 제대로 이야기한 적이 없다. 하지만 그런 김현우의 말에 카워드는 눈에 띄게 동요했다.

'해 처먹은 것도 더럽게 많으신가 보네.'

김현우는 피식 웃으면서도 그런 카워드를 보며 유감스럽다는 듯 말했다.

"봐, 그렇게 고민할 거면서 도대체 왜 나를 건드렸어?"

그 말에 슬쩍 인상을 찌푸린 카워드.

김현우는 계속 말했다.

"만약 너희가 나를 안 건드렸으면 이럴 일도 없잖아? 내가 굳이 그 기레기들 사이에 껴서 그렇게 기자회견 할 일도 없을 거고, 너도 그렇게 내 앞에서 고민할 필요도 없었겠지."

"……."

"아니면 길드가 더럽게 커서 기본적으로 반격당해본 적이 없어서 그런가? 만약 그렇다면 이참에 교훈 하나 멋들어지게 새겨놓으면 되겠네."

저기 아레스 길드 건물도 크다만? 거기 빌딩 위쪽에 새겨둬.

"누구를 먼저 건드릴 때는 자기도 좆 될 각오를 하고 건드리라고."

김현우가 웃음을 지으며 말하자 그저 굳어 있던 카워드의 인상은 더더욱 굳어지다 못해 찌푸리게 되었고, 김현우는 그제야 피식 웃으며 말했다.

"그래, 뭐 이번에는 내가 '특별히' 인심 썼다."

"인심……?"

"아레스 길드가 한국에서 철수하는 건 네가 생각해도 좀 아니지? 이 한국에서 너희들이 던전 먹으려고 노력한 게 얼만데, 응?"

그러니까.

김현우는 씨익 웃었다.

"내가 딱 인심 써서 40퍼센트, 너희들이 가지고 있는 던전 중 40퍼센트만 받아 갈게."

이 정도도 많이 인심 쓴 거다?

김현우의 익살스러운 모습에 카워드의 얼굴이 무섭도록 일그러졌다.

그리고 얼마 뒤. 김현우는 카페 밖으로 나왔다. 그가 밖으로 나오자마자 갑작스레 처음부터 있었다는 듯 나타나는 미령과 가면 무사들.

"일은 잘 해결되셨습니까, 스승님?"

"제자야, 깝치지 말고 쟤들 데리고 다니지 말라 했지?"

김현우의 핀잔에 미령은 송구하다는 듯 고개를 숙였고, 그와 함께 가면을 쓴 무사들이 순식간에 사라져버렸다.

주변에 있던 시민들이 놀란 표정으로 자신들을 쳐다보는 것을 느낀 김현우는 쯧, 하고 혀를 찼고 미령은 고개를 숙이며 말했다.

"죄송합니다, 스승님."

"다음부터는 그러지 마라."

"감사합니다, 스승님."

"감사는 무슨……. 가기나 하자."

김현우는 그렇게 말하며 누가 보더라도 상당히 길어 보이는 리무진을 향해 걸어갔고, 미령은 쭉 고개를 숙이다 슬쩍 시선을 돌려 카페 안에 있는 카워드를 바라보았다.

무심하고 냉랭한 표정.

"빨리 와."

"죄송합니다, 스승님."

미령은 손에 쥐고 있던 수신기를 그대로 뭉그러뜨려 쓰레기로 만들어버린 뒤, 곧바로 몸을 옮겨 리무진으로 움직였다.

◆ ◆ ◆

서울 목동에 위치한 5성급 고급 호텔.

김현우와의 만남을 위해 카워드가 잡아놓았던 방 안에는.

"끄아아아아악!"

그의 비명 소리가 울려 퍼지고 있었다. 그는 자신의 손에 뚫린 거대한 구멍을 보며 쉴 새 없이 비명을 질렀고, 그 방 안에 있던 여덟 명의 가면무사는 무표정하게 그를 보며 서 있었다.

그러던 중, 카워드의 뚫린 손이 거짓말처럼 치유되기 시작했다. 피가 줄줄 흐르던 손바닥에 다시 새로운 살이 돋아나고 뼈들이 재생된다.

그리고.

"끄아아아아아악!"

손바닥이, 다시 한번 뚫린다.

"살려줘! 살려줘!"

카워드는 두려운 눈으로 눈앞에 서 있는 가면무사들을 바라봤다. 얼굴에 가면을 쓰고 있어 무슨 표정을 짓고 있는지 모를 그들은 그저 무감정하게 서서 자신의 비명을 지켜보고 있을 뿐이었다.

그렇게 몇 번이나 카워드의 비명이 반복되었을까.

가면무사 중 한 명. 그는 피가 부족한지 파리한 안색으로 부들부들 떨고 있는 카워드를 보며 말했다.

"세계 랭킹 39위라고 해도 별거 없군."

"대, 대체 가면무사들이 왜⋯⋯."

카워드. 그는 앞에 있는 가면무사에 대해 잘 알고 있었다. 현재 중국 전체를 홀로 먹어 치울 정도로 강대한 세력을 가지고 있는 길드의 가면무사들은 패도 길드 내에서도 주 전력을 담당하는 이들이었다.

'이 녀석들의 가면은 검은색⋯⋯.'

패도 길드의 가면무사들은 가면의 색으로 위치가 나뉜다. 제일 하급인 갈색부터 중간급인 주황색, 그리고 높은 등급인 붉은색과 패도 길드장의 직속 부대만이 쓴다고 하는 검은색 가면이 있었다.

지금 카워드 앞에 있는 여덟 명의 가면무사는 단 한 명도 빠짐없이 검은 가면을 쓰고 있었다. 가면 안에서 흘러나온 묵직한 목소리에 파리한 얼굴을 한 카워드의 시선이 돌아갔고, 가면을 쓴 남자가 나직이 입을 열었다.

"원망하지 마라. 너는 마땅히 받아야 할 벌을 받고 있는 것뿐이니."

"버, 벌이라니 내가 도대체 왜⋯⋯! 나는 아무것도⋯⋯!"

"정말 잘못을 모르나?"

"무슨."

쩌드득!

"끄아아아아악!"

다시 한번 손이 분질러지며 카워드의 비명이 또다시 울려 퍼진다. 그렇게 비명을 질러대는 그를 보며 가면무사는 조용히 읊조렸다.

"너는 심기를 건드렸다."

"내…… 내가 대체……!"

콰드드드득!

"끄아아아악!"

카워드의 다른 손이 분질러진다. 양손이 분질러지는데도 자신의 몸을 구속하고 있는 검은 마력 덕분에 끝없는 무력감을 느끼며 카워드는 비명을 지를 수밖에 없었다.

가면무사는 비명을 지르는 그의 앞에 다가가 낮게 읊조렸다.

"명심해라. 네가 무엇을 하든 우리는 상관하지 않는다. 하지만 네가 그분의 심기를 거스르는 날에, 다시 찾아오도록 하겠다."

네가 그 어디에 숨어 있더라도 말이다.

가면무사는 일어나서 몸을 돌리다 말고 슬쩍 그를 돌아봤다.

덜덜 떨고 있는 카워드.

가면무사는 공포에 질린 그의 눈빛을 한차례 바라보고는 말했다.

"그래, 굳이 알려주자면."

그분 앞에서 천ㅈ에게 인상을 찌푸린 게 네 죄다.

그 말과 함께 가면무사들은 카워드의 손을 치료하지 않은 채 그대로 사라져버렸다.

이 호텔에서 마치 처음부터 없었다는 것처럼 사라진 그들. 하지만 사라지는 그들을 보고도 카워드가 할 수 있는 것은 박살 나버린 두 손을 부여잡으며 고통스러운 신음을 흘리는 것뿐이었다.

생각하기 싫다

미국 워싱턴에 위치한 국제헌터협회.

처음 지구에 던전과 몬스터라는 개념이 만들어지고 나서 세계 최초로 만들어진 국제헌터협회는 굉장히 거대한 크기를 가지고 있었다.

거대한 땅덩어리 안에 지어져 있는 큼지막한 건물들. 건물들 사이에서도 한가운데에 위치해 있는 국제헌터협회 본관 건물. 마치 고대 로마의 건축물을 따라 한 듯 화려한 조각품으로 장식되어 있는 본관의 건물 3층에는 거대한 연합실이 있었고. 그곳에는 총 세 명의 사람이 거대한 테이블에 앉아 있었다.

두 명의 남성과 한 명의 여성.

잠시간의 침묵.

"흠……."

그 침묵 속에서 먼저 입을 연 것은 회의실 상석에 앉아 있는 남자.

정갈한 정장을 차려입고 한쪽 눈에는 금색 테두리의 오라클을 끼고 있는 그는 이 국제헌터협회의 꼭대기에 앉아 있는 두 명의 최고의원 중 한 명인 '리암 L. 오르'였다.

"다 모였나?"

"최고의원은 이게 다 안 모인 걸로 보여?"

최고의원의 말에 아무렇지도 않게 책상에 발을 올리고 반박하는 남자. 그는 바로 S등급 세계 랭킹에서 4위를 차지하고 있는 헌터, 다른 이들에게는 '그랜드 소드마스터'라고도 불리는 '에단 트라움'이었다.

"그러게."

그리고 그 맞은편의 여자는 마찬가지로 S등급 세계 랭킹에서 7위를 차지하고 있는 헌터였다. 이명은 '사일런스', 이름은 '라일리'였다.

그 둘의 타박에 남자는 흠흠 하는 소리를 내며 말했다.

"뭘, 나도 알고 있네. 그냥 시작한다는 의미로 말했을 뿐이지."

리암의 말에 에단은 한숨을 쉬었다.

"그래서, 이번에는 무슨 일 때문에 우리를 호출했는데? 정기 호출은 2주 전에 했잖아?"

에단의 물음에 리암은 후, 하고 한숨을 내쉬더니 대답했다.

"아니, 아니지. 이번에는 그런 문제가 아니야. 어쩌면 조금 더 심각한 일일 수도 있지."

"뭔데?"

리암은 슬쩍 고민하는 듯한 표정으로 흐음 하고 짧게 침음을 흘리더니 말했다.

"아무래도 메이슨이 이번에 슬슬 움직일 것 같네."

"……메이슨이?"

메이슨.

그는 이 국제헌터협회를 쥐고 있는 또 다른 최고의원 중 한 명이고, 여기에 앉아 있는 리암과는 서로를 잡아먹지 못해 안달하는 적대 관계이기도 했다. 그렇기에 리암에게 붙어 있는 에단과 라일리는 인상을 찌푸렸다.

"아니, 평소에 멀쩡하게 있던 놈이 갑자기 왜?"

"그쪽은 이미 미국 내의 동맹 기반을 확실하게 다져놨어. 이제 슬슬 우리도 치워버리고 자기 멋대로 협회를 주무르고 싶은 거겠지."

"우리 최고의원님은 그동안 뭘 한 거야?"

에단의 비아냥에 리암은 한숨을 내쉬며 말했다.

"물론 나도 할 수 있는 바는 전부 했지. 하지만 막지 못했네. 자네도 알겠지? 메이슨의 지지 기반은 그냥 튼튼한 게 아닐세."

리암의 말에 에단은 한숨을 내쉬었다.

확실히, 리암과 적대 관계인 메이슨은, 미 정부 고위 측 관료들의 압도적인 지지를 받고 있기에 딱히 외부의 라인이 없는 리암이 확실히 싸움에서 밀릴 수밖에 없었다.

게다가 메이슨 쪽에서는 TOP 5중에서도 세 명의 지지자를 보유하고 있었다. 1위와 3위, 그리고 6위.

사실 3위와 6위는 그다지 상관없지만, 중요한 건 메이슨이 바로 TOP 5중에서도 1위, 무신武神의 지지를 받는 게 문제였다.

무신은 딱히 헌터협회 내의 정치에 끼어들지는 않는다. 하지만 정치에 끼지 않는다고 해서 그의 이름을 무시할 수는 없다. S등급 세계 랭킹 1위, 무신. 전 세계 헌터 중에서 제일 꼭대기에 올라 있는 그 이름은 쉽사리 무시할 수 없다.

무신의 지지를 얻은 것만으로도 메이슨은 미 정부 쪽과 헌터협회 내 세력들, 거기에 더불어 대형 길드들의 표를 확실하게 휘어잡았으니까.

그 덕분에 리암이 메이슨과의 정치 싸움에서 밀리는 것은 당연했다. 메이슨의 세력은 점점 커지고 있고, 그와 반대로 리암의 세력은 점점 더 위축되고 있으니까.

"그래서, 어떻게 하려고?"

에단의 물음에 리암은 고민하는 듯한 표정으로 자신의 턱을 툭툭 치다가 말했다.

"그래서 말인데, 이제 슬슬 우리 쪽에도 새로운 카드가 필요할 것 같네."

"새로운 카드?"

"그래."

"뭐, 우리를 도와줄 새로운 스폰서라도 찾았어?"

에단의 물음에 리암은 단호하게 고개를 저으며 테이블에 있는 미니 서랍 안에서 사진을 한 장 꺼냈다.

"아니. 우리를 후원해줄 스폰서를 찾는 건 이제 무리지. 안 그래도 우리 배는 무너지고 있는데 누가 오려고 하겠나?"

리암에 말에 라일리가 슬쩍 인상을 찌푸리며 말했다.

"……자기 일인데 너무 담담하게 말하는 거 아니야?"

"자네들도 나랑 같은 배를 타지 않았나?"

"……내가 왜 이놈이랑 친구였을까."

이 새끼가 의원 되겠다고 깝죽거릴 때 말려야 했는데.

짧게 탄식하는 라일리. 하지만 리암은 그런 라일리의 모습을 한 번 보고는 이내 그들의 가운데로 사진 한 장을 던졌다.

"아무튼, 무너지는 배에 스폰서를 태우는 건 불가능하지만 저 녀석들이 우리를 먹어 치우지 못하게 방어할 만한 카드는 있지."

"……얘는 누군데?"

에단이 사진을 흘끔 보며 묻자 리암이 말했다.

"김현우."

"김현우?"

"아, 이번에 그 아레스 길드랑 일대일 삭제빵 뜬 애?"

"……그것보다는 재앙을 막은 헌터로 더 유명하지 않나?"

에단의 물음에 라일리와 리암이 답했다. 에단은 그제야 얘가 누군지 알았다며 손뼉을 딱 치고는 재미있다는 듯 말했다.

"얘, 그 또라이 아니야?"

"또라이?"

"그거 못 봤어? 인터뷰 영상 유튜브에 모아져 있는 거 한번 봤는데 개또라이던데?"

"어떻길래?"

"그냥 기자가 자기 심기에 거슬리는 질문하면 바로 욕하던데?"

"……정상은 아니네."

"아레스 길드랑 일대일 캐삭빵 뜨는 것만 봐도 정상은 아니지."

에단과 라일리의 대화에 리암이 어깨를 으쓱이며 끼어들었다.

"아무튼, 이번 분기에 그가 S등급 세계 랭킹 안에 들게 될 걸세.

그리고 매우 높은 확률로 10위권 안으로 진입할 확률이 높지."

리암의 말에 라일리와 에단은 일리가 있다는 듯 고개를 끄덕였다.

"확실히 기사단 조지는 영상 보니까 그리 엔간하게 보이지는 않았지."

"뭐, 재앙이랑 싸우는 영상만 봐도……."

그 둘의 긍정.

그들의 반응에 리암은 자신만만하게 웃으며 말했다.

"그래, 그러니까 내 말은 이 헌터를 우리 쪽으로 끌어들이면."

"끌어들이면?"

"물론 무신보다 못할지는 모르지만 나름대로 네임 밸류가 있다 보니 우리도 어느 정도 버틸 지지 기반이 만들어진다 이걸세."

재앙이 일어났던 독일 쪽과 일본 쪽을 우리 쪽으로 회유시킬 수 있으니까.

리암의 말에 에단은 타당한 생각이라는 듯 고개를 끄덕이곤 말했다.

"그래서?"

"그래서라니?"

"그래서, 어떻게 김현우를 회유할 건데?"

하는 짓 보니까 보통내기가 아니던데?

에단의 말에 리암은 고개를 끄덕였고 이내 입을 열었다.

"그건 이제부터 생각해봐야지."

리암의 말에 모여 있던 그들은 입을 다물었다.

◆ ◆ ◆

김현우가 카워드를 만나고 3일 뒤. 경기 하남시.

"그래서, 이게 뭐라고?"

"스승님이 지내실 별장을 만들고 있습니다."

김현우는 자신의 앞에 펼쳐진 무척이나 거대한 집을 보았다.

'집? 아니, 아니야……. 이건 집이 아니라…….'

거대한 장원.

김현우는 문득 자신의 머릿속에 떠오른 단어에 탄성을 내지르면서도 앞에 보이는 장원, 정확히 말하면 이제 70퍼센트 정도 만들어진 장원을 보며 멍한 표정을 지었다.

김현우의 뒤에 있던 김시현의 표정도 마찬가지였다.

"하, 하남에 이런 곳이 있었나?"

가끔 가다 업무적인 이유로 하남에 온 적이 있었지만, 적어도 김시현의 기억에는 하남에 이런 거대한 장원을 짓는 장면은 본 적이 없었다.

'뭐지? 뭐지……?'

김시현은 그렇게 고민하면서 시선을 돌리다 이내 자신의 발치에 걸린 한 판때기를 볼 수 있었다.

[새로운 도시! 우리의 도시로 오세요! 신도시 파미안.]

"아."

그리고 그제야 김시현은 지금 이 거대한 장원이 지어지고 있는 곳이 어디인지 알 수 있었다.

'여기…… 분명 신도시 아파트 짓는다던 그곳 아니야?'

맞았다. 현재 미령이 자신의 스승인 김현우에게 주겠다고 장원을 만들고 있는 자리는 원래 신도시가 만들어지고 있었다.

그 증거로, 이 장원이 만들어지는 곳 이외에 다른 곳은.

'……아파트, 올라가고 있잖아.'

아파트가 올라가고 있었다.

김시현은 순간적으로 높게 올라가고 있는 아파트를 확인하고 다시 장원이 지어지고 있는 땅을 바라본 뒤 저도 모르게 식은땀을 흘렸다.

'……도대체 이 엄청난 땅을 사고, 또 저 정도의 인부들을 고용하려면 얼마나 많은 돈을 박아 넣어야…….'

김시현은 생각을 계속하려다 이내 그만두었다.

아무리 해도 계산이 안 나왔으니까.

게다가 인부들 대부분이 장원 담을 아무렇지도 않게 넘어 다니고 있는 걸 보면 거의 헌터 노동력인 것 같았다.

김시현이 말없이, 만들어지고 있는 장원을 보며 입을 벌리고 있을 때 김현우가 입을 열었다.

"제자야."

"예, 스승님."

"도대체 돈을 얼마나 꼬라박은 거냐."

"스승님께 받은 것에 비하면 이 정도의 금金이야 아무것도 아니옵니다."

아니, 그러니까 얼마나 꼬라박았냐고, 라는 말이 목구멍까지 차오른 김현우였지만 이내 한숨을 내쉬며 그녀를 바라봤다.

미령은 무척이나 밝은 표정으로 김현우를 바라보며 방긋방긋 웃고 있었다.

'도대체 뭐지.'

그런 미령의 모습을 보며 김현우는 자신의 머릿속에 있던 의문이 서서히 수면 위로 떠오르는 느꼈다.

'어째서 제자가 나에게 무한한 호의를 가지고 있는가?'

김현우는 탑에서의 생활을 떠올렸다.

아무리 생각해도 호의를 가지기엔 조금 힘든 구조였던 것 같은데, 눈앞의 제자는 자신에게 엄청난 신뢰와 애정을 보내고 있다.

'아무리 생각해도…….'

탑에서 일어난 일들을 생각해보면 미령이 자신에게 호의를 느끼는 게 조금 이상하게 여겨졌다.

"우선 안쪽은 전부 만들어져 있으니 원하시면 한번 들어가보시겠습니까?"

김현우는 미령의 얼굴을 빤히 쳐다봤다.

'……다른 수를 꾸미고 있나?'

김현우는 순간 그렇게 생각하다 말고 고개를 저었다. 아무리 생각해도 다른 수를 꾸미고 있으면 이러지는 않을 것 같았다.

김현우가 아무런 말도 하지 않고 그저 묵묵히 쳐다보자, 미령이 순간 갸웃했다.

"스승님?"

하지만 자신을 부르든 말든, 이미 김현우는 자신만의 세계에 빠져 이런저런 생각을 하고 있는 중이었다.

그리고.

'……내가 탑에서 제자에게 제일 많이 했던 건 때리는 것밖에 없

는데······.'

김현우는 새삼스럽지도 않은 사실을 스스로 상기하며 어깨를 으쓱이다 엇 하는 표정으로 미령을 바라봤다.

그리고.

"제자야."

"예. 왜 그러십니까, 스승님?"

"너 혹시, 마조히스트냐?"

"······예?"

김현우는 자신의 머릿속에서 떠오른, 다소 어이없는 질문을 그녀에게 던졌고, 잠시 그 말을 듣던 미령과 김시현은 김현우를 보며 얼어붙었다.

◆ ◆ ◆

"······너무해요! 너무하다구요!"

"그래, 그래."

김현우는 붉은 버튼을 들어 올리며 두 손을 모으고 눈물을 그렁그렁하게 달고 있는 아브를 보며 피식 웃었다.

"웃을 때가 아니라니까요! 저 추웠어요! 무지하게 추웠다고요!"

"그럼 좀 부르지 그랬어?"

딸각.

김현우가 붉은 버튼을 누르자 주변의 풍경이 바뀌어 나가기 시작했다. 조금 전까지만 해도 튜토리얼 탑의 1층과 같은 모습을 하고 있던 방 안은 어느새 김현우가 옛날에 지내던 김시현의 집처럼 바뀌었다. 아브는 그제야 살았다는 듯 새롭게 생긴 소파에 누워 불평했다.

"부르려고 했는데!"

"했는데?"

"이미 가디언이 한번 나갔다 와서 부르는 데 제한이 걸렸다구요!"

"……제한? 그런 것도 있어?"

김현우의 물음에 아브는 고개를 끄덕이며 말했다.

"원래는 없었는데 가디언한테 출입 기능이 생긴 뒤로는 가디언이 한번 시스템 룸에 들르면 5일간 가디언을 부를 수 없게 바뀌었어요."

"……그렇게 금방금방 업데이트되는 시스템이야?"

"그렇죠. 데이터베이스에는 지금도 무한한 정보가 쌓이고 있을걸요?"

김현우는 어깨를 으쓱이고는 아브의 맞은편에 앉았고, 아브는 그 뒤로도 김현우에게 투정 아닌 투정을 부렸다. 그 투정을 어느 정도 받아주던 김현우는 이내 떠올랐다는 듯 입을 열었다.

"아, 아브."

"네?"

"이번에는 업그레이드되는 스킬 같은 거 없어?"

"아."

김현우의 물음에 그제야 생각났다는 듯 손뼉을 친 아브.

"정보창을 한번 열어보시겠어요?"

그녀의 말에 김현우는 별말 없이 자신의 정보창을 열었다.

이름: 김현우 [9계층 가디언]

나이: 24

성별: 남

상태: 매우 양호

능력치

　근력: S-

　민첩: S-

　내구: S++

　체력: A++

　마력: B++

　행운: B

SKILL -

정보 권한 [중하위]

알리미

출입

주르륵 떠오르는 정보창.

"어?"

"왜요?"

"아니, 민첩이 올라 있어서."

"무슨 문제라도?"

아브의 물음에 김현우는 머리를 긁적거리며 말했다.

"아니, 보통 능력치가 오르면 로그가 떠오르지 않나?"

"그렇죠?"

아브의 말에 김현우는 정보창을 찬찬히 들여다보며 예전의 기억을 떠올리고는 확신했다.

'확실히 민첩이 A++에서 S-로 올랐다.'

다른 헌터들과는 다르게 정보창을 수시로 열어보지 않는 김현우.

'언제 오른 거야?'

그렇기에 그는 자신의 민첩 능력치가 언제 올랐는지 감을 잡을 수 없었다.

'그나마 가능성이 있는 건 복제자와의 전투인데……. 그때 로그가 떠올랐었나?'

멍하니 정보창을 보며 생각하던 김현우는 이내 쯧 하는 소리와 함께 고개를 저었다.

'뭐 그때쯤에 올랐겠지.'

어차피 더럽게 오르지도 않는 능력치가 오를 곳은 그때 즈음밖에 없으니까.

김현우는 간단하게 생각을 정리하고 아브에게 말했다.

"그래서, 이번엔 어떤 스킬이 업그레이드돼?"

"음, 솔직히 이번에는 별거 아니지만, 성향 표시의 업그레이드예요."

"성향 표시의 업그레이드?"

"네."

"……그건 뭔데?"

"음, 말 그대로 성향을 조금 더 자세하게 보여주는……? 그런 거예요. 예를 들어 그냥 '기회주의자'로 표시되는 정보들이 어느 것에 대한 기회주의인지 조금 더 자세하게 표시되는?"

"……그거 쓸모 있냐?"

"……글쎄요?"

쓸모는 있다. 저번에 김현우는 성향 표시 덕분에 무척이나 편하게 길드원들을 뽑았으니까.

'어, 그러고 보니 길드 사무소에 출근하지 않은 지도 시간이 꽤 흐른 것 같은데.'

언제 한번 가야겠다.

짧게 생각한 김현우는 이내 고개를 끄덕였다.

"알았어. 다른 스킬 업그레이드는 없고?"

"정보 권한이 완전히 중위로 올라오면 아마 새로운 업그레이드가 있을 거예요."

아브의 말에 김현우는 슬쩍 인상을 찌푸리며 말했다.

"……이렇게 해서 언제 정보 권한 상위까지 올라가냐."

김현우의 말에 아브는 음…… 하고 고민하더니 이내 무엇인가가 떠올랐다는 듯 입을 열었다.

"가디언."

"왜."

"음, 이건 정말 만약의 이야기인데. 어쩌면 가디언이 알고 싶어 하는 걸 등반자들이 알고 있을 수도 있어요."

아브의 말에 김현우는 눈을 휘둥그레 뜨더니 말했다.

"……등반자들이 알고 있을 수도 있다고?"

"네."

"어떻게?"

김현우의 물음에 아브가 말을 이었다.

"물론 저도 이게 이럴 것이다, 하고 확정적으로 이야기하지는 못하지만, 제게는 정보 권한이 있잖아요?"

"그렇지."

"정보 권한을 통해서 얻을 수 있는 정보를 조합하고 나름대로 추론을 해봤는데 지금 탑을 오르는 등반자 중에는 '재등반자'가 있는 것 같아요."

"뭐? 재등반자?"

"네."

"그게 뭔데?"

"말 그대로 일반 등반자와는 다른, 탑을 끝까지 올랐다가 다시 등반하는 이들을 말하는 거예요."

"그런 놈들이 있다고?"

"저도 재등반자들이 생겨나는 이유까지는 정보가 부족해서 추론하지 못했지만, 있는 것 같더라고요."

그녀의 긍정에 김현우는 짧게 고개를 끄덕이더니 말했다.

"그러니까, 이미 탑을 한번 올랐던 녀석들에게 물어보면 이 튜토리얼 탑에 대해 알고 있을지도 모른다 이거지?"

"음, 그렇죠. 그도 그럴 것이 결국 가디언이 있는 곳은 '계층'이고 탑을 이미 한번 올랐던 등반자들은 그 비밀에 대해 알고 있지 않을까요?"

아브의 말에 김현우는 문득 얼마 전에 싸웠던 복제자와의 대화를 떠올렸다. 분명 그에게서도 등반자들이 탑을 오르는 이유를 언뜻 들었다. 좌를 얻기 위해서.

'……이 새끼 이유 알려준다고 해놓고 뭐 이렇게 추상적으로 알

려줬어?'

김현우는 슬쩍 짜증이 나는 것을 느끼며 복제자와의 대화를 저 뒤로 밀어버리고 자리에서 일어났다.

'아무튼 탑을 오르는 등반자들 중 한 명이 '탑'을 만든 놈을 알고 있을지도 모른다 이거군.'

"가시게요?"

김현우는 고개를 끄덕이며 말했다.

"뭐, 여기 있어봤자 할 것도 없잖아?"

김현우의 말에 아브는 고개를 끄덕이다가 김현우가 문으로 걸음을 옮기는 것을 보며 소리쳤다.

"잠깐!"

"?"

"플레이스테이션 만들어주고 가야죠!"

"……."

김현우는 말없이 들고 있던 붉은 버튼을 눌렀다.

딸깍.

◆ ◆ ◆

천호동에 위치한 저택.

김시현의 집이 다시 원래대로 수리될 때까지 잠시간 이곳에서 머물기로 한 김현우는 새로운 정보 권한도 실험해볼 겸 방 밖에 있는 미령의 정보를 확인했다.

이름: 미령

나이: 21

성별: 여

상태: 매우 환희 중

능력치

  근력: S+

  민첩: S++

  내구: S+

  체력: S++

  마력: S+

  행운: A++

  성향: 절대 헌신주의 성향 [대상: 김현우]

SKILL -

[정보 권한이 부족해 열람할 수 없습니다.]

"제자야."

"예, 스승님."

"너는 중국으로 안 돌아가냐."

김현우가 미령의 성향을 보며 묻자 믿을 수 없다는 표정으로 김현우를 바라보는 미령. 마치 버림받은 강아지를 보는 것 같은 기분에 김현우는 왠지 양심이 찔려오는 것 같았다.

"혹시, 제자가 불편하십니까……?"

"그게 아니라, 너 길드는 괜찮냐? 네가 길드장이잖아?"

김현우의 물음에 미령은 고개를 숙이며 답했다.

"제가 있어야 할 곳은 스승님의 옆입니다."

"……."

김현우는 뭐라 말을 하려다 말고 말했다.

"알았다. 나가봐라."

"예."

"그리고 문 앞에 서 있지 말고 너도 너 할 거 하고 있어라."

"제자를 생각해주시다니! 이 은."

"나가 좀."

미령의 말을 다 듣지도 않고 내보낸 김현우.

그리고 얼마 지나지 않아 김현우가 있던 방 안으로 김시현이 들어왔다. 그것도 상당히 묘한 표정으로.

"형."

"왜?"

"쟤 무슨 일 있어요?"

김시현의 쟤, 는 미령을 뜻한다는 것을 알기에 김현우가 물었다.

"왜 그러는데?"

"혼자서 중얼중얼하면서 헤실거리던데요?"

"……그냥 못 본 척해."

"아……. 네."

"그보다, 무슨 일?"

"무슨 일이라니요. 여기 엄연히 제 집이거든요?"

뭐, 일이 있어서 찾아온 건 맞지만요.

"아……. 그랬었지."

미령과 가면무사들이 곳곳에 숨어 있어서 그렇지 사실 이 집은 김시현의 집이었다. 어처구니없는 건 갑작스럽게 미령이 이 집에 들어온 시점부터 김시현이 집이 부담스러워져 나가서 살고 있다는 점이었다.

"그래서, 무슨 일 때문에 왔는데?"

김현우의 질문에 김시현도 곧바로 물었다.

"아, 미국 가실 거예요?"

"미국? 미국은 또 왜?"

"형, 스마트폰으로 뭐 안 왔어요?"

"뭐가?"

김시현이 대답했다.

"이번에 뉴스 보니까 국제헌터협회에서 김현우 헌터를 공식적으로 호출했다고 하던데요?"

"그건 또 무슨 뚱딴지같은 소리? 누구 마음대로 사람을 오라 가라 지랄이야?"

"아마 S등급 세계 랭킹 심사 때문에 오라고 하는 것 같은데요?"

"……뭐? 심사?"

"네, 심사요."

김시현의 말에 김현우는 고개를 갸웃하곤 물었다.

"그게 뭔데?"

"뭐긴요. 말 그대로 S등급 세계 랭킹 등록하는 거죠."

"……아. 그, 네가 예전에 등록만 되어 있어도 돈 퍼준다는 그거냐?"

"왜 그렇게 기억하고 있는지 모르겠지만…… S등급이 되면 돈을 주는 건 맞으니까…… 그죠?"

"흐음……."

김시현의 긍정에 김현우는 고민했다.

'지금 상황에서 굳이?'

분명 한두 달 전만 해도 돈을 준다면 바로 달려가려고 했던 김현우였지만, 적어도 지금은 아니었다. 탑에서 빠져나와 이곳에서 지낸 지도 어느덧 시간이 꽤 지났기에 김현우는 슬슬 자신이 벌어들이고 있는 돈이 어느 정도인지 감이 잡히기 시작했다. 당장 아레스 길드에 뜯어낸 돈만 해도 수백억이 넘는다.

"굳이 가야 하나?"

김현우가 묘한 표정으로 중얼거리자 김시현이 어깨를 으쓱이며 말했다.

"뭐, 굳이? 라고 생각한다면 갈 필요는 없는데 그래도 어지간하면 전부 가는 편이죠."

S등급 세계 랭킹에 순위를 올린다는 건 헌터에게 있어서는 꽤 영광스러운 일이거든요.

"……그래?"

"그렇죠. 그래도 지천에 널린 헌터 중에서 상위 1퍼센트 정도가 된다는 소리인데. 게다가 지금 형 입장에서는 아니겠지만 들어오는 돈도 꽤 짭짤하고요."

뭐, 제가 던전 돌면서 버는 돈이 훨씬 많겠지만요.

"흐음……."

김현우는 김시현의 말을 듣고는 짧게 고민했지만 이내 답을 정했다.

"까짓것 한번 갔다 오지 뭐."

'어차피 지금 당장 할 일도 없으니까.'

맞다. 어차피 지금 김현우는 딱히 할 일이 없었다.

등반자가 나타난 것도 아니고, 아레스 길드와 남아 있는 일이 있 기는 하지만 아직 답변을 받지 못했으니 느긋하게 기다렸다 답변이 오면 행동하면 된다.

"뉴스에 떴다고?"

"네."

김현우는 국제헌터협회와 관련된 뉴스를 보기 위해 곧바로 스마 트폰을 이용해 네이버 포털의 뉴스에 들어갔고.

"……뭐야 이거?"

최상단에 올라와 있는 뉴스를 보며 김현우는 인상을 찌푸렸다.

[고인물 헌터 김현우는 자신의 무술을 의무적으로 세상에 공개할 필요 가 있다]

김현우는 헤드라인을 클릭했다.

그러자 주르륵 떠오르는 기사글.

최근 아레스 길드의 암살 미수 사건으로 그들과 본격적으로 척을 지게 된 고인물 헌터 김현우.

그에 대한 원성이 일부 헌터들에게서 나타나고 있다.

그들, '헌터연합'이 고인물 헌터 김현우를 원망하는 이유. 그것은 바로 김현우 헌터가 자신이 만든 무술을 세상에 공개하지 않기 때문이다.

헌터연합의 장이자 A급 헌터 '심전도' 씨는 지금같이 몬스터와 재앙이

들이닥쳐 헌터들이 쉼 없이 죽어 나가고 있을 때 김현우 헌터는 자신의 특권을 위해 무술을 공개하지 않고 있는 것이라 답했다.

그리고 이어서 심전도 씨는 설령 본인이 만든 무술이라고 해도 헌터의 생존율을 올리기 위해, 그리고 인류를 위해 김현우 헌터는 의무적으로 본인이 만든 무술을 공개해야 한다고도 말했다.

이렇게 김현우 헌터를 향해 원성을 내뱉는 그들은 오늘 23일에 김현우 헌터의 무술 공개를 촉구하는 '무술 집회'를 열겠다고 선언하고 헌터들을 모으고 있다.

"이건 또 뭔 개소리야?"

김현우가 인상을 찌푸리며 스마트폰을 바라보자 김시현이 물었다.

"또 왜요?"

"이것 봐."

김시현은 스마트폰을 넘겨받은 뒤 기사를 봤고, 이내 탄식을 내뱉으며 김현우에게 폰을 넘겨주었다.

"아, 얘들이요?"

"알고 있어?"

"네, 알고 있죠. 저번에 형이 자세한 건 저한테 물어보라고 인터뷰했을 때 있죠?"

"응."

"그때 지랄 맞게 전화하던 새끼들이 이 새끼들이거든요."

"그래?"

김현우는 스마트폰을 돌려받으면서 기사를 다시 한번 확인한 뒤, 저도 모르게 조그마한 목소리로 중얼거렸다.

"그렇단 말이지……?"

김현우의 입가가 올라갔다.

◆ ◆ ◆

3일 뒤. 아랑 길드 11층의 길드장실.

이서연은 길드장실 소파에 앉아 있는 김시현을 보며 입을 열었다.

"그래서, 미궁 탐험은 2주 뒤로 미루자고?"

"응. 어차피 저번 달에 두 번 다녀왔으니까 이번에는 2주 정도 미뤄도 되지 않을까?"

"……뭐, 우리 길드원들도 오히려 반기는 분위기더라."

"석원이 형한테도 물어보니까 별 상관없다고 하더라고. 애초에 그때가 보스 사냥 기간이랑 겹쳐서 안 그래도 미루려고 했다더라."

김시현의 말에 고개를 끄덕이던 이서연이 물었다.

"이번에 미루는 건 현우 오빠 미국 가는 데 따라가려고 하는 거지?"

"뭐, 그렇지. 너는 안 갈 거야?"

"이번에는 딱히."

"그래?"

"현우 오빠는 어디?"

"아, 오늘 그…… 헌터연합인가? 동대문역에서 집회하는 데 한번 가본다고 하던데?"

"……가서 또 뭘 하려고…….."

"난들 알겠어……. 대충 예상할 수 있는 건, 이번 집회가 끝나고 나면 또 유튜브나 뉴스가 형으로 도배될 거라는 것 정도?"

"……그건 나도 예상할 수 있어."

이서연의 말에 김시현은 어깨를 으쓱였다.

"아무튼 그런 것 정도지."

"그래서, 오늘 그거 말하려고 온 거야?"

이서연의 물음에 김시현은 흠흠 하고 목을 가다듬는 듯하더니 대답했다.

"아니. 사실 그거 말고도 물어볼 게 하나 더 있어서."

"물어볼 거?"

고개를 끄덕이는 김시현.

"뭔데?"

"그……."

말을 길게 늘이며 슬쩍 눈치를 보는 김시현. 그 모습에 이서연이 이상함을 느끼며 고개를 갸웃거리자 김시현은 그제야 입을 열었다.

"여자는 말이야."

"?"

"어느 기념품을 사주면 좋아할까?"

김시현의 물음에 이서연은 순간 묘한 표정을 지었다.

◆ ◆ ◆

동대문역의 거대한 빌딩 홀 가운데. 그곳에는 상당히 많은 사람이 모여 있었다. 빌딩 홀의 절반을 채울 정도로 많은 사람. 아니, 정확히 말하면 사람들이 아니었다. 헌터들.

그래, 그곳에 모여 있는 이들은 단순한 사람이 아닌 헌터들. 그들은 '헌터연합'이라는 글씨가 박힌 조끼를 입고 빌딩 홀 가운데에 서 있었다.

그런 이들 중에서도 한 사람. 헌터연합의 장이자 A급 헌터인 '심전도'는 무대 위에서 혼자 열심히 무엇인가를 연설하고 있었다.

"여러분! 고인물 헌터 김현우의 행태를 보십시오! 그는 자신이 개발한 무술로 손쉽게 던전 공략을 하면서 일부러 다른 이들에게는 무술을 알려주지 않아 우리를 기만하고 있습니다!"

"맞다!"

"직접 만들어낸 무술로 재앙을 두 번이나 막은 김현우는 전 인류의 평화를 위해 자신의 무술을 헌터 사회에 공개해야 합니다!"

"옳다!"

그 외에도 김현우가 정보를 공개해야 한다며 열심히 부르짖는 헌터연합.

그리고 그런 그들의 모습을, 김현우는 저 멀리서 지켜보고 있었다.

그렇게 바라보기를 얼마나 지났을까. 미령이 마침내 입을 열었다.

"죽일까요?"

"제자야, 너는 너무 인생을 편하게 산 것 같구나."

김현우의 말에 미령은 고개를 갸웃거리며 물었다.

"그렇습니까?"

"그래."

"하지만 저번에 스승님이 네 앞을 가로막는 건 모조리 네 방식대로 치워버리라고."

"……"

'그런 말을 한 적이 있던가?'

있었던 것 같다.

……아니, 있었던 것 같은 게 아니라 있었다.

탑 안에 있을 때, 김현우는 은거기인 콘셉트를 잡으며 그녀에게 여러 가지 상식을 집어넣었다.

물론 그 상식이 김현우 멋대로 만든 것은 아니었다. 그가 미령에게 가르친 것이 '무협지'에 나오는 웃기지도 않는 제왕학 같은 상식이라는 게 문제였다.

"아무튼 제자야."

"예, 스승님."

"사람을 죽이는 건 멋대로 하면 안 된다."

"그렇……습니까?"

"물론 네 마음에 안 들면 보이지 않는 곳에서 몰래 슥 해버리는 것도 좋지만……."

미령은 뭔가 곰곰이 생각하다가 이내 탄성을 내뱉었다.

"아!"

"대충 무슨 뜻인지 이해했냐?"

"예, 스승님. 제자, 스승님의 뜻을 모두 이해했습니다!"

김현우가 고개를 끄덕이자 미령은 곧바로 손가락을 아래로 내렸다. 순식간에 그녀 앞으로 내려오는 검은색 가면을 쓴 가면무사.

미령은 망설임 없이 말했다.

"1호야."

"예."

"지금부터 저기 모여 있는 이들을 전부 마킹해라."

"예."

"그리고 그들이 혼자 있을 때 모조리 죽여라. 절대 들켜서는 안 된다."

"예."

"예는 씨발, 무슨 예야?"

"예? 스승님, 하지만……."

"하지 말라고 했다, 제자야."

미령은 '뭔가 잘못했나?'라는 표정을 짓더니 이내 시무룩한 표정으로 고개를 끄덕였다.

"……잊어라."

"예."

미령의 말이 끝나자마자 마치 처음부터 없었다는 듯 사라지는 가면무사.

"제자야."

"예, 스승님."

"너는 도대체 탑에서 빠져나오고 어떻게 산 거냐?"

물론 김현우가 누구에게 상식을 들먹이는 것 자체가 우스운 상황이었지만, 김현우는 지난 1주간 미령과 같이 있으면서 느꼈다.

'제자가 상식이 부족하다.'

김현우의 질문에 미령은 곰곰이 생각하는 듯한 표정으로 고개를 숙이더니 입을 열었다.

"우선, 스승님께 맹세한 '스승님의 자리'를 만들기 위해 중국으로 향했습니다."

"그래."

"그리고 길드를 만들었습니다."

"그래."

"그리고 법을 바꿨습니다."

"?"

"?"

김현우가 미령을 바라보고 미령이 똘망똘망한 표정으로 김현우를 바라봤다.

그는 무언가를 말하고 싶었지만, 이내 손을 휘적거렸다.

"그래, 계속 말해봐라."

"예, 알겠습니다. 그러니까 우선 법을 바꾼 뒤에⋯⋯ 근처에 있던 길드들을 모조리 힘으로 찍어 눌렀습니다."

"죽였냐?"

"거슬려서 죽였습니다. 물론 전력이 필요했기에 몇몇은 길드원으로 흡수했습니다."

"⋯⋯."

김현우는 아무 말도 하지 않고 다시 시위를 하고 있는 이들을 바라보다 또 한번 시선을 돌려 미령을 바라봤다.

"제자야."

"예, 스승님."

"너 혹시 탑에 들어가기 전에는 뭐 했냐?"

"⋯⋯뭘 했냐니⋯⋯. 제자, 너무 미천해서 스승님의 뜻을 이해하지 못했습니다."

"그러니까 말 그대로다. 탑에 들어가기 전에는 뭘 하고 지냈냐 이거다."

'듣다 보니 이건 상식이 좀 부족한 수준이 아니라.'

상식이 없다.

김현우는 이해할 수 없었다. 사람이 보통 상식이 없을 수는 있다. 하지만 제자처럼 이렇게 속수무책으로 상식이 없을 수 있을까?

김현우의 물음에 미령은 곰곰이 생각하더니 입을 열었다.

"탑에 들어가기 전, 그러니까 스승님을 만나기 전에는……."

"그래."

"객관적으로 평가해보면 그저 흔한 재벌 2세였습니다."

"……."

"그리고."

"됐다. 더는 이야기할 필요 없다."

"네, 알겠습니다."

입을 다무는 미령을 보고 김현우는 멍하니 앞을 바라보며 생각했다.

'……어째 이야기를 들으면 들을수록 더 복잡해지는 것 같으니 그만두도록 하자.'

복잡한 걸 싫어하는 김현우는 이번에도 외면을 택했다.

김현우는 이내 한숨을 내쉰 뒤 다시 입을 열었다.

"차 안에 들어가 있어라."

"예, 알겠습니다."

미령은 조심스레 고개를 숙이며 차 안으로 들어갔고, 김현우는 아직도 열심히 소리를 치고 있는 시위 현장을 바라봤다.

"무술을 공개하라! 무술을 공개하라!"

'지랄도 이 정도면 병이지.'

김현우는 그렇게 생각하며 슬쩍 시선을 돌려 시위 현장 옆에 있는 상당히 거대한 방송용 카메라를 바라보았다. 아주 실시간으로 촬영까지 해서 뿌리고 있는 모양이었다.

그리고 곧 김현우는 한창 시위가 벌어지고 있는 무대 쪽으로 걸어가기 시작했다.

처음에는 다가가고 있는 김현우를 제대로 알아차리지도 못하고 시위에 열중하고 있던 그들.

"어, 어어……. 김현우?"

"김현우! 고인물 헌터 김현우다!"

"뭐? 어디!"

하지만 한 명이 김현우를 알아봄과 동시에 시위를 이어가던 헌터들이 사방으로 고개를 돌리며 김현우를 찾기 시작했고, 그는 그 순간 망설임 없이 무대 위로 뛰어올랐다.

"김현우! 고인물 헌터 김현우다!"

순간적으로 당황한 그들.

무대 위에 서 있던 심전도도 갑작스레 올라와 자신을 바라보는 김현우를 보며 몸을 움찔하는 듯했지만 이내 손을 올리며 외쳤다.

"김현우 헌터는 인류의 안전을 위해 무술을 공개해라!"

"맞다! 공개해라!"

"공개해!"

조금 전까지 당황하던 녀석들이 맞을까 싶을 정도로 열심히 소리를 지르는 그들을 보며 김현우는 피식 웃은 뒤, 입을 열었다.

"지랄 좀 그만 떨어라."

"뭐, 뭐?"

김현우의 말 한마디와 함께 순식간에 조용해지는 거리.

그는 만족스럽다는 듯 웃은 뒤 말했다.

"왜? 못 들었어? 다시 한번 말해줄까?"

빙글거리는 웃음을 띤 김현우의 모습에 당황한 심전도는 눈알을 이리저리 굴리다가 입을 열었다.

"김현우 헌터! 지금 당신이 하고 있는 행동은 자신의 이익을 위해 다수의 헌터를 죽이는 일입니다!"

"내가 뭘 했는데?"

"저는 알고 있습니다. 김현우 헌터! 당신의 힘은 당신이 만들어 낸 그 무술에서 나온다는 것을."

"또 지랄이네? 내가 저번에 TV에 나와서까지 말해주지 않았나? 또 말해줘야 돼?"

김현우는 주변을 돌아보며 말했다.

"내가 강하니까 내가 쓰는 무술도 강한 거라니까? 몇 번을 말해 줘야 해?"

그의 말에 심전도가 인상을 찌푸리며 말했다.

"그럴 리가 없다!"

어느새 존댓말은 하지도 않는 심전도.

"무슨 근거로?"

"그건 그냥 눈속임이 아닌가! 지금 너는 자신의 무술을 공개하고 싶지 않아서 그런 거짓말을 하는 거야!"

"지랄하지 마, 머저리 새끼야."

김현우의 말에 심전도가 얼어붙었다.

김현우는 사람들이 모여 있는 주변을 한번 돌아봤다.

홀의 절반을 차지하고 있는 헌터들.

김현우는 말했다.

"제발 정신 좀 차려라, 이 새끼들아. 여기서 내 무술만 익히면 정말 나처럼 강해질 수 있다고 생각하는 놈들 없지?"

있으면 병신이지.

김현우는 쯧 하고 뇌까리며 계속해서 말했다.

"너희들 내가 왜 고인물 헌터라는 웃기지도 않는 별명으로 불리는지 잊어버린 것 같은데, 나는 너희들이랑 다르게 탑에 12년 동안 갇혀 있었거든?"

12년이야 12년. 감이 와?

"너희가 탑 한 번 돌고 밖에 나와서 세상 문물 다 즐기고 있을 때 나는 탑 안에서 12년 동안 존나게 뺑이 치고 있었다고. 탑을 계속해서 돌면서."

김현우는 그렇게 말하고는 이내 마이크를 잡은 채 움찔하는 심전도를 바라봤다.

"그런데 뭐? 내 무술이 강해서 내가 강해? 진짜 지랄하지 마라. 죽여버리기 전에."

꽉 씨!

김현우가 손을 올리자 심전도는 저도 모르게 움찔하며 머리를 가렸고, 그런 그를 못마땅한 표정으로 바라보던 김현우는 이내 그곳에 모인 헌터들을 보며 말했다.

"내가 강한 건 그냥 말 그대로 노력을 존나게 해서 그런 거야. 알았어? 너희들처럼 탑 한 번 클리어하고 밖에서 쎄쎄쎄 하면서 논 게 아니라 탑 안에서 열심히 뺑이 치다가 와서 센 거라고."

제대로 알지도 못하면서 이런 허접한 새끼 말에 선동당해서 나온 것도 어처구니가 없다 새끼들아.

"강함이라는 게 무슨 기연 하나 만나면 존나 세지고 그런 것 같냐? 응? 내가 무슨 만화 속 주인공처럼 무술 하나 잘 만들어서 강해진 거라 생각해?"

그는 여전히 못마땅하다는 표정으로 계속해서 말했다.

"귀 파고 잘 들어라, 얘들아."

너희들이 생각하는 그런 건 없어.

"응? 그런 건 없다고. 막 내가 제대로 강해지려는 노력도 안 하는 허접이었는데 무술 하나 배우고 세계 최강? 이딴 전개는 일본 웹소에나 나오는 전개라고 병신들아. 그러니까."

헌터 등급 올리고 싶으면 이딴 선동질당하지 말고 던전 들어가서 몬스터 한 마리를 더 잡아라.

"멍청이들아."

샌드백은 딱딱해야 제맛이다

인천공항.

김현우는 들고 있는 여권을 보더니 짧게 한숨을 쉬며 말했다.

"굳이 귀찮게 비행기를?"

"그럼 어떻게 가려고요?"

"마법진 있잖아."

김현우의 말에 김시현은 고개를 저었다.

"형, 그건 형 개인적인 일로 왔다 갔다 한 거고 이건 공식적으로 가는 거잖아요? 그러니까 당연히 비행기 타고 가는 게 맞죠."

"그냥 마법진 사용해서 간다고 전화하면 안 돼?"

"……어디에다가 전화를 해요?"

"……헌터협회?"

김현우가 고민하다 말하자 김시현이 한숨을 내쉬며 대답했다.

"형, 우리 제대로 공항 게이트 통과 안 하면 그냥 불법 체류자 신분으로 가는 거라니까요? 그리고 불편할 걱정은 안 해도 돼요."

어차피 패도 길드 전용기 타고 가는 거잖아요?

김시현은 게이트 밖으로 시선을 옮겼다.

보이는 것은 하나의 비행기. 비행기 옆에는 어느 항공사의 로고가 아닌 '패도'라는 글자가 새겨져 있다. 잠시 그것을 말없이 바라보고 있자 김현우 옆에 있던 미령이 고개를 숙이며 말했다.

"스승님, 이제 오르시면 될 것 같습니다."

미령의 말에 김현우는 쩝 하고 입맛을 다시면서도 비행기와 연결되어 있는 통로 쪽으로 걸음을 옮겼고, 곧 비행기 안으로 들어갔다.

그리고.

"……이게 비행기라고?"

김현우는 내부로 들어오자마자 보이는 광경에 저도 모르게 멍한 표정을 지으며 주변을 돌아보았다.

비행기라고는 생각할 수 없는 넓은 공간. 어찌 보면 조금은 작은 외국의 호텔이라고도 볼 수 있을 모습이 그곳에 펼쳐져 있었다. 딱 봐도 고급스러운 소파가 양쪽 벽에 붙어 있고, 그 가운데에는 테이블이 놓여 있었다. 또 소파 옆에는 술과 음료수가 가득 채워져 있고, 이런저런 조리를 할 수 있는 바bar 형식의 조리대가 있었다. 그리고 그 옆에는 TV가 놓여 있었다.

"와. 전용기라서 대충 이럴 것 같다는 생각은 하고 있었는데 이건 직접 보니까……."

김시현이 나지막이 감탄했고, 미령은 고개를 숙인 채 말했다.

"스승님 가시는 길에 불편하지 않도록 나름대로 준비해봤습니다."

마음에 드시는지요.

미령의 공손한 물음에 김현우는 몇 번이고 비행기를 돌아보며 말했다.

"이건 내가 아는 비행기 수준이 아닌데?"

김현우는 감탄하며 생각했다.

지금까지 김현우의 머릿속에 있는 비행기의 모습은 일본에서 탄 것이 전부였다. 그나마 1등석을 잡아 뒤로 누울 수는 있었으나 좁아서 불편했고, 화장실은 더 불편했으며, 그 1등석 뒤에 있는 다른 좌석들은 마치 버스 좌석과 같아서 굉장히 불편해 보였다. 물론 영화나 다른 매체 등에서 이런 호화스러운 비행기가 나오지 않는 것은 아니었지만.

"역시……."

김현우는 눈앞에 펼쳐진 비행기를 보며 '상상한 것과 직접 느끼는 것'은 상당히 다르다는 것을 깨달았다. 그가 멍하니 비행기의 풍경을 바라보고 있자 미령이 굉장히 만족스러운 표정으로 고개를 숙여 말했다.

"스승님이 자리에 앉으시면 비행기를 출발시키도록 하겠습니다."

김현우가 넓은 소파에 앉자 비행기가 이륙하기 시작했다.

◆ ◆ ◆

"오늘은 해산!"

"수고하셨습니다, 길드장님!"

"그래. 오늘은 전부 해산하고, 오늘 보스 레이드 참가한 길드원들은 모두 내일 하루 휴가입니다."

아랑 길드의 독점 던전인 '푸른 꽃의 성'에 있던 이서연이 말을 마치자마자 저마다 환호성을 지르는 길드원들.

이서연은 순식간에 흩어지는 헌터들을 보며 자신도 망설임 없이 몸을 돌려 미리 던전 근처에 주차해놓았던 차로 걸음을 옮겼다.

"후……."

차에 들어와서 한숨을 내쉰 이서연.

'이상하게 이번에는 다른 때보다 몬스터들이 훨씬 강했던 것 같은데.'

이서연은 묘한 표정으로 조금 전 몬스터를 레이드 하러 다녔을 때를 떠올렸다. 몬스터는 분명 저번 달과 비슷했지만, 이상하게 보스 몬스터는 저번 달과 다르게 레이드 하기가 힘들었다.

'……조금 더 강해진?'

아니, 뭔가 조금 더 똑똑해진 것 같기도…….

이서연은 저도 모르게 중얼거리다가 이내 고개를 저었다.

'아무래도 오늘은 좀 피곤했나 보네.'

이서연은 그렇게 생각하며 운전석 등받이에 누워 한숨을 내쉬다 저도 모르게 떠오른 생각에 슬쩍 스마트폰을 집어 들었다.

'현우 오빠랑 시현이는 미국에 잘 가고 있으려나.'

김시현에게 메시지를 보낸 이서연은 오늘 아침에 미처 들어가보지 못했던 뉴스를 확인하기 위해 앱을 실행했고.

[김현우 헌터의 무술을 세상에 공개하라고 했던 (자칭) 헌터연합장 '심

전도' 26일부터 헌터연합장 자리 내려놔. 사유는 정신이상?]

"……응?"

뉴스 헤드라인에 큼지막하게 걸린 기사를 보며 저도 모르게 소리를 냈다. 그녀는 뉴스를 보자마자 얼마 전 김현우가 한창 집회 중인 곳에 나타나 개판을 쳤던 그때 상황을 떠올렸다.

이미 나흘이나 지난 일이라 슬슬 사람들의 관심도가 떨어지고 있었으나, 그때 당시 김현우는 다시 한번 헌터킬 커뮤니티와 이슈 게시판을 뜨겁게 달궜다.

물론 이슈 게시판을 그렇게 뜨겁게 달군 것이 좋은 쪽이냐 나쁜 쪽이냐 생각해본다면 좀 애매했지만, 김현우는 그날 9시 뉴스까지 타서 자신의 얼굴을 전 세계에 공개했다.

뭐, 이미 공개된 얼굴이다만…….

아무튼, 심전도와 헌터연합에서는 김현우가 그렇게 일장연설을 펼쳤음에도 불구하고 김현우에게 계속 무술 공개를 요구하겠다는 의견을 고수했다.

'그래서 현우 오빠가 한동안 골치 좀 썩이겠다고 생각하고 있었는데…….'

그걸 주도적으로 이끌었던 헌터연합장이 갑자기 연합장 자리를 내려놓는다고?

이서연은 뉴스를 클릭해 내용을 확인했으나, 내용은 딱히 별거 없었다. 정말 헤드라인에 쓰여 있는 내용이 전부. 헌터연합장이 갑작스러운 건강 악화 때문에 불미스럽게 자리를 내려놓게 되었고, 그 이유가 대충 '정신에 약간 문제가 생겨서 그렇다'라는 것 같았다.

"……."

현우 오빠가 뭘 했나?

이서연은 저도 모르게 그런 생각이 머릿속에 떠올랐으나 김현우와 어제와 그저께 이틀 연속으로 만났는데 딱히 김현우가 뭔가를 했다고 말한 적은 없는 것 같았다.

'……패룡도 김현우 옆에 조용히 붙어 있기만 했고.'

이서연은 뉴스를 보며 생각하다 이내 어깨를 으쓱이며 다른 기사를 보기 위해 스마트폰을 조작했다.

그리고.

"응?"

곧 스마트폰 하단에 뜬 해외 기사를 보았다.

[TOP 5 중 3위 '탱크', 현지 시각 25일 중으로 국제헌터협회에 복귀한다]

"……."

이서연은 왠지 모르게 묘한 불안감을 느꼈다.

◆ ◆ ◆

"……와, 더럽게 크네."

김현우는 앞에 보이는 거대한 국제헌터협회와 그 주변을 슥 돌아보면서 감탄을 터트렸다. 열다섯 시간의 비행 끝에 김현우는 뉴욕에 도착했고, 별다른 관광 없이 곧바로 국제헌터협회로 향했다.

"야, 여기 전체가 국제헌터협회 부지라고?"

"네."

"저 멀리까지 있는 걸 봐서는 부지가 몇만 평 정도 되겠는데?"

"몇만 평도 우습지 않을까요?"

"역시 땅덩어리가 넓으면 클라스도 달라지는구나."

김현우가 저 멀리까지 지어져 있는 건물들을 보며 감탄할 무렵, 옆에 있던 미령이 입을 열었다.

"스승님, 그럼 제가 이 정도의 장원을 만들어……."

"그건 아니다, 제자야."

김현우의 말에 입을 다무는 미령.

그가 왜인지 시무룩해 보이는 미령을 바라보고 있을 때, 목소리가 들려왔다.

"오랜만이군요, 김시현 헌터."

"아, 오랜만입니다."

김현우는 곧바로 목소리가 들린 곳으로 고개를 돌렸고, 그곳에서 한 남자를 보았다. 정갈한 검은색 정장을 입고 있는 남자. 한쪽 눈에 오라클을 끼고 있는 중년의 남성은 김시현을 보며 반갑게 인사했고, 곧 시선을 돌려 김현우와 미령을 바라보더니 말을 이었다.

"오, 김현우 헌터! 반갑습니다."

그는 곧바로 김현우에게 다가와 손을 내밀었고, 김현우는 묘한 표정으로 그를 보다 이내 어깨를 으쓱이며 손을 맞잡았다.

"패룡도 같이 오셨군요."

"……."

남자는 미령도 잘 알고 있는지 손을 내밀어 악수를 청했지만, 그녀는 그저 남자의 손을 빤히 바라보기만 할 뿐이었다. 이내 그는 어색한 표정으로 내밀었던 손을 회수했다.

"아 형, 이분은 국제헌터협회에 두 명밖에 없는 최고의원 중 한 명인."

"리암 L. 오르라고 한다네."

"리암······ 뭐요?"

"그냥 편하게 리암이라고 부르면 된다네."

리암은 웃는 낯으로 김현우와 김시현을 바라봤고, 김시현은 신기하다는 표정으로 입을 열었다.

"그런데 최고의원님이 여기에는 왜? 보통은 협회원들이 마중 나오는데······."

김시현의 물음에 리암이 웃으며 대답했다.

"원래라면 그렇지만 개인적으로 김현우 헌터의 팬이어서 말일세. 한번 봐두고 싶었거든."

마침 시간도 꽤 남아서 말일세.

리암의 말에 김시현은 고개를 갸웃하면서도 끄덕거렸고, 이내 리암은 김현우를 보며 말했다.

"우선, 내가 잘못 알고 있는 게 아니라면 김현우 헌터는 순위를 측정하기 위해 온 것 같은데."

"네. 그거 아니면 올 일 없죠."

김현우의 다소 건방져 보일 수 있는 대답에도 그는 웃으며 대답했다.

"따라오게. 안내해주도록 하지."

김시현과 김현우, 미령은 국제헌터협회 안으로 들어갔다. 그리고 곧 여러 가지 이야기를 들을 수 있었다. 국제헌터협회가 언제 생겨났고 현재 무슨 일을 하는지 같은 자잘한 내용들. 물론 그것들은 김현우에게 별 관심이 없는 이야기.

그렇기에 그는 그저 건성건성 대답하는 것으로 넘겨버렸고, 그런

지루한 설명이 이어진 지 얼마 지나지 않아 그들은 헌터협회 어느 한구석에 있는 거대한 문 앞에 도착했다.

끼이이익.

나무 문을 여는 소리와 함께 보이는 것은 거대한 구슬.

"여기가 S등급 헌터의 순위를 매기는 순위 측정실이지."

김현우는 멍한 표정으로 주변을 바라보다 말했다.

"여기가 순위 측정실이라고?"

리암은 고개를 끄덕이더니 이내 손짓으로 거대한 구슬을 가리키며 입을 열었다.

"맞네. 자네가 저 구슬에 손을 대면 자네의 정보가 구슬 안으로 흘러들어 가서 저 구슬 안에 들어 있는 헌터들의 정보와 대조해 순위를 매기게 되지."

'그런 시스템이었어?'

어떻게 순위를 매기는지 궁금했는데, 김현우는 뭔가 김이 샌 듯한 기분이 들었다.

'뭔가 시험이라도 있을 줄 알았는데.'

김현우는 어깨를 으쓱였다.

'뭐 편한 게 좋은 거지.'

김현우는 구슬을 향해 다가갔고, 이내 자신의 손을 구슬 앞에 얹어놓았다.

우우웅.

"후……."

손이 놓임과 동시에 거대한 구슬이 빛을 뿜어내기 시작했다. 순식간에 형형색색의 빛을 내는 구슬.

그리고.

"응?"

결과가 나왔다.

◆ ◆ ◆

미국 뉴욕 중심가에 있는 거대한 빌딩.

아레스라는 단어가 로마자로 표기된 그곳의 꼭대기 층.

"……."

길드장의 집무실로 사용되는 그곳에는 카워드가 앉아 있었다. 그는 굉장히 피곤한 표정으로 자신의 앞에 난잡하게 어질러져 있는 서류 뭉치들을 바라보고 있었다.

"후……."

마튼 브란드가 실종된 지도 시간이 꽤 지난 지금. 아레스 길드의 길드장을 역임하게 된 카워드는 여기저기서 터지는 문제에 골머리를 앓고 있었다.

"젠장……."

그는 짧게 욕지거리를 내뱉으며 현재 아레스 길드의 상황을 상기했다. 아레스 길드는 개판 5분 전이라고 볼 수 있을 정도로 엉망진창인 상황이었다. 요직에 앉아 있던 아레스 길드의 헌터들은 마튼 브란드가 '사망'했다는 게 은연중 확실시되자 자기들끼리 파벌을 만들어 길드의 지분을 차지하기 위해 암투를 벌이고 있었고. 다른 대형 길드들은 이때다 싶어 외부적으로 아레스 길드를 공격하기 시작했다.

'그것만으로도 머리가 아픈데…….'

정작 더 큰 문제는 따로 있었다.

'……아티팩트들이 모조리 사라졌다.'

정확히는 마튼 브란드가 헌터들을 다루기 위해서 뿌려댔던 아티팩트들이 하나도 빠짐없이 모조리 사라졌다!

'도대체 이게 어떻게 된 거냐고……. 도대체!'

꽝! 우지직!

카워드의 짜증 어린 주먹질에 책상이 부서졌지만, 그는 개의치 않고 한숨을 내쉬었다.

마튼 브란드가 사람을 편하게 다뤘던 이유.

그것은 바로 미궁에서조차 쉽게 찾을 수 없는 아티팩트를 이용해 헌터들을 꼬였기 때문이다. 옛날이라면 몰라도 랭킹이라는 것이 존재하는 지금, 헌터들은 제자리에 안주하는 것보다는 조금이라도 더 강해져서 남의 위에 올라서고 싶어 하니까.

마튼 브란드는 그런 헌터들의 심리를 이용해 어디서 생겨났는지 모를 아티팩트들로 헌터들을 회유했고, 자신만의 세력을 만들었다. 그리고 그것이 바로 이 아레스 길드가 빠르게 성장할 수 있었던 이유였다.

그러나 어쩐 일인지 마튼 브란드가 사라짐과 동시에 그가 뿌렸던 아티팩트가 완전히 자취를 감춰버렸다. 마치 처음부터 없었던 것처럼. 그리고 그 덕분에 아레스 길드는 더없는 혼란기에 빠졌다. 그게 지금 상태.

"……씨발."

거기에 더해서 카워드는 또 하나, 자신의 머릿속에 떠오르는 짜증 나는 일에 신경질적으로 책상을 한 번 더 내리쳤다.

우지직! 와당탕탕!

순식간에 박살이 나버리는 책상. 그는 인상을 찌푸리며 뇌까렸다.

"김현우…… 이 개새끼."

카워드는 얼마 전 한국에 갔을 때 만났던 김현우를 생각하며 이를 갈았다. 한국에서의 추억은 그에게 있어서 좋을 게 단 하나도 없었다.

'……독점 던전의 40퍼센트를 내놓으라니. 이런 씨발, 씨발!'

물론 그 제안은 아레스 길드에서 무시하고자 하면 충분히 무시할 수 있었다.

그래, 평소와 같은 아레스 길드의 상황이라면.

하나 지금은?

'안 돼. 지금 또 그게 터져버리면…….'

아레스 길드는 내부적으로도, 그리고 외부적으로도 심각한 상황이었다. 내부적으로는 끊임없이 분열이 일어나 오늘의 적이 내일의 친구가 되는 상황이고, 외부에서는 이때 조금이라도 아레스 길드의 세력을 축소시키기 위해서 지랄을 떨어대고 있었다. 이 상황에 김현우의 암살 건이 사실로 밝혀지고 기사단 6번이 있는 사실 없는 사실을 전부 불어버린다면?

'자멸이다.'

카워드는 자신의 머릿속에 떠오르는 끔찍한 결말에 인상을 찌푸리고는 한숨을 내쉬었고. 그렇게 그가 한숨을 내쉬는 순간.

끼이익.

문이 열리며 누군가가 들어왔다.

"내가 분명히 아무도 들이지 말라고 했을 텐……?"

카워드는 문이 열리는 소리에 본능적으로 인상을 찌푸리며 앞을 바라봤고, 이내 말을 멈출 수밖에 없었다.

"오랜만이군, 카워드. 마튼이 없는 사이에 일은 잘하고 있나?"

"메이슨 최고의원님……?"

카워드의 앞에 서 있는 상당히 젊어 보이는 남자.

와인 색의 양복을 입고 머리를 올백으로 넘긴 그는 무척이나 여유로운 표정으로 카워드를 바라보았고, 카워드는 본능적으로 자리에서 일어나 고개를 숙이며 말했다.

"최고의원님이 여기에는 무슨 일로……?"

카워드가 얼떨떨한 표정으로 묻자 메이슨은 슥 웃더니 이내 맞은편에 위치한 의자에 앉아 입을 열었다.

"뭐, 마튼 브란드…… 그 친구와는 여러 가지로 인연이 있으니까 말일세."

메이슨의 말에 카워드는 저도 모르게 고개를 끄덕였다. 아레스 길드장인 마튼 브란드와 국제헌터협회의 최고의원인 메이슨, 그 둘의 관계는 카워드도 잘 알고 있었다. 상당히 친한 관계. 둘이서 대화를 할 때면 항상 브란드의 옆에 있던 자신도 잠시 다른 곳에 가 있어야만 했다.

메이슨은 고개를 이리저리 돌리며 방을 한차례 훑고, 마침내 부서져 있는 책상을 보더니 말했다.

"그리 상황이 좋은 것 같지는 않군."

"……면목 없습니다."

카워드는 무슨 말을 할지 고민하다 결국 그리 말했고, 메이슨은 어깨를 으쓱였다.

"뭐, 걱정하지 말게."

"예?"

"이제부터는 내가 좀 도움을 줄 테니."

"……저, 정말입니까?"

메이슨의 말에 카워드는 눈을 휘둥그레 뜨며 그를 바라봤으나, 이내 약간 이상하다는 듯한 표정으로 말을 이었다.

"하지만…… 저를 왜……."

"아니, 아니지. 자네를 도와주는 게 아니야. 실종된 브란드를 도와주는 거지. 만약 그가 돌아왔을 때 길드가 분열되어 있으면 그 녀석의 심정이 어떻겠나?"

그러니까.

"자네는 내 말대로 하면 되네."

내 말대로만 말이야.

메이슨은 그렇게 말하며 알 수 없는 미소를 지었다.

◆ ◆ ◆

"……."

[측정 불가]

"……다시 한번 구슬에 손을 대보겠나?"

우우우우웅!

[측정 불가]

김현우는 거대한 구슬 위에 두 번이나 떠오른 글씨를 보며 인상을 찌푸리곤 이내 자신의 옆에 떠 있는 로그를 바라봤다.

'뭐야 이거?'

능력 정보 집약체

등급: S+

보정: 없음

SKILL: 파악

[정보 권한]

능력 정보 집약체는, 4계층의 신세기. 자신들의 힘을 비교하기를 좋아한 한 (권한 부족)이 만들어낸 아티팩트다.

(권한 부족)은 능력 정보 집약체를 만들어 일정 이상 강한 무력을 가지고 있는 (권한 부족)족들이 쓸데없는 싸움을 멈추고 전투력을 보존하길 바라는 뜻에서 이 물건을 만들었지만, 오히려 (권한 부족)이 만든 이 물건으로 인해 (권한 부족)이 (권한 부족)하게 되었다.

(권한 부족)은 자신의 표면에 닿은 생물체의 능력을 파악 분석해 자신의 내부에 저장되어 있는 데이터베이스와 수치적으로 비교해 순위를 매긴다.

상세하게 쓰여 있는 정보 권한의 정보를 보며 김현우는 다시 한 번 손을 올려두었으나. 이번에도 떠오른 것은 [측정 불가]라는 문자뿐이었다.

"뭐야 대체?"

"……음. 이런 적은 한 번도 없었는데."

리암은 난색을 표했고. 김시현이 김현우 쪽으로 걸어가며 말했다.

"형, 제가 한번 해볼게요."

김현우가 슬쩍 비켜주자 김시현은 곧바로 구슬을 향해 손을 내밀었고.

[172]

"……떨어졌네."

김시현은 구슬 위에 떠오른 순위를 보고 저도 모르게 힘 빠진 음성으로 중얼거렸다.

"……이상하군. 분명 김시현 헌터는 제대로 반응하는 것 같은데."

리암이 구슬을 관리하는 협회원들을 불러와 구슬이 왜 이런 반응을 보이는지에 대해 물었지만, 그 이유를 찾을 수는 없었다. 오히려 구슬을 관리하는 협회원들은 김현우의 [측정 불가]라는 표시를 보고 굉장히 놀라워했다.

"와……. 숫자 이외에 문자가 출력되는 것은 저도 처음 봤습니다."

"아니, 이러면 나는 어떻게 되는 거야?"

김현우가 슬쩍 인상을 찌푸리며 머리를 긁적거리자 리암은 드물게 난색을 표하며 말했다.

"이렇게 되면……."

"이렇게 되면……?"

"……이런 경우는 처음이라 나도 어떻게 해야 할지 감이 잡히지 않는군."

그의 말에 김현우가 인상을 찌푸리며 입을 열려 했으나, 미령이 더 빨랐다.

"머저리 같은 우민. 그냥 발표하면 되지 않나!"

"그게 무슨?"

380

"이 세상에 다른 사람의 위에 서 있을 수 있는 것은 오로지 스승님 한 분뿐이다! 스승님이야말로 이 세상의 천天! 그러니 당연히 스승님이 1위인 게."

"제자야, 스트레스 받게 하지 말고 가만히 있어라."

갑자기 자신의 흑역사를 세상에 까발리기 시작하는 미령을 말 한마디로 제압한 김현우는 한숨을 내쉬며 말했다.

"……그럼 저 여기까지 온 게 그냥 헛짓한 거?"

김현우가 어처구니없다는 표정으로 묻자 리암은 흠흠……거리는 소리를 내며 시선을 돌렸다.

물론 애초에 리암에게 이것을 따지는 것 자체가 맞지 않는 일이었다. 그러나 지금 김현우는 그런 논리적인 생각보다는 짜증이 앞서 있었다. 그런 심리를 파악한 리암이 어색한 웃음을 지으며 입을 열었다.

"우선, 잠시 머리를 식히는 게 어떻겠나? 안 그래도 이제 조금 뒤면 연회가 열릴 걸세."

"연회요?"

김시현이 묻자 리암은 고개를 끄덕이며 말했다.

"그렇네. 자네들이 알고 있을지는 모르겠지만 오늘이 국제헌터협회의 설립기념일이거든. 아마 입이 심심하지는 않을 텐데……. 어떤가?"

리암의 말에 김현우는 쯧 하는 표정으로 거대한 구슬을 바라보다 이내 한숨을 내쉬며 고개를 끄덕였다.

'여기서 그냥 허탕 치고 가는 건 어처구니가 없지만.'

측정 불가라고 뜨는데 어쩔 수 없는 노릇이었다.

'뭐, 어떻게든 되겠지.'

김현우는 그렇게 생각하며 짜증을 털어냈고, 곧 리암이 그를 연회장으로 안내했다.

그리고.

"어이구, 이게 누구야? 이제 살 날 얼마 안 남은 늙은이 아니야?"

"……탱크."

김현우는 연회장에 도착하자마자 리암의 앞으로 다가오는 한 남자를 보았다. 온몸의 근육이 터질 것 같았고, 군용 조끼만 입은 오른쪽 팔에 검은 해골 문신을 한 남자.

S등급 세계 랭킹 3위이자 '탱크'라는 이명으로 불리는 남자. '트락 록'은 굉장히 비아냥거리는 웃음을 지은 채 일행을 안내하는 리암 앞에 섰다. 리암은 아까와는 다른, 굳은 표정으로 자신의 외눈 오라클을 만지며 입을 열었다.

"지금은 손님을 상대하고 있으니 자네와 놀아줄 시간은 없을 것 같은데?"

"뭐? 네가 나와 놀아줘?"

푸하하.

귓가가 쩌렁거릴 정도로 웃은 록은 노골적인 비웃음을 숨기지 않은 채 말했다.

"너무 늙어서 기억이 가물가물한가 본데. 영감, 당신 그런 식으로 허리 펴고 다닐 날이 얼마나 있을 것 같아? 응?"

"자네가 걱정할 건 아닌 것 같은데?"

"호호호, 늙은 팽이가 말은 잘하는군, 이제 너희들을 설거지하는 것도 얼마 남지 않았다는 걸 알 텐데?"

국제헌터협회. 연회장이 열리는 홀.

분명히 연회를 준비하는 사람도 많았고, 심지어 연회를 즐기러 온 이들도 꽤 보였다. 그런데도 불구하고, 록의 말에 태클을 걸거나 불편을 드러내는 이는 없었다. 오히려 철저한 무관심으로, 혹은 그저 흥미롭다는 표정으로 이곳을 지켜보고 있을 뿐.

홀 한가운데서 당당하게 살해 협박이 이뤄지고 있는데도 불구하고, 그들은 방관하고 있었다. 리암의 표정이 굳어지고, 록의 입가에 더더욱 짙은 미소가 지어진다.

그리고 록이 다시 입을 열 때쯤.

"기다."

"시끄러워, 씨발 새끼야. 귀청 떨어지겠네."

연회실 홀 내에 노골적으로 퍼지는 욕설에 록은 눈을 휘둥그레 뜨고는 욕이 들린 쪽을 바라봤고.

"뭘 봐, 씹새끼야?"

김현우는 록을 마주 보며 인상을 찌푸린 채 입을 열었다.

◆ ◆ ◆

트락 록. 그는 세계 랭킹 3위로, 세계적으로 어느 정도 상당한 인지도를 가지고 있었지만, 그가 진짜로 유명한 곳은 그가 나고 자란 국가인 '미국'이다. 헌터의 시대가 열리고 그가 튜토리얼 탑에 들어갔다 나왔을 때부터, 미국에서는 그를 모르는 사람이 있다면 간첩일 정도였다. 그래, 주로 안 좋은 쪽으로.

S등급 세계 랭킹 3위, 탱크.

그는 튜토리얼 탑에 들어가기 전에는 슬럼가의 갱 중 한 명이었다. 헌터가 돼서도 그는 탑에 들어가기 이전에 했던 행동을 멈추지 않았다.

사람이 힘이 생기면 그래도 겉으로는 겸손해진다고 하지 않던가? 하지만 록은 반대였다. 탑에서 빠져나오고 본격적으로 헌터 생활을 시작할 때부터 그는 악명을 떨쳤다. 공권력의 시선이 닿지 않는 곳에서 헌터의 힘을 마구잡이로 사용하고, 그 힘을 이용해 돈이되는 불법적인 일에는 전부 손을 댔다. 마약 밀매부터 매춘까지.

물론 그가 유명하지 않았을 때는 몰래몰래 그런 일을 진행했지만, 점점 성장해 마침내 S등급 세계 랭킹 3위에 올랐을 때, 그는 자신이 불법적인 일을 하는 것을 숨기지 않았다. 일각에서는 그런 록을 보며 머더러 헌터로 지정해야 한다는 소리까지 나왔지만, 그는 머더러 헌터로 지정되지 않았다.

이유? 간단하다.

불법적인 일을 하는 것을 숨기지도 않았고, 여러 가지 추문이 돌기는 했지만 그는 결코 공개적으로 다른 헌터나 일반인들을 살해한적이 없었다. '눈 가리고 아웅한다'는 말이 괜히 있는 게 아니라는 것을 보여주는 것처럼, 국제헌터협회나 미국 정부는 록의 안하무인적인 행동을 보고도 넘어갔다. 각각의 이익을 위해.

국제헌터협회에서는 TOP 5에 들어와 결과적으로 국제헌터협회의 영향력을 강화시켜주는 그를 적대하는 게 손해였고. 미국 입장에서는 국가 전력 중 하나인 자국의 헌터를 머더러 헌터로 만들어 쓸데없이 날리고 싶지 않았다. 그렇기에 록은 그런 안하무인적인 태도로도 그 어떤 제재도 받지 않고 제멋대로 살 수 있었다.

연회장이 얼어붙는다. 사람들의 표정은 하나같이 눈이 휘둥그레진 채 찌푸려져 있고, 그것은 리암도 마찬가지였다.

그곳에서 유일하게 다른 표정을 짓고 있는 사람은 세 명. 김현우의 옆에 붙어서 무감정한 표정으로 바라보고 있는 미령과 또 저질렀다는 표정으로 뭔가 망연한 표정을 짓고 있는 김시현. 그리고 자신보다 머리 한두 개는 더 커 보이는 록을 바라보고 있는 김현우였다.

"뭐?"

그의 눈가가 찌푸려진다. 명백한 적의의 눈빛.

자신이 뭘 들었는지 제대로 이해하고 있으면서도 의문의 빛을 지우지 않는 록을 보며 김현우는 다시 한번 입을 열었다.

"네가 귀머거리라서 소리 땅땅 지른 거냐? 보청기 끼고 다녀, 개새끼야."

시끄럽게 하지 말고.

김현우의 명백한 조롱과 욕설에 록의 인상이 찌푸려진다.

"뭐? 지금 뭐라고 했어?"

"보청기 끼라고 이 씹새끼야."

"이런 미친 새끼가……."

김현우의 노골적인 욕설에 반응한 것도 잠시, 록은 슬쩍 인상을 찌푸리며 김현우의 모습을 바라보았다. 검은색 추리닝에 검은색 삼선 슬리퍼. 그 복장에서 그가 무엇인가를 떠올린 듯하더니 이내 씨익 웃으며 말했다.

"그래, 너 이 새끼 어디서 봤다 했더니 그 녀석이구나. 재앙 몇 번 막고 세상에 지 하나 있는 것처럼 깝치고 다닌다던?"

"어쩌라고 병신아. 이 새끼 내로남불 플레이하는 거 봐라?"

김현우는 슥 하고 주변을 둘러보곤 이내 다시 록을 바라보며 말했다.

"지는 딱 입고 있는 옷이랑 아가리 터는 거 보니까 아주 지 좆대로 사는 것 같은데 왜 나한테 지랄이야? 응? 넌 좆대로 살아도 되고 난 좆대로 살면 안 돼? 어?"

"들었던 것만큼 아가리에 걸레를 물었구나."

"네 인성만큼이나 걸레를 물었을까?"

"……."

김현우가 단 한마디도 지지 않고 갈구자 록이 잠시 인상을 찌푸리고는 말했다.

"더 이상 깝치지 않는 게 좋을 거다, 우물 안의 개구리. 여기가 네나라처럼 약한 놈들밖에 없을 거라 생각한다면 큰 오산이다."

"지랄. 내가 볼 때는 네가 우물 안 개구리인 것 같은데?"

김현우의 이죽거림에 록의 얼굴이 비웃음으로 물들었다.

"뭐? 내가? S등급 세계 랭킹 3위인 내가?"

"아, 우물 안 개구리가 아니라 순위충 새끼였네."

"뭐?"

"왜? 순위충 아니야? 벌써부터 별 같잖지도 않은 순위 가지고 어떻게든 남 위에 올라서보려고 열심히 발악하고 있잖아?"

응?

김현우의 이죽거림에 록의 얼굴이 도깨비처럼 찌푸려졌다. 그와 함께 들어 올려지는 록의 손. 김현우와 록의 말싸움을 지켜보던 사람들이 저마다 놀란 표정을 지었고, 김시현과 리암이 다급한 표정을 짓는 것과 동시에 록이 입을 열었다.

"인성 교육이 필요한 개새끼로군."

그와 함께 김현우의 머리로 떨어져 내리는 록의 손.

뻑.

"컥!"

록의 손은 김현우의 머리에 닿지 못했다.

누가 말리기도 전에 일어난 그 상황에서, 김현우는 손을 내리치는 록의 앞으로 파고들어 가 그의 턱을 올려 쳤다. 순식간에 붕 하고 뜨는 거체. 2미터가 넘어가는 록의 몸이 붕 떠오르는 것은 한순간이었다.

그리고.

"인성 교육이 필요한 건 너지, 병신아."

김현우는 곧바로 붕 떠오르는 록의 몸을 그대로 발로 차버렸다.

와장창창! 쿵쿠구궁!

"꺄아아악!"

발차기를 맞자마자 저 멀리 날아간 록은 순식간에 음식이 가득 놓여 있는 연회 테이블을 박살 내며 홀 한구석에 처박혔고, 김현우는 피식 웃으며 걸음을 옮겼다.

마찬가지로 별다른 상처 없이 굉장히 열 받았다는 듯 자리에서 일어나는 록. 그의 몸에 여기저기 달라붙어 있는 음식물 찌꺼기를 바라보던 김현우는 비웃음을 흘렸고, 록은 그 모습을 보며 이를 갈았다.

"여기서 성하게 돌아갈 수 있을 거라고는 생각하지 마라."

록의 선언.

"자, 잠깐. 여기서 싸움을 벌였다간……!"

쿵!

리암이 미처 말을 마치기도 전에 록은 다시 한번 김현우에게 돌진했다. 세계 랭킹 3위가 그래도 허명은 아니었는지 무척이나 빠르게 가까워진 록. 하나 김현우는 그런 록을 여유로운 자세로 바라보았고, 록은 그런 김현우의 모습에 더 약이 올랐는지 다시 한번 그의 몸을 노리고 크게 주먹을 휘둘렀다.

하지만.

"!"

김현우는 다시 한번 그의 주먹을 피했다.

종이 한 장 차이로 김현우의 머리 옆을 스치고 지나간 록의 주먹. 김현우는 그 순간에도 여유롭게 그의 안쪽으로 파고들어 가.

빽!

"끅!"

아까와 똑같은 방법으로 그의 턱을 올려 쳤다.

돌아가는 록의 고개. 의식적으로 목에 힘을 뺐는지 몸이 붕 떠오르지는 않았지만 이미 록의 가드는 완전히 사라진 것과 다름없었고, 김현우는 곧바로 그의 명치에 주먹을 올렸다.

"영거리."

극살極殺.

꽝! 콰가강!

"크학!"

명치에 김현우의 기술을 얻어맞은 탱크는 다시 한번 날아가 이번에는 연회장의 테이블을 박살 내는 것이 아닌 연회 홀의 내벽을 부수며 밖으로 튕겨 나갔다.

'……너무 세게 때렸나?'

김현우는 저도 모르게 자신의 주먹을 폈다 말아 쥐며 쯧 하고 혀를 찼다. 물론 괴력난신에게 사용하던 때보다는 확연하게 힘을 빼기는 했지만, 아무래도 너무 세게 친 것 같았다.

꽝!

"이 개새끼가!"

하지만 그것이 기우였다는 듯 록은 어느새 벽을 뚫고 날아와 자신의 머리통만 한 돌을 김현우에게 집어 던졌다.

쿠구구궁!

엄청난 소음을 내며 김현우에게 다가오는 돌덩이. 김현우가 주먹으로 다가오는 돌덩이를 쳐내자, 이미 록은 뒤에서 김현우의 머리를 내리찍기 위해 양손을 망치처럼 휘두르고 있었다. 아까보다 확연히 빨라진 속도에 김현우는 슬쩍 놀라면서도 곧바로 몸을 돌려 그의 공격이 닿기 전에 주먹을 휘둘렀다.

하지만.

"!"

분명 주먹을 휘둘러 그의 얼굴을 후려쳤음에도 불구하고 록은 아무렇지도 않다는 듯 김현우의 주먹을 밀어냈다. 김현우는 뒤늦게 너무 힘을 뺀 것인가 싶어 힘을 주었지만 이미 록의 주먹은 김현우의 몸을 후려치고 있었다.

꽝!

폭음이 터진 것 같은 소음과 함께 김현우의 몸이 허공으로 떠오르고, 그 틈을 놓치지 않은 록이 허공에 떠 있는 김현우에게 또 한 번 일격을 준비.

크게 휘어지는 주먹. 김현우는 그 모습을 보며 본능적으로 다리를 틀어 그 상태에서 낼 수 있는 최대의 힘으로 그의 머리통을 내리쳤다.

쾅!

한 번 더 터지는 폭음.

하지만.

"뭐."

꽝!

분명 김현우의 공격이 제대로 들어갔음에도 불구하고 록은 비릿한 미소를 지은 채 김현우의 얼굴에 꽂아 넣기 위해 주먹을 휘둘렀다. 김현우는 그 찰나의 순간 자신의 두 주먹을 끌어 올려 록의 주먹을 막아냈지만, 그의 몸은 그대로 튕겨 나가 벽을 박살 냈다.

'뭐야?'

그리고 김현우가 생각을 이어 나가기도 전.

"뒤져."

록은 이미 벽에 박혀 있는 김현우의 앞에 도달해 있었다.

꽝!

연회가 열릴 예정이었던 홀에서 일어난 전투. 전투의 양상은 일방적이었다.

꽝! 꽝! 꽝! 꽝!

록의 주먹이 맹렬하게 돌진하면 김현우가 그것을 피해낸다. 당연히 김현우가 피해낸 주먹은 그대로 연회장의 조형물이나 벽들을 박살 냈다. 분명 깨끗하고 우아한 분위기였던 연회장이 한순간 폐허와도 다를 바 없는 상태로 변했고, 그 모습을 지켜보던 김시현이 인상을 찌푸리며 말했다.

"저게 말로만 듣던 탱크의 고유 능력……."

'금강불괴金剛不壞.'

사실 록은 처음 데뷔할 때만 해도 그리 유명한 헌터는 아니었다.

그저 자기가 살고 있던 샌디에이고주에서 은근히 안 좋은 소문이 자주 도는 헌터 중 한 명이었을 뿐. 하지만 A등급에 오르고 자신의 고유 능력으로 금강불괴를 얻자 비로소 미국에서 이름을 떨쳤고, S등급 세계 랭킹 3위까지 오를 수 있게 되었다.

그가 얻은 '금강불괴'라는 고유 능력. 그것은 가히 '사기'라고 부를 수 있을 정도로 강한 능력이었다. 고유 능력을 사용하기 시작하면 그때부터 모든 공격에 아무런 피해를 입지 않는 일종의 무적 상태가 되었으니까.

날붙이도 통하지 않고 문명의 이기라는 총도 통하지 않는다.

한 프로그램에서는 거대한 출연료를 지불하며, 그에게 탱크를 상대하기 위해 쏘는 바주카포를 쏴 갈기는 미친 짓을 행했지만, 놀랍게도 그는 미사일을 맞고도 멀쩡했다. 탄 것은 그가 입고 있던 옷뿐. 그의 신체에는 아무런 이상도 없었다.

그는 자신의 고유 능력을 기반으로 몬스터들을 일방적으로 학살하는 영상을 유튜브에 자주 찍어서 올리고는 했다. 어떤 상황에서, 어떤 공격을 받더라도 그가 고유 능력을 사용한 뒤 몸을 말아 돌진하면 그 몸에 맞아 짓이겨지는 몬스터들. 그 모습을 보며 사람들은 경외를 담아 그를 탱크라는 이명으로 불렀다.

그렇게 김시현이 어쩌지도 못한 채 그 둘의 싸움을 지켜보고 있을 무렵, 옆에 있던 리암도 김현우가 일방적으로 밀리는 모습을 보고는 낭패라는 표정과 함께 생각했다.

'우선은 싸움을 말려야 한다.'

처음이야 자기가 미처 어떻게 해볼 시간도 없이 싸움이 일어났지만 이런 식으로 싸움이 지속되면 불리한 쪽은 리암, 자신이었다. 지금 일어나는 일은 김현우가 이기지 않는 이상 메이슨파에 조금 더 힘을 실어주는 일밖에는 되지 않으니까.

그리고 그렇게 리암이 생각을 끝낼 때쯤.

꽝!

록이 김현우가 있던 땅을 내리침과 함께, 전투가 잠시 소강상태로 접어들었다.

"쥐새끼처럼 잘도 도망 다니는구만?"

자신만만한 표정으로 김현우를 바라보는 록이 뚜둑거리며 이제야 몸이 풀렸다는 듯 웃음을 짓고 이어 말했지만.

"이제 왜 네가 우물 안의 개구리라고 하는지 알겠나? 네 공격이 아무리 강해도 내 금강불괴 앞에서는."

"지랄하고 있네."

"뭐?"

김현우는 인상을 찌푸리는 록을 보며 같잖다는 듯 웃음을 짓더니 말했다.

"재주 부리기는 끝났냐? 더 보여줄 것도 그것뿐이고? 그럼."

이제부터는 내가 간다.

콰아아아아앙!

◆ ◆ ◆

꽈아아앙!

"커억!"

김현우의 모습이 일순 사라졌다 록의 앞에 나타난다. 그것을 록이 확인했을 때, 이미 김현우의 몸은 허공을 날고 있었다.

완전히 부서진 연회 홀의 한구석에 처박힌 록을 보고 김현우는 주변을 돌아보았다. 이미 연회 홀은 완전히 박살 나 폐허라고 말해도 될 정도의 상태가 되어 있었다. 고풍스러운 이미지를 주기 위해 여러 가지 문양이 그려져 있던 대리석은 모조리 박살 났고, 로마식으로 조각되어 있던 내벽들도 마찬가지였다. 테이블은 이미 완전히 박살 나 그 파편만이 땅바닥을 구르고 있었고, 그것은 음식들도 마찬가지였다.

완전히 박살 난 연회 홀 한가운데에서, 김현우는 비틀린 웃음을 지은 채 자리에서 일어난 록을 바라봤다. 록은 김현우를 바라보고는 비아냥거리는 듯한 어조로 입을 열었다.

"왜? 뭔가 기대하고 있었나?"

큭큭.

"확실히, 그거 하나만은 칭찬해주지. 금강불괴를 발동해 단단하고 무거워진 내 몸을 날려버리다니. 하지만 그것뿐이다. 네 공격은 나한테 통하지 않."

"뭔가 착각하고 있는 것 같은데."

"뭐……?"

"지금 내가 너를 정말로 제대로 공격하고 있다고 생각해?"

김현우의 말에 그가 인상을 찌푸렸지만, 김현우는 쯧 하고 주변을 돌아보며 말했다.

"너야 네 힘이 얼마 안 되니까 니 좆대로 날뛰어봤자 그냥 홀이 부서지고 끝이지만, 나는 조금이라도 힘을 쓰면 이 건물이 부서지거든. 응?"

록은 어처구니없다는 듯한 표정으로 김현우를 바라보곤 말했다.

"허세도 정도껏 떨어라."

"허세? 허세 같아?"

그러면.

팟.

"!"

순식간이었다.

분명 홀 중앙에 있던 김현우가 록의 앞에 서 있었다.

"한번 확인해보면 되겠네."

꽝!

김현우의 중얼거림이 귓가에 닿은 그 순간 록의 시야가 반전했다.

한순간 김현우의 일격을 맞아 중심 감각이 희미해진 록은 내벽을 뚫고 밖으로 튕겨 나왔다. 그제야 느껴지는 햇빛에 정신을 차린 록.

"!"

그는 자신의 앞에서 검붉은 색의 마력을 풀풀 풍기고 있는 김현우를 보았다. 허공에서 본능에 반응한 록의 몸이 김현우를 쳐내기 위해 움직였지만, 이미 김현우의 손은 록의 명치에 닿아 있었다.

"영거리."

극살.

꽈아앙!

거대한 폭음과 함께 록의 신체가 잔디밭에 내리꽂힌다. 마치 대전차지뢰가 터지는 것같이 사방이 흙먼지로 변해 시야가 제대로 분간되지 않는 상황.

'천뢰.'

록은 재빠르게 상황을 파악하기 위해 몸을 일으키려 했지만, 이미 그의 시야에는 하늘에서 떨어져 내리는 김현우의 모습만이 보일 뿐이었다.

'신각.'

"크하악!"

꽈아아아아아앙!

잔디밭에 거대한 파문이 퍼져 나갔다. 미처 가라앉지 못한 흙먼지가 더더욱 크게 번지고, 흙들이 터져 올라온다. 순식간에 엉망진창이 된 잔디밭.

"이런 씨발!"

그 상황에서 록은 흙먼지에 가려 보이지 않는 시야를 확보하기 위해 손을 흔들었지만, 그 순간.

"야, 너 좀 버틴다? 좀 버티는 김에."

펑!

"큭!"

김현우의 말과 함께, 록의 등에 시큰한 고통이 울려 퍼진다.

'이런 씨발!'

록이 신경질적으로 양 주먹을 주변으로 휘둘렀지만 닿는 것은 없다.

"내 무술 상대 좀 해주면 되겠다."

꽝!

"이 새끼―크헥!"

김현우의 발이 록의 턱을 올려 찬다.

시큰거리는 고통! '금강불괴'를 사용한 뒤로는 몇 번 느껴보지 못했던 고통이 턱을 강타하고, 이어서 김현우의 목소리가 들려온다.

"천마일권!"

꽝!

허공에 떠 있던 록의 배에 지독할 정도로 고통스러운 일격이 꽂히고, 검붉은 마력과 함께 주변을 가리고 있던 흙먼지가 사방으로 날아간다.

"청룡각."

쿠구구구궁!

천마일권을 맞아 허공에 체공하고 있던 록의 신체가 다시 한번 잔디 바닥에 내리꽂힌다. 사라졌던 흙먼지가 다시 한번 터져 나오며 록의 주변으로 거대한 크리에이터가 만들어진다.

"칠성일보."

쾅! 콰드드드드드!

땅바닥에 내리꽂힌 록의 신체를 향해 검붉은 유성이 떨어져 내린다.

"백팔연각."

떨어져 내린 검붉은 유성에 의해 허공에 떠오른 록의 몸에, 눈에 제대로 보이지도 않는 발차기가 연속으로 내리꽂힌다. 김현우가 만들어놓은 수십, 수백 가지의 무술이 그의 뜻에 따라 즉석에서 조립되고, 또 만들어져서 세상에 그 모습을 보인다.

쿵! 꽝! 쾅! 쾅!

록의 몸이 하늘로 떴다 하면 사라지고, 흙먼지가 튀어 올랐다 싶으면 허공에 뜬다. 아예 땅바닥에 박혀 몇 번이고 거대한 폭격을 맞기도 하고, 그게 아니면 허공에 떠서 제대로 보이지도 않는 김현우의 공격을 받는다.

그리고.

"끄…… 으으윽. 이…… 개새끼……!"

"와, 이 새끼 대단한 새끼네."

김현우는 완전히 개박살이 나 더 이상 잔디밭이라고 부를 수 없을 것 같은, 마치 전쟁터처럼 변해 있는 흙밭 한가운데 서서 온몸을 부들부들 떨어대는 록의 모습을 보았다.

록의 몸은 정상이 아니었다. 여기저기 얻어맞은 부분이 선명하게 보일 정도로 피부에는 멍이 가득했고, 분명 스포츠머리였던 짧은 머리카락은 마치 처음부터 없었던 것처럼 새하얀 두피를 내보이고 있었다. 옷 또한 완전히 넝마가 되어 노숙자라고 봐도 될 정도로 그 모습은 추레했다.

하지만 김현우는 순수하게 감탄했다.

"죽여버리겠다!"

김현우에게 수십 가지의 기술을 얻어맞은 록은, 아까보다는 확연히 느려졌지만 분명 움직이고 있었다. 평범한 헌터라면 하나만 맞았어도 죽었을 법한 기술을, 수십 개나 맞고도 걸어 다닐 수 있다는 것에 김현우는 순수한 감탄의 탄성을 내뱉었다.

"멧돼지처럼 생겨서 그런가 피부가 질기기는 질긴가 보구나?"

"이 개새끼!"

꽝!

이전보다 확실히 느려진 록의 주먹이 김현우를 노리고 날아들었지만, 김현우는 무척이나 간단하게 그 공격을 피한 뒤 피식 웃고는 자세를 잡았다.

'금강불괴.'

무협지에서는 그 금강불괴를 '외공'이 최고 경지까지 이르러 창칼이 통하지 않는 무적의 경지로 표현하고는 한다. 그 어떤 무기나 무공도 통하지 않고, 금강불괴를 익힌 자는 절대로 외부적인 요인으로는 상처를 입을 수 없게 된다는 지고의 무공. 그렇다면 온갖 무기들의 공격이나 무공들을 막을 수 있는 금강불괴야말로 정말 최강의 무공이고 무적이라고 말할 수 있을까?

아니, 아니다. 만약 정말 그랬다면 웹소설에 나오는 '천마'나 잘나간다 싶은 '은거기인'들이 너도나도 금강불괴를 가지고 있었겠지. 그렇다면 창칼이 통하지 않고 온갖 무공들도 막아낼 수 있는 금강불괴는 왜 최강이 아닐까. 그래, 그 이유는 바로 금강불괴를 너무나도 쉽게 파훼할 수 있는 무공이.

아니, 묘리가 있기 때문이다.

김현우의 양발이 부드럽게 벌어지며 왼손이 어깨 위로 올라가 쭉 펴진다. 마치 달려오는 록을 조준하는 것 같은 자세. 록은 그 모습을 보며 더더욱 성이 났는지 김현우의 앞에 도착하자마자 주먹을 뒤로 당기며 김현우의 머리를 조준했고. 김현우는 입가에서 미소를 지우지 않은 채로 록의 명치에 펴진 손을 가져다 대었다.

그리고.

쿠우우우.

록의 명치에 닿은 김현우의 손에서 검붉은 파문이 튀어나옴과 함께, 김현우는 공격이라고는 생각할 수 없는 부드러운 움직임으로.

내가중수법의 묘리.

"극진파동권."

록의 몸을 쳐냈다.

쿠우우우웅!

근처에 울리는 거대한 소음. 마치 거대한 공기가 터진 것 같은 소음과 함께 록의 몸이 멈추었고.

"카학!"

록은 곧 입에서 시뻘건 피를 토해내며 김현우의 옆으로 쓰러졌다.

털썩.

록이 쓰러지자마자 거짓말처럼 사위가 조용해지고.

김현우는 주변을 돌아봤다.

이미 잔디밭은 개박살이 나 있어 더 이상 잔디밭으로 불러주기 힘들 지경. 저 멀리 연회 홀이 있던 곳에서는 창문과 부서진 벽 사이로 수많은 사람이 김현우가 있는 곳을 바라보고 있었다. 김현우는 왜인지 자신을 바라보는 사람들의 시선이 굉장히 멍해 보인다고 생각했으나, 이내 신경 쓰지 않고 시선을 돌렸다.

"……어?"

그렇게 다시, 쓰러진 록을 바라보던 김현우는 문득 그런 생각을 하게 되었다.

'지금 생각해보니까 얘는 S등급 세계 랭킹 3위잖아?'

그랬다. 김현우의 수많은 무술을 맨몸으로 받아낸 록은 S등급 세계 랭킹 3위였다.

'그러면 내가 이 녀석을 이겼으니까.'

그냥 이걸로 측정해서 나를 3위로 만들어주면 되는 거 아니야?

김현우는 자신의 머릿속에 떠오른 생각과 함께 한동안 땅바닥에 퍼질러져 있는 록을 바라봤다.

◆ ◆ ◆

그곳은 어두운 공동이었다.

불을 밝히지 않으면 그 무엇도 보이지 않을 것 같은 거대한 공동 안. 주변에는 돌무덤이 여기저기 자리를 잡고 있었고, 그런 돌무덤의 한가운데에는 기묘할 정도로 붉게 칠해진 정각이 하나 있었다.

마치 검은 공동 속에서 자신의 존재감을 과시하듯 자리 잡은 정각. 그 정각의 안. 보이지도 않는 칠흑 같은 어둠 속에, 한 남자가 앉아 있었다.

입고 있는 것은 이 칠흑 같은 공동에 어울리는 검은 도복. 허리까지 기른 머리는 제대로 정리를 하지 못해 산발이었고, 양손에는 검붉은 액체가 묻은 붕대가 감아져 있었다.

그리고.

조금의 시간이 지나자, 그 남자가 눈을 떴다. 검은 눈동자가 한 치 앞도 보이지 않는 검은 공동 주변을 바라보았고, 이내 정각의 끝부분에서 목소리가 들려왔다.

기괴하고도 칙칙한 목소리.

"축하한다. 너는 한때 천하제일마天下第一魔라고 불렸고, 또 혈마血魔라고 불렸던 나의 '혈마신공'을 완벽하게 대성했다."

"……"

기괴한 남자의 목소리가 들림에 따라 정각에 가만히 앉아 있던 그가 자리에서 일어났다. 조금 전까지만 해도 흑안이 자리하고 있었던 그의 눈은 홍안이 되어 있었다.

어느 한쪽을 주시하는 그. 기괴한 남자의 목소리는 그런 남자를 보며 키득거리더니 말했다.

"그래, 너는 정말 대단하구나. 혈마신공을 대성하자마자 광기를 억제할 수 있는 '혈안'을 개안하다니."

"이 정도는 당연한 거지."

남자의 한없이 오만하고도 광오한 말.

하지만 목소리는 기분이 좋다는 듯 낄낄거리며 말했다.

"그래, 맞는 말이지. 자네 정도나 되면 혈안은 당연히 개안을 해야 되는 것이지그래."

나 혈마의 무공 말고도 천마의 무공과 정파 녀석들의 무공을 모조리 대성한 너라면 말이야.

혈마의 기분 나쁜 끌끌거림이 들림에도 불구하고 남자는 신경 쓰지 않은 채, 붉은 정각에서 몸을 돌려 걸음을 옮겼다.

뚜벅. 뚜벅.

남자가 붉은 정각을 빠져나와 돌무덤이 있는 길 위를 지난다. 그의 몸이 완전한 어둠에 가까워졌을 때, 마귀 같은 목소리가 그에게 질문을 던졌다.

"그래서, 너는 자신의 몸 안에 그렇게 수많은 업적과 업보를 쌓으면서 무엇을 할 생각이냐?"

마귀 같은 목소리의 질문. 그 목소리에 남자의 걸음이 멈춘다.

완전한 어둠에 가까워진 남자의 발걸음이 멈추고, 핏빛과도 같은 붉은 홍안이 목소리가 들려온 정각을 바라본다.

그리고 곧 그.

"나는."

S등급 세계 랭킹 1위이자.

"정상으로."

무신이라고도 불리는 그 남자는.

"올라갈 거다."

자신의 포부를 밝히며 어둠 속으로 빠져들어 갔다.

나쁘지 않은 제안

록이 김현우에게 박살 나고 하루 뒤.

'김현우가 탱크를 쓰러뜨렸다!'

이 한 문장은 미국 협회원의 SNS를 통해 퍼져 나가 순식간에 미국을 넘어 전 세계에 뿌려졌다.

S등급 세계 랭킹 3위 탱크. 탑에서 빠져나온 지 얼마 되지 않았음에도 불구하고 재앙을 두 번이나 막아낸 김현우. 그 둘의 화학반응은 그야말로 폭발적이라, 전 세계의 언론사들은 그들의 이야기를 마구잡이로 자신들의 매체 상단에 올려댔다.

전 세계 뉴스 어디를 들어가봐도 헤드라인에는 김현우와 탱크에 관한 기사가 하나씩 걸려 있었고, 그런 상황은 비단 언론 매체만이 아니었다.

유튜브. 하루에도 수만 가지 영상이 올라오는 유튜브의 급상승

동영상의 1위부터 10위까지의 내용은 모조리 김현우와 탱크에 관련한 영상이었다. 그중에서도 압도적인 조회 수로 1위를 차지한 영상은 바로 김현우와 록의 싸움을 그대로 찍어 올린 것이었다.

툭.

짤막한 광고가 지나고 곧바로 영상이 흘러나온다. 김현우와 록이 연회장 내에서 싸움을 시작할 무렵이 재생된다. 보이지도 않는 속도로 움직이는 김현우와 탱크가 몇 번의 공방을 벌이는 것부터 시작된 영상은, 처음부터 끝까지 매우 상세하게 찍혀 있었다.

김현우가 록을 홀 밖으로 찬 것에서. 그가 거대한 파문과 함께 탱크를 쓰러뜨리는 장면까지. 아니나 다를까 그 유튜브 영상에는 끝이 없을 정도로 엄청난 양의 댓글이 달려 있었다.

ㅁㄴㅇㄹㄹㄹ: 와, 내가 진짜 얘는 언제 한번 사고 치겠다는 생각을 하고 있었는데 그냥 헌터협회 가자마자 3위를 이겨버리누. ㄷㄷㄷ…….

  ㄴREIKAN: 와. ㅋㅋㅋㅋㅋㅋㅋ 탱크 처맞는 거 봐라. 저거 내가 알고 있는 그 탱크 맞냐? 쟤도 던전 안에서는 여포처럼 돌격해서 다 찢고 다니더니 김현우한테 개 처맞네.

  ㄴ고쿠: ㅋㅋㅋㅋㅋㅋㅋㅋㅋㅋㅋㅋㅋ 탱크 미국에서 쓰레기로 소문났는데 미국 애들 좋아하겠네, 쓰레기 치워줬다고.

인성시관: 와, 진짜 김현우 싸우는 거 좆간지임. 록 팰 때 보이냐? 막 유성 떨어지는 것 같고 용 나오고 하네. ㅋㅋㅋㅋㅋㅋㅋㅋㅋㅋㅋㅋㅋ 저게 진짜 무술인 아니냐?

  ㄴ오타시류: ㄹㅇ. 헌터연합 새끼들이 왜 김현우한테 무술을 공개하라고 빼애애액거리는지 알 수 있는 부분이지 않냐. ㅋㅋㅋㅋㅋㅋ

ㄴ 울짚엽짚: 그런데 진짜 조금 전에 봐도 김현우 이야기는 팩트인
  게 눈에 보이는 게, 김현우 그냥 홀 내에서 싸우는 영상 보면 무술
  같은 거 아예 안 쓰고 손기술 발기술만 쓰는데도 존내 쎄다. ㅋㅋ
  ㅋㅋ 그냥 쎈 게 맞는 듯.

헌터연합[공식계정]: 이 영상을 보셨습니까, 여러분? 그렇습니다. 김현
우 헌터는 자신이 만든 무술로 저렇게 강해졌음에도 불구하고 자신의
이익을 챙기기 위해 그 무술을 대외적으로 뿌리지 않고 있습니다. 저 행
동은 인류에게는 한없이 손해가 될 행동이며 그렇기에 우리는……[자세
히 보기]

  ㄴ 적당히해라: 제발 적땅히 좀 해라, 병신아. 너희들은 어째 1절이라
    는 게 없누. ㅋㅋㅋㅋ 하는 거 보면 다 뇌절이네. ㅋㅋㅋㅋㅋ

  ㄴ 병신을 보면 짖는 개: 월! 월월! 으르르르릉!!! 월!!! 월! 월월! 으
    르르릉!!! 월!!!월! 월월! 으르르르릉!!! 월!!!월! 월월! 으르르르릉!!!
    월!!!월! 월월! 으르르르릉!!! 월!!!월! 월월! 으르르르릉!!! 월!!!월! 월
    월! 으르르르릉!!! 월!!!월! 월월! 으르르르릉!!! 월!!!월! 월월! 으르르
    [자세히 보기]

  ㄴ 기수식: 헌터연합: 끄으으윽! 부러워! 부러워부러워부러워부러워부
    러워부러워부러워부러워부러워부러워 나도! 나도 알려달란 말이
    야! 나도 알려달라고 빼애애애애애애액!!!!

"와……."

개판 5분 전의 댓글창을 보며 말없이 탄성을 내뱉던 김시현은 이
내 한동안 스마트폰을 바라보다, 한숨을 내쉬며 스마트폰을 집어
넣고는 시선을 돌렸다.

그가 시선을 돌린 곳은 거대한 문. 어제 김현우가 록을 완전히 박살 내버린 이후, 상황은 굉장히 미묘하게 돌아갔다. 건립기념일 연회는 취소되었고, 탱크는 헌터협회에서 긴급히 파견한 구조대에 의해 실려 가 치료를 받게 되었다.

그런데 웃긴 것은 그렇게 록을 박살 내고 연회 홀로 돌아온 김현우의 주변에 사람들이 몰리기 시작했다는 것이다. 분명 탱크와 이런저런 다툼이 있었을 때 그들에게 관심조차 주지 않았던 사람들이 탱크가 쓰러지자마자 조금 전의 태도는 온데간데없이 김현우에게 다가왔다.

물론 김현우는 피곤하다면서 그들을 뿌리쳤지만, 결국 김현우와 김시현, 그리고 미령은 리암의 권유에 따라 국제헌터협회에 있는 고급 숙소에 하루 묵게 되었다.

그리고.

"……."

"……."

김시현은 조금 전 찾아온 리암을 떠올렸다.

잠시 이야기를 나눌 것이 있다며 김현우를 데려간 리암.

그 덕분에 김시현은.

"……."

"……."

평소 김현우를 따라다니던 미령과 함께 자리에 앉아 있었다.

물론 미령은 김현우가 리암을 따라나설 때 자신도 함께 가기 위해 몸을 움직였지만, 유감스럽게도 리암의 부탁에 의해 결국 이 숙소에 남게 되었다.

뭐, 리암의 부탁이라기보다는 김현우가 잠시 남아 있으라고 말한 덕분이었겠지만.

김시현은 그때 미령의 표정을 잊을 수 없었다. 쾌광! 하고 충격을 받았다는 표정을 짓는 미령의 얼굴과 동시에 리암을 적의 어린 눈으로 쏘아보는 모습. 게임 로그로 표현한다면 [리암에 대한 미령의 적개심이 +99]라는 표시가 뜰 정도로 그녀의 적의는 상당했다.

"……."

"……."

방 안에 침묵이 가득 찬다.

물론 서울 길드의 길드장을 맡고 있는 입장으로서 일부러 냉정한 표정을 연기했던 김시현에게 있어서 이런 침묵은 익숙했지만, 그래도 이 어색함은 좀 그랬다.

김시현은 그래도 아는 사람과는 평범하게 대화하는 것을 좋아하는, '나름대로' 사교적인 성격이었으니까.

그리고 미령은 김현우 옆에 항상 따라다녀 이제는 서로 얼굴이 익을 정도로 자주 보고 있었기에 조금 친해지면 좋지 않을까 생각하기도 했다. 하지만 김시현은 몇 번이나 미령에게 말을 걸려고 하다 결국 포기하고 말았다.

이유? 그녀의 텐션이 너무 낮아져 있었기 때문에.

항상 김현우 옆에 붙어 있던 미령만을 봐와서 그런 것인지는 모르겠지만 그녀의 표정은 굉장히 밝아 보였다. 그게 뭐 활발하다, 그런 뜻은 아니었지만, 아무튼 그런 분위기가 살아 있었다. 하지만 지금은 어떤가?

"……."

"……."

시무룩한 표정도 아니다. 정말 인형이라고 생각될 정도의 무표정으로 미령은 멍하니 책상에 앉아 있었다. 마치 세상을 다 살아서 피폐해진 것 같은 눈으로 공허하게 멍 때리고 있는 미령의 모습. 그게 바로 김시현이 몇 번이고 말을 걸려다가 꺼리게 한 이유였다.

그렇게 또 침묵이 흘러가고. 마침내 그 침묵을 견디지 못한 김시현은 열리지 않는 입을 억지로 열었다.

"저기, 미…… 아니, 패룽 씨?"

"……."

슥 하는 느낌으로 김시현을 바라보는 미령.

김시현은 그 순간 머릿속에 수많은 질문을 떠올렸다.

기본적으로 처음 물꼬를 틀 때 하는 기본적인 질문들.

하지만 곧 그는 고개를 저어 질문들을 털어냈다.

아마 그냥 기본적인 질문을 했다가는 이 어색함도 못 풀고 분위기가 더 나락으로 가라앉을 수도 있는 노릇이었다.

'그렇다면 공통된 주제.'

김시현은 다시 한번 쭉 생각했고, 이내 미령과 자신이 공통적으로 알고 있는 그 무언가를 찾아냈다.

"뭐, 사실 현우 형에게 듣기는 했는데, 제대로 듣지는 못해서…….
패룽 씨랑 현우 형은 정확히 언제 만난 건가요?"

김시현이 생각한 공통된 주제는 바로 김현우였다. 적어도 김시현이 봤을 때 미령은 김현우의 일에는 굉장히 크게 반응했으니까.

그런 생각이 맞았는지, 미령은 김시현을 묘한 눈빛으로 바라보며 조금 탐색하는 듯한 시선을 보내더니 뭔가를 고민하기 시작했다.

그러곤 김시현을 바라보며 말했다.

"좋다. 말해주지."

"오!"

"하지만."

"?"

"조건이 하나 있다."

미령의 말에 김시현은 고개를 갸웃했고, 미령은 뜸을 들이듯 입가를 우물우물하더니 이내 김시현을 향해 물었다.

"그……."

"?"

"스승님은…… 무엇을 좋아하시지?"

조금 전의 무표정과는 다르게 은근히 고개를 숙이고 눈을 이리저리 굴리는 미령을 김시현은 묘한 표정으로 바라보다 생각했다.

'형이 좋아하는 것?'

김시현은 김현우를 떠올리곤 곰곰이 생각했다.

'……좋아하는 게 있던가?'

김시현은 잠시 김현우가 무엇인가를 좋아했던 기억을 떠올렸다.

……처음에 탑에서 빠져나왔을 때 음식을 먹고 굉장히 행복한 표정을 지었던 것 같은데 최근에는 아니고. 딱히 뭔가를 얻어서 좋아했던 기억은 적어도 김시현의 머릿속에는 없었다.

그렇게 김현우가 좋아하는 것이 무엇일지 계속해서 고민하고 고민하던 김시현은, 이내 긴장된 표정으로 자신을 바라보는 미령을 보며 마침내 답을 정하곤.

"……돈?"

자기조차 확답을 내리지 못하겠다는 듯, 입을 열었다.

◆ ◆ ◆

"그래서, 할 이야기라는 건?"

국제헌터협회 본관 3층의 연합실.

마치 중세 시대 영주의 회의실 같은 분위기를 풍기는 그 방 한가운데의 테이블에 자리를 잡은 김현우는 맞은편에 앉은 리암에게 물었다.

그는 김현우를 보고는 짧게 고민했다.

'어떻게 회유해야 할까.'

리암은 지금이 무척이나 중요한 때임을 깨닫고 그 짧은 시간 안에 몇 번이고 고민을 반복했다.

'상식적으로는 우선 약점을 건드린 다음 회유하는 것이 낫겠지만.'

그건 어디까지나 일반적인 사람에 한한 회유법. 리암의 눈은 김현우가 절대로 평범한 스타일이 아니라는 것을 알 수 있었다.

S등급 세계 랭킹 3위를 보았음에도 불구하고 아무런 상관도 없다는 듯, 시끄럽다고 욕을 박을 수 있는 사람이 얼마나 될까? 또 그렇게 시비를 건 3위를 개 패듯 팰 수 있는 사람은? 그리고 그 뒤에 몰려든 수많은 정부의 고위 관료와 내로라하는 재벌들의 인사를 귀찮다는 이유 하나로 피해버리는 그 담력은?

'절대로 평범하지 않다.'

그리고 이렇게 평범하지 않은 이들을 어떻게 회유하는 것이 가장 가능성이 높은지, 리암은 오랜 세월을 통해 터득했다.

"나는 자네가 내 편에 서주었으면 하네."

그렇기에 그는 김현우에게 순수한 본심을 내보였다. 무언가를 꾸미다 간파당하는 것보다는 순수하게 본심으로 부딪치는 게 김현우를 회유하기에는 더 낫다는 판단 때문이었다.

그리고.

김현우는 일순 묘한 표정을 짓더니 이내 리암을 바라보며 물었다.

"우선 상황 설명부터 들어보고요."

리암은 고개를 끄덕이곤 지금 상황에 대해 설명하기 시작했다. 현재 국제헌터협회가 어떻게 돌아가는지. TOP 5라는 존재는 무엇인지. 자신과 똑같은 위치에 있는 최고의원 메이슨이 무슨 일을 꾸미고 있는지. 그리고 자신이 왜 김현우를 필요로 하는지.

어느 하나의 거짓도 없이 사실대로 털어놓은 리암. 그는 긴장된 표정으로 무엇인가를 생각하는 김현우를 바라보았고, 김현우는 이내 재미있다는 듯 피식하고 웃음을 지은 뒤 입을 열었다.

"그럼 제가 당신 편에 붙어서 얻을 수 있는 이득은 뭔데요?"

◆ ◆ ◆

[김현우! S등급 세계 랭킹 3위, 탱크를 때려눕히다! 하지만 순위는 [측정불가]?]

[국제헌터협회 오피셜 '김현우 헌터' S등급 세계 랭킹 측정 결과는 [측정불가]]

하루 전, S등급 세계 랭킹을 측정하기 위해 미국 워싱턴에 위치해 있는 국제헌터협회를 찾았던 김현우가 마침 국제헌터협회 내에 귀환해 있던 S등급 세계 랭킹 3위, '탱크'와 마찰이 있었다는 사실이 드러났다.

협회원들과 각 기자들이 조사한 바에 따르면 싸움의 시작은 S등급 세계 랭킹 3위인 탱크가 김현우를 얕잡아 본 것 때문으로 현재까지는 알려지고 있으며—.

(중략)

그 외에도 김현우는 자신이 국제헌터협회를 찾은 이유인 S등급 세계 랭킹 측정을 했지만, 정말 놀랍게도 세계 랭킹을 측정하는 아티팩트가 김현우를 [측정 불가]로 평가했다고 한다.

이는 국제헌터협회가 생기고 그들이 S등급 세계 랭킹이라는 제도를 만든 이후로 처음 생긴 일이라며 당시 그 모습을 보고 있던 협회원조차도 굉장히 신기해하고 놀라워했다고 한다.

홍대의 한 고급 일식집.

"……아니나 다를까."

이서연이 괜스레 머리가 아프다는 듯 한숨을 푹 내쉬자 그 앞에서 스시를 먹고 있던 남자, 한석원이 어깨를 으쓱이며 말했다.

"왜 그렇게 한숨을 푹푹 쉬어?"

"아니, 뭐라고 할까."

"어차피 우리한테 피해가 오는 건 없잖아?"

한석원의 말에 이서연은 느릿하게 고개를 끄덕이며 대답했다.

"확실히 그렇기는 한데……."

끄응.

이서연은 뭔가 묘하게 불편하다는 듯한 느낌으로 스마트폰을 바라보다가 이내 폰을 꺼버리고 중얼거렸다.

"분명 저도 현우 오빠가 저보다 강하다는 걸 알고 있기는 한데, 뭔가 현우 오빠가 벌이고 있는 일을 보면 내가 걱정할 짬은 아닌데 걱정하게 된다고 해야 하나……."

이서연은 끙 하는 한숨을 내쉬었고, 한석원은 피식 웃으며 말했다.

"그거, 대충 알 것 같기도 하네."

"그죠?"

한석원도 이서연의 뜻을 이해한다는 듯 고개를 끄덕였다.

한석원과 이서연, 그리고 김시현까지.

이들은 김현우보다 먼저 튜토리얼 탑을 빠져나와 사회에서 자리를 잡았다. 그렇게 한국에 자리를 잡으면서, 그들은 김현우가 탑에서 빠져나오지 못한 12년 동안 헌터 업계의 발전을 두 눈으로 보아왔다.

국제헌터협회가 만들어지는 것부터 시작해서, 지금까지. 순위는 비록 100위권이지만, 그들은 이 사회에 헌터 업계가 본격적으로 자리 잡는 모습을 전부 보았다는 말이다.

그리고 지금 이서연과 한석원의 눈에 비치는 김현우의 모습들은 거의 전부가 12년 동안 사회에 자리 잡은 헌터 업계를 정면으로 깨부수는 것들이었다. 길게 쌓아온 세월을 김현우는 아무렇지도 않게 깨부수고 있었다. 그 어떤 사전 준비도 없이. 그냥 너무도 간단하게.

이서연이 젓가락으로 쥐고 있던 스시를 입안에 집어 넣고 우물거리기를 한참. 이내 스시를 목 안으로 넘기곤 중얼거렸다.

"에휴, 걱정해서 뭐 하나."

"그렇지?"

"그러게요……."

이서연은 한석원의 물음에 맞장구치고는 다시 한번 스시를 집어 먹었고.

"아."

그러던 중, 문득 무언가가 떠올랐다는 듯 짧게 탄성을 내뱉더니 한석원에게 물었다.

"혹시 최근에 김시현 관련해서 아는 거 없어요?"

"그게 무슨 소리야, 뜬금없이?"

한석원의 말에 이서연은 '흠' 하는 표정으로 자신의 팔을 손가락으로 툭툭 치더니 말했다.

"제 생각에, 김시현에게 여자가 생긴 것 같던데요?"

"뭐?"

한석원은 눈을 휘둥그레 떴다.

그렇게 이서연이 김시현에 대해 말하고 있을 때, 국제헌터협회에서의 일정을 마치고 한국으로 돌아오는 비행기 안.

"그래서, 그건 다 뭐냐?"

김현우가 김시현의 오른쪽 아래에 있는 쇼핑백을 보며 묻자 그는 슬쩍 쇼핑백을 가리며 말했다.

"기념품이요."

"기념품?"

"네."

"누구 주려고?"

"……아는 사람?"

김시현이 어색한 표정으로 대답하자 김현우는 묘한 표정으로 그를 바라보더니 이내 알 게 뭐냐는 듯 어깨를 으쓱이고는 물었다.

"기념품은 언제 샀냐?"

"아까 형 돌아오고 나서 잠시 번화가 좀 돌았잖아요. 그때 샀죠."

"그래?"

"그보다, 형은요?"

"뭐?"

"최고의원님이랑은 무슨 이야기 한 거예요?"

김시현의 물음에 김현우는 그제야 깨달았다는 듯 잠시 생각하는 듯하다 말했다.

"자기편에 붙어달라고 하던데?"

"자기편에……? 아…….."

김시현은 알겠다는 듯 고개를 끄덕였고, 김현우는 리암과 나누었던 이야기를 그대로 김시현과 그 옆에 있던 미령에게 들려주었다.

"흐음……."

김시현은 김현우의 말을 듣고는 잠시 고민하는 듯하더니 입을 열었다.

"확실히, 그런 상황이라면 최고의원 입장에서는 형이 꼭 자기 측에 붙어줬으면 할 것 같네요."

"그래? 어차피 그 사람 편에 붙는다고 해서 내가 딱히 뭔가를 하지는 않을 건데?"

"그렇다고 해도 마찬가지죠. 형 말을 들어보면 지금 리암 최고의원은 메이슨과의 파워 게임에서 밀리고 있는 거잖아요?"

"그렇지."

"협회 내에서도 밀리고 외부에도 제대로 된 스폰서 없이 메이슨을 상대하기는 힘들죠. 근데 만약 그 상황에 형이 '그냥' 리암 최고 의원 쪽에 붙기만 해도 상당히 도움이 될 거예요."

"왜?"

"당연히 형이 가지고 있는 그 네임 밸류 때문이죠. 형은 그런 거 애초에 신경도 안 쓰겠지만, 형은 지금 굉장히 네임 밸류가 높거든 요. 당장 어제 록을 박살 낸 것부터 시작해서."

현재 세계 대형 길드 중에서도 상당히 큰 길드인 아레스 길드랑 홀로 싸우고 있는 것까지 생각하면.

'게다가……'

김시현은 슬쩍 시선을 돌려 그의 옆에 다소곳이 앉아 있는 미령 을 바라보았다.

'S등급 세계 랭킹 5위, 패룡을 제자로 데리고 있다는 것까지 합해 지면……'

그야말로 엄청난 네임 밸류였다.

김현우는 그의 말을 듣고는 짧게 고개를 끄덕인 뒤 말했다.

"그러니까 네 말은 내가 아무것도 하지 않고 그냥 단순히 그쪽에 서기만 하더라도 그 사람한테는 큰 힘이 된다 이거지?"

"그쵸. 형이 정치에 참여하지 않더라도 말이죠."

김시현의 말에 김현우는 대충 고개를 끄덕였고, 김시현은 그런 김현우를 보며 질문했다.

"그래서."

"?"

"그쪽에서 제안한 조건은 뭐예요?"

"그쪽에서 제안한 조건?"

"네. 최고의원도 뭔가 제시하지 않았어요?"

"아, 그러기는 했지. 뭐 여러 가지 이것저것 이야기하기는 하던데."

솔직히 김현우에게는 '이런 혜택이 굳이 필요하다고?'라는 생각이 드는 것들뿐이라 흘려들었다.

물론 김현우 입장에서만 그랬던 것이지, 리암이 그에게 내건 혜택들은 어지간해서는 받아낼 수 없는, 리암으로서도 어느 정도 손해를 봐야만 내어줄 수 있는 거대한 혜택들이었다.

"아."

"왜요?"

"뭐 이런저런 혜택을 이야기했는데 그건 어쩌다 보니까 흘려들어서 잘 모르겠고, 그거 하나는 괜찮겠더라."

"뭐요?"

"순간이동 마음대로 써도 될 수 있게 해주는 거."

정확히는 헌터협회 지부 내로 순간이동을 해서 그곳에서 김현우만 따로 절차를 밟을 수 있게 만들어준다는 소리였지만, 김현우는 편한 대로 해석했다.

김시현은 반신반의하며 물었다.

"정말 그렇게 해준다고 했다고요?"

"응."

"그럼 조건이 엄청 좋은 건데요?"

"그래?"

"그래서, 바로 대답했어요?"

"아니, 바로 답하지는 않았고, 만약 생각이 있으면 2주 뒤에 S등급 세계 랭킹 TOP 50 연회가 있다는데 그곳에 참석해달라는데?"

"2주 뒤?"

"응. 그때는 순간이동으로 와도 괜찮다고 하더라."

김시현은 약간 고민하는 듯하다 이내 고개를 끄덕거리며 긍정했다.

그로부터 시간이 지나 늦은 오후, 김현우가 인천공항에 도착했을 때.

"김현우는 만든 무술을 공개해라!"

"맞다! 그는 무술을 공개해야 한다!"

"……이것들은 또 뭐야?"

김현우는 인천공항 게이트 앞에서 통로를 막고 있는 수많은 헌터를 어처구니없다는 표정으로 바라봤다.

◆ ◆ ◆

국제헌터협회가 있는 워싱턴 외곽의 한 병원.

"끅."

어제, 김현우에게 볼품없이 맞고 줄곧 정신을 차리지 못하던 남자 록은 온몸이 부서지는 듯한 고통과 함께 눈을 떴고.

"이제야 일어났군."

귓가에 들리는 목소리에 시선을 돌려 앞에 서 있는 남자를 바라봤다. 붉은 양복을 입은 남자.

"메이슨……?"

록의 목소리에 메이슨은 쯧, 하고 혀를 차더니 이내 근처에 있는 서랍장에 기대 록을 바라보며 말했다.

"그렇게 조금 조심하라고 일러뒀을 텐데."

메이슨의 말에 록은 오히려 인상을 찌푸렸다.

"이런 씨발……."

욕설과 함께 몸을 일으키려 했지만, 이내 복부에서 느껴지는 고통에 록은 인상을 찌푸리면서 누운 채 입을 열었다.

"그 새끼…… 대체 뭐야?"

"네가 말하는 그 새끼는…… 김현우를 말하는 건가?"

메이슨의 물음에 록이 고개를 끄덕거렸다.

"그 새끼…… 분명 무신이 나를 상대할 때 썼던 그 수법을 똑같이 사용했다고."

록은 인상을 찌푸리며 자신의 정신이 끊어지기 직전 보았던 김현우의 마지막 모습을 떠올렸다. 느긋해 보이는 표정으로 자세를 잡은 김현우는 록의 공격이 닿기 직전에 먼저 파고들어 와 록의 복부에 손을 댔고.

욱씬.

"큭. 그 개새끼……!"

록은 명치에서 느껴지는 찌릿한 고통에 이를 악물며 떠올렸다.

지금 자신이 느끼고 있는 고통. 그는 이 고통을 어디선가 한번 느껴본 적이 있다. 그것은 바로 꽤 오래전, 한창 S등급 3위라는 자리에 심취해 있던 록은 사석에서 만난 S등급 1위, 무신에게 싸움을 걸었고. 그에게 패배했다.

왜? 그에게는 자신의 능력이 통하지 않았으니까.

아무리 능력을 쓰고 달려들어도, 그는 굉장히 여유로운 표정으로 자신의 공격을 피하며 오히려 역공을 가했다. 그리고 거기에서 록은 처음으로 능력을 사용한 뒤의 고통이라는 것을 느껴봤다.

그가 휘두르는 가벼운 주먹 한 방 한 방이 금강불괴를 사용한 피부를 뚫고 들어와 굉장한 고통을 선사해주었고, 록은 결국 그의 기이한 주먹에 패할 수밖에 없었다.

'그리고 그 새끼는……!'

자신이 몇 년 전에 느꼈던 그 고통을 다시 한번 아로새겨주었다.

록이 말없이 인상을 찌푸리고 있자 목소리 하나가 들려왔다.

"내가 사용하던 수법을 똑같이 사용했다고?"

남자의 목소리와 함께 록의 시선이 돌아가고.

"!"

곧 록의 눈이 휘둥그레 커졌다. 병실의 문이 열린 곳에 한 남자가 있었다. 검은색의 도복. 신발은 애초에 신지 않았는지 발에 검게 때가 탄 붕대를 감고 있었고, 양손에는 검붉은 무엇인가로 더러워져 있는 붕대를 감고 있었다. 머리는 몇 년 동안 정리하지 않은 듯 길게 늘어져 있었고, 분명 검은 눈동자를 가지고 있었을 눈은 붉게 물들어 있었다.

"……무신?"

"오랜만이군."

책장에 기댄 메이슨이 이내 똑바로 자세를 잡은 채 입을 열었다.

"무신이 모든 준비를 끝마쳤다."

메이슨의 말에 록의 시선이 무신에게서 메이슨에게로 돌아가고, 록이 입을 열기도 전에 메이슨은 그를 보며.

"그러니, 지금부터 우리는 '준비'를 시작한다."

웃음을 지었다.

원하니까 알려줬다

김현우는 인천공항 게이트를 가득히 메운 사람들을 보며 인상을 찌푸렸다.

"아니 이젠 기자 새끼들이 아니라 헌터들이 길을 막고 지."

"김현우 헌터! 이번에 국제헌터협회에서 S등급 세계 랭킹 3위와 싸우셨다는 게 정말입니까?"

입을 열기도 전에 옆에서 튀어나온 마이크를 보며 그는 인상을 찌푸렸다. 슬쩍 시선을 돌려 옆을 보니 그곳에는 기자 무리가 헌터 사이에 껴 각자 카메라와 노트북을 들고 서 있었다.

"스승님 전부 치울."

"나도 그랬으면 좋겠지만 우선은 조용히 있어라, 제자야."

"예."

"김현우 헌터! 이번에 국제헌터협회에 오피셜로 올라온 정보에

의하면 한국 3대 길드의 길드장인 김시현 헌터와 중국 패도 길드장
이자 S등급 세계 랭킹 5위인 패룡과 같이 방."

"너도 앞에서 떠들지 말고 아가리 닥쳐라."

김현우의 짜증 어린 말에 조금 전까지 바로 앞에 마이크를 들이
댄 채, 신나게 떠들던 기자의 목소리가 줄어들었다.

그런 기자를 한심하다는 표정으로 바라본 김현우는 이내 자신의
앞에서 열심히 입을 나불거리고 있는 그들을 보며 한숨을 내쉬었다.

"너희들 헌터연합인가 뭔가 하는 개들이지?"

"우리는 헌터연합이 아니라 헌터들의 뜻을 표현하는 하나의 단
체다."

"씨발 새끼들아, 헌터연합 아니라고 할 거면 그 촌스러운 빨간 조
끼 좀 벗어. 개 같은 새끼들아."

김현우의 가감 없는 욕설에도 남자는 두렵지 않다는 듯이 목소
리를 올리며 입을 열었다.

"김현우 헌터! 너는 숨기려고 했겠지만 이로서 확실해졌다! 여러
분! 그리고 그쪽의 기자분! 잘 들어주십시오! 김현우는 자신이 개
발한 무술로 자신의 사리사욕을 채우기 위해."

갑작스레 일장 연설을 시작하는 그들을 어처구니없는 표정으로
보던 김현우는 이내 피식 웃었다.

슬쩍슬쩍 눈치를 살피며 연설을 해대고 있는 남자와 그 뒤에서
남자의 뜻을 옹호하며 열심히 손을 흔들고 있는 헌터들. 그런 그들
의 모습은 인상을 찌푸리게 했다.

사람이 다섯 명 모이면 그중 한 명은 병신이라는 이야기가 있다.

'그런데 어떻게 여기 있는 새끼들은 다섯 명 중 한 명이 병신이

아니라 그냥 병신들만 잔뜩 모여 있는 것 같지?'

원래 균형이라는 게 맞아야 하지 않는가? 다섯 명 중 한 명이 병신이 아니라면 그 반대로 다섯 명 중 한 명이 정상인이어야 하는 것 아닐까? 그런데 어째 지금 이곳에 모여 있는 이들은 하나같이 병신이 아닌 녀석들이 없는 것 같았다.

지금 자신의 앞에서 열심히 무술을 알려달라고 빼애액거리는 헌터도 그렇고, 그 옆에서 또 그 헌터가 하는 말을 열심히 받아 적고 있는 기자들도 마찬가지였다. 그야말로 총체적 난국.

그렇기에.

"그렇게 민폐를 끼치면서까지 무술을 배우고 싶냐?"

김현우는 한창 일장 연설을 하고 있는 그를 보며 말했다.

연설이 멈추고, 기자들의 플래시가 터진다.

헌터는 김현우의 말을 기다렸다는 듯 입을 열었다.

"민폐가 아니지! 우리는 그저 인류를 위해 노력하는 헌터들의 안전을 조금이라도 생각해서 헌터들의 마음을 모아."

"진짜 개지랄하지 말고, 그러니까 너희들은 무슨 수를 써서라도 내 무술을 배우고 싶다 이거지? 응?"

김현우의 말에 헌터는 입가에 미소가 지어지려는 것을 억지로 막으며 고개를 끄덕였다.

"그렇다!"

"그래, 그렇다는 말이지?"

김현우는 슬쩍 주변을 둘러보았다. 순식간에 주목된 시선 속에서 김현우는 찌푸리던 인상을 풀고는 오히려 여유로운 미소를 지으며 입을 열었다.

"자, 그럼 지금부터 정말로 뒤지더라도 무술을 배우고 싶다는 사람은 손 좀 들어봐."

체크하게.

김현우의 말에 주변의 헌터들이 웅성거리기 시작했다. 기자들은 이때다 싶었는지 플래시를 터트리고, 헌터들은 웅성거리며 이리저리 눈알을 굴린다. 생각보다 가볍게 받아낸 김현우의 허락에 이게 진짜인가를 연신 고민하던 헌터들은 김현우의 앞에 선 남자가 손을 들자마자 너도 나도 손을 들었고, 김현우는 시선을 돌려 미령을 바라봤다.

"제자야."

"네."

"지금부터 손 들었던 녀석들, 전부 체크해둬라."

"전부 죽이."

"그런 건 묻지 말고 그냥 체크해라, 제자야."

입에 죽인다는 말을 붙이고 사는, 예비 살인마가 될 기질을 충분히 보유한 제자를 제지한 김현우의 말에 미령은 고개를 숙이고 손짓했다.

슥.

그녀가 손짓하자마자 게이트에 나타난 가면무사들.

미령은 곧바로 입을 열었다.

"지금 손을 들고 있는 이들을 전부 체크해라."

"예."

"자, 지금 자기가 무슨 일이 있든, 뒤져버려도 반드시 무술을 배우고 싶은 사람은 손을 계속 들고 있으면 됩니다."

424

가면무사가 나오자 슬쩍 움츠리며 손을 내리려 했던 그들은 김현우의 말이 끝나자마자 내리려던 손을 다시 올렸고, 김현우는 그 사이에 곧바로 옆에 있는 기자들을 보며 말했다.

"자, 여기도 질문 받겠습니다. 질문 몇 개 하고 건들지 마세요, 스트레스받으니까."

자, 그럼 거기부터.

김현우의 지목을 받은 기자는 곧바로 준비해 온 질문을 쏟아내기 시작했고, 한동안 게이트의 웅성거리는 분위기 속에서 김현우는 기자들의 질문을 받았다. 기자들의 질문을 받던 도중 미령에게 사람들의 체크가 전부 끝났다는 말을 들은 김현우는 이내 그들을 보며 말했다.

"자, 그럼 지금 여기에서 손을 드신 분들은…… 그래, 내일 오후 12시까지 하남에 있는 장원으로 오시면 됩니다. 주소는 저 앞에 있는 가면 쓴 놈한테 물어보고."

'아, 지금 생각해보니까 가면 디자인 바꾸라고 말하려고 했었는데.'

김현우는 순간 들었던 다른 생각을 저 멀리 날려버리곤 계속해서 말했다.

"여러분이 그렇게 제 무술을 배우는 것을 원하니 특별히 지금 여기 있는 분들에게 제 무술을 수련받을 수 있는 기회를 드리도록 하겠습니다."

"저, 정말로……?"

"그럼요! 안 그랬으면 제가 일부러 여기 있는 사람들 일일이 체크도 안 했겠죠?"

김현우는 그렇게 말하더니 자신의 옆에 서 있는 미령의 머리에 손을 올리고 슥슥 쓰다듬었다.

"아으!"

부끄러워하는 미령의 모습을 아는지 모르는지, 김현우는 어느새 존댓말로 바뀐 어투로 그들을 둘러보며 입을 열었다.

"명심하십시오, 내일 오후 12시입니다. 제 무술을 배우고 싶다면 꼭 오세요."

제 제자에게 가르쳐준 것처럼, 하나부터 열까지 모두 알려주도록 하겠습니다.

김현우는 모여 있는 헌터들 사이를 지나 자리를 뜨려다 무엇인가를 잊고 있었다는 듯 덧붙였다.

"아, 무기도 들고 오세요. 그래야 각자 맞는 무술을 알려드릴 수 있으니까요."

그렇게 말하며 정말 자리를 뜬 김현우.

그 자리에 있던 헌터들은 저 멀리 사라지고 있는 김현우의 모습을 보다.

"정말…… 정말 배울 수 있는 건가?"

"해냈다, 해냈어!"

어느새 자신들이 이뤄낸 승리를 자축하며 환호하고 있었다.

김현우의 무술을 배울 수 있다!

고작 그 사실 하나만으로도 헌터들은 마치 자신이 금방 S등급에 진입할 수 있는 것처럼 호들갑을 떨어댔고.

"후……."

그것은 김현우의 맞은편에서 열심히 연설을 하고 있던 남자, A등급의 헌터인 '이수기'도 마찬가지였다.

"후후후후……!"

그는 저 멀리 사라지는 김현우의 뒷모습을 보며 저도 모르게 승리의 미소를 지었다.

'됐다, 됐어!'

사실 그는 오늘 김현우에게 이런 대답을 받아낼 수 있을 것이라고는 생각하지 않았다. 그 대신 그가 노렸던 것은 김현우를 곤란하게 하는 것.

물론 무술을 배워야 하는 입장에서 김현우와의 사이가 틀어져봤자 좋을 것은 없지만, 어차피 시위만 해서는 김현우가 그들을 받아줄 리 없었다. 그렇기에 그는 김현우가 미국으로 향했다는 소리를 듣고 부랴부랴 준비한 것이다. 그를 곤란하게 할 기자들과 헌터들을. 그리고 보란 듯이 김현우에게서 대답을 받아내는 데 성공했다.

'심전도 병신 같은 새끼. 좀만 더 있으면 김현우의 무술을 알 수 있었을 텐데……!'

그는 며칠 전, 갑작스레 전화 한 통으로 연합장 자리를 자신에게 넘겨버린 심전도의 얼굴을 떠올리며 피식 웃고는 자신의 미래를 상상했다. 김현우가 탑 안에 12년 동안 갇혀 있으면서 만들었던 그 무술을 배우고, 순식간에 S등급 헌터에 오르는 자신의 모습을.

그는 그렇게 자신의 성공을 자축하며 미소를 지었다. 인적이 드문 곳에서 검은 가면을 쓴 남자가 자신을 바라보고 있다는 것도 눈치채지 못한 채.

그렇게 인천공항 게이트가 시끄러워질 때쯤, 미령의 리무진에 탄 김시현은 김현우를 보며 말했다.

"아니, 형. 어쩌려고 그런 말을."

김시현이 골치 아프겠다는 표정을 짓자 김현우는 미소를 지으며 입을 열었다.

"뭐, 솔직히 말해서 나도 그 말만은 하고 싶지 않았는데 어쩌겠어."

자기들이 무술을 굳이 배우고 싶다는데, 한번 기회라도 줘봐야지.

김현우는 그렇게 말하며 미령의 머리에 가져다 댄 손을 슥슥 문지르더니 입을 열었다.

"제자야."

"으. 예, 옛! 스승님!"

왠지 굉장히 텐션이 높아져 있는 미령의 태도에 김현우는 '음?' 하는 표정을 짓다 곧 입을 열었다.

"네가 전에 말했던 그 별장 거의 다 지어져 있지?"

"그, 그렇습니다! 다 지어지진 않았지만 스승님이 쓰시는 그날에는 반드시 완성되어 있을 겁니다!"

미령의 어법이 이상했지만 김현우는 그냥 넘어갔다.

"그래, 그러면 됐다."

김현우의 미소.

······상당히 비릿해 보이는 그 미소에, 김시현은 왠지 모르게 한기가 도는 듯한 느낌을 받았다.

◆ ◆ ◆

그다음 날, 12시가 조금 넘은 시각. 하남에 있는 거대한 장원.

미령이 김현우에게 했던 말대로 분명 며칠 전까지만 해도 공사 중이었던 장원은 어느새 거의 다 완공되어 제법 그럴듯한 분위기를 풍기고 있었다. 장원 곳곳에 화단이 설치되어 있고, 중앙의 거대한 연무장은 몇백 명의 사람이 무술을 단련해도 될 정도로 넓었다.

땅덩어리가 좁은 한국에서는 그야말로 공간의 낭비라고 볼 수 있을 정도로 엄청나게 넓은 그 장원에는 현재 상당히 많은 사람이 모여 있었다.

언뜻 보아도 상당히 많은 헌터들. 그들은 거대한 장원 가운데에 있는 연무장에 모여 불만스러운 표정으로 주변을 둘러보았다.

"김현우 헌터는 왜 안 오는 거야?"

"그러게. 분명 12시라고 했지?"

"맞아, 분명 12시라고 했어."

"뭐야, 설마 무술 알려주겠다는 건 그냥 그때를 넘기기 위한 핑계인 거 아니야?"

사람들의 수군거림이 연무장 여기저기에서 들려왔고, 그 소리를 가만히 듣고 있던 이수기가 그들을 보며 말했다.

"여러분, 걱정하지 마십시오. 김현우는 올 겁니다."

"……어째서 그렇게 생각하지?"

다른 연합원의 물음에 그가 답했다.

"만약 우리를 여기로 부른 뒤에 나오지 않는다면 김현우는 결론적으로 스스로를 더 옥죄는 것밖에 되지 않으니까요."

"그런 건가?"

"그렇죠. 오라는 말을 안 했으면 모를까, 오라는 말을 한 뒤에 나오지 않았다는 것은 정말로 자신의 무술에 무엇인가가 있다는 것을 알려주는 것과 다름이 없으니까 말입니다."

이수기는 그렇게 말하며 김현우가 분명 올 것이라고 자신했고,
정말로 김현우는 12시로부터 30분이 지난 시점에 연무장에 나왔다.

그리고.

"전부 오셨습니까?"

"……저건?"

김현우의 손에는, 망가진 뿅망치가 들려 있었다.

◆ ◆ ◆

"감사합니다, 최고의원님."

"아니, 이 정도는 별거 아니지."

아레스 길드 본사의 길드장실.

그곳에서 카워드는 집무실의 상석에 앉아 있는 메이슨에게 고개
를 숙였다.

"그래서, 분열은 어느 정도 해결되었나?"

"예, 최고의원님! 의원님이 힘을 조금 써주시자마자 며칠 전만
해도 날뛰던 녀석들이 현재는 더 이상 움직임을 취하지 않게 되었
습니다. 정말 감사합니다!"

카워드는 그에게 다시 한번 고개를 숙였고, 메이슨은 웃으며 말
했다.

"그래, 그렇다면 다행이군."

"그런데 혹시……."

"뭔가?"

"도대체 어떻게 그들을 잡으신 겁니까……?"

"흠?"

"아, 절대로 메이슨 최고의원님을 의심하는 것이 아니라 정말 순수하게 궁금해서……."

자신의 말이 어느 정도 의심을 살 수 있다는 생각에 카워드가 곧바로 말을 바꾸자 메이슨은 흠 하는 표정을 짓곤 이내 어깨를 으쓱이더니 입을 열었다.

"뭐, 별건 아니지. 말 그대로 아는 이들을 이용해 조금 타일렀을 뿐이네."

"그렇군요."

'힘으로 찍어 눌렀다는 건가……!'

카워드는 감탄하면서도 냉정하게 상황을 파악했다.

메이슨이 힘을 써주고 나서 요 며칠간, 길드는 놀라울 정도로 안정을 찾기 시작했다. 내부 분열이 일어나 얼마나 더 지분을 차지하느냐로 싸우던 각 부서의 부서장들과 이사들은 하나같이 싸움을 멈췄고, 더 놀라운 건 지부 쪽에서 슬슬 올라오던 분열 조짐까지 메이슨이 잡아냈다는 것이었다.

'대체 어떻게?'

카워드는 빠르게 머리를 굴리면서 어떻게 메이슨이 그 일들을 할 수 있었을까 생각해봤지만, 아무리 궁리해도 나오는 답은 없었다. 아레스 길드의 내부 분열은 막지 못하는 종류의 분열이라고 생각했기 때문이다.

그렇기에 메이슨이 거둔 성과가 굉장히 놀라우면서도 카워드는

'어떻게' 그들을 통제했는지 묻지 않았다. 지금까지 살아온 경험상, 모르는 것보다 아는 것이 독이 될 때가 분명히 있었고, 카워드는 메이슨의 뒤에 있는 것이 알아서는 안 될 독이라고 단정 지었다.

'도대체 왜 나를 도와주는지는 모르겠지만……'

메이슨이 무슨 생각으로 자신을 도와주는지는 모른다. 겉으로는 전 길드장이었던 마튼 브랜드를 언급하긴 했지만, 솔직히 그를 언급한 것은 그저 아레스 길드에게 간섭하기 위한 하나의 핑계라는 것을 카워드는 어렴풋이 눈치챘다.

'나는 내 손에 들어온 것들을 잘 지키기만 하면 된다.'

카워드는 그렇게 생각을 정리했고, 메이슨은 그런 카워드의 모습을 바라보다 입을 열었다.

"생각이 많아 보이는군."

"예. 큰일이 해결되기는 했지만 그래도 이것저것 아직 신경 써야 할 부분이 많아서……. 그만 제가 결례를 저질렀습니다."

"아니, 굳이 그렇게 격식 차릴 필요 없네."

"감사합니다."

메이슨은 만족한 듯 카워드를 바라보다 이내 말을 이었다.

"아, 그리고 자네에게 전해둘 게 있네."

"전해둘 것……입니까?"

"그래, 전해둘 것이지."

메이슨은 품속에서 무엇인가를 꺼내 카워드의 손 위에 올려주었다.

"……이건?"

카워드의 손 위에 놓인 것. 그것은 시커먼 구슬이었다. 빛이 투과

되지 않을 정도로 시커먼 색을 가지고 있는 구슬.

카워드가 그 구슬을 받은 채로 자신을 바라보자, 메이슨은 씩 웃더니 대답했다.

"자, 그럼 이제부터 내가 하는 말을 잘 듣게. 내가 계속 자네를 신경 써줄 수는 없지 않은가?"

그러니.

"내가 원하는 일을 조금 해주면, 자네에게 그들을 통제할 수 있는 법을 알려주도록 하지."

메이슨의 말에, 카워드는 저도 모르게 마른침을 삼켰다.

◆ ◆ ◆

헌터들은 파란색 추리닝에 슬리퍼를 질질 끌고 나온 김현우를 바라보고, 이내 그의 손에 들려 있는 빨간색 뿅망치를 바라봤다. 그가 들고 나온 빨간색의 뿅망치는 그 사용 기간이 많이 위태위태해 보였다. 양쪽의 소리가 나는 붉은색 부분은 이미 완전히 해져 플라스틱 안쪽이 보이고 있는 상태에다 손잡이 부분은 이미 한 번 부러졌었는지 검은 테이프가 감겨 있다.

그렇게 감아놓은 검은 테이프 위에 붙여진 흰색의 양면테이프에는 한자가 적혀 있었다. 正意蜂(정의봉)이라는 한자가.

김현우는 몰려 있는 헌터들을 보고 이내 뿅망치를 자신의 손으로 몇 번 두드렸다.

턱. 턱.

뿅망치라면 응당 귀여운 소리가 나야 정상이거늘 김현우가 잡고 있는 뿅망치에서는 낡고 둔탁한 소음이 들렸다.

그렇게 침묵만이 가득한 연무장에서 김현우가 입을 열었다.

"자, 우선 다 왔는지 인원 체크는…… 안 하도록 하겠습니다."

이곳에 오지 않았다는 건 딱히 제 무술을 배우는 데 그리 관심이 없는 운이 좋은 분들이라고 치죠 뭐.

김현우의 말에 헌터들은 잠시 의문이 든다는 듯 고개를 갸웃거렸고, 그는 피식 웃더니 이내 시선을 돌려 이수기를 바라보곤 말했다.

"그럼 어제 말씀드렸던 대로, 지금부터 저는 제 제자에게 했던 것처럼 여러분에게 똑같이 무술을 알려드릴 겁니다."

아시겠죠? 전부 모이세요.

헌터들은 그의 주변으로 몰려들었고.

그들을 쭉 둘러본 김현우가 입을 열었다.

"자, 그럼 지금부터 수련을 하기 전에 쓸데없는 오해를 사는 것을 피하기 위해 잠시 설명에 들어가도록 하겠습니다."

김현우의 말이 끝나자마자 그의 옆에 미령이 나타났다. 처음에는 없었다가 순식간에 나타난 미령의 모습에 헌터들이 놀라는 와중에 김현우는 미령의 머리에 손을 올리곤 말했다.

"뭐, 기자들이 잔뜩 싸지른 지라시들을 보시면 아시겠지만 미령, 아니 패도 길드의 길드장인 패룡은 탑에 있을 때 제가 받은 첫 번째 제자입니다."

"오, 오오오!"

김현우의 말에 헌터들이 저도 모르게 탄성을 지르며 미령을 바라봤고, 김현우는 곧바로 말을 이었다.

"그리고 저는 제가 미령에게 했던 것과 '똑같이' 여러분을 수련시킬 생각입니다. 불만 없죠?"

김현우가 동의를 구하자 그들은 너 나 할 것 없이 고개를 끄덕였다. 그리고 그 모습을 잠시 바라본 김현우는 씩 웃은 뒤 말했다.

"자, 그럼 지금부터 첫 번째 수련을 시작하도록 하겠습니다. 다들 무기 드세요."

김현우의 말에 헌터들은 어리둥절하며 무기를 들었다.

그리고.

"자, 그럼 너희들은 지금부터 내 제자니까 존댓말은 그만하고."

분위기가 바뀌었다.

"?"

갑자기 입가에 미소를 짓는 김현우.

헌터들이 그 모습에 무엇인가 이상함을 느끼기 시작했을 때, 김현우가 말했다.

"지금부터 첫 번째 수련을 시작한다. 수련 내용은 간단해. 나를 공격하거나, 내 공격을 막기만 하면 돼."

김현우는 그 말과 함께 자신이 쥐고 있던 뿅망치를 굳게 쥐었고, 그 모습을 본 이들은 하나같이 이상함을 느꼈지만.

"무슨!"

빽!

이미 김현우는 제일 앞에 있는 헌터의 머리에 뿅망치를 휘두르고 있었다. 뿅망치에 맞았다고는 믿기지 않는 소리와 함께 저 멀리 날아가는 헌터의 모습. 그 모습에 다른 이들이 경악을 토했고, 그제야 무엇인가 잘못되었다는 듯한 표정을 지은 이수기는 곧바로 입을 열었다.

"이게 무슨 짓입니까!"

김현우는 뿅망치를 쥔 채 그를 바라보며 말했다.

"왜?"

"저희들은 무술을 알려달라고 했지 당신의 샌드백이 되겠다는 소리는 한 적이 없."

"어허! 말을 뭐 그렇게 섭섭하게 해?"

하지만 김현우는 이수기가 말을 마치기도 전에 말을 끊었다.

"나는 분명히 말했는데?"

"뭘!"

"내 제자랑 똑같이 수련을 시켜주겠다고 말이야."

"그게 무슨……! 제자를 이런 식으로 수련시켰다고? 말도 안 되는 소리 하지 마!"

이수기의 말에 김현우는 피식 웃더니 뒤쪽에 서 있는 미령을 보며 물었다.

"제자야, 내가 너를 들이고 나서 처음 했던 수련이 뭐였지?"

"맷집 기르기와 동시에 순발력 수련이었습니다."

미령의 대답에 이수기는 발작적으로 외쳤다.

"그, 그건 무술이랑은 아무런 상관없어."

"상관이 없기는 왜 없어? 너 무술 수련하려면 순발력이 얼마나 좋아야 하는지 몰라? 어? 게다가 맷집도 얼마나 좋아야 하는데! 마력 내부에 빙빙 돌리다 내상 입으면 피똥 싼다?"

김현우가 재미있다는 듯 입을 열자 이수기가 인상을 팍 찌푸렸다.

"이건 횡포다. 횡포라고! 괜히 무술을 알려주기 싫으니까 이런 짓을 저지르는 거다!"

"또 빼애액거리네? 너희들은 할 줄 아는 게 빼애액밖에 없냐? 응? 빼애액밖에 없어?"

"뭐…… 뭐라고?"

"아마 그랬겠지. 출발의 탑에서도 남한테 빌붙어서 하위권으로 올라왔을 놈들이 그래도 탑 뚫고 올라와서 헌터 됐다고 가슴 좀 펴고 사는데 세상살이가 그리 만만치 않지? 응?"

헌터만 되면 아주 다들 우러러볼 줄 알았는데, 응?

김현우의 조롱 어린 말에 이수기는 뭐라 대답하려 했지만, 김현우는 말할 틈을 주지 않았다.

"그래서 어떻게 가슴 좀 펴고 살고 싶은데 괜히 던전에서 다른 놈처럼 좆 빠지게 노력하고 싶지는 않아. 왜냐? 존나게 힘들거든!"

그래서 딱히 노력하기는 싫고 그냥 꿀 빨면서 대접받고 싶은데 마침 저기에 딱 보니까 이제 막 탑에서 나왔는데 존나 말도 안 되게 센 놈이 있네?

"그런데 알고 보니까 쟤가 스킬을 사용하는 게 아니라 무술을 사용한대! 그럼 나도 그 무술만 배우면 쟤처럼 세지는 거 아냐?"

김현우는 마치 속내가 훤하게 보인다는 듯 익살스럽게 말했고, 이내 한심하다는 듯 혀를 차며 주변을 둘러봤다.

"아주 어제까지는 좋았지? 내가 볼 때 너희들은 아마 인생 꿀 빨 생각에 밤잠도 설쳤을 것 같다."

"아무튼 이건 횡포다! 횡포라고! 나는 이 수련에서 빠지겠어! 그리고 김현우 당신을 고소해버릴 거다!"

이수기의 말에 김현우는 피식 웃었다.

그리고.

"!"

어느새 이수기의 앞으로 도약해.

빠아악!

그의 명치를 뽕망치로 후려쳤다.

"끄아아악!"

몸이 저 멀리 날아가며 연무장의 땅바닥을 구른 이수기가 쓰러진 자리에서 발악을 하는 모습을 보곤 김현우가 말했다.

"고소? 할 거면 해. 하지만 그건 알아둬라. 나는 너희들에게 허락을 받았다는 걸."

"그, 그게 무슨! 우리는 그런 말한 적!"

이수기가 날아가는 모습을 본 헌터 중 한 명이 반론을 내뱉었지만, 김현우는 피식 웃으며 말했다.

"아니, 분명 했는데? 분명 어제도 두 번이나 물어봤지. 나중에는 정확히 하려고 손까지 들어보라 했고."

"거기에서는 이런 수련이라는 말은 단 한 번도……!"

"내가 분명히 말했잖아? 뒤지더라도 무술 배우고 싶은 사람만 손 들라고. 불과 조금 전에도 말했는데? 다들 동의하냐고?"

김현우의 말에 이수기는 할 말을 잃은 듯 입을 다물었고, 김현우는 그렇게 망연하게 서 있는 그들을 보며 계속 말했다.

"얘들아, 내가 분명 예전부터 몇 번이나 말했지만 너희들이 계속 까먹는 것 같으니까 이참에 확실하게 다시 말해줄게."

김현우는 자신의 뽕망치를 꽉 쥐고 각자의 무기를 쥐고 있는 헌터들을 바라봤다.

"노력 없이 강해지는 건 애초에 불가능한 일이다."

그러니까.

"누구한테 달라붙어서 진득하게 꿀 빨 생각하지 말고 스스로 열심히 노력해라."

뭐, 지금부터 말이야.

김현우가 뿅망치를 들어 올리는 모습에 헌터들이 긴장하기 시작했다.

그러다 김현우는 아, 하고 탄성을 내뱉더니 말했다.

"그리고."

김현우의 신형이 사라진다.

"헉!"

그의 신형이 나타난 곳은 조금 전 이수기가 누워 있던 곳이었다.

이수기는 그제야 고통에서 헤어 나온 것인지 헉헉거리는 소리와 함께 자리에서 일어나고 있었지만, 곧 자신의 앞에 다시금 나타난 김현우를 보며 숨을 삼켰고.

"스승한테 싸가지 없이 반말하지 마라."

이 씨발 새끼야.

빠아아악!

◆ ◆ ◆

"형, 이번에는 일이 좀 커진 거 아니에요?"

"왜?"

"형 고소하겠다면서 헌터들이 열심히 청원 모으고 있어요."

김시현의 말에, 소파에 누워서 스마트폰으로 게임을 하던 김현우가 물었다.

"청원 모아서 어쩌게?"

"형이랑 한번 해보겠다 이거죠. 다들 전치 이삼 주 진단 끊었다고 단체 고소 들어간다고 하던데."

"그래?"

김현우가 아무런 관심도 없다는 듯 대답하자 김시현은 그를 바라보고는 말했다.

"형, 이거 어쩌면 진짜 심각할 수도 있다니까요?"

김시현은 답답하다는 듯 그를 바라보곤 다시 스마트폰을 바라봤다.

김현우가 수련의 일환이랍시고 몰려온 헌터들을 연무장에서 개 패듯 패버린 것도 이제 일주일. 이미 TV나 인터넷, 각종 이슈 게시판에서는 이 사건을 매우 열심히 파고들고 있었다. 기자들이야 언제나 그랬듯 더 자극적인 기사로 조회 수를 뽑아 먹어야 하니 헌터 연합의 시점으로 기사를 쓰고 있었고, 그 무엇보다.

'이 새끼들 정치질 오지네……!'

헌터연합 녀석들이 돈을 처바른 건지, 아니면 자기들이 열심히 하고 있는 건지는 모르겠지만 현재 각종 헌터 커뮤니티들은 열심히 김현우를 까 내리고 있었다. 현실적으로 모든 이슈 게시판이 김현우를 까는 글들로만 도배되는 것이 불가능할 텐데도, 지금 이슈 게시판의 글 90퍼센트는 김현우를 까 내리고 있었다.

어떻게든 김현우를 조져보려는 게 눈에 보이는 상황.

김시현이 한숨을 내쉬자 김현우는 스마트폰을 주머니에 집어 넣고는 소파에 제대로 앉았다.

"뭘 그렇게 걱정해?"

"아니, 오히려 형이 이상한 거 아니에요? 인터넷이 이렇게 들끓고 있는데?"

"그래봤자지. 내가 걔들에게 말했고 뉴스랑 기사에 퍼졌듯이, 나는 몇 번이고 걔들한테 동의를 구했다니까?"

한마디로 내가 혹시나 끌려갈 일은 없다는 거지.

정말 김현우를 잡으러 오더라도 쉽사리 잡혀줄지는 의문이지만.

그의 자신감에 김시현은 한숨을 내쉬었다.

"뭐, 저도 형이 그렇게 막 끌려다니고 그럴 사람은 아니라고 생각하고 있기는 한데."

"그런데?"

"이건 그냥 형이 굉장히 귀찮아질 수도 있는 거라니까요?"

"내가 왜 귀찮아져?"

"분명 형이 말한 대로 동의를 받고 수련의 일환으로 저 녀석들을 때렸다고 해도 형을 걸고 지랄하면 굉장히 피곤해진다니까요?"

"그건 그냥 무시하면 되는 거 아니야?"

"그럴 수 있으면 좋은데 괜히 민사로 고소해서 법정까지 왔다 갔다 하게 만들면 골치 아프다 이거죠."

저도 예전에 한 번 그런 적 있었거든요.

"그때 당시에는 별거 아닌 일이었는데 그거로 거의 2년 정도 법정 왔다 갔다 했다니까요?"

김시현의 말에 김현우는 그제야 곰곰이 생각하며 입을 열었다.

"그런데, 내가 뭘 잘못했다고?"

"잘못한 게 문제가 아니라 쟤들이 형을 어떻게든 조지려고 눈에 불을 켜는 게 문제라 이거죠."

한국 법이 어떤 의미로는 좀…….

김시현이 뒷말은 하지 않고 김현우를 바라보자 그는 쯧 하고 혀를 차며 말했다.

"이것 참 어처구니가 없구만. 내가 뭐 애들 '패려고' 때린 게 아니라 말 그대로 내 제자를 수련시킬 때랑 똑같이 대해준 건데."

거참 너무하네.

"안 그러냐, 제자야?"

김현우가 소파 옆에 서 있는 미령을 부르자 미령은 고개를 끄덕거리더니 말했다.

"스승님께서 은혜를 베푸는데도 불구하고 스승님을 모욕하려 하다니……. 스승님! 제가 녀석들을 모조리 직접 죽여버릴까요?"

그냥 맞장구나 쳐달라고 말한 건데 곧바로 모조리 죽인다는 이야기를 하는 미령을 보며 김현우는 한숨을 내쉬었다.

"제자야. 다시 한번 말하지만 생각하니 귀찮으니까 그냥 다 죽여버리자는 논리는 이제 슬슬 저리 치워라."

"죄송합니다, 스승님……."

시무룩하게 고개를 숙이는 미령. 김현우는 그런 그녀의 모습을 보고는 후 하고 한숨을 내쉬었다.

"그래서, 아무튼 이렇게 놔두면 많이 귀찮아질 수 있다 이거지?"

"그렇죠."

"그런데 좀 이상하다고 생각하지 않냐? 분명 나는 걔들이 전부 무술을 그만둘 때까지 열심히 가르치려 노력했는데?"

그렇다. 김현우는 그들에게 처음 무술을 가르치겠다고 선언한 그

442

때부터 지난 일주일 중 4일간 하루도 빠지지 않고 헌터들을 낮 12시에 모아 '수련'을 했다.

'……그게 수련이라고?'

김시현은 김현우의 말을 듣고 며칠 전 유튜브에 올라왔던 영상을 떠올렸다.

김현우의 뿅망치에 맞아 사방으로 날아다니는 헌터들.

아무리 생각해도 수련으로는 보이지 않았다.

'뭐…… 굳이 정의해보자면…….'

어떤 면에서는 수련이 맞기도 한 것 같았다.

물론 헌터들을 수련시키는 게 아니라 김현우 본인이 '어떻게 해야 더 정의봉을 다채롭게 쓸 수 있을까?'를 수련하는 느낌이 강했지만. 아무튼, 수련이 맞기는 한 것 같았다.

뭐, 그렇게 따지면 김현우는 확실히 꽤 열정적으로 헌터들의 수련에 어울려주기는 했다. 헌터들이 더 이상 연무장에 찾아오지 않은 4일째까지 김현우는 열정적으로 헌터들을 뚜드려 팼, 아니 수련시켰으니까.

"……."

김시현은 김현우의 수련에 대해 자세하게 생각하지 않기로 했다.

'어차피 이해 못 할 것 같고.'

김현우와 지내며 은근히 그와 비슷하게 귀찮은 건 외면하자는 버릇이 생긴 김시현은 슬쩍 생각을 돌렸고, 김현우는 고민이 된다는 듯 머리를 툭툭 치더니 미령을 불렀다.

"제자야."

"네, 스승님."

"아무튼 인터넷이 그렇다는데 무슨 방법 없냐?"

"'업자'들을 고용할까요?"

"업자?"

"예. 제가 스승님에게 드리기 위해 중국을 손아귀에 넣을 때, 가끔 고용하던 업자들이 있습니다."

미령의 말에 김현우는 곰곰이 생각하다 말했다.

"그 업자들이라는 게 살인마는 아니지?"

"아닙니다. 저도 자세히 알지는 못하지만, 인터넷 위주로 활동하는 이들입니다."

'……아, 댓글 조작 뭐 그런 건가?'

김현우는 그렇게 생각하며 말했다.

"그래, 그럼 한번 해봐."

"예, 알겠습니다."

김현우의 허락과 함께 미령은 곧바로 신호를 보냈고.

'……집 어디에 숨어 있던 거야 쟨?'

김시현은 집 안에서 갑작스레 나타나는 가면무사를 보며 식겁했다. 분명 집 안이 넓기는 하지만 사람이 숨어 있을 만한 공간은 없는데 도대체 어디에 숨어 있는 것인지 의문이었다.

물론 그런 김시현의 의문을 풀어줄 생각도 없이, 검은 가면을 쓴 남자는 미령의 앞에 서서 고개를 숙였다.

"그 녀석들에게 연락해라."

"예."

짧게 대답하고 사라지는 가면무사. 김시현은 사라지는 가면무사의 모습을 떨떠름하게 보더니 입을 열었다.

"……뭐, 어차피 저쪽도 틀림없이 돈을 들여서 언론을 만지작거리고 있는 게 눈에 보이고 있는 이상 저희도 이렇게 대응하는 게 맞기는 한데……."

본질적인 해결은 안 되지 않을까 싶은데.

김시현이 살짝 고민하는 투로 말하자 김현우가 어깨를 으쓱했다.

"그럼 본질적인 해결을 하려면 저놈들을 어떻게 해야 하는데? 쟤들은 말이 안 통하잖아."

"그것도 그렇긴 하죠."

김현우의 말대로 자신을 헌터들의 대변자라고 부르는 헌터연합은 확실히 말이 통하지 않는 부류이기는 했다. 객관적으로 봤을 때도 김현우가 가지고 있는 무술을 그 어떤 손해도 없이 '공짜'로 얻고 싶어 하는 것부터가 양아치 근성이니까.

"뭐, 지금 당장 생각하는 건 의미 없는 일이지."

"그것도 그렇긴 한데……."

김시현은 다시금 소파에 누워 스마트폰을 하는 김현우를 바라보다 이내 한숨을 내쉬었다.

그리고 그다음 날.

[김현우에게 줄창 무술을 요구했던 헌터연합. 그 비밀이 알려지다!]

[헌터연합! 사실은 세무 비리에 연관되어 있는 연합체!?]

[헌터연합! 부정하고는 있지만 실질적으로 거금의 탈세로 잔뜩 때가 묻은 연합체인 게 밝혀져……]

"형."

"왜?"

"진짜 형 아무런 생각 안 해도 될 것 같은데요?"

"?"

김현우에게 줄곧 무술을 달라고 요구했던 헌터연합은 최악의 개쓰레기가 되어 있었다.

◆ ◆ ◆

강남구에 있는 한 대학 병원의 VIP 1인 병실.

일반적인 방처럼 잘 꾸며놓은 병실에 누워 있던 이수기는 자신의 스마트폰에서 들려오는 목소리에 저도 모르게 소리쳤다.

"그게 뭔 개소리야!"

—그…… 그게 저도 잘……!

"그러니까 처음부터 확실하게 설명을 해보라고!"

이수기의 악 소리에 한순간 그의 스마트폰 너머가 조용해졌고, 이내 다시 목소리가 들려오기 시작했다.

—분명 어제까지만 해도 잘되고 있었는데…….

"잘되고 있었는데?"

—갑작스레 어제 다른 '세력'이 튀어나왔습니다.

"뭐? 다른 세력?"

김시현의 예상대로 이수기는 김현우에게 맞고 병원에 입원할 때부터 김현우를 어떻게든 엿 먹이기 위해 모든 노력을 다 기울이고 있었다.

헌터연합에는 이미 연합장을 그만둔 심전도가 커넥션을 이용해 만들어둔 정치가들이나 재벌들이 흘린 자금이 무척이나 많이 남아 있었으니까. 그것을 통해 이수기는 뒤쪽 업계의 사람들을 구해 작업을 시작했고, 실제로 어제까지만 해도 그 작업은 굉장히 잘 이루어지고 있었다.

그런데.

─예, 분명 어제까지 잘 이루어지던 작업들이 모조리 망쳐지기 시작했습니다.

"기자들은?"

─기자들도 마찬가지입니다. 분명 미리 전부 돈을 먹여놨는데 어제 작업 세력으로 보이는 이들이 출현한 뒤로는 미리 매수해놨던 기자들과도 연락이 불통입니다.

"이게 대체 무슨 일이야, 씨발!"

이수기는 짜증이 난다는 듯 주먹으로 침대를 내리쳤다.

쿵!

그 충격으로 인해 침대가 찌그러졌다.

아무리 헌터라도 환자가 벌인 일이라고는 볼 수 없는 모습.

사실 이수기는 그리 크게 다치지 않았다.

A급 헌터였기에 아무리 김현우에게 뚜드려 맞았다고 해도 그것은 치명상이 아니었다. 즉, 이수기는 조금이라도 김현우의 죄를 무겁게 만들기 위해 일부러 환자 행세를 하고 있는 것이었다.

이수기는 전화를 끊고 스마트폰을 조작해 포털에 가득 차 있는 뉴스들을 봤다. 어제와는 다르게 하나같이 헌터연합의 비리로 도배되어 있는 뉴스들. 거기에는 이수기 본인도 모르는 죄들이 즐비하게 늘어서 있었다.

"이런 젠장……!"

이수기가 그렇게 인상을 찌푸리고 있을 때.

쿵.

그는 갑작스레 문 쪽에서 들린 소리에 저도 모르게 시선을 돌렸고, 그곳에는.

"너는!"

한 소녀가 있었다.

검은색에 진달래꽃이 수놓아져 있는 치파오를 입고 있는 소녀.

미령은 주변을 둘러보더니 입을 열었다.

"쯧, 버러지에게 어울리는 방이군."

"무, 뭐라고!"

미령의 말에 이수기는 인상을 찌푸리며 외쳤고, 그와 함께 자신의 목에 시퍼런 칼날이 닿았다는 것을 알아챘다.

그리고 그제야 그는 볼 수 있었다. 자신 근처에 있는 수많은 가면 무사를. 그들은 하나같이 검은 가면을 쓴 채 자신을 바라보았고, 이수기는 순간적으로 상황 판단이 안 되는 듯 눈알을 굴리다 이내 미령을 보며 외쳤다.

"네, 네년! 갑자기 이게 무슨 짓이냐! 이게 무슨."

팍!

그리고, 이수기의 팔이 날아갔다. 마치 처음부터 없었다는 듯 깔끔하게 날아가는 팔. 순식간에 피가 터져 나오는 자신의 팔을 보며 이수기는 비명을 질렀다.

"끄아아아아아아악!"

순식간에 피바다가 된 병실. 그 상황에서 미령은 목짓을 했고 날아갔던 그의 오른팔이 서서히 재생되기 시작했다.

그리고.

"살려…… 살려줘……. 살려줘! 누구 없어요! 살려주세요!"

이수기는 비명을 지르며 도움을 요청했다.

그 작은 병실에서. 그는 주변의 가면무사 따위는 보이지 않는다는 듯 비명을 질렀고, 미령은 그런 이수기의 모습을 보며 입을 열었다.

"버러지가 목숨을 구제해보려고 입을 놀리는군. 하지만 유감스럽게도 너를 도와줄 사람은 여기에 없다."

"웃……!"

미령의 말에 그는 순식간에 몸을 움직여 병실 침대 위에 있는 붉은 벨을 눌렀다.

하지만.

"왜…… 왜 안 울리는 거야!"

이수기가 몇 번이고 벨을 눌러도.

"왜! 왜! 왜! 왜!"

벨은 울리지 않았다.

◆ ◆ ◆

이수기가 몇 번이나 간호사 호출 벨을 눌렀지만 소리는 들리지 않았다. 간호사도 오지 않았다. 이수기는 비로소 자신이 굉장히 위험한 상황 속에 놓였다는 것을 깨닫고는 이내 시선을 돌려 주변에 서 있는 가면무사들과 그 사이에 서 있는 미령을 바라보았다. 그제야 그녀의 이명을 다시 한번 떠올릴 수 있었다.

S등급 세계 랭킹 5위 패룡.

그의 눈이 순간 공포로 물들었지만, 그는 제정신을 차리기 위해 눈을 한번 질끈 감았다. 하지만 그래도 공포심은 사라지지 않았다. 그는 슬쩍 떠는 듯한 목소리로 가면무사들과 미령을 보며 입을 열었다.

"나, 나를 건드린다면 네 스승도 안 좋은 꼴을 면치 못할 거다!"

그의 말에 미령은 피식 웃더니 대답했다.

"왜 그렇게 생각하지? 이미 네가 뿌려놓은 작업 세력들은 모조리 적발당했고, 지금 뉴스를 채운 것들은 모두 다 너의 목을 순식간에 조를 수 있는 것뿐이다."

그런데도?

미령의 말에 이수기는 그제야 어제 출현한 작업 세력이 미령의 작품이라는 것을 깨닫고 이를 악물었다.

"대답해라. 너를 건드린다면, 어째서 내 스승이 안 좋은 꼴을 본다는 거지?"

미령의 물음에 그는 곧바로 대답했다.

"당연하지! 여기는 중국이 아니기 때문이다!"

"중국이 아니기 때문이라……. 그게 무슨 소리지?"

"말 그대로의 의미다! 여기는 네가 지배하고 있는 중국이 아니다! 만약 네가 여기서 나에게 무슨 해를 가한다면 너는 모르겠지만 네 스승인 김현우는 분명 이슈에 휘말리겠지!"

미령이 아무런 대답도 하지 않고 바라보자 이수기는 슬쩍 확신을 얻은 듯한 표정으로 계속해서 말했다.

"네가 작업 세력을 밀어냈다고 해도 마찬가지다! 이미 내가 일주일간 해놓은 작업들은 사라지지 않는다!"

그렇다면 당연히 짐작할 수 있지 않겠나?

이수기는 자신만만한 미소를 지었다. 아니, 정확히는 본인만 그렇게 생각할 뿐, 그의 미소는 지극히 어색해 보였다. 조금 전에 날아갔다가 재생된 오른팔은 덜덜 떨고 있었고, 눈가는 파르르 떨렸다. 긴장하고 있다는 게 역력히 보이는 그 모습.

미령은 어처구니없다는 듯 실소를 흘렸다.

"고작 이런 머저리 새끼가 스승님의 심기를 불편하게 하다니……."

"아, 아무튼 나를 건드리면 네 스승이."

"상관없다."

"뭐…… 뭐라고?"

촤아아아악!

재생되었던 그의 오른팔이 한 번 더 잘려 나간다. 그와 함께 이수기의 비명이 병실에 울려 퍼지고, 미령이 미친 듯이 발악하는 이수기 앞에 다가갔다. 그는 몰려오는 고통에 끊임없이 비명을 지르고 있었지만, 미령은 무정 무감한 표정으로 그를 보며 입을 열었다.

"네가 아무리 그 아가리를 놀리고 다녀도 스승님이 피해를 보는 일 따위는 없을 테니까."

"그게 무슨……!"

"네 녀석은 내게 그렇게 말했지, 여기는 '중국'이 아니라 '한국'이라고."

"끅……. 끄으윽……!"

그는 핏발 선 눈으로 미령을 바라봤고, 미령은 망설임 없이 그의 남은 왼손을 발로 찍어 눌렀다.

"끄아아아악!"

이수기의 비명이 한 번 더 터져 나옴과 동시에 그의 왼손이 기형적인 각도로 꺾인다. 이수기는 기절할 듯 두 눈을 뒤집어 깠지만.

"끄엑!"

등 뒤에 갑작스레 느껴지는 전류에 그는 정신을 잃지도 못한 채 끔찍한 고통을 느꼈다.

그 모습을 보며 미령은 말했다.

"나는 네게 기절하는 것을 허락한 적이 없다. 네가 내 질문에 대답했으니, 나도 네게 다시 답해줄 의무가 있지 않나? 그러니."

끝까지 들어라.

미령은 말하며 이수기를 바라봤다.

"맞아, 네 말이 맞다. 여기는 중국이 아닌 한국이다. 하지만 그렇다고 뭐가 달라질 것 같나?"

응?

미령은 그제야 무감 무정한 얼굴에서.

진득하게 두려워 보이는 미소를 지었다.

"여기가 한국이라서 달라지는 것은 없다. 내가 하고자 해서 못 하는 것도 없고, 내가 얻고자 해서 못 얻는 것은 없다."

"끄륵……. 그, 그런 바보 같은……!"

"왜? 아니라고 생각하나? 유감스럽지만."

사실이다.

그녀는 미소를 거두지 않고 계속해서 말했다.

"기본적으로 그 어느 나라에 가더라도 하나의 법칙은 똑같이 적

용된다. 그 법칙이 무엇인 줄 아나? 그건."

약육강식이다.

"약한 자는 먹힌다. 강한 자는 계속 살아남아서 올라간다. 그 하나의 법칙은 이런 사회가 만들어진 뒤에도 사라지지 않지."

"아……. 으그으으윽. 아윽!"

"그리고, 내가 중국에서 한국으로 왔다고 해도."

내가 강자라는 건 변하지 않는다.

콰직!

"끄아아아아아악!"

이수기의 입에서 비명이 터져 나온다.

미령은 그의 비명을 들으며 말했다.

"죽이지는 않겠다. 스승님이 죽이지 말라고 하셨으니. 하지만."

대가는 확실히 받도록 하겠다.

미령의 표정이 미소에서 진득한 분노로 바뀐다.

"감히 머저리 주제에 우러러볼 수도 없는 스승님을 우롱한 죄부터 시작해서."

스승님을 귀찮게 한 것까지.

"확실하게, 하나도 빠짐없이, 전부 받도록 하겠다."

그 말을 끝으로, 병실 내에는 끔찍한 비명 소리만 울려 퍼졌다.

그 시각. 천호동에 위치한 단독주택.

"형."

"왜?"

"그러고 보니까 패룽…… 아니, 미령은 어디 있어요?"

"미령……?"

김시현의 물음에 김현우는 자신의 옆을 한번 바라보고는 말했다.

"아, 그러고 보니까 잠깐 할 일이 있다며 사라졌지."

"그래요?"

김현우는 다시 소파에 누워 스마트폰으로 드라마를 보며 중얼거렸다.

"뭐, 곧 다시 돌아오겠지."

김시현은 어깨를 으쓱이고는 TV를 바라봤다.

그로부터 3일. 김현우는 김시현이 말한 대로, 아무것도 안 했는데도 불구하고 정말 깔끔하게 터져버린 헌터연합을 볼 수 있었다.

헌터연합의 장인 이수기는 3일 뒤, 갑작스레 TV에 등장해 자신이 김현우 헌터를 물 먹이기 위해 작업 세력을 풀었다고 밝혔고, 헌터연합은 그대로 해체되었다.

가만히 그 모든 일련의 과정을 지켜보고 있던 김시현은 소파에 누워 선잠을 자고 있는 김현우를 보며 조신하게 웃고 있는 미령에게서 왠지 모를 오한을 느꼈다.

◆ ◆ ◆

"흠…… 역시 오지 않는가."

리암 L. 오르는 창문 너머로 보이는 수많은 사람의 행렬을 보며 짧게 탄식했다.

"뭐야, 아직도 그 녀석 오는 걸 기다리고 있어?"

S등급 세계 랭킹 4위, 에단의 말에 리암은 후, 하고 짧은 한숨을 내쉬고는 고개를 끄덕거렸다.

"그래."

리암의 짧은 대답에 에단은 한숨을 내쉬며 말했다.

"그만 포기해. 어차피 지금까지 오지 않은 걸 보면 안 오는 거나 다름없지 않아?"

"그렇긴 하지만……."

리암이 말을 잇지 않자 라일리가 한숨을 내쉬고는 말했다.

"그러니까 왜 군이 대답을 그렇게 받겠다고 한 거야? 그냥 그 자리에서 답변을 달라고 하거나, 메일이나 서신으로 언제까지 답변을 주세요~라고 했으면 될 거 아니야?"

라일리의 말에 리암이 답했다.

"그 당시에 바로 답해달라고 하기엔 좀 그랬지. 왜냐하면 내가 부탁하는 입장이었으니. 그렇다고 해서 답신을 요구하는 것도 아마 그에게는 좀 거슬릴 것 같았거든."

"그건 또 뭔 개소리야? 아니, 제안을 하면 답을 주는 게 당연한 거 아니야?"

에단이 인상을 찌푸리며 묻자 리암은 고개를 끄덕였다.

"그건 당연한 거지만 내가 볼 때 그 녀석은 좀 달랐거든. 그냥 이렇게 와달라고 하는 게 그가 내 제안을 수락할 확률이 제일 높다고 생각했네."

리암의 말에 에단은 이해가 안 된다는 듯 고개를 갸웃거렸고, 라일리는 미묘한 표정으로 그를 바라봤다.

한동안 지속되는 침묵.

"그래도."

하나 곧 에단의 말로 인해 침묵은 다시 깨졌다.

"지금 당장은 시간을 번 거 아니야?"

"그렇긴 하지. 저번에 그 그림은 김현우가 일방적으로 리암을 구해주는 듯한 뉘앙스로 사람들에게 비췄을 테니까."

라일리는 저번에 있었던 일을 떠올렸다.

자신은 길드를 관리하느라 미처 현장에서 보지 못하고 영상으로만 봤던 김현우와 록의 전투를.

그녀가 그런 생각을 하고 있을 때 리암이 고개를 끄덕이며 말했다.

"확실히 메이슨이 어떤 신호를 보내오지는 않았지만 지금 당장은 김현우가 내 편에 서 있을 거라는 생각을 가지고 있을 테니."

지금 당장의 시간은 번 셈이지.

리암의 말에 에단은 어깨를 으쓱이고는 입을 열었다.

"뭐, 그럼 이제 기다릴 대로 기다렸으니까 슬슬 우리도 가보자고."

리암과 라일리가 고개를 끄덕였다.

그들이 오늘 국제헌터협회에 모여 있는 이유. 그것은 바로 오늘 세계 랭킹 TOP 50 안에 들어 있는 랭커들을 초대하는 연회가 열리기 때문이었다.

굳이 이런 연회를 여는 이유? 겉으로는 다양했다. '헌터들끼리의 친교를 다지기 위해' 같은 가벼운 이유부터 시작해 오만 가지 이유가 이 연회의 목적에 주렁주렁 달라붙어 있지만 실질적으로 이 연회의 목적은 하나.

'연줄 만들기'.

그래, 연회의 목적은 그것뿐이었다.

헌터들은 각국의 고위층 인사들과 열심히 연줄을 만들어 자신의 미래를 대비하고, 각 나라의 핵심 고위층들도 어떻게든 사익을 위해 헌터들과의 친교를 튼다. 결론적으로 오늘 열리는 연회는 그냥 세계적인 사람들이 한곳에 모이는 작은 정치판이라고 봐도 좋았다.

"연회 시작이 언제였지?"

"언제기는 언제야, 벌써 시작했지."

"쯧, 생각해보면 나는 애초에 별로 그 구렁이 새끼들이랑 인연을 만들어두고 싶지는 않은데 말이지."

"그래? 그럼 빠지든가. 그런데 미래에 일도 안 하고 평화롭게 놀고먹고 싶으면 연줄은 하나쯤 있는 게 좋을걸?"

라일리의 말에 에단은 쯧 하면서도 일리가 있다는 듯 고개를 끄덕거렸다.

"그렇기는 하지. 그 양반들은 돈이 넘쳐서 좀만 도와줘도 돈을 뿌려대니까."

그렇게 그들은 대화를 나누며 연회장에 도착했다.

"후. 여전히 징글징글하게 많네."

연회장은 굉장히 화려했다.

분명 2주 전, 탱크와의 싸움으로 완전히 폐허가 되어버렸었다고는 믿기지 않을 정도로 복구가 되어 다시 이전의 모습을 되찾았다. 바닥에는 문양이 새겨진 대리석이 여기저기 깔려 있고, 성심껏 조각해놓은 벽화들은 다시금 그 아름다움을 뿜어내고 있다.

그리고.

"!"

"어?"

"……저건."

리암은 연회장의 중심 테이블, 사람들이 엄청나게 몰려 있는 그곳에서 여기에 있어서는 안 될 존재를 보았다.

"······무신?"

S등급 세계 랭킹 1위 무신. 그가 연회장에 와 있었다.

"어? 저거 진짜 무신이야?"

"······뭐지?"

리암의 양옆에 있던 에단과 라일리도 S등급 세계 랭킹 3위인 탱크와 6위인 키네시스 사이에 있는 무신을 보며 인상을 찌푸렸다.

'도대체 무슨?'

물론 랭킹 1위가 이 자리에 오는 것 자체는 이상한 것이 아니었다. 이 연회는 애초에 TOP 50으로 세계 랭킹 50위 안에 든 헌터들이 참석할 수 있는 곳이었으니까.

하지만.

'도대체 왜 무신이······?'

무신은 S등급 세계 랭킹에 들고 나서는 단 한 번도 협회에 모습을 비친 적이 없었다. 그가 모습을 비친 때라고는 TOP 5가 되겠다고 정식으로 신청하러 왔을 때뿐. 그는 그 이후로 그 어디든 연회 같은 곳에는 모습을 드러내지 않았다.

리암의 동공에 표정 없는 얼굴로 주변을 돌아보는 무신의 모습이 보이고. 이내 말 한마디 못 할 것 같은, 다물어져 있는 입에서 목소리가 흘러나왔다.

"헌터들은 전부 모여 있나?"

무신의 물음에 그의 옆에서 한창 그와 친교를 맺기 위해 떠들고 있던 남자가 말했다.

"음, 아마 지금쯤이면 전부 모였을 거라고 생각되는데. 이제 연회가 시작된 지 30분이 넘었으니 올 사람은 전부 왔다고 봐도 되겠지.”

마치 무신과 친한 듯 서슴없이 반말을 내뱉는 어느 고위층의 자제.

무신은 그를 한번 보곤 중얼거렸다.

“그런가. 그렇다면.”

그러곤.

그대로 손을 들어.

“더 이상 기다리고 있을 필요는 없지.”

촤아아악!

그에게 말을 건네던 고위층 자제의 머리를 터트려버렸다.

무신武神은 진짜인가?

"오빠."

"왜?"

"이제 슬슬 다른 곳에다가 마법진 그리는 게 어때요?"

아랑 길드 지하 3층에 위치한 훈련실 구석.

이서연은 한쪽 구석에서 열심히 뭔가를 추가하고 있는 아냐를 보며 말했다.

"왜?"

"뭔가 잊고 있는 것 같은데…… 여기는 우리 길드 훈련실이거든 요?"

"아니, 뭐…… 그렇긴 한데 어차피…….."

김현우는 시선을 돌려 훈련장을 바라보았다.

사람 하나 없이 텅텅 비어 있는 훈련장.

"사람이 하나도 없는데?"

"당연히 사람이 하나도 없죠! 일부러 제가 지하 3층은 못 쓰게 출입 제한을 해놨으니까."

"아, 그래? 그러면 뭐…… 바꿀까?"

김현우의 말에 조금 전까지만 해도 마법진을 그리고 있던 아냐가 획! 소리가 나게 김현우를 바라보며 말했다.

"호, 혹시."

"왜?"

"……자리를 바꾸면 마법진 새로 다 그려야 하나요……?"

아냐의 물음에 김현우는 고개를 끄덕였다.

"그렇지?"

"아……. 아앗, 아아앗……."

금세 얼굴이 울상이 되는 아냐.

분명 이전 판데모니엄의 용병이라고는 생각되지 않을 정도로, 그녀의 얼굴에는 평온함이 가득 차 있었다.

……정확히는 평온한 음울함이 가득 차 있었다.

"야…… 야근…… 야근 싫어……."

아냐의 중얼거림에 김현우는 고개를 갸웃거리며 말했다.

"야근? 아니 그냥 느긋하게 하면 되잖아? 애초에 마법진 어디 그릴지 자리도 안 잡았는데."

"그치만…… 가디언 길드 사무 업무를 전부 끝내고 나서 그려야 하는데……. 지금까지 그려놓은 마법진 다 그리려면 최소 2주는 야근을……."

아냐의 음울한 대답에 김현우는 '흠' 하고 고민하다가 말했다.

"그럼 그냥 아침에 업무 보지 말고 나와서 그리면 되잖아."

"네? 그러면 업무가……."

아냐의 말에 김현우는 대수롭지 않다는 듯 말했다.

"대타 구하면 되지."

"헉……. 진짜로요?"

"그럼 가짜겠냐?"

아냐는 마치 신이라도 본 것 같은 표정으로 김현우를 바라보더니 이내 힘차게 외쳤다.

"여, 열심히 일하겠습니다, 길드장님!"

"……."

갑작스레 의욕이 고취되어 마법진을 그리는 그녀를 한번 바라본 김현우는 이내 어깨를 으쓱하고는 자리에 앉았고, 이서연은 김현우의 옆에 아무런 말도 하지 않고 있는 미령을 보다가 입을 열었다.

"그런데 오빠."

"왜?"

"시현이에게서 이야기는 들었는데, 결국 가기로 한 거예요?"

이서연의 물음에 김현우는 고개를 끄덕였다.

"뭐, 그렇지. 원래는 안 가려고 했는데 생각해보니까 그냥 이름만 빌려주고 전 세계를 마법진으로 왔다 갔다 할 수 있으면 편할 것 같아서."

"오빠 여행 좋아해요?"

"아니, 그건 아닌데."

"……솔직히 해외 나갈 일이 그렇게 많지는 않잖아요?"

"글쎄다……."

뭐, 김현우는 해외여행을 좋아하지 않았다. 아니 해외여행을 좋아하지 않는다기보다는 그냥 어디 간다는 것 자체를 귀찮아하는 게 김현우였다. 그렇기에 탑에서 12년 만에 빠져나왔어도 집에 처박혀서 스마트폰이나 컴퓨터를 두들겼다.

그런 그가 굳이 마법진 때문에 국제헌터협회에 가는 이유는 바로 등반자 때문이다. 지금은 이상하게 잠잠하지만 등반자들은 언제 어디서든 올라온다. 지구에 올라온 등반자들은 기다림의 미학이라는 것은 지나가던 개를 줘버린 것인지 나타나자마자 그 지역을 박살 내버린다.

천마 때도 그랬고.

괴력난신이 나타났을 때도 그랬다.

뭐, 사실 사태가 이미 벌어지고 난 뒤라면 마법진으로 이동해도 태클을 받지 않겠지만.

'역시 최선은 사상자가 나기 전에 처리하는 거지.'

물론 재앙으로 인해 발생하는 사상자들은 김현우와 그리 관계가 있는 것은 아니었지만…… 말 그대로 기분 문제였다.

'미리 막을 수 있는 걸 못 막아서 사상자가 나면 괜히 껄끄러우니까.'

"야, 이제 얼마 정도 남았냐?"

"이제 10분 정도면 완성돼요!"

힘차게 외치는 아냐의 목소리를 듣고 김현우는 어깨를 으쓱하며 스마트폰을 들어 올렸다.

그렇게 잠시 스마트폰을 보려던 중.

쿵! 쿵!

"살려줘! 살려주세요! 밖에 사람 있죠? 제발 살려주세요! 제발! 아아아아아악!"

김현우는 갑작스레 훈련실 지하 문이 시끄럽게 울리는 것을 듣고 시선을 돌렸고, 이서연은 '어?' 하는 표정으로 문을 바라보다가 이내 탄식하며 입을 열었다.

"아!"

"……왜?"

"저 안에 저번에 오빠가 데려왔던 개가 갇혀 있었는데…….."

까먹고 있었다.

이서연이 머리를 긁적이며 말하자, 김현우는 개가 누구냐는 표정으로 물으려다 이내 탄성을 질렀다.

"개? 개가 누구……. 아, 그 아레스 길드…… 개?"

"네! 그 녀석이요! 생각해보니까 가둬놓고 구속구랑 식량만 던져놓은 뒤로 완전히 잊어버리고 있었어요!"

이서연은 잠겨 있는 쪽문 쪽으로 다가갔고, 김현우와 미령도 이서연의 뒤를 따라 쪽문 쪽으로 다가갔다.

그리고.

끼이이익.

"와, 와! 살았다! 살려주세요! 저 좀 살려주세요!"

쪽문을 열자마자 갑작스레 튀어나온 6번의 모습을 보며 이서연은 저도 모르게 헉 소리와 함께 문을 닫았다.

"아아아악! 아아악! 살려줘! 살려주세요! 저는 빛을 보고 싶어요! 살려주세요! 살―려―줘―!!"

"야, 왜 문을 닫아?"

"아, 아니, 사람이 있는 게 아니라 어느 짐승이 인간 목소리를 내는 게 아닌가 싶어서……."

이서연의 말에 김현우는 슬쩍 인상을 찌푸리며 어깨를 으쓱이곤 문고리를 잡아 돌렸고.

"아……. 살려주십쇼. 아는 건 전부 말하겠습니다……. 살려주세요……."

"……."

그곳에는 한 남자가 굉장히 추레한 꼴로 질질 짜고 있었다.

분명 깔끔했던 얼굴에 수염이 여기저기 나 있어 굉장히 추레해진 모습의 6번.

"……."

"……."

자신들의 앞에 서서 질질 짜고 있는 6번을 보며, 김현우와 이서연은 할 말을 잃은 채 멍하니 서 있다가 불과 몇 주 전, 그의 모습을 떠올렸다. 분명 협박을 당해 옷이고 뭐고 전부 빼앗기기는 했지만 6번은 분명 이곳에 끌려오기 전까지만 해도 김현우에게 그렇게 말했다.

"나는 무슨 일이 있어도 입을 열지 않을 거다!"

"내 입을 열게 만들긴 어려울 거다! 차라리 나를 죽여라!"

물론 김현우의 입장에서도 이미 등반자를 죽인 상황에서 6번은 정보보다는 인질로서의 느낌이 더 강하기에 그냥 구석에 박아놓고 잊어버리고 있었는데.

"제발…… 제발…… 다 말해드릴게요……."

"……."

"……."

"……만약 문 닫을 거면…… 빛이라도 보게…… 불이라도 좀……
켜주세요……."

불과 한 달도 안 되는 시간 만에 곧바로 모든 저항 의지를 잃어버
린 그를 보며, 김현우는 이루 말할 수 없는 무언가를 느꼈다.

◆ ◆ ◆

시간이 멈췄다.

아니.

정확히 말하면 리암은 자신의 시간이 마치 멈춘 것처럼 느껴졌다.

무신의 모습부터 시작해서, 그가 손을 휘두르고, 그 손에 맞아 머
리가 날아가는 사람의 모습이 보인다. 무신의 근처에 모여 있던 이
들은 저마다 멍한 표정으로 그 모습을 바라보았고. 새하얀 식탁보
에는 붉은 피가 물들기 시작했다.

그리고 고위층 자제의 몸이 털썩 쓰러지는 소리와 함께.

"으…… 으아아아아악!"

연회장이 난장판이 되는 것은 순식간이었다. 일반 사람들은 그의
머리가 땅바닥에 떨어지자마자 혼비백산하며 달아났고, 그제야 리
암의 시간이 다시금 움직이기 시작했다.

순식간에 난장판이 된 연회장 안.

사람들은 너 나 할 것 없이 비명을 지르며 몸을 움직였고, 연회장
중심에서 시작된 그 혼란은 순식간에 연회장 전체로 퍼져 나갔다.

그리고.

팟.

꽈직!

무신이 움직이기 시작했다. 분명 조금 전까지만 해도 연회장 중간에 앉아 있던 무신은 리암의 눈에서 순식간에 사라졌다가 나타나 출구 쪽으로 뛰어가는 남성의 몸을 날려버렸다. 저 멀리 날아가 조각상에 처박히는 남자.

그와 함께 무신의 옆에 앉아 있던 탱크와 키네시스가 비릿한 웃음을 지으며 자리에서 일어난다. 순식간에 벌어지는 학살극. 사람들이 날아다니고, 헌터들이 날아다닌다.

"이런 미친……!"

삽시간에 죽어 나가는 사람들의 모습에 헌터들은 뒤늦게 상황을 파악한 듯 제각각의 무기를 들어 올린다. 이 연회장 안에 있는 이들 전부가 세계에서 TOP 50위 안에 들어가는 헌터들. 그들은 곧바로 이 학살을 시작한 무신에게로 몸을 움직였다.

27위 '기간티커'가 자신의 건틀렛에서 빛을 뿜어내며 달려든다.

16위 '타임스톱'이 마법을 외우며 무신의 시간을 일시적으로 빼앗고.

42위 '환영사'가 사방으로 자신의 분신을 만들어 무신의 급소를 향해 칼을 찔러 들어간다.

다들 일면식도 없는 헌터들이 펼쳤다고 하기에는 정말로 훌륭한 연계기.

하나.

"엇?"

무신의 상체를 분쇄하기 위해 새하얀 빛을 내뿜으며 나아가던 기간티커의 몸이 반으로 갈라진다. 사방으로 분신술을 사용해 다가

오던 환영사는 어느새 본체가 잡혀 목이 사라졌으며.

"크학!"

조금 전 무신의 시간을 빼앗았던 타임스톱은 심장에 커다란 구멍이 뚫림과 함께 그 자리에서 쓰러져 명을 달리했다.

"이런 미친⋯⋯!"

TOP 50급에 드는 헌터가 순식간에 세 명이나 죽어 나간다.

그리고.

"영감, 내가 곧 죽을 거라고 이야기했지?"

"헉!"

어느새 리암의 뒤에 나타난 탱크, 트락 록은 악마 같은 미소와 함께 리암의 머리를 찍어 내리기 위해 주먹을 휘둘렀고.

까아아앙!

리암을 향했던 주먹은, 곧 에단의 칼에 막히고 말았다.

"이런 인성 파탄자 새끼⋯⋯!"

"오! 검 없으면 제대로 싸우지도 못하는 병신 아니야?"

"지랄하고 있네!"

에단은 제대로 들기에도 벅차 보이는 거대한 투핸디 소드를 크게 휘두르는 것으로 탱크를 밀어내고, 곧 싸움을 이어갔다.

라일리는 어느새 사람들의 목을 졸라 죽이고 있는 염동술사 키네시스와의 전투를 하고 있었고.

다른 헌터들은 에단과 라일리가 탱크와 키네시스를 막고 있는 틈을 타 모조리 무신에게 달려들기 시작했다.

일 대 절대다수의 대결.

무신의 주변으로 수십 명에 달하는 헌터가 몰려든다. 아까처럼 고작 세 명이 하는 연계가 아닌. 수십 명의 헌터가 자신들의 특기를 살려 무신을 죽이기 위해 하는 연계.

근접계 헌터들은 무신의 급소를 향해 각자의 검을 휘둘렀고.

마법형 헌터들은 헌터들과 무신에게 각각 버프와 디버프를 걸었다.

탱커는 눈에 보이지도 않을 정도의 잔상으로 날아오는 무신의 손발을 막기 위해 기꺼이 최전방에 섰다.

하지만.

콰아앙!

"까학!"

탱크의 공격에 에단의 투핸디 소드가 저 멀리 날아가고.

"끅."

"쯧, 내가 말했지? 너는 애초에 나를 못 이긴다니까? 네가 아무리 은신해도 내 배리어는 못 뚫잖아?"

라일리는 키네시스의 염동력에 붙잡힌다.

그리고.

"이런…… 말도…… 안 되는……!"

리암은 눈앞의 풍경을 망연하게 바라봤다.

완전히 박살이 나버린 연회장.

연회장은 이미 초반의 그 아름다운 풍경을 잃어버렸다.

여기저기 박살 나 있는 내벽과 대리석 바닥을 붉게 물들이고 있는 피. 사람들의 죽었는지 살았는지 모를 몸뚱이는 연회장 사방에 뿌려져 그로테스크함을 더했다.

그런 학살극의 중심.

"대체…… 왜……!"

그곳에는 자신 앞에 쓰러진 수많은 헌터를 쳐다보지도 않은 채, 어느새 붉어진 눈으로 리암을 바라보는 무신이 있었다.

TOP 50 안에 드는 헌터를 별 어려움도 없이 모조리 죽여버린 그. 리암은 시체의 늪이 만들어져 있는 무신의 주변을 보며 생각했다. 지금 여기에 있는 헌터들을 처리하는 데 얼마의 시간이 걸렸을까? 5분? 3분? 아니, 그것보다도 더 짧았다.

리암이 허망한 표정을 짓고 있자 무심한 표정으로 바라보던 무신은 리암의 망연한 물음에 대답했다.

"필요했으니까."

"필요하다니, 무슨……?"

무신의 말을 이해할 수 없다는 듯 바라보며 입을 여는 리암.

무신은 답했다.

"말 그대로다. 세계 멸망을 위해서는 몬스터를 막을 수 있는 헌터를 최대한 줄이는 게 필요했기 때문이다."

마치 아무 일도 아니라는 듯, 그의 입에서 나온 '세계 멸망'이라는 단어에 리암은 잠시 정신이 멍해졌다.

무슨 말을 해야 할지 모르겠다는 듯, 멍하니 서 있는 리암의 모습.

하나 무신은 그런 리암의 생각 따위는 관심도 없다는 듯 입을 열었다.

"해야 할 일이 많으니, 슬슬 끝내도록 하지."

짧은 선고.

무신은 리암을 향해 손가락을 치켜올렸고, 리암이 불길함을 느끼고 있을 때.

"이건 또 뭐야, 씨발!"

리암의 귀에, 익숙한 목소리가 들려왔다.

◆ ◆ ◆

아랑 길드에서 텔레포트를 타고 국제헌터협회로 찾아온 김현우는 자신의 앞에 펼쳐진 풍경에 인상을 찌푸렸다.

그곳에서는 그로테스크한 장면이 연출되고 있었다. 연회 홀의 여기저기 시체들이 즐비했고, 그들이 흘린 피로 인해 아름다운 문양의 대리석은 모두 사라지고 없었다. 내벽에 조각되어 있는 벽화들도 마찬가지로 그 형체를 잃고 그저 돌무더기가 되어 있을 뿐이고, 그 주변에도 끈적해 보이는 피가 질질 흐른다.

그런 시체들 위에 서 있는 사람들은 네 명.

'아니, 잡혀 있는 놈들까지 여섯 명.'

한 명은 익히 익숙한 얼굴이었다.

"자, 자네……!"

그는 바로 김현우를 국제헌터협회까지 오게 만든 장본인이었으니까.

그 외에 김현우가 아는 다른 한 놈은.

"네 녀석……!"

조금 전까지 한 남자의 목을 붙잡고 있던 록이 남자의 몸을 저만치 던져버리며 김현우를 노려본다.

콰직!

"커억!"

볼품없이 날아가 벽에 부딪혀 피가 흐르는 바닥에 몸을 처박은 남자, 에단.

"에단!"

리암이 바닥에 쓰러진 에단을 부르지만 그는 움직이지 못했다. 그저 꿈틀거리며 자신이 살아 있다는 것을 알리고 있을 뿐.

김현우는 다시 한번 그 그로테스크한 상황이 펼쳐진 연회 홀을 둘러보고는 어처구니없다는 듯 웃으며 리암을 바라봤다.

"상황 설명 좀 해주지?"

리암은 순간 어떻게 이 상황을 설명해야 할지 생각했다.

하나, 리암이 말하기도 전.

"네 녀석인가, 탱크를 이겼다는 건."

리암의 뒤쪽, 무신에게서 들리는 목소리에 김현우는 시선을 그쪽으로 옮겼다.

발아래 수많은 사람의 시체를 밟고 서 있는 남자.

"넌 또 뭐야?"

"나는 무신이다."

"뭐? 무신?"

김현우는 그 이름을 듣고 순간 인상을 찌푸렸다.

'어디에선가 들어본 적이 있는 것 같은데?'

아니, 들어본 적이 있는 게 아니라 자주 본 적이 있었던 것 같았다.

"스승님, 무신은 현 S등급 세계 랭킹 1위의 이명입니다."

"아!"

옆에서 나온 미령의 말에 김현우는 그제야 알겠다는 듯 손뼉을 치며 탄성을 내질렀다. 확실히 어디에서 많이 봤다 싶었는데, 무신이라는 이름은 헌터 커뮤니티에서 많이 보았고, 김현우의 머리 한 쪽에 저장되어 있기도 했다.

"그 쪽팔린 이름 쓰는 놈?"

김현우가 히죽 하고 입가를 올리며 말하자 연회 홀의 공기가 얼어붙었다. 탱크는 어이없다는 표정으로 김현우를 바라봤고, 키네시스도 마찬가지로 여러 가지 감정이 담긴 눈빛으로 그를 바라봤다.

그러나 그럼에도 김현우는 거침없이 입을 열었다.

"진짜 안 그래도 궁금했거든. 랭킹 1위라서 얼굴도 많이 팔렸을 텐데 그렇게 쪽팔린 이름 쓰는 놈 얼굴이 어떤지 보고 싶었거든."

하나 그런 김현우의 도발 어린 말에도 무신은 눈썹 하나 꿈틀하지 않고 김현우에게 말했다.

"마침 잘됐군."

"뭐?"

"네 녀석은 미리 죽여놓는 게 좋을 것 같았으니까."

"……뭐? 이건 또 뭔 개소리야? 나 만난 적 있어?"

"아니, 내가 너를 만난 적은 없다. 다만."

무신은 손가락을 김현우에게로 향하며 말을 이었다.

"세계를 멸망시키고 탑을 오르기 위해서는 너를 먼저 죽이는 게 제일 좋을 거라고 하더군."

"!"

김현우의 인상이 찌푸려졌고, 그 순간 무신의 손가락에서 무엇인가가 튕겨 나왔다. 누구의 눈에도 보이지 않는 무색투명한 무언가는 망설임 없이 김현우의 심장을 향해 쏘아졌지만.

파앙!

"너, 등반자냐?"

무신이 날린 탄지공을 손으로 막아낸 김현우는 인상을 찌푸리며 그의 정보 권한을 확인했다.

이름: 신천우

나이: 33

성별: 남

상태: 매우 양호

능력치

   근력: S++

   민첩: Ss

   내구: S-

   체력: Ss

   마력: Ss

   행운: --

SKILL -

   아이템 기억 회귀 [고유 스킬]

김현우의 눈앞에 열리는 로그.

'등반자가 아니잖아?'

만약 무신이 등반자라면 로그가 열리지 않는다.

하지만 지금 무신의 정보는 김현우의 눈앞에 적나라하게 떠올라 있었다. 누가 보면 경탄할 정도로 대단한 능력치. 아이템의 도움을 받은 것이라고는 단 하나도 없이, 오로지 순수한 자신의 힘으로 도달한 SS급의 능력치들.

김현우가 그렇게 무신의 정보창을 보고 있자 그 무신이 나지막이 말했다.

"등반자는 아니지. 그래, 아직은 말이야."

"……뭐?"

"하지만 머지않아 나는 등반자가 될 거다. 이곳에서 올라가 좌를 벗어나 그 끝에 닿기 위해."

그러니.

팟.

"!"

김현우는 주먹을 휘두르는 무신의 모습을 보며 그의 마지막 말을 들었다.

"너는 여기서 죽어줘야겠다."

무신의 주먹이 휘둘러지고, 그 순간 김현우는 자신의 시간이 느리게 흘러가는 것 같은 착각이 들었다.

무신의 주먹은 무척이나 빠르게 다가온다. 그에 비해 반응이 늦은 자신의 몸.

'미친……!'

고속화된 사고 속에서 얼굴을 향해 날아오는 무신의 주먹을 보며 김현우는 온몸에 마력을 돌렸다. 몸 안에 저장되어 있던 마력들이 혈도를 타고 몸을 돌기 시작하고, 무신의 주먹이 점점 지척에 다가옴에 따라, 김현우의 몸이 고속화된 사고에 반응할 수 있도록 바뀌어 나간다.

그리고.

쩅!

김현우는, 그 찰나의 순간 무신의 주먹을 피하고, 오히려 그의 몸에 주먹을 박아 넣는 것에 성공했다. 연회 홀에 울려 퍼지는 폭음과 함께, 마치 탄환처럼 날아가 외벽에 처박히는 무신.

김현우는 온몸에 검붉은 마력을 태우며 저 멀리 날아간 무신을 향해 몸을 움직였고, 곧 그의 머리에 다리를 꽂아 내리려 했을 때.

턱!

무신은, 이미 자리에서 일어나 김현우의 다리를 붙잡고 있었다.

"!"

"그러고 보니 너도 무공을 익혔다고 했던 것 같은데."

김현우를 바라보는 무신의 눈이 붉게 물들고, 김현우가 다른 쪽 발을 움직이기 시작했을 때.

"한번."

구경해보도록 하지.

무신은 이미 김현우의 몸을 망치 삼아, 외벽을 때렸다.

꽈가가강!

한순간 굉장한 소리와 함께 김현우의 몸이 연회 홀 밖으로 튕겨나가고, 미령은 그런 김현우의 모습을 보며 튀어 나가려 했지만.

"어이쿠! 어딜 가시나! 너는 내가 놀아주마, 꼬맹아."

그녀는 곧 자신의 앞을 가로막는 탱크와 키네시스 덕분에 김현우를 쫓아 나가려는 걸음을 멈출 수밖에 없었다. 그렇게 연회 홀 안에서 싸움이 시작되었고, 홀 밖으로 튕겨 나간 김현우는 다른 건물을 부수고 들어가 바닥을 갈아버리고 나서야 제자리에 설 수 있었다.

쾅!

그리고 곧바로 따라 들어온 무신의 모습에 김현우는 타이밍을 맞춰 주먹을 휘둘렀다.

쿵!

김현우의 정권이 무신의 팔에 막히고 무신의 발이 김현우의 옆구리를 노린다.

쿵!

김현우가 다리를 들어 올려 공격을 막아내고 무신의 다리를 부여잡기 위해 손을 움직였지만, 이미 무신의 다리는 회수되어 있었다.

그와 함께 시작된 박투.

마력을 사용한 김현우가 몇 배는 고속화된 사고 회로로 무신의 움직임을 쫓는다. 오른 주먹이 옆구리를 향하고, 그 차선이라는 듯 무신의 왼발이 제자리에서 움직여 마치 철퇴처럼 휘둘러진다.

물 흐르듯 부드러운 연계기.

'이런 씨발! 등반자 아니라며!'

김현우는 사방에서 튀어나오는 무신의 손발에 인상을 찌푸렸다. 무신의 공격을 받고 있는 김현우는 마치 등반자를 상대할 때와 같은 압박감을 느꼈다.

무신은 처음 만났던 천마처럼 물 흐르듯 빠른 연계를 취하면서도 순간순간 날아오는 공격은 마치 괴력난신처럼 패도적인 괴력을 내뿜고 있었다.

꽝! 콰가가각!

그의 일권이 김현우의 정면을 때리고, 그 힘을 전부 상쇄시키지 못한 김현우의 몸이 뒤로 밀린다.

그 상태에서 다시금 행해지는 일격.

김현우가 계속해서 방어만 한 덕분에 은근히 동선과 시간이 낭비되는 긴 정권을 사용하려는 무신이 눈에 보이자 김현우는 그의 공격이 행해지기 직전, 이형환위를 사용했다.

순식간에 무신 앞에서 사라지는 김현우의 몸.

무신의 주먹이 허공을 때리고, 그의 시선이 놀라울 정도로 빠르게 김현우를 파악해 뒤로 향했지만.

"이미 늦었어."

그러게 방심하지 말았어야지······!

김현우는 이미 그의 몸 깊숙이 파고들어 기술을 준비하고 있었다.

"천마."

팟!

일권!

김현우의 검붉은 마력이 마치 증기기관처럼 사방으로 마력을 토해내고, 김현우가 머릿속에 기억하고 있던 천마의 무공이 무신의 등을 가격한다.

꽈아아앙!

폭음보다도 극심한 소음이 건물 내에 터지고, 무신의 몸이 건물 내벽을 뚫고 잔디밭을 향해 날아간다.

물론, 김현우는 거기에서 끝낼 생각은 추호도 없었다.

"흡!"

콰지지직!

김현우의 몸이 주변의 지반을 박살 내며 무신에게로 날아갔고, 이제 막 자세를 바로잡은 무신의 모습에 김현우는 그대로 다리를 움직였다. 다리를 힘껏 차올리자마자 튀어나오는 검붉은 용은 무신의 몸을 강타하기 위해 움직였고.

"그걸 설마 이형환위라고 생각하는 건가?"

이미 무신은 김현우의 위를 점하고 있었다.

꽝!

"큭!"

김현우는 자신의 머리에 내리꽂힌 주먹에 곧바로 몸을 비틀었지만 그의 주먹을 전부 피할 수 없었고, 결국 땅바닥에 처박혔다.

순식간에 터져 나오는 흙먼지.

한 치 앞도 보이지 않는 흙먼지 속에서 무신의 주먹에 다리가 한 번 더 떨어져 내렸지만 김현우는 이미 무신의 공격 범위에서 빠져나갔다.

잠시간의 소강상태.

그리고, 무신이 입을 열었다.

"무술을 배웠다길래 무엇인가 했다만……. 실망이로군."

"……."

무신의 노골적인 지적에 김현우의 인상이 꿈틀했고, 그런데도 무신은 말을 멈추지 않았다.

"지금 네가 쓰고 있는 걸 무술이라고 칭하는 건가? 그렇다면 어처구니가 없군."

"뭐라고?"

"설마 본인도 모르는 건가? 아니면 알고 있으면서도 모르는 척하는 것인가."

김현우는 인상을 찌푸리고는 그를 바라봤다.

무신은 어느새 무표정에서 조금은 찌푸린 표정이 되어, 그 붉은 눈으로 김현우를 똑바로 직시했다.

"만약 네 녀석이 그걸 진짜로 무술이라고 생각하고 있다면, 너는 무술을 우롱하는 것과 다를 바가 없다."

"어쩌라고. 네가 무슨 상관."

김현우는 그의 말에 반박하기 위해 입을 열었지만, 무신은 김현우의 말을 끊고 오히려 더 인상을 찌푸린 채.

"너는 진짜 그걸 무술이라고, 그리고 또 무공이라고 생각하는 건가?"

아니, 아니다.

"네가 지금 무술이라고 사용하는 것들은 그 무엇 하나 제대로 된 것이 없다. 무공이라고? 어째서 그것들이 무공이지? 네게는 무공이라고 할 만한 요소가 전혀 없다."

김현우의 무武를 부정했다.

"네 무술에는 구결이 하나도 담겨 있지 않다."

당연, 구결이 없으면 묘리 따위가 만들어질 리 없다.

"그 넘쳐나는 마력도 그저 혈도를 타고 흐르기만 할 뿐, 단전조차 제대로 만들어져 있지 않아 무공이 완성되지 않는다."

그저 네 자기만족을 위해 주변을 화려하게 장식할 뿐이지.

무신의 신랄한 독설.

그 말에 김현우의 표정이 굳는다.

그리고.

"그래? 그렇다 이거지?"

"?"

"그렇다면."

김현우의 몸이 순간적으로 무신의 앞에 도달한다.

순간 멈칫할 정도로 빠른 이동속도.

서로의 시선이 부딪히고, 무신이 입을 열기도 전에 김현우는 그에게 녀까렸다.

"네가 직접 맞아보면 되겠네."

진짜인지, 아닌지.

그리고.

"……!"

김현우의 등 뒤에 세 개의 만다라가 만들어지기 시작했다.

◆ ◆ ◆

[국제헌터협회, '큰일 났다. 단체 학살극.']

미국 워싱턴 현지 시각 14시부터 개최 예정이었던 TOP 50 연회에서 현시각 학살극이 일어난 것으로 추정되어 굉장히 큰 파문을 일으키고 있다.

원래 연마다 주최하는 TOP 50 행사는 상위 헌터들에게 없어서는 안 될 사교의 장 중 하나라고 볼 수 있는 모임이다.

게다가 이번 연도의 TOP 50 연회에는 그동안 사석에는 단 한 번도 참여하지 않던 '무신'이 참여했기에 세간의 관심을 더더욱 받고 있는 중이었다.

TOP 50 연회는 연회 개최 시각인 14시에 맞추어서 진행되었지만, 현재 시각 15시 12분, 국제헌터협회에 근무하는 협회원에 의해 현재 연회장에서 학살극이 일어나고 있다는 사실이 밝혀졌다.

(후략)

한석원의 차 안.

저녁 약속이 있는 이서연을 데리러 가기 위해 아랑 길드로 가고 있던 김시현은 인터넷을 뒤지던 중 갑작스레 올라온 뉴스에 인상을 찌푸렸다.

"……이게 뭐야?"

"왜?"

"아니, 지금 좀…… 이상한 뉴스가 뜬 것 같아서……."

'오보인가? 어그로?'

김시현은 눈앞에 떠 있는 뉴스를 보며 진지하게 이 글이 어그로나 오보가 아닌지 생각해보았다.

헌터 업계 쪽 기사든, 다른 곳의 기사든, 가끔가다 기자들이 어떻게든 조회 수를 벌어보겠다고 어그로나 오보를 내보내는 일이 있는 만큼 김시현은 당황하지 않았다.

찬찬히 글을 다시 한번 살펴보고, 이내 뒤로 가기를 누른 김시현은 혹시 이와 관련된 뉴스가 떴는지 찾아보기 시작했다.

"……있잖아?"

김시현은 네이버 메인에 떡하니 올라와 있는 하나의 기사를 보고 인상을 찌푸리다 이내 미국 저널 앱을 실행시켰다.

그리고.

"……이런 미친."

"아니, 뭔데 그래?"

김시현은 자신이 평소 애용하는 국제 저널 앱이 온통 조금 전 봤던 '학살극' 이야기로 가득 차 있는 것을 보며 인상을 찌푸렸다.

이미 어느 정도 사진 정보도 확보한 듯 여기저기 사진들이 올라와 있었고, 번역 반지 덕분에 읽는 데 불편함이 없는 김시현은 서둘러 기사를 눌렀다.

제목을 누르자 순식간에 로딩되어 떠오르기 시작하는 로그들. 김시현은 분명 아까 전 미국으로 향한다고 했던 김현우를 떠올리며 글을 읽어 나가기 시작했고.

"아니⋯⋯."

"아니, 뭐냐니까!"

김시현은 한석원의 외침에도 불구하고 한 사진을 멍하니 바라봤다. 상공에서 찍힌 것으로 확인된 사진에는 두 명의 남자가 있었다. 한 명은 추리닝을 입고 있는 남자. 그리고 다른 한 명은 그 남자의 맞은편에 서 있는, 넝마 조각이 된 상의를 입고 있는 남자. 넝마 조각이 된 상의를 입고 있는 남자는 알 수 없었으나 김시현은 이 사진에 등장하는 인물 중 한 명을 곧바로 알아볼 수 있었다.

추리닝을 입은 남자. 그것이 의심의 여지가 없는 김현우라는 것을 김시현은 본능적으로 깨달았다.

"아니, 석원이 형."

"그래서! 뭐 때문에 그러는데?"

한석원의 조금 뿔이 난 것 같은 물음에도 아랑곳하지 않은 김시현은 로그를 내리며, 멍하니 중얼거렸다.

"현우 형, 학살극에 연관이 된 것 같은데요?"

"무, 뭐라고?"

김현우 뒤에 생긴 세 개의 만다라.

마치 봉우리가 터지기 직전처럼 검붉은 마력을 머금은 만다라가 만들어지고, 거기서 흘러나온 마력들이 김현우의 등으로 움직여 마력으로 만들어진 팔을 만든다.

검은색의 팔.

무신은 순식간에 벌어진 일에 인상을 찌푸리며 자리를 피하려 했지만.

"!"

"그냥 가면 섭하지."

무신은 어느새 자신 주변에 있는 마력들이 '팽창'하고 있다는 것을 깨달았다.

원래 맨 처음, 김현우가 괴력난신을 상대하기 위해 만들었던 수라무화격은 이렇지 않았다. 그때에는 괴력난신의 일보를 막기 위해 마력들을 오롯이 만다라에 채워 넣었는데, 그것이 한 번의 공격에만 때려 박는 기술이 되었다.

하나 그렇게 기술을 만들고 나니 기술 자체는 강력했지만 실질적으로는 사용할 수 없는, 너무나도 딜레이가 큰 기술이 되어버리고 말았다. 김현우는 이 결점을 보완할 방법을 생각하다가, 괴력난신의 십보멸살에서 그 방법을 찾았다.

그 방법은 바로 마력의 팽창. 괴력난신처럼 일보를 내디딜 때마다 곱절에 곱절을 곱할 수는 없었다. 그러나 김현우 주변의 마력을 일시적으로 팽창시키는 것은 만다라에 담은 마력이라면 가능했기에 떠올린 방법.

씨익.

팽창된 마력으로 인해 움직이지 못하는 무신을 보며 김현우의 입가가 올라가고, 그와 함께 검은 만다라가 폭주하며 그 꽃잎을 개화한다.

콰아아아아.

꽃잎이 개화하자마자 검붉은 마력이 사방으로 요동치며 무신의 몸을 더더욱 압박한다.

그리고.

마침내 기술의 최종장을 알리듯, 김현우의 등 뒤에 만들어졌던 검은색의 팔들이 김현우의 오른손에 밀집되듯 모이기 시작했다.

검은 마력이 쌓이고 쌓여, 빛도 투과하지 못할 것 같은, 그야말로 흑색의 팔이 되어버린 김현우의 손이 몸을 속박당한 무신에게로 쏟아지고.

"수라."

츳!

무화격!

김현우가 새롭게 보완한 수라무화격이, 무신의 심장에 닿았다.

──────삐.

순식간에 잡아먹히는 시야.

김현우의 뒤로 감당하지 못한 검붉은 마력이 사방으로 튀어나오며 땅을 헤집고, 무신이 잡혀 있던 주변의 지형이 순식간에 바뀌어 나간다.

그런 상황 속에서 김현우의 등 뒤에 있던 만다라는 마치 추진제라도 되는 듯 그의 몸 안으로 빨려 들어가기 시작하고, 마침내 검은 만다라를 모조리 먹어 치워버린 김현우는.

콰!

자신의 몸 안에 들어왔던 만다라들의 마력을 한 주먹에 담아 발출했다.

시야에 잡히는 것은 없다.

모든 것이 검붉은 어둠으로 물들어버린 세상.

김현우의 마력은 존재하는 모든 것을 없애버리겠다는 듯 난폭하게 주변을 터트리기 시작했고, 이내 모든 게 끝났을 때.

"멋지군."

"뭐?"

무신은, 그 자리에 서 있었다.

물론 그로서도 그 공격을 피해 없이 받아내는 것은 불가능했는지, 안 그래도 해진 도복 상의가 완전히 걸레짝이 되어 있었다.

그것뿐이다. 그래, 그것뿐이었다.

"이런 미친……."

분명 괴력난신을 죽였을 때 사용했던, 아니 그때보다도 훨씬 보완했다고 생각했던 수라무화격은, 무신에게 아무런 피해도 줄 수 없었다.

하지만 정작 그 공격을 받아낸 무신의 반응은 김현우의 예상과는 달랐다. 그는 조금 전까지 찌푸려져 있던 인상을 펴고 흥미로운, 그러나 역시나 하는 눈빛으로 김현우를 바라보았다.

"왜, 설마 그 공격으로 내가 쓰러질 줄 알았나?"

무신의 물음에 김현우는 아무런 대답도 하지 못했다.

그 말이 맞았으니까.

김현우는 만약 이 공격이 제대로 먹히지 않는다고 해도 무신에게 어느 정도의 피해를 줄 수 있을 거라 생각하고 있었다.

그런 김현우의 생각을 읽은 것일까. 무신은 말했다.

"양심이 없군. 고작 이딴 기술로 내게 이기려 한 것인가?"

그 짧은 말과 함께 무신은 몸을.

"!"

움직였다.

순식간에 뒤에 나타난 무신의 속도에 놀란 김현우.

곧바로 뒤쪽을 향해 발을 쳐들었지만, 그의 발은 무신을 맞히지 못하고 허공을 돌았다.

빡!

"끅!"

순식간에 머리통을 때린 무신의 팔에 김현우의 시야가 비틀린다.

돌아가는 시야.

김현우는 자세를 잡았으나, 제대로 정신을 차리기 전에 들어오는 무신의 발차기에 다시 한번 몸을 내어줄 수밖에 없었다.

꽝! 꽈가가강!

흙바닥을 구르며 겨우 자세를 잡은 김현우.

무신은 그런 그의 모습을 보며 입을 열었다.

"흥미롭기는 하나 실망이군. 정말로 실망이야. 정말 그런 하찮은 기술로 나를 이길 수 있을 거라 생각하다니."

"하찮은…… 기술이라고?"

김현우가 인상을 찌푸리자, 무신은 무심한 표정으로 김현우를 바라보며 말을 이었다.

"네 기술에는 도대체 무엇이 있지? 아무것도 없다. 무공의 구결도, 그리고 구결에 따른 묘리도."

심지어 삼재검법에만 있는 기본적인 조화도, 네 기술에는 없다.

"그것이 무공이라고? 웃기지 마라 잡놈. 네가 쓰고 있는 기술들은 그저 겉만 그럴듯하게 보이게 만들어놓은 잡기술일 뿐이다."

무신의 폭언에 김현우의 인상이 찌푸려졌다.

그러나 무신은 계속해서 말했다.

"수라무화격? 천마일권? 무형환위? 아니, 틀렸다. 네가 쓰는 기술들은 그저 '마력 파동'이라고 불리는 게 어울릴 정도로 단순한 마력의 발출물일 뿐이다."

요행으로 운 좋게 몇 가지 묘리를 깨달은 것 같으나.

"고작 그딴 수준으로, 수백 년에 걸쳐 무武를 수행해온 나를 쓰러뜨리려는 생각은 접어라."

"수백 년이라고……?"

"그래, 수백 년이다."

"……너는 분명히……!"

인간이 아니었나?

그렇게 말하려던 김현우의 입가가 멈추었다.

그의 입가가 멈춘 이유. 그것은 바로, 김현우가 조금 전에 볼 수 있었던 그 정보창 때문이었다.

김현우는 그의 정보창을 기억하고 있었다.

그 누가 봐도 말도 안 된다고 생각할 정도로 높은 능력치들과 함께, 그에게는 하나의 스킬이 존재했다.

S등급 세계 랭킹 1위의 정보창이라고 하기에는 너무나도 빈약해 보였으나, 그런데도 그 정보창에 새겨져 있는 그 글씨. '아이템 기억 회귀'라는 무신의 스킬이, 김현우의 기억 속에 자리를 잡고 있었다.

"나는 틀림없는 시간의 흐름에 거스르지 못하는 '필멸자'이다. 하나."

무신은 처음으로, 자신의 입꼬리에 미소를 띠며 입을 열었다.

"내게 생긴 스킬은, 아이템 속이기는 하지만 일시적으로나마 그 필멸자의 삶을 벗어날 수 있게 해주었다."

그렇기에, 나는 오랜 시간을 들여 무공을 배울 수 있었다.

"맨 처음, 천하제일인의 신공인 북천신공北天神功은 대성하기까지 92년이 걸렸다."

무신은.

"그다음, 마교魔敎의 교주이자 살아 있는 천天의 무공인 천마신공 을 대성하기까지는 108년이 걸렸지."

자신이 배웠던 무공들의 이름을.

"백팔마귀百八魔鬼 중에서도 일一이었던 '무형괴공無形怪功'을 대성하기까지는 42년이 걸렸고."

말했다.

그의 입에서, 김현우조차도 모르는 수많은 무공의 이름이 나왔다 가 사라졌다.

무림에서 최강이라고 칭송받던 태양인太陽人의 무공이.

무림에서 최악이라고 두려워하던 마귀악신魔鬼惡神의 무공이.

그 이외에도 무림에서 한때, 업적을 세우고 하나의 역사로 남겨 진 수많은 무공이, 무신의 입에서 흘러나왔다.

마치 역사의 발자취를 확인하듯.

조용하고, 담담하게.

그리고.

"마지막으로, 천하제일마의 신공인 '혈마신공'을 대성할 때까지는 30년이 걸렸다."

무신은, 어느새 달라진 기세를 풍기며, 김현우를 바라보았다.

그 어느 것도 변하지 않았다.

하지만, 많은 것이 변했다.

김현우는 무신의 모습을 보았다.

분명 조금 전까지는 무엇도 느껴지지 않았던 무신의 몸에서는, 형형색색의 기운들이 뿜어져 나오고 있었다. 무신의 홍안은 그 어떤 감정의 편린 없이 김현우를 바라보고 있었고. 어느새 무신이 뿌리고 있는 검은색의 마력은 온 세상을 잡아먹을 듯 격렬하게 요동치고 있었다.

그런 상황에서, 무신은 김현우를 보며.

"그러니, 무술의 껍데기만을 고집하고 있는 네게 보여주도록 하지."

담담하게 중얼거렸다.

"'진짜' 무술이라는 것을."

◆ ◆ ◆

부스러진 흙바닥에 오연하게 서 있는 무신.

"!"

그의 모습이 일순간 사라진다.

아니, 사라진 게 아니다.

김현우는 무신이 사라진 것이 아닌, '이동'했다는 것을 분명히 알아차렸다. 그런데도 불구하고 눈에 보이지 않을 정도로 빠른 속도.

"천마일권이라 했던가."

귓가에 들리는 목소리.

"!"

김현우가 인지하지 못하는 사이, 무신은 이미 그의 뒤에 서 있었다. 김현우의 시선이 급하게 돌아간다. 조건반사적으로 몸을 뒤튼 김현우는 곧바로 주먹을 쥐고 뒤에 서 있는 무신을 후려치기 위해 마력을 격발했지만.

"이런 미."

"진짜 천마일권은 이런 것이다."

이미 무신의 주먹은 김현우의 심장을 가격하고 있었다.

"끄학!"

김현우의 입가에 피가 터져 나오고, 무신의 주먹이 김현우의 몸을 뚫어버릴 듯 깊게 파고들어 간다.

마치 한껏 당겨진 활시위처럼 꺾인 김현우의 몸.

콰아아앙!

김현우의 몸이 총알처럼 튕겨 나가 흙바닥을 구른다.

이리저리 어지러운 시야. 그 상황에서도 김현우는 치미는 격통에 이를 악물고 시야를 바로잡았다.

고속으로 움직이는 사고.

자신이 흙바닥에서 튕기고 있는 것도 마치 슬로모션처럼 느리게 느껴지는 그 고속화된 사고 속에서 김현우는 겨우 자세를 바로잡는 듯했지만.

"청룡각靑龍脚."

"크헉!"

이미 그의 앞에 나타난 무신은, 자신의 오른발에 검은 흑룡黑龍을 머금고 김현우의 머리를 차올렸다.

순식간에 공중으로 솟아오른 김현우의 몸.

그리고.

"극유성각流星脚."

공중으로 치솟아 오른 지 얼마 되지도 않은 김현우의 몸은, 다시 한번 흙바닥으로 떨어져 내렸다.

꽈아아앙!

협회 부지를 전부 울릴 정도로 거대한 소음.

김현우는 연속으로 맞은 공격에 슬쩍 정신이 희미해지는 것을 느끼면서도 본능적으로 무신의 공격을 회피하기 위해 이형환위를 사용했다.

순식간에 흙먼지가 가득한 곳을 벗어난 김현우.

"진짜 이형환위는 아니지만 그럴듯하게 잘 따라 한 모조품 정도 는 되는군."

"이런 씨발!"

쾅!

하나 김현우가 숨을 고를 수 있는 시간은 없었다.

순식간에 날아온 무신의 주먹.

김현우는 기적적으로 팔을 올려 방어해냈지만, 무신의 공격을 막아낸 손에는 말도 안 될 정도로 지독한 격통이 몰려왔다.

그리고.

콰아앙!

"끕!"

김현우의 몸은, 잠시의 휴식도 없이 또 한 번 하늘을 날았다.

"혈풍권血風拳."

김현우의 등에 거대한 자상이 생긴다.

"마룡일권魔龍一拳."

무신의 등 뒤에서 일렁거리는 용이 김현우의 몸을 꿰뚫는다.

"천룡각."

땅바닥에 처박힌 김현우의 몸 주변의 땅들이 모조리 부서지고, 그 지반 속에 김현우가 파묻힌다.

이외에도 무신의 몸에서 펼쳐지는 수십, 수백 가지의 무공이, 김현우의 몸을 난자했다.

김현우의 몸이 하늘을 날고, 바닥에 처박힌다. 마치 공성추처럼 사방을 날아다니며 국제협회의 건물들을 깨고 다니는가 하면, 멀쩡한 잔디밭을 갈아버리기도 한다.

그 끝에서.

"대단하군. 진짜 무武를 보여준다고 말하기는 했지만, 그 수많은 무공을 맞고도 온전히 서 있을 줄이야."

김현우는 서 있었다.

"……."

그래, 말 그대로 서 있기만 했다.

"씨발."

"호, 아직 입을 열 기력도 남아 있나?"

김현우의 몸은 만신창이였다. 입고 있던 추리닝은 더 이상 추리닝이라고 부르지 못할 정도로 넝마가 되어 있었고, 신고 있던 슬리퍼는 어디로 갔는지 김현우는 맨발로 서 있었다. 넝마가 된 추리닝 사이로 보이는 수많은 자상과 피멍.

김현우는 오롯이 서 있는 무신을 보며 생각했다.

'강하다.'

김현우는 탑에 들어가고 나서 지금껏, 딱히 누군가에게 지겠다고 생각해본 적이 없었다. 그것은 같은 헌터들을 상대할 때도, 재앙을 상대했을 때도 마찬가지였다.

천마, 괴력난신, 복제자. 그 세 명의 등반자를 상대할 때도 김현우는 위기를 겪었지만 어떤 의미에서는 나름대로 훌륭하게 그 위기를 기회로 바꾸어 등반자들을 처리할 수 있었다.

하지만 지금 앞에 서 있는 무신은, 김현우의 머릿속에 처음으로 '지다'라는 단어를 떠올리게 했다.

제대로 반응하지 못할 정도의 속도와 더불어 하나같이 엄청난 파괴력을 가진 무공들. 김현우의 내구 등급이 S++가 아니었다면 아마 서 있는 것이 불가능했을 정도로, 무신의 무공은 하나하나가 굉장한 위력을 가지고 있었다.

[필멸자라면 그 누구도 견디지 못했을 공격들을 견뎌냈습니다. 내구 등급이 올라갑니다!]

"하."

김현우는 시야를 가리며 떠오른 로그를 보며 짧은 웃음을 내뱉고는 무신을 바라봤다. 그는 김현우가 무슨 말을 하는지 기다려보겠다는 듯, 아무런 움직임도 취하지 않고 있었다.

오연하고도 오만한 무신의 태도. 하지만 그런 무신의 태도 덕분에 김현우는 욱신거리는 온몸의 고통을 느끼면서도 숨을 고를 수 있었다.

그리고.

"아직도 싸울 생각이라니, 대단하군."

무신은 다시 자세를 잡기 시작하는 김현우를 보며 놀랍다는 듯 중얼거렸다.

"지랄하고 있네."

"아직도 그런 식으로 욕설을 내뱉을 수 있는 기개도 인정해주도록 하지."

무신의 말에, 김현우는 웃었다.

맨 처음, 무신의 공격을 받기 시작했을 때, 김현우는 무신과의 전투를 회피하려 했었다. 김현우에게는 '출입'이라는 스킬이 있었으니까.

지금 당장에는 방법이 없으니, 조금이라도 시간을 벌어서 무신에게 대항할 수 있는 방법을 강구하려 했었다. 하지만 김현우는 출입을 사용하지 않았다.

왜?

아직 이 연회 홀 안에 자신의 제자인 미령이 있기 때문이었다. 만약 김현우가 이곳에서 출입 스킬을 사용해 전투에서 이탈해버리면 무신의 다음 타깃은 미령이 될 것이 뻔했기에. 김현우는 무신과의 전투를 회피하지 않았다.

오히려 그는 그것을 기회로 삼았다.

"뭐, 네 그런 기개를 인정해서, 더 이상 고통스럽게 만들지는 않겠다."

단 한 번에, 편하게 보내주도록 하지.

무신의 말과 함께 그의 손에 검은 마력들이 휘몰아치기 시작했다. 마치 손안에 폭풍이 있는 것처럼 휘몰아치는 검은 마력.

그러나 김현우는 움직이지 않았다. 오히려 그런 무신의 모습을 보며, 마치 와보라는 듯 그 자리에 서서 공격을 기다릴 뿐이었다.

무신은 그런 김현우의 모습을 보고 자세를 잡고 있을 뿐, 더 이상 저항 의사가 없다는 확신을 가지며 김현우의 앞으로 이동했고.

"괴룡폭격怪龍爆擊."

쫘가가각!

자신이 여러 가지 무공을 합쳐서 만든 필살의 무武를 김현우에게 펼쳐 보였다. 검은 마력들이 폭풍처럼 휘몰아치며 김현우가 자리한 곳을 탐욕스럽게 먹어 치우고.

"!"

"놀랐냐?"

김현우는 어느새 무신의 옆에 서 있었다. 무신은 갑작스레 옆에서 나타난 김현우의 모습에 당황하며 자신이 펼친 괴룡폭격을 회수하려 했다.

하나 곧 무신은 김현우의 팔에 모여드는 검붉은 마력을 보며 두 눈을 크게 떴다.

아니, 정확히 말하면 김현우에게 아직 마력이 남아 있다는 것에 놀란 것이 아니었다.

"무슨!"

무신은 김현우의 팔에서 펼쳐지고 있는 무공을 보며, 기함했다.

"야."

김현우의 기세가 달라졌다.

이전처럼 사방으로 흩뿌려지던 검붉은 마력들은, 이제 제대로 통제되고 절제되어 김현우의 팔 안쪽에만 모여들고 있었고.

"천마일권은."

그저 껍데기를 따라 해 마력만 가득 때려 넣어 발출했을 뿐인 김현우는, 어느새 제대로 된 무공을 사용하고 있었다.

"이렇게 쓰는 거라며?"

꽈아앙!

"큭!"

무신은 자신의 옆구리를 치고 들어온 김현우의 주먹에 처음으로 고통스러운 신음을 내뱉으며 '금강형신공'을 운용했다.

그 어떤 공격이라도 최소한의 피해로 막아낼 수 있는 금강형신공.

김현우가 처음 무신을 죽이기 위해 사용했던 수라무화격을 막아 낸 것도 금강형신공 덕분이었다.

"끄으으윽!"

하지만 무신은 자신의 옆구리에 박힌 공격을 막아낼 수 없었다.

그저 마력을 박아 넣어 발출할 때와는 달랐다.

지금 김현우가 무신에게 내지른 일권一拳에는, 틀림없는 묘리와 이치가 담겨 있었다.

그저 마력을 발출할 때와는 다른, 압도적인 파괴력을 가진 공격을 받은 무신의 몸이 크게 기울고. 김현우는 입가를 비틀어 올린 채.

"똑같이 갚아주지."

발에 검붉은 용이 머금어지기 시작하고.

"!"

무신은 그것이 바로 자신이 사용했던 청룡각임을 깨달았다.

콰아아아아아!

김현우의 발에서 만들어진 검붉은 용이, 무신의 머리통을 후려친다. 순식간에 하늘로 떠오른 무신.

"쯧."

하지만 아쉽게도 무신은 이미 정신을 차리고 땅바닥에 착지하고 있었다.

"도대체 무슨……!"

땅바닥에 착지한 무신은 자신의 옆구리를 한 손으로 부여잡으면서 말도 안 된다는 듯 김현우를 보며 인상을 찌푸렸다.

"왜, 내가 정말로 아무것도 못 하고 맞기만 하는 줄 알았어?"

"뭐라고?"

김현우가 무신에게 아무런 대항도 하지 못하고 몸을 내준 이유.

그것은 바로 김현우가 몸을 지키는 것을 제외한 모든 마력을 오로지 '눈'에 때려 박았기 때문이다.

김현우의 모든 마력을 담은 눈은, 그를 콤마 단위조차도 인식할 수 있는 경지로 이끌었고, 그곳에서 김현우는 무신을 보았다.

아니. 정확히 말하면 무신의 몸 안에서 요동치고 있는 마력들을, 김현우는 단 하나도 빠짐없이 관찰했다.

극도로 정제되어 무신의 통제대로만 흘러나오는 마력 덕분에 김현우는 무척이나 쉽게 그의 마력이 어디에서 어떤 식으로 유동하고 있는지 볼 수 있었고, 깨달을 수 있었다.

무신이 말하는 무공이라는 것을.

'······물론 대가는 좀 과하다 싶을 정도로 치르기는 했지만.'

김현우는 무신의 무공을 훔쳐보기 위해 그 대가를 확실하게 치렀다. 모든 마력을 눈에 집중한 터라 무신의 공격에는 전혀 반응할 수 없었으니까.

'하지만 이렇게 하지 않았으면 승산은 없었다.'

김현우는 아까 무신이 수라무화격을 막았을 때를 떠올리며 생각을 일축했다. 애초에 그 무공들을 모두 막아냈다고 해도 결국 김현우의 공격이 통하지 않는다면 패배는 예견된 것이기에 김현우는 망설임 없이 선택을 했고, 그 선택은 성공했다.

"말도 안 되는······ 그 짧은 시간에 내 무공을 본 것만으로 따라 했다고?"

김현우의 자신만만한 표정과 다르게 무신의 표정은 무섭게 굳어 있었다. 적어도 그의 상식에서 '무공'을 본 것만으로 따라 한다는 것은 말이 안 되는 소리였으니까.

그리고 그런 무신의 의문은 정당했다. 마력을 눈에 집중해 혈도의 방향을 보는 것은 간단했다. 하지만 '보는 것'과 실제로 '하는 것'에는 엄청난 차이가 있다.

천하제일인도 무공을 잘못 운용하면 주화입마에 빠져 죽는 경우가 있었고, 그것은 다른 무인들에게도 마찬가지였다. 그 이외에도 혈도를 움직이는 마력에는 각 무공의 묘리가 축적되어 있기에 아무리 혈도가 움직이는 방향을 알아낸다고 해도 그것을 따라 하는 것은 불가능에 가까웠다.

하지만 김현우는 해냈다.

정확히 말하면 지금까지 쌓아온 경험들과 폭발적인 마력을 버티며 넓어지고 단단해진 김현우의 혈도가 그것을 가능하게 한 것이지만.

무섭게 굳은 무신의 모습을 보며.

"자, 어디 한번."

김현우는 씨익 웃으며.

"배운 것들을 써먹어볼까?"

입을 열었다.

◆ ◆ ◆

"왜, 이대로 갈 수 있을 줄 알았나?"

평범한 연회장이었다가 이제는 선혈이 난무하게 된 그곳에서, S등급 세계 랭킹 3위이자 탱크라는 이명으로 불린 록이 미령의 앞을 가로막았다. 그 뒤에는 S등급 세계 랭킹 6위인 키네시스가 그 모습을 재미있다는 듯 바라보고 있었고.

'……큰일이다.'

그 맞은편. 처음부터 끝까지 지켜보고 있던 리암은 이 절망적인 상황에 속으로 탄식을 내뱉었다.

헌터들은 전부 다 죽거나 전투 불능인 상황이었고, 그나마 아직 죽지 않은 것처럼 보이는 에단과 라일리도 그들에게 패해 정신을 잃어가는 중이었다.

아직까지 전투가 가능한 사람은 연회 시간에 늦게 맞춰 온 김현우와 그의 제자라고 칭하고 다니는 패룡뿐.

'이대로라면 틀림없이 진다.'

김현우는 이미 무신과의 싸움을 위해 장소를 밖으로 이동했다.

그렇기에 이 자리에 남은 것은 패룡뿐.

"……."

그리고 패룡은, 정말 유감스럽게도 그녀를 가로막고 있는 저 두 명을 이길 힘을 가진 것처럼 보이지는 않았다. S등급 세계 랭킹 5위라는 자리는 그 누구도 넘볼 수 없는 천외천天外天의 자리가 맞았지만, 문제는 상대편도 마찬가지라는 것이었다.

S등급 세계 랭킹 3위 탱크.

S등급 세계 랭킹 6위 키네시스.

패룡의 앞을 가로막고 있는 저 두 명도 그녀와 같은 천외천의 자리에 있는 이들 중 하나. 특히 탱크의 경우는 패룡보다도 순위가 높았다.

'만약 패룡보다 순위가 낮은 이들을 두 명 상대한다고 하면 어떻게든 승산을 볼 수 있겠지만…….'

이런 경우에 승산은 확실히 희박했다.

5위와 3위, 6위가 싸운다면 그 누가 보더라도 답이 나오지 않는가? 리암이 거듭 탄식을 내뱉고 있을 때쯤, 드디어 침묵을 깨고 미령이 입을 열었다.

"비켜라."

짧은 한마디.

미령의 입에서 흘러나온 말에 탱크는 비웃음을 지으며 대꾸했다.

"뭐? 비키라고? 내가 왜 그래야 하지?"

"그러지 않으면 죽을 테니까."

"뭐? 죽는다고?"

푸하하하하!

탱크의 쩌렁거리는 웃음이 연회 홀을 가득 채운다.

하나 그런 탱크의 반응에도 불구하고 미령은 무심한 표정으로 그를 바라봤다.

끊임없이 웃음을 내뱉는 탱크와 그 뒤에서 애초에 싸움에 참가할 의사도 없다는 듯 느긋하게 그 모습을 바라보고 있는 키네시스. 그것은 누가 보더라도 노골적인 조롱이 섞인 행동과 몸짓이었다.

"그래, 네가 날 죽일 수 있다고? 네가 나를?"

"못 할 것 같나?"

"못 할 것 같은데? 오히려 내게 죽도록 맞고 울지나 않으면 다행일 것 같군."

탱크의 조롱.

미령은 짧게 대답했다.

"그렇다면 어쩔 수 없군."

"뭘 어쩔 수."

탱크는 입을 열다 말고 순식간에 사라진 미령의 신형에 눈을 휘둥그레 떴다.

꽈직! 꽝!

그와 함께 뒤쪽에서 들리는 굉음에 탱크는 곧바로 시선을 돌려 그곳을 바라봤고.

"!"

그곳에서, 탱크는 동료의 머리가 땅바닥에 처박혀 있는 모습을 보았다.

분명 조금 전까지만 해도 자신만만한 표정으로 부서진 조각 위에 기대고 있던 S등급 세계 랭킹 6위, 키네시스는 부서진 대리석 조각에 붉은 피를 장식하며 죽어 있었다.

그와 함께 탱크의 몸속에서 울리는 깊은 경고.

'내가, 움직이는 걸 제대로 깨닫지도 못했다고?'

탱크는 키네시스의 몸을 짓밟고 있는 미령을 바라보며 인상을 찌푸렸다. 그야말로 순식간에 일어난 일. 탱크가 무슨 행동을 취하기도 전에 이미 미령은 그의 뒤로 돌아가 키네시스를 죽여버렸다. 그것도 깔끔하게.

다시금 살아날 여지 따위는 없이, 깔끔하게 키네시스의 머리통을 날려버린 미령의 모습. 하지만 굳어 있는 탱크의 표정과는 다르게, 그녀는 자신이 한 일이 별것도 아니라는 듯 땅바닥에 박혀 있는 키네시스의 몸을 그대로 밟았다.

콰득! 콰드드득! 우드드드득!

온몸의 뼈가 부러지는 소리와 함께 주변 대리석 바닥과 하나가 된 키네시스의 신체를 흥미 없다는 듯 내팽개친 미령은 이내 걸음을 옮기며 탱크를 바라봤다.

그리고 미령이 입을 열었다.

"사실, 네가 나를 보내준다고 말했더라도 너는 무사하지 못했을 것이다."

"뭐라고……?"

"네 녀석은 잘못을 범한 것들이 너무 많아."

미령의 말에 탱크는 이미 그녀의 몸 주변에서 붉은 마력이 새어나오고 있다는 것을 깨닫고는 자신의 스킬인 금강불괴를 시전했다.

미사일마저도 막아주고, 자신을 여기까지 끌어올려주었던 고유 스킬. 그는 자신의 힘을 믿었다.

하지만.

'왜…… 이렇게 불안한 거지……?'

탱크는 불길하게 일렁이는 마력들을 보며 스스로가 그런 생각을 했다는 것에 인상을 찌푸렸다.

하지만 탱크가 어떤 생각을 하든, 미령은 그저 담담하게 말했고.

"그러니, 지금부터 너는 최대한 고통스럽게 죽여주마."

이미 탱크의 앞에 나타나 발을 휘둘렀다.

쾅!

"큭!"

순식간에 이뤄진 미령의 공격에 탱크는 당황하면서도 팔을 들어 올려 공격을 막아냈다.

쾅! 쾅! 쾅! 쾅!

미령의 몸이 순식간에 움직인다.

절대 체공하면서 움직인다고는 생각할 수 없을 정도로 빠르고 정확한 발기술.

"큭! 끅! 끄윽!"

그리고 그 공격을 받아내는 탱크는 그녀의 발에서 느껴지는 힘에 경악스러웠다.

'한 방 한 방이 말도 안 되게 강하다!'

무신이나 김현우처럼 피부를 뚫고 때리는 공격들은 아니었다. 미령의 공격은 그저 어디까지나 순수한 외부 타격. 하지만 그런데도 불구하고 탱크가 아무런 반응을 하지 못하고 방어에 전념하고 있는 이유는, 미령의 공격이.

"커억!"

그의 금강불괴를 뚫고 들어왔기 때문이다.

쾅! 콰지지직!

탱크의 몸이 저 멀리 날아가 피 묻은 조각상에 처박힌다.

우르르 무너지는 조각상, 그로 인해 가려진 시야.

탱크는 빠르게 시야를 확보하기 위해 자신 위로 떨어지는 돌무더기를 파헤쳤지만.

"극."

시야가 확보되었을 때, 이미 미령은 그의 머리 위에서.

"패왕신각."

붉은 마력을 쏘아 보내고 있었다.

◆ ◆ ◆

꽝!

순식간에 무신과 김현우의 신형이 겹친다.

무신이 발을 어지럽게 놀리며 김현우의 급소들을 노리고, 김현우는 그런 무신의 공격들을 피하며 다음 공격을 준비한다.

유성각流星脚!

김현우의 발에서 검은 유성이 떨어져 내린다.

콰아아아!

주변의 지반을 모조리 박살 낼 정도로 강대한 공격.

분명 이전에 사용했던 김현우의 공격보다도 몇 배는 강력해진 유성각.

쾅! 꽝!

부서지는 지반 사이를 오가며 김현우와 무신의 전투가 지속된다.

겨우 10초도 안 되는 짧은 시간에 벌어지는 수십 수백 합의 공방.

땅이 터지고 건물이 부서진다.

공기가 터져 나가고, 흙먼지가 시야를 가린다.

일반인의 눈으로는 볼 수 없는, 콤마 단위의 전투가 계속해서 지속된다.

"큭!"

그리고 그 사이에서 먼저 신음을 터트린 것은 바로 무신. 그는 자신의 아래에서 떨어져 내리는 김현우의 주먹을 막아내며 인상을 찌푸렸고, 반대로 김현우는 그런 그의 모습을 보며 입가를 비틀어 올렸다.

꽝!

김현우의 다리가 무신의 신체를 그대로 지반에 처박아버리고, 그 여파로 흙이 터져 나간다.

이미 국제헌터협회라고 부르는 것보다 몇십 년을 방치해둔 폐허라고 부르는 게 맞을 정도로 완전히 박살 나 있는 협회.

"도대체 어떻게……!"

그런 협회의 부지 안에서, 무신은 말도 안 된다는 듯 김현우를 보며 인상을 찌푸렸고.

"왜? 자기가 수십 년 배운 걸 이런 식으로 빼앗기니까 좀 배알이 꼴리나?"

김현우는 아까와는 반대로 무신을 조롱하며 입가를 비틀어 올렸다.

'이 새끼······!'

무신은 그렇게 자신만만한 표정을 짓고 있는 김현우를 보며 초조하게 이를 악물었다.

'점점······ 발전하고 있다!'

무신이 초조해하는 이유. 그것은 바로 김현우가 싸우고 있는 지금도 말도 안 되는 성장을 계속 하고 있다는 점이었다.

처음 김현우와 주먹을 부딪쳤을 때, 무신은 당황하기는 했지만 자신이 이길 것을 의심하지 않았다. 그가 무공의 기술들을 복사했다고 해도 그것은 말 그대로 복사한 것뿐이었으니까. 하지만 시간이 지나고 지금 여기까지 오니.

'무공마저도······!'

김현우는 정말 어설프지만, 무공을 따라 하고 있었다.

수십, 수백 년을 수련해 깊은 깨달음을 얻어 그가 습득한 무공들을, 김현우는 그저 싸우면서 본 것만으로도 어설프게나마 따라 하고 있었다.

압도적인 재능. 김현우 본인은 모르겠지만, 그것은 일반적인 범인凡人이 해낼 수 있는 일이 아니었다.

또한 천재天才의 영역도 아니었다. 그것은, 오로지 무武를 진정으로 통달한 자들만이 해낼 수 있는 것이었다. 그렇기에, 무신은 결단했다.

"지금부터."

김현우를 죽이는 데 모든 힘을 쏟아붓겠다는 결단을.

"전력을 다하겠다."

콰아아아.

그와 함께, 무신의 주변으로부터 검은색의 마력이 터져 나오기 시작했다. 순식간의 그의 주변을 잠식해 들어간 검은 마력들은 이질적으로 움직이며 무신의 주변으로 모여들었고, 이내 무신의 형상을 바꾸었다.

분명 해진 도복을 입고 있던 무신의 모습이 검은 마력에 물들어가며 바뀌기 시작한다. 손발에는 날카로운 발톱이 자라나고, 몸의 피부는 빛조차 투과하지 못할 것 같은 칠흑 같은 어둠으로 뒤바뀐다.

사람의 얼굴이었던 무신의 머리는 어느새 굉장히 흉해 보이는, 마치 신화 속에 나오는 악마의 얼굴처럼 변해간다. 그리고 양 이마에 자라나기 시작한 뿔과 함께, 무신은, 아니.

"마신강림魔神降臨."

마신魔神은 중얼거렸다.

"……이게 등반자가 아니라 인간이라고?"

그리고 그 모습을 보고 있던 김현우는 악마처럼 변해버린 무신의 모습을 보며 인상을 찌푸렸다.

그 어디를 봐도 평범한 인간이라는 생각은 들지 않을 정도로 무신의 모습은 이질적이었고, 그의 몸에서 나오는 기운은 압도적이라고 해도 될 정도로 강대했다.

그렇게 인상을 찌푸리고 있자, 마신이 말했다.

"……천마신공과 혈마신공, 그리고 일월신교의 명황신공을 대성하고 나서 얻어낸, 나의 전력이다. 아무리 너라고 해도 이것을 따라할 수는 없겠지."

확실히, 이제 막 어설프게 무공을 따라 할 수 있게 된 김현우는 마신강림을 따라 할 수는 없었다.

하지만.

"그래, 따라 할 수는 없는데……."

김현우는 입가에 웃음을 지우지 않았다.

"나도 비슷한 걸 할 수는 있지."

"뭐……?"

김현우의 말에 마신은 인상을 찌푸렸고, 그와 함께 김현우의 기세가 바뀌기 시작했다.

그의 주변에 몰려드는 검붉은 마력.

김현우는 이전에 한번 무신과 같이 무공을 쓰는 등반자를 만난 적이 있었다.

스스로를 뇌신이자 천天이라고 불렀던 남자.

천마.

김현우는 아이러니하게도 그와 처음 싸움을 겪으며 마력을 깨우쳤고, 그를 죽이기 위해 처음 무공을 만들었다.

그렇기에.

"……무슨!"

김현우는 아직도 기억하고 있었다.

그때, 천마가 보여주었던 그만의 무공을, 김현우는 아직도 기억하고 있었다.

'따라 할 수 있나?'

아니, 예전에는 따라 할 수 없었다.

김현우는 천마를 이겼지만 그가 보여주었던 무공은 전혀 따라 하지 못했다.

하지만 지금은? 무신에게서 수많은 혈도의 흐름을 깨우치고, 무공의 원리를 알아낸 지금이라면?

김현우의 검붉은 마력이 점점 진해진다.

파직. 파지직!

그의 몸 주변에 일어나기 시작하는 검붉은 색의 번개.

파지지직직!

그와 함께, 검붉은 정전기가 김현우의 몸 주변을 감싸기 시작한다.

쾅! 콰강! 쾅!

그리고.

김현우의 몸 주변에, 검붉은 번개가 내리치기 시작했다.

변이하기 시작한 김현우의 몸.

넝마가 되었던 몸에 붉은빛이 머금어지고, 엉망진창이었던 머리는 마치 정전기가 일어난 듯 하늘로 솟아올라 있다.

파짓! 파지지직!

김현우의 등 뒤에 만들어진 검붉은 흑 원은 파지직거리는 소리와 함께 자신의 존재를 과시한다.

그렇게.

"2차전이다."

김현우는 뇌신이 되었다.

◆ ◆ ◆

"끅."

쾅! 콰드드득!

"크학!"

연회 홀 내부. 아니, 이제 여기저기에 구멍이 뚫려 더 이상 내부라고 부를 수 없는 그곳에서, 탱크는 미령에게 그야말로 '먼지 나게 맞는다'는 말이 어울릴 정도로 맞고 있었다.

"이런 젠."

꽝!

"빌어먹."

꽝!

"끄아아아아악! 끅!"

꽝!

탱크는 단 한 번도 미령을 때릴 수 없었다.

아니, 때리기는커녕 그 옷깃조차, 탱크는 잡을 수 없었다.

"끄악!"

조각상에 처박힌 탱크의 얼굴에 날려지는 발차기에 그는 이젠 새된 비명까지 터트리며 그 공격을 막지도 못하고 있었다.

'도대체! 도대체 어떻게!'

탱크는 공격을 받으면서도 지금 이 상황을 이해할 수 없었다.

자신을 이 자리까지 끌어올려주었던 금강불괴는 무신과 김현우 같은 녀석이 쓰는 특이한 기술이 아니라면 적어도 방어 부문에서는 최강이라고 부를 수 있을 정도의 스킬이었다.

'그런데 저년은 어떻게!'

꽝!

'어떻게에에에!'

콰드드득! 콰직!

탱크의 몸이 대리석 바닥에 처박힌다.

상상을 뛰어넘는 고통! 분명 탱크의 몸에 금강불괴가 발동하고 있음에도 불구하고, 미령의 공격에 고통을 느꼈다. 그야말로 끔찍한 고통을.

콰지지지직!

"끄아아아악!"

탱크는 자신의 짓밟힌 오른팔에 느껴지는 고통에 비명을 질렀지만, 미령은 그런 그를 흥미 없다는 표정으로 응시했다.

그런 모습에 탱크는 중얼거렸다.

말도 안 된다는 것처럼, 이런 일은 있어서는 안 된다는 듯, 그는 발작하듯 외쳤다.

"도대체! 도대체 어째서 내게 공격이 통하는 거냐!"

그런 발작에도 미령은 표정을 바꾸지 않았다.

그저.

콰직!

미령은 그의 머리를 향해, 다리를 내리찍었을 뿐이었다.

탱크의 머리가 대리석 바닥에 박히고, 부서진 대리석 조각 사이로 붉은 피가 흘러나온다.

이의를 제기할 수 없이 완벽한 죽음.

S등급 세계 랭킹 3위의 죽음이라고는 생각할 수 없는 볼품없는 최후에 그 모습을 지켜보던 리암은 숨을 삼켰고, 미령은 망설임 없이 몸을 돌리곤 하늘을 바라봤다.

파지직! 쾅! 콰가강!

때마침 내리치는 검붉은 색의 뇌전을 보며.

'……스승님.'

미령은 자신의 스승인 김현우가 있는 곳을 향해 시선을 옮겼다.

◆ ◆ ◆

쾅!

검붉은 번개가 땅바닥에 내리꽂히자, 둘은 마치 약속했던 것처럼 제자리에서 튀어 나갔다.

콰직! 콰지지지직!

김현우의 몸에서 튀어 오른 붉은 전류가 허공을 수놓고, 무신의 뒤에 검은색의 마력이 유영한다.

콰아앙!

단 한 번의 일격.

서로의 힘을 가늠하듯 상대의 주먹을 후려친 간단한 탐색의 의미가 담긴 주먹임에도 불구하고, 그 주먹이 맞부딪히며 나는 소리는 전혀 그렇지 않았다.

검붉은 전류가 방전하듯 사방으로 튀어 나가고, 검은 마력이 전류를 뒤덮는다.

그야말로 일개 인간이 싸움을 벌이는 것이라고는 믿기지 않는 엄청난 광경.

하지만 그 속에서도 김현우와 무신은 오롯이 서로만을 노려본 채 다음 공격을 주고받고 있었다.

공격을 막아내고 공격을 가하는, 문장으로 표현한다면 단순할지도 모르는 일련의 움직임.

하지만 그 공방은 결코 단순한 것이 아니었다.

콰가가가각!

1분, 1초, 0.1초, 아니, 그 이하의 시간 속에서 김현우와 무신은 끊임없이 서로를 향해 공격을 날렸다.

왼팔로 정권을 지르고.

오른 다리로 공격을 막아내고.

오른 주먹은 상대의 급소에.

왼 다리는 다음 공격에 대한 준비를.

압축되고 압축된 극한의 시간 속에서, 그들은 다른 이들은 제대로 보지조차 못할 전투를 연속해서 이어 나가고 있었다.

그리고.

쾅!

단 한 번의 일격은, 그들의 전투 장소를 바꾸어놓았다.

그저 단 한 번의 일격을 허용한 것만으로도 김현우와 무신의 장소는 시시각각 바뀌었다.

어떨 때는 하늘에 체공하며 전투를 하기도 했고.

그 어떤 때는 바닥에.

그 어떤 때는 폐허에서.

쾅! 쾅!

콰지지지직! 쾅!

"큭!"

공격을 막아내던 무신이 하늘에서 떨어져 내린 검붉은 번개에 맞아 순간 멈칫한다.

기다렸다는 듯 그의 얼굴에 날아오는 오른발.

빡! 파지지직!

"끅!"

무신은 얼굴에 김현우의 오른발을 정통으로 맞고 몸을 비틀거렸고, 그 틈을 노린 김현우가 또 한번 공격을 먹이기 위해 움직였지만.

"윽!"

자세가 무너지는 상태에서도, 무신은 자신의 검은 팔을 길게 늘여 김현우의 심장에 일 권을 박아 넣었다.

순식간에 양쪽으로 밀리는 김현우와 무신.

"후……."

김현우는 이미 악마처럼 변해버린 무신에게 달려들며 사고를 이어 나가기 시작했다.

'이 이상 시간을 끌면 힘들다.'

이미 무신에게 무공을 사용하는 법을 배운 김현우였지만 그것의 대가가 너무나도 컸다. 그나마 내구 등급이 올라서 버티고 있는 것뿐이지, 이제 조금만 더 있으면 움직이지 못한다는 것을 스스로 깨닫고 있었다.

그 외에도, 김현우가 유지하고 있는 이 상태는 분명 천마의 '뇌령신공'이 맞았지만 도대체 어느 부분이 잘못되어 있는 것인지 소모하고 있는 마력의 소비가 엄청났다.

단 한 번도 자신의 마력에 대해서 걱정하지 않았던 김현우조차도 슬슬 마력의 고갈을 신경 써야 할 정도. 그렇기에, 김현우는 길게 시간을 끄는 것을 그만두기로 했다.

그 생각은 김현우와 공격을 맞부딪히고 있는 무신도 마찬가지였다.

'말도 안 되는! 계속해서! 계속해서 강해지다니!'

무신은 어느 정도 자신에게 부담이 되는 '마신강림'을 사용하면 서까지 김현우를 빨리 죽이려 했었지만, 그것은 불가능했다.

맨 처음이라면 김현우를 그대로 압살할 수도 있었겠지만, 지금 무신의 앞에서 같이 공방을 주고받고 있는 그는.

'내 전력으로도…… 전혀 밀리지 않고 싸운다고……?'

더 이상, 무신에게 밀리지 않고 싸울 수 있을 정도로 성장했다.

그야말로 압도적인 성장.

이 짧은 전투의 순간에서도 몇 번이고 성장하는 그의 모습에 무 신은 본능적으로 조급함을 느꼈다.

그렇기에.

'모든 걸 쏟아부어서 끝을 낸다……!'

무신은 김현우를 죽이기 위한 일격을 준비했다.

"?"

김현우는 공방을 이어가던 중 갑작스레 바뀐 무신의 기세를 느 꼈고, 곧 불길한 예감과 동시에 무신과의 거리를 벌렸다.

콰아아아아!

무신의 주변에 퍼져 나가는 검은 마력들.

"!"

김현우는 무신의 주변에 퍼진 검은 마력들이, 결코 평범한 마력 이 아니라는 것을 알았다.

'저게 뭐야?'

무신이 주변으로 흩뿌리기 시작하는 마력들은 아까 전과는 다르 게 주변에 영향을 주었다.

분명 갈색이었던 흙이 회색빛으로 메말라 비틀어지고, 그 주변에 남아 있던 잡초 더미들도 시커멓게 변색된다.

"……!"

무신의 몸에서 퍼져 나온 검은 마력들은, 주변을 죽이고 있었다.

그리고.

구그그그그긍!

김현우는 곧 무신의 주변에 뭉쳐지기 시작하는 거대한 마력들을 보며 어처구니없는 표정을 지었다.

무지막지한 마력.

하나 김현우는 그 무지막지한 마력에 어처구니없는 표정을 지은 것이 아니었다.

그가 어처구니없는 표정을 짓고 무신의 모습을 바라본 이유.

그것은 바로 그가, 무공을 사용하지 않기 때문이었다.

지금 무신의 손에 뭉쳐지는 마력은 그저 순수한 마력의 집합체였다.

그것에는 그 어떤 것도 존재하지 않았다.

무공에 대한 묘리도.

무공에 대한 이치도.

무공을 사용하는 데 중요한 심기체도.

본인이 가장 욕하고 비웃던 짓을 그대로 하고 있는 무신의 모습에, 김현우는 입가를 비틀어 올리며 말했다.

"그렇게 시간까지 들여서 준비하는 게 '아까'의 나랑 똑같은 급수라는 거, 알고 있지?"

김현우의 조소에 무신이 입을 열었다.

기괴하게 끓는 듯한 목소리.

"상관없다. 설령 그렇다고 해도 네가 이 마력을 받아낼 수는 없을 테니!"

무신은 김현우에게 도약해 지나간 모든 것을 죽여버리는 마력을 자신의 온몸에 둘렀다.

악마를 넘어, 마치 이 세상에 재해를 뿌리는 재앙처럼 변해버린 그는.

"마신魔神."

도망치지 않는 김현우에게 정권을 꽂아 넣었다.

멸겁滅劫.

콰아아아!

그와 함께 들리는 기괴한 소음.

기괴한 소음은 국제헌터협회를 모조리 뒤덮었고, 김현우를 넘어 사방으로 폭사된 마력은 보이는 모든 것을 죽이기 시작했다.

평범한 흙바닥부터 시작해서 화단에 있는 식물까지.

살아 있는 것이라면 그 무엇이든 죽여버리는 끔찍한 마력.

그 모습을 보며 무신은 이 공격을 받아낸 김현우가 죽음을 맞이했을 거라 확신했다.

무신이 사용한 것은 김현우가 말한 것처럼 순수한 마력을 발출한 것이지만, 그가 흩뿌린 것은 일반적인 마력이 아닌 사기死期가 담긴 마력이었으니까.

그것도 평범한 사기 따위가 아닌, 닿기만 해도 모든 것을 죽여버릴 정도의 지독한 사기.

그렇기에 이 마력은 파할 수도 없고, 또한 막아낼 수도 없다.

'그런데. 그랬을 텐데!'

무신은 경악한 표정으로 분명 죽어야 했을 김현우를 바라봤다.

"어떻게!"

기괴한 무신의 음성이 김현우의 귓가를 강타했지만, 김현우는 슥 웃음을 짓는 것으로 무신의 말에 답했다.

파직! 파지지지직!

그와 함께, 김현우의 몸에서 퍼져 나가는 뇌전.

그 모습을 보며 무신은 김현우가 어떻게 자신의 공격에서 살아남았는지 깨달을 수 있었다.

'뇌전으로…… 사기를 막아냈다고?'

김현우를 중심으로 퍼진 검붉은 뇌전들은 주변에 부유하던 검은 마력들을 잡아먹기 시작했고.

"아까는 네가 알려줬으니."

김현우는 입가에 미소를 지우지 않고 그에게 선고하듯.

"이번에는 내가 가르쳐주도록 하지."

입을 열었다.

"!"

그와 함께 사방으로 퍼졌던 뇌전이, 김현우의 주변으로 한순간에 빨려들 듯 모이기 시작했다.

쿠그그그그그그궁!

순식간에 그의 손에 모여든 뇌전이 파지직거리며 존재감을 과시하고, 무신이 뒤늦게 알아채 몸을 빼려 했지만 이미 김현우의 주먹은 무신의 명치를 때리고 있었다.

"반극천격."

"크하악!"

꽈가가가가각!

김현우의 나지막한 목소리와 함께, 뇌전 안에 가두어두었던 마신의 사기가 일제히 무신의 몸을 강타한다.

순식간에 저 멀리 날려지는 무신.

그는 복부에서 느껴지는 엄청난 고통에 인상을 찌푸리면서도 비틀리는 시야를 잡기 위해 애를 썼지만.

"아직 안 끝났다."

이미 김현우는, 무신의 뒤쪽에 위치해 있었다.

그리고.

"으극!"

무신의 몸이 허공에서 멈췄다.

마치 그 상태로 시간이 멈춘 것처럼 전혀 움직이지 못하는 무신.

하지만 그런 무신과는 반대로, 김현우는 이미 다음 공격을 준비하고 있었다.

"아까 그랬지?"

이 공격은 막아낼 수 있다고.

김현우의 주변으로 검붉은 뇌전이 모여들기 시작한다.

땅에서.

하늘에서.

허공에서.

파지직거리는 스파크가 사방에서 튀어 오르며 공간 일대를 점령하고, 김현우의 등 뒤에 펼쳐진 검붉은 뇌전의 흑 원에서 아까와 같은 검은 연꽃이.

만다라가 개화한다.

아까와는 다르게, 뇌전을 머금은 검은색의 만다라는 김현우의 뜻대로 허공을 유영하는 뇌전들을 팽창시켜 무신의 몸을 고정했고, 무신은 본능적으로 위협을 느껴 몸을 뒤튼다.

"그래서 나름대로 바꿔봤으니."

이번에도.

세상이 검붉은 뇌전으로 물들었다.

하늘에서는 번개가 내리치고.

땅바닥에서는 내리쳐진 번개들이 김현우의 주변으로 몰려든다.

"한번 막아봐."

그리고.

"뇌신재림雷神再臨."

천지에 검붉은 번개가 내리쳤다.

◆ ◆ ◆

검붉은 번개가 세상에 내리쳐 모든 것을 쑥대밭으로 만들어버린 그 위. 김현우는 무신이 '있었던' 자리를 말없이 바라보고는, 이내 자신의 눈앞에 떠오른 로그를 보았다.

알리미

등반을 시작하려던 '등반자'를 잡는 데 성공하셨습니다.

위치: 미국 워싱턴

[예비자 '무신' '악천'을 잡는 데 성공하셨습니다!]

[악천의 등반자 등급을 설정하는 중입니다.]

[정보 권한의 실적이 '중하위' → '중위'로 변경됩니다!]

[현재 정보 권한은 중위입니다.]

[당신을 초대합니다.]

시스템에서 당신을 초대합니다. 시스템 옆에 남은 시간이 모두 흘러가면 당신은 부름을 받아 초대됩니다.

남은 시간: 3일 3시간 8분 11초

떠올랐던 로그를 멍하니 바라보던 김현우는 곧 시선을 돌려 그가 있었던 곳에 떨어진 흑색의 천을 집어 들었다.

불완전한 악천의 원천

등급: S+

보정: 없음

SKILL: 없음

[정보 권한]

9계층에서 무신이라 불렸던 남자 '악천'은 자신을 가르친 첫 스승인 그가 향했다는 '위'를 향해 가고자 (권한 부족)의 말을 따라 '등반자'가 되려 한다.

그는 (권한 부족)의 도움으로 아티팩트 속에 있는 여러 무인에게 도움을 받아 그들의 무공을 대성할 수 있었고, 나중에 들어서는 스스로가 가지고 있는 명칭인 '무신'에 부끄럽지 않을 정도의 '무武'를 얻을 수 있었다.

하나 그는 '등반자'가 되지는 못했기에 원천이 불안정해 그의 능력을 사용하기 위해서는 '등반자'들이 자연스레 계층을 건너오며 쌓는 '미궁'의 힘을 얻어야 한다.

미궁석 게이지: 0%

☐☐☐☐☐☐☐☐☐☐

알리미를 제치고 단숨에 눈앞을 장악한 로그를 읽어본 김현우는 이내 악천의 원천을 추리닝 주머니에 넣으려다 추리닝이 넝마가 되었다는 것을 깨달았고, 한숨을 내쉰 뒤.

털썩.

제자리에 주저앉았다.

"스승님!"

뒤에서 들리는 소리에 시선을 돌린 김현우는 곧 저 멀리서 미령이 열심히 뛰어오고 있다는 사실을 확인하고는 주저앉은 상태로 한숨을 길게 쉬었다.

"후."

'존나 힘드네.'

정말로 이겼다는 느낌이 들자마자 물밀 듯 몰려오는 피로.

그래도.

"이겼다."

김현우는 꽤 만족스러운 표정으로, 땅바닥에 누워 밀려오는 피로에 몸을 맡겼다.

◆　◆　◆

　그다음 날. 전 세계는 난리가 났다. 세계에서 50위권 내로 들어와 있는 헌터들 50명이 1년에 한 번 모여 친교를 갖는 연회에서 일어난 학살극 때문에.

　TOP 50에 참여했던 헌터 마흔두 명 중 서른세 명이 사망하고 그나마 살아 있는 아홉 명 중에서도 네 명은 더 이상 헌터 생활을 하지 못할 정도의 치명상을 입었다.

　그 덕분에 전 세계의 매스컴들은 누가 뭐라 할 것도 없이 이 엄청난 먹잇감을 먹어 치우기 위해 국제헌터협회로 걸음을 옮겼고, 그것은 각 나라의 정부도 마찬가지였다.

　헌터들의 힘이 나라의 국력으로 치환되기도 하는 상황에서 세계에서 50위 안에 들어가는 이들이 학살극에 희생되었다.

　한마디로 엄청난 전력 손실을 떠맡게 된 각 나라들.

　그들은 무신의 힘을 두려워하면서도 도대체 누가 무신을 데리고 이런 일을 꾸몄는지에 대해 철저하게 조사하겠다고, 각 나라에서 공조수사를 벌일 것이라는 입장도 발표했다.

　그리고 그렇게 수많은 일이 터져 나왔음에도 불구하고 현재 가장 주목받고 있는 이슈는 따로 있었다.

　그것은 바로 김현우에 대한 이슈.

　전 세계의 뉴스 토픽 어디를 찾아봐도 김현우의 이름 석 자가 걸리지 않은 곳을 찾을 수 없을 정도로, 그는 전 세계에서 진귀한 기삿거리가 되고 있었다.

　이유? 간단했다.

그가 바로 이 모든 학살극을 벌였던 무신을 막았기 때문이다.

물론 단순히 그 사실로 김현우의 이름 석 자가 전 세계 이슈로 떠돌게 된 것은 아니었다.

김현우가 정말로 전 세계에서 거론된 이유는 바로 그와 무신이 싸웠던 영상이 인터넷을 통해 사방으로 뿌려졌기 때문이다.

국제헌터협회 내부에 있는 CCTV 카메라를 포함해, 협회에서 신고를 받고 긴급히 날린 드론.

그 외에 망가진 CCTV의 데이터는 그 자료를 그대로 가지고 있었기 때문에 김현우와 무신의 전투 영상은 삽시간에 유튜브와 SNS를 통해 전 세계에 퍼져 나갔다.

이렇게 김현우와 무신의 영상이 퍼져 나간 것은 50명의 헌터가 학살되었다는 것을 굳이 과장시키지 않기 위해 협회에서 손을 쓴 것이었고, 그 언플은 확실하게 먹혀들어 갔다.

사람들이 김현우와 무신의 영상을 보며 열광했으니까.

물론 김현우와 무신이 보이는 영상은 극도로 적었다.

카메라에 찍힌 장면들은 대부분이 무엇인가가 터지고, 부서지는 순간뿐.

그런데도 네티즌들의 반응은 그 영상만으로도 뜨거웠다.

김현우와 무신의 모습이 제대로 보이지 않는다고 하더라도, 후반에 가서 보여지는 김현우와 무신의 모습은 '엄청나다'라는 표현을 아낄 수 없을 정도였으니까.

검붉은 전류를 머금은 김현우의 몸이 움직일 때마다 천지에 붉은 번개가 내리치고.

악마와도 같은 형상을 하고 있는 무신이 움직일 때마다 검은 마력이 폭류한다.

마치 인간들이 아닌, 신들의 싸움을 찍어놓은 것 같은 영상에 사람들이 열광하는 것은 당연하다면 당연한 일이었다.

그렇게 전 세계가 TOP 50으로 인해 뜨거운 불판 위에 올려놓은 듯 달궈지고 있을 때.

"스마트폰 좀 튼튼한 거 없냐?"

"좀 튼튼한 게 아니라 형이 가지고 있으면 합금으로 만들어도 찌부러질 것 같은데요?"

김현우는 국제헌터협회가 관리하는 VIP 병실에 누워 김시현에게 스마트폰을 받아 들었다.

"벌써 네 대째네."

김현우는 스마트폰을 켜며 어깨를 으쓱이더니 이내 김시현의 뒤에 있던 이서연을 보며 말했다.

"그런데 너희는 어떻게 왔어?"

"어떻게 오긴 어떻게 와요, 순간이동 마법을 이용해서 왔죠. 몸은 괜찮아요?"

"넌 이게 괜찮아 보이냐?"

그의 말대로, 이불을 덮지 않고 병상에 누워 있는 김현우의 몸은 분명 치료 능력자에게 치료를 받았음에도 불구하고 다친 부분이 상당히 많았다.

온몸에는 붉은 피멍들이 여기저기 보였고, 양손은 미묘하게 푸른 반점들이 돋아 있는 모습.

"……확실히 괜찮지 않아 보이기는 하지만 그냥 예의상으로 물어본 거예요."

"굳이 물어볼 필요 없어. 네가 안 물어봐도 몸을 살짝 움직일 때마다 아프니까."

무신과의 싸움에서 얻은 상처들에 더해서, 김현우는 천마의 무공을 따라 한 것에 대한 대가를 절찬리에 받는 중이었다.

'쯧, 아직도 몸 움직이기가 힘드네.'

무신과의 싸움을 통해 김현우는 조금이나마 제대로 된 무공의 기본적인 원리에 대해서 깨우칠 수는 있었다.

하지만 그렇다고 해도 완벽하지는 않았다.

김현우가 무신을 따라 제대로 된 무공을 쓸 수 있었던 이유.

그것은 김현우가 천재였기 때문이 아니라 그 상황 속에서 무수한 시도를 해볼 수 있을 정도로 그의 혈도가 단련되어 있고, 마력이 넘쳐날 정도로 많았기 때문이다.

평범한 무인이라면 주화입마에 걸려 죽을 수도 있지만 김현우는 아니었으니까.

그렇게 해서 무신의 무공을 어떻게 쓸 수는 있었지만, 문제는 그 부작용.

그때의 김현우는 그것을 배웠다고 표현했지만, 그것은 배운 것이 아니다.

정확히 말하면 따라 한 것에 가까운 것.

물론 그 덕분에 김현우는 무공을 사용할 수 있었지만, 김현우가 사용한 무공에는 결정적으로 부족한 점이 있었다.

그것은 바로 세세한 부분들.

어느 혈도에 어떤 식의 마력이 어떻게 배분되어야 하는가부터, 어떤 혈도를 어떻게 해서 무슨 묘리를 사용해야 하는가까지.

'누군가'에게 배우지 않으면 전혀 알 수 없는 것들이 김현우에게 새로운 걸림돌이 되었다.

당장에 천마가 사용했던 뇌령신공을 사용했을 때도, 김현우는 분명 완벽하게 사용하긴 했다.

그래, 겉으로는.

하지만 뇌령신공을 사용한 대가로 엄청난 마력 소비와 더불어, 그 단단했던 혈도가 다시 한번 망가져버렸다.

'쯧.'

김현우는 움직일 때마다 천마와 싸울 때 느꼈던 끔찍한 고통이 엄습해오는 것을 느끼며 인상을 찌푸렸다.

'역시 제대로 무공을 익히는 게 좋겠어.'

사실 지금까지만 해도 김현우는 등반자를 만나며 힘을 길러야겠다는 생각을 가지고는 있었으나 딱히 실행으로 옮기지는 않았다.

하나 다른 등반자와의 전투를 포함해 무신과의 전투는 그에게 많은 것을 가져다주었다.

한순간, 무신에게서 느꼈던 압도적인 기운, 질 수도 있겠다는 그 느낌은 아직도 김현우의 뇌리에 남아 있었으니까.

그렇기에 김현우는 결심했다.

다시 한번 제대로 된 수련을 하기로.

그리고.

'만약 내 예상이 맞는다면…….'

그는 자신의 오른손에 쥐어져 있는 '불완전한 악천의 원천'을 떠올리며 생각했다.

'이게, 도움이 될 수도 있을 테지.'

◆ ◆ ◆

넓은 공동.

흑백을 조화롭게 맞춰놓은 타일이 깔린 그 공동의 한가운데, 무척이나 거대한 원탁이 있었다. 족히 50명 정도가 둘러앉아도 제대로 들어차지 않을 것 같은 원탁.

그 원탁에, 그가 앉아 있었다. 외모를 제대로 묘사할 수 없이 검은 오라를 뿜고 있는 그는, 여전하게도 아무도 앉지 않은 원탁을 둘러보며 앉아 있었다.

침묵. 그리고 침묵.

그 침묵이 어느 정도 지속되었을 때, 형체가 보이지 않는 그가 입을 열었다.

"그래서, 9계층은 아직도 버티고 있나?"

형체가 없는 이가 느긋한 말투로 입을 열자, 그의 뒤에 있던 남자가 서서히 나타났다.

마치 존재감을 지웠던 것처럼 보이지 않던 남자는 그렇게 나타나 이전과 같은 자세로 형체가 없는 자의 말에 대답했다.

"그렇습니다. 9계층에 숨어들었던 등반자도, 그리고 탄생하려던 예비자도 격퇴당했습니다."

남자의 말에 형체가 보이지 않는 자는 몇 번이고 흥미롭다는 듯 고개를 끄덕거렸다.

"그 짧은 사이에 두 명을 격퇴했나?"

"그렇습니다."

"대단하군."

그는 그렇게 중얼거리더니 이내 거대한 원탁을 두들기며 빈 테이블을 바라보았다.

준비되어 있는 수십 개의 의자.

그곳에 앉아 있는 이는 단 한 명도 없었다.

형체가 없는 자는 그 주변을 스윽 둘러보는 듯하더니 이내 입을 열었다.

"확실히, 그런 생각을 한 적이 있기는 하지."

위기가 없다고.

"모든 생물은 위기가 없이는 진화하지 않지. 당장 계층인들만 봐도 그렇지 않나? 위기가 닥쳐오면 어떻게든 그 위기를 벗어나기 위해 발버둥 쳐."

어떻게든, 살아남으려고.

"그렇게 위기에서 발버둥 치다가 살아남게 되면, 그 녀석은 점점 발전하는 거지."

"……."

"내가 이 말을 하는 이유를 알겠나?"

"……수호자가, 등반자들의 위기가 될 거라는 말씀이십니까?"

"아니, 아니지. 정확히는 위기가 된다기보다는 될 수 '도' 있다가 맞는 말이지. 9계층의 그가 상위 등반자를 만난 적이 있나?"

그의 물음에 남자는 대답했다.

"없습니다. 원래라면 예비자가 상위에 필적할 뻔했지만 등반자가 되기 전에 죽어버렸기에……."

"그래?"

"하지만 아마 수호자가 상위 등반자를 만나는 일은 없을 겁니다."

남자의 단언에 형체가 없는 자는 슥 고개를 돌려 남자를 바라보고는 말했다.

"왜지?"

"구신좌久神座들이, 이제 8계층을 뚫고 있습니다."

"호."

남자의 말에 그는 저도 모르게 입을 벌리며 소리를 내고는, 이내 재미있겠다는 듯한 미소와 함께, 고개를 까딱거렸다.

"그렇다면 정말 그렇겠군."

9계층의 수호자는, 정말로 상위 등반자를 만나지 못할지도 모르겠어.

그는 조용히 독백했다.

3권에서 계속

튜토리얼 탑의 고인물 2

초판 1쇄 인쇄 2021년 4월 23일
초판 1쇄 발행 2021년 4월 30일

지은이 방구석김씨
펴낸이 김문식 최민석
기획편집 이수민 박예나 김소정
　　　　　 윤예솔 박소호
디자인 배현정
마케팅 임승규
제작 제이오

펴낸곳 (주)해피북스투유
출판등록 2016년 12월 12일 제2016-000343호
주소 서울시 성북구 종암로 63, 5층 501호(종암동)
전화 02)336-1203
팩스 02)336-1209

© 방구석김씨, 2021

ISBN 979-11-6479-303-7 (04810)
　　　　 979-11-6479-266-5 (세트)

• 해피북스투유는 (주)해피북스투유의 문학 브랜드입니다.
• 이 책은 (주)해피북스투유와 저작권자와의 계약에 따라 발행한 것이므로
　무단전재와 무단복제를 금지하며, 이 책 내용의 전부 또는 일부를 이용하려면
　반드시 저작권자와 (주)해피북스투유의 서면 동의를 받아야 합니다.
• 잘못된 책은 구입하신 곳에서 바꾸어드립니다.